天山石圈秘境

丝绸之路密码 1

宇文欢 著

人民文学出版社

图书在版编目(CIP)数据

丝绸之路密码.1,天山石圈秘境/宇文欢著.—北京：人民文学出版社,2022
ISBN 978-7-02-017488-1

Ⅰ.①丝… Ⅱ.①宇… Ⅲ.①长篇历史小说-中国-当代 Ⅳ.①I247.5

中国版本图书馆CIP数据核字(2022)第172526号

本书中文简体版由北京行距文化传媒有限公司授权上海九久读书人文化实业有限公司在中国大陆地区(不包括香港、澳门、台湾)独家出版、发行。

责任编辑　朱卫净　张玉贞
封面设计　汪佳诗

出版发行　人民文学出版社
社　　址　北京市朝内大街166号
邮政编码　100705

印　　刷　上海盛通时代印刷有限公司
经　　销　全国新华书店等

字　　数　310千字
开　　本　890毫米×1240毫米　1/32
印　　张　14.375
版　　次　2022年11月北京第1版
印　　次　2022年11月第1次印刷

书　　号　978-7-02-017488-1
定　　价　89.00元

如有印装质量问题,请与本社图书销售中心调换。电话:010-65233595

目 录

楔子 / 1

第一章　玉门关上 / 9

奇怪的商队 / 11

大唐特使 / 18

沙碛渡口 / 31

第二章　罗布淖尔 / 37

水上鬼火 / 39

神秘文字 / 48

死神殿堂 / 57

木人船棺 / 61

左旋的"卍" / 69

囊中美妇 / 71

第三章　阿萨堡 / 81

书童玉机 / 83

佛龛暗室 / 90

火坛之下 / 96

第四章　坎儿孜地下井道 / 99

又见"卍"字 / 101

波斯公主 / 105

拜火教叛徒 / 114

环形迷宫 / 119

第六个人 / 124

琉璃墙后 / 134

琉璃世界 / 141

第五章　交河官驿 / 151

驿娘的风情 / 153

异教神祇 / 158

"商队"的箱子 / 164

帐肆迷宫 / 172

毯帐中的秘密 / 179

青雀党 / 194

空中帐肆 / 200

安吉老爹 / 216

藏在帽子里的脸 / 225

织锦迷宫 / 235

梦中人 / 243

错失圣物 / 250

北去天山 / 254

第六章　天山石圈 / 271

车师古道 / 273

独目人传说 / 282

鹿石驿馆 / 286

朝中秘闻 / 292

隔墙上的皮面具 / 299

"商队"第二个死者 / 307

高丽哑女 / 313

鹿石下的交易 / 318

旋转石圈中的杀机 / 324

杜巨源 / 328

故人相逢 / 339

石人杀阵 / 347

地窟逃生 / 353

石冢内的密会 / 359

温汤密会 / 362

黑石之路 / 373

第七章 天山秘道 / 381

冰大坂 / 383

天山雪莲 / 391

隐藏的字迹 / 402

绝壁上的岩画 / 409

祭天血囊 / 412

哥舒道元 / 419

黑树皮上的刻痕 / 427

"神路" / 437

冰面险道 / 441

冰缝绝境 / 447

楔子

唐龙朔二年，九月三十中夜，长安大明宫早已沉入一片黑寂。只一处偏阁，隐隐透出火光。

偏阁左临太液池，右侧伸展出的曲折廊庑，遥遥与正殿含元殿相连，却孤悬于宫殿群外。

月光黯淡，隐隐映出廊上一个人影，手持长明灯，步履甚急，不一会儿便至殿门外。来人略一踌躇，伸手轻扣了扣阁门。

"谁在门外？"许久，阁内传来女子之声，嗓音不大，却令门外之人微微一颤。

"禀娘娘，是小安子。红袖那里出事了。"小安子的嗓音也有些发颤。

"进来。"

阁门启处，小安子两眼一花，险些跌倒。

他只见阁中四面上下，皆铺满了铜镜。长明灯火照耀下，每面铜镜，熠熠闪光，将屋内一切铜镜皆收摄入内，又融于屋内一切铜镜之中。这阁中竟是一个层层叠叠、无穷无尽的琉璃世界。

镜中映出三个人形，除了畏缩于门边的小安子外，另有一个妇人、一个老僧，俱端坐不动，重重叠叠的无尽影像在火光摇曳下微微晃动。

"华严十玄门精义，莫非便如这镜中法门：一入一切，一切入一。你中有我，我中有你。缘起无尽，层出不穷。是么？"妇人隐于火光微弱处，身形暧昧不清，语音甚低，却有股压人的气势，门边小安子的腰杆再直不起来。

"陛下一语道破，可知悟性之高，佛缘之深。"

这妇人赫然是手持内外权柄的当朝武皇后。老僧嗓音却是不疾不徐，淡然从容。

"佛经中帝释天宫中的因陀罗网，亦如这琉璃阁一般么？"

"一般境界。"老僧顿了顿，又道，"今日乃药师琉璃光如来诞辰，老衲便以此取譬。"

"药师琉璃佛轻视女子，本宫不喜，"见老僧闭口不言，武后又道，"然华严智慧，确是精深博大，奥妙无穷，不愧佛家正宗。"

"阿弥陀佛！"老僧坐如磐石，双手合十，微倾了身子，"陛下慧根如此，佛家之幸，华严之幸！"

武后像轻笑了一声，转向门边，道："红袖出了什么事？"

"红袖……死了。"见皇后突然发问，小安子又是一哆嗦。

"死了？"武后的嗓音亦有些凝滞，"何时？何故？"

"昨夜戌亥之间……似是于沐浴时猝死。"

"为何至今夜方报？"武后语调一紧。

"今日……今日辰时，翠娥唤红袖进宫时方觉有异，御医勘验亦费了些工夫，且今日陛下事繁……"

"御医如何说？"武后猝然打断道。

小安子看了一眼一旁闭目盘膝的老僧，见武后未开口，便道："御医说她全身无一丝伤痕，许是因浴桶中水温过高，心疾突发所致，只是……死状有些怪异。"

"有何怪异？"

"红袖死时，瞠目欲裂，两眼布满血丝，口鼻却拉得极长，像是瞬间见了鬼魅，"小安子又往老僧处瞥了一眼，"小奴只知红袖素来体弱，从未闻她患有心疾。"他的语调渐渐平稳了下来。

"我前日令你交她润色的那份敕令，取回来了么？"武后垂首片刻，又道。

"小奴该死！"小安子"扑通"一声跪下了，"内侍省的人移走尸身后，小奴将她屋子墙缝都搜了个遍，仍寻不着那份敕令。"

武后霍然长身而起，于阁角暗处缓缓踱了几步，忽冷冷道："鬼魅？哼哼。怕是有人作怪！"一顿又道，"本宫听闻红袖那婢子，沐浴时从来是熄灯闭户？"

"此事小奴亦有耳闻，"小安子脸上渐渐有了血色，"我听翠蛾说，红袖入浴前，必要紧闭门户，熄灭灯火，只半开天窗，透进月光，方得惬意。"

"昨夜亦是如此？"

"是。内侍省来人，是将木闩砸开，方得入内。"

"她这癖好，宫中有多少人知晓？"

"怕是不少。"

"怕是你与翠蛾那贱婢传出去的吧！"

小安子脸色又是一白，却听武后又道："你还知道些什么？"

"据……据内侍省勘验之人说，非但门户自内紧锁，屋内亦未见有外人出入之痕迹。"他尖细的嗓音有些发颤。

丝绸之路密码1：天山石圈秘境　3

武后默然片刻，重又稳稳坐下，"嘿嘿"一笑，道："莫不是这宫中真有些鬼魅，竟让那婢子遇上了？"

小安子跪伏于地，作声不得，额上已有几滴汗珠渗出。

"这事眼下有几人知道？"

"除去小奴、翠娥与……这位法师，只卫尉府三人与御医一人而已。"

"让那四人别再开口了。"武后嗓音很轻，轻得可怕。

一时阁中极静，只长明灯灯芯中爆出"噼啪"之声，小安子擦了擦汗，缓缓顿首。

"阿弥陀佛，"老僧低沉苍老的嗓音又缓缓响起，"老衲寺中正缺几个守护山门和通医的僧人，若蒙陛下恩赐，佛门之幸。"

"智俨法师以慈悲为怀，便按法师之意办，"武后淡淡一笑，转向老僧道，"却不知法师于此事有何见解？"

智俨双目低垂，双手合十，躬身道："'不生不灭，不垢不净，不增不减。'陛下贴身宫人已去，又少了份敕书，那屋中可曾多出了什么？"

小安子愣愣地看着这个光大华严宗的至相寺大德，眼珠子急转了两圈，似忆起一事，颤声道："法师如此说，小奴方才忆起，确是多了一根毛发，漂浮于浴桶水中。"

"阿弥陀佛，想必并非那宫人身上的毛发。"

"法师明鉴。那毛发甚至不似人身所有，"小安子跪伏于嵌满铜镜的地面上，手脚亦似有些发颤，"那毛发火……火红色，似是……似是一根狐毛。"

智俨微微点头，似不甚意外，不再开口。武后忽叱道："无用的东西，退出去！"

小安子道了声"是"，颤着手脚退出了阁门外。

过了片刻，武后缓缓道："可是狐魅作怪？"

"精魅出自人心，"智俨微微摇头，一顿又道，"陛下那份敕书，可是关乎军国大事？"

"说与法师亦无妨，乃是西域三十九处关隘军镇调防敕令。"

"敕令中自然写明各处军镇驻营所在，及兵力虚实诸事？"

"确是如此。"武后垂首沉吟片刻，"莫非法师以为，此事乃是敌国谍人所为？"

"若是敌国之人欲窥探军情，不应带走敕书，誊抄放还即可。"

"且四年前平灭西突厥后，四边安宁和靖，大唐实已无敌国，"武后缓缓点头，"必是有人以为，将此敕书带走，价值更大。然这敕书尚未加玺，并无效力。"

智俨闭目垂头，仿佛也在沉思。"除红袖之外，陛下可还对谁说过敕令之事？"

武后摇了摇头，道："本宫拟后便交由小安子送至她处润色，那婢子长于文辞。此事绝未经第四人之手。这两个奴婢跟从本宫经了不少风浪，可绝对信任。"

智俨转头，似看向阁中四面铜镜中的重重叠影，轻声道："缘起无尽，自微妙处。"稍一停顿，又道："老衲以为，若有人将敕书带走，怕是须有一番远行。"

武后默然片刻，双手合十道："法师果然道行深湛，谢法师指点。"忽喝道："进来！"

小安子爬进了阁门。

"替本宫记着，明日去中书省寻李侍郎制敕。长安西通沙州敦煌各驿道关隘，出关通西域之商队旅人，严查过所、商货，若有可疑，一概缉拿。"

"遵令。"小安子舒出一口气，却听智俨又宣了声佛号。

"阿弥陀佛，陛下明断。然老衲不日亦将西去求经，陛下可否通融？"

"可是为梵本《华严经》之事？"

"正是。"

武后沉吟片刻，道："此是大功德，本宫自当成全。小安子，天亮后便去鸿胪寺走一趟，取一份通关文牒盖玺。"又转向智俨道："西域路远，法师可需扈从？"

"蒙陛下深恩。然老衲已发愿只身上路。途中若逢有缘人，或可一同涉沙前行。"

武后亦不勉强，便向门边一点头，道："扶法师出阁。"

小安子赶忙爬至老僧身侧，智俨缓缓起身站定，平平伸出一掌，小安子轻轻握住，躬身缓缓将他领出阁门。智俨始终半合双目。他竟是个眇目盲僧。

阁中余下武后一人，仍坐于壁角晦暗处，铜镜中现出她的无尽侧影，却是纹丝不动，似已入定。

不知过了多久，壁角边的铜镜后，忽然传来"笃、笃笃、笃"的清脆叩击声。前三声急促，最后一声却隔了许久，武后却似是未闻，叩击声亦不再响起。又过了一会儿，武后朝着那镜面缓缓道："'商队'何时启程？"

"明日便走。"虽隔着镜面，仍可听出那声音沉稳而有力。

"已准备妥当？"

"人已凑齐。"

"几个人?"

"六人。临时或有向导,不过七人。"

"明日你另取一份特使文牒。若有关隘定欲开箱严查,方可出示。"

"是。"

"另取七份通行过所。盯紧些,'商队'人数不可超出七人,若有可疑人等混入,即刻回报。"

"是。"

"此刻已是十月初一。"

"距圣火日只余六十日。"

"你记得就好。"

"属下牢记陛下叮嘱的每一个字。"

"西域不稳,遇事时你该知道如何行事。"

"属下谨记。"

"退下吧。"

步履声又渐渐远去。武后抬头缓缓四顾,双手合十,口中念叨:"一入一切,一切入一。我中有你,你中有我。缘起无尽,层出不穷……"

第一章 玉门关上

奇怪的商队

大唐龙朔二年十月初十，辰时。沙州敦煌县西北一百五十里，玉门关。

黑茫茫的戈壁上，一座雄关陡然竦峙，于万仞峭崖间扼住了河陇通西域的咽喉。

天方蒙蒙亮，关隘下已排起长龙，多是走夜路赶至关下的驼队。间或有三两灰袍僧侣及执兵武士，间杂其中。

秋冬之交，本是西域行路最好的时节，每年此时，玉门关外商旅出入如流。

奇怪的是，今日关上巡查却异常缓慢。关城下两个军士，逐一勘验通行过所，盘诘许久，方挥手放行。

两个军士中，较年轻的猴子般精瘦，两个眼珠子转得极溜；较年长的则是个大板牙，小眼睛，手里挥着根马鞭，对着过关之人指指点点。

二人方验完了一队数十人的大驼队，大板牙边打了个哈欠，边向下一个出关者伸手，道："过所？"

来人迅速递上一叠黄纸，大板牙接过，瞥了他一眼，来人是个身着圆领对襟紧身胡袍的壮年汉子，背上的油布木箧裹得严实。他身形魁梧粗豪，递上过所时，左手中指上绿光一闪。

大板牙的目光在那枚翡翠戒指上停了一瞬，道："几个人？"

"七人。"

"驼马货箱？"

"三峰骆驼，四匹马，两个布囊，三个皮囊，四口大木箱，一口小木箧，一个竹篓，一个书箧。"

大板牙目光越过来人，看了眼他身后，抖了抖手中那叠纸，道："报一遍。"

"某人杜巨源，岭南商贾，年三十五，自长安，过陇右道、敦煌、玉门，至伊吾，循大漠北缘，经西州、安西镇、疏勒镇，越葱岭，至康国行商，回时亦循此道还；贱内米娜，年二十五……"

杜巨源报一个，大板牙便将一张过所递与身边精瘦军士，目光则向杜巨源身后诸人一一掠过。递过七张后，手掌中还余有一物，形似纸片，却更薄，色泽秾艳，四周镶了边，像是联珠纹饰。

大板牙不动声色地将手握紧，看了眼精瘦军士，见他点了点头，缓了缓声气，道："你的这些人，怎地皆遮了颜面？"

原来杜巨源身后六人，皆是紧身长袍，以黑布头巾，遮住大半张脸，只露出两眼。

"哈哈，军头，近几日沙州道上，秋风刮得猛，沙子从口鼻中灌进，我这队中，又有两个女眷。我适才为方便与军头说话，方将头巾扯下。"

这几日过关之人，十个有九个裹了面巾。大板牙这番盘诘，实属例行公事。一阵劲风刮过，大板牙不禁打一哆嗦，右手往怀里一揣，左手一指当先一峰骆驼背上的油布木箱，道："刘猴儿，瞧瞧那箱子，无事便放行！"

杜巨源微笑着过去几步，利索地解开了箱子外系得极扎实的粗绳，掀开外裹的油布，现出一口簇新锃亮的榆木箱子，似是亦抹了桐油。两三下，又将箱角上的铜锁解了扣。

刘猴儿却有些愣神，只跟着走，到了那骆驼旁，不住地往驼边一人瞥去。

杜巨源两臂一抬一收，偌大一口榆木箱子便移至他臂间，仍微笑着看向刘猴儿。刘猴儿方回过神来，伸手掀开箱盖。箱中塞满了一个个精致的小囊袋与小圆匣子。又一阵北风掠过，自箱子内散出一阵浓烈的异香，周边不少西域商旅纷纷向这边探头过来。

刘猴儿似被熏得有些魂不守舍，却未细察箱子，两眼只看向杜巨源身后，好半天方合了箱盖，但未示意放行。

大板牙皱了眉，方欲开口，刘猴儿递过一个眼色，两三步赶回关门边，凑向大板牙低语了几句。

大板牙脸色微变，黄脸皱成一团，转头又盯着杜巨源看了半晌，杜巨源仍平稳地捧着木箱冲他微笑。大板牙目光有些狐疑，人却慢慢地走了过去。

"这是你女人？"大板牙指向杜巨源身后，那人身段婀娜，显然是个女子。

"正是贱内。"

"头巾揭下来！"

"可是这箱中有违碍之物？"杜巨源笑容不变。

"我让你把她头巾揭下来！"

杜巨源苦笑了笑，缓缓放下箱子，转身向那女子附耳说了几句，那女子点点头，一扬手扯下了头面上的巾帽。

巾帽方除，一道红光泄出，那女子一头火红色的明艳长发，瀑布般垂了下来。红发下的面庞自然地混合了胡人和汉人的两种美感。高挺的秀鼻上，两个淡褐色的眸子泛着琥珀色的光，正斜睨着大板牙。

这胡女明艳而妖娆，宛如石窟洞壁上佛陀边上的魔王之女。大板牙一时也愣住了。更多目光扫了过来，后头有人发出了"啧啧"之声。

这回刘猴儿先缓过神，急道："看这一头赤发！"

大板牙小眼睛里放了光，盯住那红发胡女，冷冷道："你自长安来？"

胡女米娜看着大板牙，嘴角掠起一丝淡淡的笑，她嗓音柔和中略带沙哑，语调缓慢而怪异，听来透着股魅惑："我不能从长安来么？"

大板牙"哼哼"冷笑了一声，又上下打量了她一回，挑着眉毛道："长安来的胡女我也见多了，从未见过你这般可疑的！猴儿！"他忽然仰起脖子大喝，"这支驼队，所有人扯下面巾，箱子、包裹，打开细查。这两个人，先扣下带到关上。"他抬手以马鞭点了点杜巨源与米娜，转身向关上行去。

杜巨源手指摩挲着戒指，面上仍挂着笑，正欲开口，胡女米娜忽然双手握拳，说了一句胡语，语调极肃穆。

大板牙急转了身，瞪了眼："你说什么？"

"为你祈福，"米娜仿佛叹了一口气，"为即将踏入无边黑暗的灵魂祈福。"

大板牙目光一跳，脸上横肉抽了抽，忽然目中凶光一闪，"你敢咒我？"他"啪"地一下将马鞭狠抽在地上，鞭梢弹起时，忽然被一只手掌紧紧握定。大板牙定睛一看，却见杜巨源身侧不知何时多了一人，黑色棉布长斗篷下，身形高大、狼腰虎背，背着一个竹篓子，外罩一层与斗篷一般质地的黑棉布，自外丝毫看不清篓内。

"当"的一声震响，那人将手中一件长物重击于地，朗声喝道："你不过一个边关校尉，怎敢如此凶蛮！"竟是一根三指粗、四尺长的黑铁棍，不知何时被他抓在手中。

大板牙似是被这人来势所慑，不由得退了半步，急扫了一眼，见那人面巾上一双俊目甚是青涩，听嗓音像是个年轻后生，"嘿嘿"冷笑两声，咬着牙道："说得好！我便叫你瞧瞧什么是边关校尉！"说罢抬头向关上吹了个呼哨，眨眼间，关楼上冲下二三十个军士，俱是擐甲执兵，"呼啦"一下将那队人团团围定。

杜巨源的脸色微微变了，扭头看向身后，却听队中响起一声沉厚的中年人嗓音："云郎，你退下！"

"晚了！"大板牙咬着牙，指向"云郎"，"先将这厮扣下！"

"谁敢？"随着一声清喝，那"云郎"将铁棍一横，竟带起一阵风声，当先扑上的两个军士身形不由得一顿，便在这一瞬间，"云郎"背后忽然发出一声怪叫。

这声怪叫极为可怖，桀桀如夜枭之鸣，周围数十人，人人入耳心悸，一时皆僵住了。怪叫方绝，云郎身后的四匹马亦似受了惊吓，竟同时嘶鸣起来，离得最近那匹奋蹄而起，长嘶不绝中，竟载着一人掉头向关下冲去。

关城下顿时陷入一片混乱。大板牙气急了，夺下身边军士手中的硬弓，方搭上箭，箭镞前忽地挡了一片黄纸，长条形，密密麻麻写了几排字。他急抬了眼，一个头戴幞巾、目光锐利的中年人已缓缓行至身前，他胡商装束，身形并不高大，却仿佛移过来一座山,正举着黄纸,冷冷看着大板牙。大板牙只觉有股无形的压力透过来,身形似矮了矮,却仍梗着脖子道:"你寻死么?"

"不识字?这是特使文牒。"那人嗓音竟有一种不容置疑的威严。

大板牙不由得松了弓弦,面色有些发僵,直愣愣盯着那纸:"你说这是什么?"

"大唐鸿胪寺签发的特使文牒,持牒之人,所携货物,概不勘验!所带人众,概不盘查!"那人的声气更紧了,"你逼得特使公开出示文牒,已然获罪!"

大板牙的脸色有些变了,两眼急探向刘猴儿处。刘猴儿早已蹿至他身侧,瞅了那黄纸一眼,上下打量起那中年人,忽然盯向了他腰间,紧紧系着的皮革带子是胡商常系的蹀躞带,但悬挂在带上的一串小囊却是丝质的。刘猴儿八字眉拧起,面色有些难看了。京洛胡风盛行,高阶武官常挂丝囊蹀躞带。他皱着脸,对大板牙摇了摇头。

大板牙面色开始变幻不定,兀自咬着牙道:"你说这是特使文牒,这就是特使文牒了么?"口气却已不似先前蛮横。

那中年人微一皱眉,忽然笑道:"呵呵,偌大一个玉门关,竟无识字之人么?"

大板牙听出中年人口中的轻蔑之意,脸色又发青了,一旁的刘猴儿两眼咕噜一转,忽向大板牙轻声道:"那'突厥废柴'似认得两字,烂醉后常拽首酸诗,不如将他找来?"

大板牙自鼻孔里"哼"了一声,脸上露出极为鄙夷的神色。"那厮今日不当值,不在烂泥里打滚就在几个破窟里挺尸。

你让我去何处寻他？"

"我去寻他，至晚天黑前，必让那厮醒着回营。"

"那这些人……"

"校尉忘了么，关上有个驿馆，这几日正空置着。"

大板牙闻言似轻松了些，两臂却仍紧绷着，高举着弓箭，目光凶狠而空洞地自中年人、红发女子、云郎身上扫过，在杜巨源身上顿住，方要开口，却见杜巨源一拱手，依旧含笑道："关上可有驿馆？甚好，我们这队人这几日赶得急，正须歇歇脚。有劳军头了。"

大唐特使

　　圆月已升得老高，月光覆上了驿馆马厩前一排三间土墙平房，房内未燃灯，土窗前依稀有人影晃动，却不闻人声。夜幕中似有两三只灰鸽子掠过，"扑棱棱"落至窗口，转眼又飞出墙外。

　　院门"嘎"的一声开了，一前一后进来两人，当先者步子很急，右手执火，正是刘猴儿，左手用力扯着一人袖口。那人走得跌跌撞撞。

　　二人未至房前，门却先开了。杜巨源当先走出，拱手道："军头辛苦！屋里坐？"

　　"不必了！"刘猴儿距杜巨源两尺外停了步，神情有些戒备，"将那张黄纸拿来吧。"

　　杜巨源自怀中从容取出一物递出，借着火光刘猴儿看清了正是日间中年人手里展开的"文牒"，伸手欲接，手腕忽然一紧，再移不得半分，低头一看，杜巨源的两根手指正掐在了腕上。刘猴儿的脸色变了。

　　"你敢撒野？！"

　　"军头莫误会，"杜巨源面上仍挂着笑，"杜某只欲提醒军头，天干风紧，这文牒独此一份，若不慎走了火，可是谁也说不清了。"手指便松开了。

　　刘猴儿脸上青白不定，一把抓过这纸，狠狠瞪了杜巨源一眼。"纸上若未有'特使'二字，这张纸，你们便是矫诏之罪！"

"烧不得。"刘猴儿身后那人忽然开了口，他的声音有些奇怪，仿佛翘着舌头言语。

他方才明明站也站不稳了，此刻两眼却在闪着光。

"你说什么？"刘猴儿转过头盯向他。

"这张纸，你烧不得，"那人大着舌头道，"上面非但明写了'特使'，这玺印的来头更大。"

"啥来头？"

"你最通京洛消息，未闻'皇天景命、有德者昌'这八个字么？"

"国玺？"刘猴儿手中的火折子险些没拿稳，"你瞧清楚了？"

那人笑了。"幸而你那几巴掌抽得痛快，我此刻耳目清明得很！"

刘猴儿两眼珠子对着那人与杜巨源来回转，又瞪了手中那片黄纸半晌，忽地单膝跪下，双手捧了那纸，道："大人大量，莫与我们这些粗汉一般计较。"

杜巨源接过那文牒，顺势抬了抬刘猴儿手臂，随口道："先前那校尉怎的没见？"

"今日许是风紧，校尉好像感了风寒，现还在营里躺着。"刘猴儿忽然换了个嗓音，垂头下气道，"此事必是个误会，校尉气性大。过后也是悔得很！"

"自然是个误会，"杜巨源淡淡道，"只是，不知这误会与贱内有什么关连？"

"大人莫怪，小的误听了些谣言，小的该死。嚼不烂的舌根子。"那刘猴儿拉长了一张苦脸,像是要哭出来。

"哦,"杜巨源似不在意,"回去与你校尉说,既是误会,不必多虑,好生休养。我们明日便走,万望行个方便。"

"险些忘了。"刘猴儿探手入怀,方欲掏出一物,又被杜巨源按住。抬眼见杜巨源眼带笑意,道:"杜某人出手之物,从不收回,校尉自留着。驼队今日走了个向导,明日怕有不少麻烦之处呢。"

"明日我们十几个兄弟护送特使至伊吾道上的大驿馆。"

"杜某先谢了,哈哈,刘军头且先休息吧。"

刘猴儿一拱手,转身扯了扯身后那人衣袖,却听杜巨源道:"这位兄弟慢走,我有几句话说。"那人便定住了。

刘猴儿瞥了他一眼,朝地上"呸"地吐了口唾沫,转身急匆匆离去。

待刘猴儿步声渐远,杜巨源转过脸,道:"这位兄弟高姓?"

"呼我李天水便可。"

"外间风大,李兄何不进屋一坐?"

"多谢!"

杜巨源擦亮了壁上油灯。进门便是个厅,正中置了一方几案,上有杯盘烛台,似乎有几个人方在几上饮酒吃食。正厅两侧的两扇木门隔开左右耳房,矮几后四五步搁着一张短榻,榻下放了箱囊木箧,贴着后墙。

土墙厚实,地上铺了层羊皮毯,这屋内虽看去粗朴简单,当真比外头暖和许多。杜巨源指了指那矮几道:"坐。"便当先跽跪于案边。

李天水盘膝而坐，杜巨源又点亮了烛台，方才看清他的容颜，不由得眯了眯眼。

他约莫二十出头，宽肩瘦脸，眉目秀净，却透着股颓废之气，看上去像个落魄书生，头上结满了一绺绺突厥发辫，垂在颊边。左颊上一条暗红色的刀疤，在灯光下一闪，像是发辫深处闪过一道电光。

杜巨源盯着他的脸，随后闻到了一股浓烈的酒气，他微微一笑，斟了一杯递过去，李天水却缓缓摇了摇手，道："我今日喝得够多了。"

杜巨源看着他右臂撑头，左臂伏在几案上，好像随时就将倒下去，笑道："李兄方才却是很清醒。"

"碰巧识得几个字而已。"李天水眼神迷离，说话好似滚着舌头。

"一文钱逼死英雄，几个字能坏大事，李兄或许是恰巧识字，但杜某是生意人，知道这世上最贵的是人情。"

李天水捋了捋发辫，那条又长又深的刀疤像是手拙的玉工不慎留下的划痕。他忽然咧嘴笑了，道："你要买我的人情？"

杜巨源看着他的脸，道："你可以先出价。"

李天水不看他，捧着脸，目光盯着面前斟满了酒的土杯，咧了咧嘴道："带我出关如何？"

杜巨源一怔，觉得他的一双醉眼中方才有什么一掠而过。他未接茬，转道："那玺印是篆书，你是怎的看出来的？"

"我见过。"

"何处见过？"

"在我阿塔的主人处见过。"

"阿塔？"

"就是阿耶。突厥人称阿塔。"

草原边地的汉人受突厥影响本极深，杜巨源眯了眼，自斟了一杯。

"令尊的主人想必是个突厥人？"

"突厥贵人，莫贺达干你知道么？"李天水咧嘴笑了，"十多年前，在他的狼帐子里，裹着这玺印的人头，论功最大。"

杜巨源抿了一口酒。良久，他目光落在李天水左脸的疤痕上。"李兄面上这一刀……"

"为铭记阿塔。"李天水嗓音忽然有些干涩。

父母可汗丧时，突厥有剺面泣血之俗。杜巨源叹了口气，仿佛有些抱歉，拱拱手。

李天水摆摆手，干涩着嗓音道："阿塔是被掳了。生死不知。我要将他寻回。"

"令尊，是离散在草原了？"杜巨源晃着那酒杯，眼神中不知是觉得越发奇怪，还是越发有趣。

"四年前，沙钵罗可汗被俘，汗国诸部四散，我的突厥主人带着部落西迁，也带走了我阿塔。"

"而你却回到了汉地，还在玉门关从了军。"杜巨源嘴角扬出一丝嘲谑的笑。

"我的事，不是你能想象的，"李天水硬邦邦地顶了回去，"一句话，草原空了，我来了这里，因为这关口上，走几千里长途的大商队最多，或许能探听到莫贺达干去了哪里。"

杜巨源放下了酒杯，道："你已探到了么？"

"探到了。"

"你阿塔被带去了何处？"

"很远。一个叫碎叶的地方。天山尽头的西北，雪山下碎叶水流淌的地方。"

"确实很远，"杜巨源叹了口气，"可惜我们是往西南走。"

"然而你们也要走得很远，要过葱岭，"李天水咧咧嘴，"而且你们有一份向导的过所。"

杜巨源笑了。"故而我们便是你要找的商队？"

"长途商队至少上百人。人太多了。我躲着人，"李天水咧了嘴，"你们人少。"

"但你知道我们领了皇命。"杜巨源看着他，微微晃着酒杯，翡翠戒指在烛光下闪动。

"更好，一路通行。少了许多麻烦，"李天水笑了，"领队的大可放心，我对你们掩人耳目要去办的事无半分兴趣。我只想去寻回我阿塔。"

杜巨源眯了眼，又啜了一口，缓缓道："你在这关上等了多久？"

"两年多，快三年了，"李天水仿佛轻叹了一口气，"太久了。"

杜巨源放下了酒杯，看着左手的手指，箍着指节的戒指上绿光幽幽，过了会儿道："你怎知我定会请你进来？"

"方才外头说话时，你一直瞥我，不是么，"李天水笑了，"我若一会儿折回来为诸位写过所，领头的莫非会拒我于门外？"

杜巨源亦笑了，方要开口，左耳房的门缝边隐隐响起一阵脚步声，"笃笃、笃笃"，叩门声听上去有些急切。

"管事儿的来了，"杜巨源手指在案面上轻敲了四下，像是回应，"我不是管事儿的。"

"我看得出。"李天水托着面颊，懒懒应道。

"你要我如何与他说。"杜巨源看着他，没有笑，目光仿佛有些凝肃。

"他用得上我。"李天水咧了嘴，又捋了捋发辫。

杜巨源走了片刻，左侧耳房内便传来了窸窸窣窣的说话声，嗓音被刻意压低。李天水两眼迷蒙地看着眼前土杯子中的麦酒闪着淡黄色的光，正要将手伸向腰后系着的酒囊，"吱——"的一声，左侧的木门被推开了。

那中年人两手抠着束腰革带踱了进来。此时他未着幞巾，须发花白，看上去已年过五旬，身材却瘦劲硬挺，两只鹰眼直直射出精光，如钉子般盯上李天水。

被这两道目光盯上，任谁都不免背脊有些发紧。李天水却仍托着额头垮在酒案上，另一只手将腰间的皮囊轻轻拍在了案上。

中年人眉目间的皱纹更深了，他缓缓跽坐于李天水对面，上身挺得像杆枪，目光看上去更锐利，注视着李天水一绺绺低垂着的发辫，许久，开口道："你生长于突厥人的草原？"

李天水点点头，将身子撑得更直一些，道："自记事起，我便在天山北边、荒漠西边的草原上。"

"你怎的会识汉字？"

"阿塔教我的，"李天水拔出囊口，木塞子仰起脖子倒下一口酒，"有时他会教我一整篇汉诗。"酒案上泛起一股夹杂着乳酪气味的浓烈酒香。

中年人眉间的"川"字纹皱得像一道道干旱的深沟,他沉声道:"你阿塔是什么人?"

"于特使而言,他不过是三十多年前,千万个没入突厥的汉民之一。"醉醺醺的年轻人猛地抬起头,目光忽地变得清亮如水,他的嗓音也变得清晰许多,"但于我而言,阿塔是突厥人说的腾格里,佛家说的净土世界。"

中年人没说话,目光垂落在他搭上案面边沿的两根手指上,"笃笃、笃笃",他轻轻敲打着,随后缓缓道:"第一条,你已经知道了,我们这队人,是去极西之地做一笔买卖,朝廷的买卖。"他盯着李天水的脸,将"朝廷"两个字故意说得很重。

"我知道,但此事与我无关。"李天水头都未抬。

中年人皱了皱眉。"我告诉你这些,只是想令你知道,队里的每一个人,皆为朝廷所任命,且是我自己绝对信任之人。"

"你不必信任我,我会离你们远远的,我和你们的驼马在一处,"李天水笑了笑,"我也不想要唐廷的任命。"

"我们并不需要一个照料牲畜的人。"中年人挑了挑眉头。

李天水又笑了。"不管做什么买卖,你们若要涉沙越山,带着一堆货箱去那极西之地,驮畜本该是头等紧要之事。"他叹了一口气,"方才来时,经过马棚子,我听见你们的马匹正低声悲鸣,说三日来昼夜不停,日行三百余里,恐怕不久将埋骨沙碛,再回不去河西草原了。"

中年人原本另一只手亦已搭上酒案,似是随时欲起,此刻脸色一变,身子僵了僵,看向李天水的神情越来越奇怪。

"这趟买卖若是这么赶,你们便更需要我了,"李天水接着道,"西出玉门,便是碛口,你们那个乘乱溜走的向导不会回来了。这里的人都说莫贺延碛里藏了无数鬼怪，你们听过玄奘法师的故事吧？"

中年人绷紧了脸，牢牢地盯住他，忽然唇角一撇，笑了："你想给我们带路？"

李天水醉眼中有光一闪，道："你们可是要走大海道，经伊州去西州？"

"与阁下无关了，"中年人呼出了一口气，仿佛定了主意，"即令魔鬼迷了我们的眼，再找不到沙碛中的那条道，我也绝不会令一个可疑的醉汉为我们带路，"中年人终于撑着桌子站了起来，"稍坐片刻，会有人给你带些酬劳。"语音未落，他已迅速转过了身。

李天水看着那中年人的影子逐渐远离酒案，苦笑了笑，又饮下一口酒，缓缓起身。

第二日，"啾啾啾"的鸟鸣声方在山间回响，面色灰白的刘猴儿已踏入了驿馆院门，一扭头见了右侧不远处，杜巨源正费力地为一匹肥壮的灰马套上马镫头。那马疲累地耷着脑袋，不时"咳咳咳"地扭着。刘猴儿立时换了脸，龇开嘴笑道："杜爷，起得可早！"

杜巨源放开了马镫头，笑着向刘猴儿微拱了拱手，道："行程很紧，一早便要走。"他离刘猴儿五步外站住了。

"酒食可还合意？"刘猴儿瞅着杜巨源，小心地问。

"甚好，"杜巨源随口应着，忽道，"刘将官，你来得正好。"

"哦？"刘猴儿看去有些紧张，"杜爷与特使有差使么？"

杜巨源商人式的笑容变淡了些。"刘将官昨日在关下也看见了，我们在凉州城里寻的向导，却被你们校尉惊了马。"

刘猴儿眼眸子极快地溜了一圈，随后挤出了一丝笑容："特使是要寻个向导么？"

杜巨源点了点头。

刘猴儿看着杜巨源，眼珠子又转了转，道："虽事涉机密……敢问使队欲走哪条路？"

"去西州的路。"杜巨源简短道。

"去西州……"刘猴儿干瘦的面皮皱了起来，"莫非欲走大海道，越过莫贺延沙碛……"

"有何不妥么？"沉厚的嗓音响起在房门边，刘猴儿扭过头，见那中年人不知何时已叉手抠着蹀躞带伫立于木门外，他一身翻领绿长袍，西域最普通不过的胡商装束，在他身上竟是气度不凡。刘猴儿两眼方一触上他的目光，不由得缩了缩脖子，讪讪道："那条路自是可行……只是……只是……"

中年人只一动不动地看着他。刘猴儿嗫嚅着嘴唇，眼珠子乱转。"自玄奘法师后，走那条沙碛路北越莫贺延碛的商旅已越来越少……瓜沙一路各个烽堡驿站里，这几年传得最邪门的，便是藏在那莫贺延沙碛中的鬼怪之事。"刘猴儿说着，自己竟缩了缩脖子。

中年人瞥了一眼杜巨源，又转回刘猴儿："你这话的意思，是寻不到向导么？"

"沙碛道……沙碛道……西州……伊州……"刘猴儿低了头，拿拳头砸着脑袋，"如今敢走沙碛路的，只有窟里那几个和尚……却不知去哪个窟中去寻……啊！"他忽然两眼一亮，"那人该知道路！"

"谁?"中年人锥子般的目光紧盯了过去。

"那个'突厥废柴',李天水!"刘猴儿鼻子抽了抽,哼哼着道,"昨夜和我来的那人,杜爷可还记得?"

杜巨源却已笑着转脸看向那中年人,中年人绷紧了脸与他对视一眼,又看回刘猴儿。刘猴儿赶紧接道:"他是自天山北边的突厥草原逃过来的,要来这里,只有越过莫贺延碛。那可是数百里无人的大沙碛。听说他寻着了一条隐藏于沙碛深处的秘道,越过沙碛只用了五天,但来关上,也已饿得只剩下一口气了。"

中年人听着,一言不发,两臂渐渐由背后垂在了身侧,他看着刘猴儿,缓了缓声气,道:"那李天水,身世籍贯你可了解?"

刘猴儿皱着八字眉道:"听他说,祖上自隋末起便该没入了突厥。北面草原的颉利被击灭后,每年皆有大批被掳去的汉奴逃回关里。近几年却不太多了。恰三年前关上缺人,校尉看他弓马不错,便收了,却未料他是个酒坛子……"刘猴儿还要再说下去,中年人皱了眉打断道:"他来了有三年了?"

"三年多了。"

"除了嗜酒,他还有何异常之处么?"

刘猴儿皱着眉,滚着眼珠子道:"这废柴就是个怪人,但若说异常……他总是一人独饮,醉了后便要唱突厥曲子,或是拽几首谁也听不懂的酸诗。关上的人皆很厌他,尤其是校尉,常寻事鞭笞他。"刘猴儿伸出舌头舔了舔嘴唇,畏缩地看了眼中年人,见他未动声色,又道:"后来,他便不在关城上饮酒,有人见过他醉倒在石窟边,还有人见他对着一个佛雕独饮,呃,不知这些可算异常？"

中年人没有看他，他低了眼皮，右手中指轻轻敲着革带上垂下的丝囊，片刻后，抬眼道："你说的这人，此刻能找着么？"

刘猴儿又砸了砸脑袋，苦着脸道："他若昨夜喝倒了，此刻只怕不知是在哪一座佛窟外躺尸……"他见王玄策皱了眉，紧接道："那些石窟亦不过三四里外，即令寻不着，他午后亦要回关上值守。"

中年人抬头看了看天色，指节又敲了两下，转向杜巨源，低声道："将米娜请来。"

杜巨源眼角一直带着若有若无的笑意，正仔细地听着，此刻眼光一闪，便点点头，转身向木门行去。

刘猴儿等了片刻，见中年人无话，便拱了手道："特使若赶得急，我便差人去寻李天水了。"身子已转过了半边，却见中年人摆了摆手，唇角一撇，竟似笑了笑，笑意却有些怪异，刘猴儿身形一顿，便听中年人缓缓道："你与我说说，昨日在关下，你与那校尉说了些什么？"

刘猴儿嘴角抽了抽，低声道："特使既从长安来，该听说了宫里出的那件怪事吧，上头下了密令，严查可疑过客，我恰又见了那胡女头巾下的红发……原非刻意刁难，求特使勿怪！"

"嘿嘿，"中年人干笑两声，"是密令，还是从哪个驿馆的秘密站点飞过来的鸽子？"

刘猴儿半张了嘴，舌头仿佛打了结，"什么秘密站点……鸽子……刘某不甚明了……"

"大明宫的主子只下令各官驿严查，并未提及红发之事。你怎的知晓这禁宫秘闻？况且长安宫中事发不过十日，千里之外的敦煌便已得了消息，什么样的密令能快过河西道最快的驿马呢？"中年人的目光像尖刀子一般，盯着呆站着的刘猴儿，"你不必怕，我们同为大明宫里的主子办差。但今日若能帮我做件小事，我保证你的姓名十日后便能送呈宫内，被那主子看见，岂不是抵得上在这荒僻边关苦熬十年？"

刘猴儿直勾勾地看着中年人，两眼渐渐发亮了。"原来特使是'里面的人'，怪不得，昨夜我看有鸽子飞了出来……"见中年人神情有异，他忙又道，"多嘴多嘴，特使交代的是……"

中年人沉着脸，缓缓自丝囊内取出一卷绢布。暗黄色的丝绢已卷得极细，两端封口，中间以细红绳紧紧扎定，他将绢布递了过去，低声道："若我未料错，西州故高昌王宫中，该有你们的'瞾卫'联络人。"

刘猴儿眼珠子向上抬了抬，轻声道："有。"

"将消息急送长安大明宫。你附张纸片，写上'庭州'二字，送回去便是一件大功，"他的语调忽然又变得有些生冷，"记牢了？"

刘猴儿双手捧过那卷绢布，埋了头，低声道："特使放心，我晓得！"

中年人又开始敲打腿股，面色很暗，沉思半晌，随口道："你且去吧，先去寻那李天水——今日怎未见你们那校尉？"

刘猴儿的神情忽然变得很古怪，此刻木门恰好"吱呀"一声开启，晨曦下红光一闪，米娜跟着杜巨源缓缓行出，刘猴儿目光一悚，迅速转过身，低声道："校尉昨夜染病，今晨已故去了。"

沙碛渡口

李天水勒了勒马辔上的缰绳,第一次回过头时,看见身后那队人紧裹在身上的长衣袍,被血红色的夕阳霞光染得更鲜艳。自午后起,他们已一路向西,不间断地骑行了近三个时辰,胯下这匹瘦小的灰马,自鼻中"吭哧吭哧"出着粗气已好一会儿了。他弯下腰,在灰马的耳边低声说着什么。

"嗒嗒嗒嗒",杜巨源骑着那头肥壮灰马撵了上来,他瞥了眼李天水,眼角仍带着那似笑非笑的神情,目光又转向前方。仍是一片寸草不生的黑茫茫戈壁滩。"可是快到了?"他嘴角翘着,仿佛带着嘲谑问道。

"快了,"李天水向前探头眯了眯眼,望向荒碛远处。那里仿佛有一条淡淡的分界线。"你令他们下马吧,走过去一会儿工夫便看见了。"

杜巨源伏在马颈上,眯了眼看了半日,只可见远处有一条模糊的灰线,道:"你说是它是游移过来的,岂不会移走么?"

"它一直在移动,但缓慢得很,"李天水含混的汉话调子铿锵有力,大异于中原汉音,他眸子仿佛染成了红褐色,"两三个年头,它不会走得太远。"

"为何那几个人也知道那条路?"杜巨源勒紧了马辔头。

李天水摇摇头。"那是别人的事,我不好打听别人的事。"

杜巨源饶有兴味地看着李天水,又道:"你昨夜并未去那些石窟里,是不是早已知道我们还会来找你?"

李天水笑笑，正要说话，又一阵风沙掠过，杜巨源迅速以一块黑绸布掩紧口鼻，将头埋在了马颈后。尘雾渐渐平息下去后，身后响起了紧绷着的沉厚嗓音："为何停下了？宿营还早。"

李天水反而下了马，猛甩了甩发辫，沙尘不住地"簌簌"而下，他转脸对着发问的中年特使道："马累坏了，反正也用不上了，让它们舒坦些吧。"

"用不上了？"特使的目光紧逼了过来，"这是何意？"

"不用骑马了，"李天水看了看杜巨源，咧了嘴，"原来他未说与你听。"

特使迅速瞥了眼杜巨源，再次盯向李天水时语调严厉了许多："不用马，我们这队人，莫不是要以两条腿横越这片沙碛？"

"这片沙碛里，有些东西，比马更好使些，"李天水向西北面微微一指，道，"看见那些光点了么？再走上半刻，你便能看到我说的路。"

"我已经看到了，"奇异而沙哑的嗓音传了过来，米娜也下了马，丝巾下两只淡褐色的双眼，看向天际，"那些黑色的圆点是飞鸟，它们是神灵的使者，我们的引路人。"

未过半炷香工夫，所有人都看见了粼粼的波光。好大一片水，陡然静卧于灰茫茫的戈壁之上，余晖下像是无边际的平滑绸缎，泛着淡绿的光。众人一时回不过神来，皆怔在了原地，只有李天水，甩开缰绳，大踏步向水边行去。

行至岸边，方见一丛丛淡金色的芦苇已长有半人多高，在风中不住地摆荡。一片最为茂密的苇丛后，现出了三顶红色的圆筒状高帽子。李天水笑了，扬起了手，高声道："安吉老爹！"

"李郎。"三个胡人自那片苇丛后走了出来，当先一人，矮壮身板，五旬上下，高帽子下，两条又浓又粗的眉毛连成了一条线，连腮虬须更是浓密，铺满下半张脸几乎盖住了口，远看像是蒙了片黑布。他的笑容却很亲切，右手扶了扶肩，伸出双手道："可是趟远路？"

"是，"李天水朗声一笑，握住了他伸出的手掌，"在里面么？"

"藏好了！"安吉老爹的笑声和他身板一般厚实，他挥了挥手，身后两个晒得黝黑的年轻胡人反手将腰后的细木棍拔出，木棍前端弯曲成钩，二人转身将木钩一扫，密集的芦苇秆子被分开了，一个尖尖的船头露了出来。

那船头并不比西北湖泊中常见的独木舟大多少，却甚长，舷板以微曲的弧度自船头向后延展，透过摇荡的苇丛依稀可看见矮矮的船舱。"是你手工打造的那条？"李天水看向安吉老爹的眼神中闪过热光。

"朋友，可是趟远路啊！"安吉老爹又重复了一遍，他说的汉话听上去比李天水更地道些，"况且，你朋友要换给我的，也都是好牲畜啊！"他的目光越向李天水肩后。

杜巨源已赶了上来，其后是特使与他的书童。三人看见船头后，同时顿住了脚步。杜巨源眯了眼细细察看了一番，便向安吉老爹拱了拱手，那胡人扶肩回礼，中年人收回了目光，凝向杜巨源道："这便是你早些时候做的买卖？"

"正是，"杜巨源略眯了眼，便似在笑，"还是这位向导介绍

丝绸之路密码1：天山石圈秘境　33

来的。"他看了看李天水。

特使扫了一眼苇丛前的胡人与李天水，缓缓道："为何我从未听闻，大海道上还有条水路？"

"大海道，大海道，原本便是指这片大湖，"安吉老爹笑道，"只是数十年来的战乱不休，大湖亦分解成了数百小湖泊，近年来难得西域宁靖。不断游移的小泊又渐渐连成了一片。"

特使皱了皱眉，仿佛想要掩饰一丝惊异之色。片刻后，又道："这片湖的对岸是何处？"

"大海道的尽头，"李天水抚了抚座下瘦马的脊骨，道，"西州。"

特使不再言语，又转向那船，于船头船舱船尾来回扫视了十余回，终于点了点头。"看似是条好船。"说着，向那芦苇深处钻了进去。

杜巨源转向安吉老爹，笑道："打制一条木船，可不简单。"

安吉老爹淡淡道："你们走的这条路更不简单。"

杜巨源又笑了，却见中年人钻了出来，转过头，大声道："云郎、智弘，卸货！"

"倒是不急，"杜巨源轻松道，"容我上去看看。"中年人点了点头，杜巨源两步跨入苇丛，"噔"的一响，人影已飞上船头。

安吉老爹转过了脸，拍了拍身边年轻人的肩膀，那人一旋身，解下了背后的囊袋。紧绷绷的粗布囊袋，看上去极厚实，囊口紧紧扎着根粗绳索。安吉老爹接过，递向了李天水。

李天水接手摸了摸，咧嘴一笑，道："老爹怕我饿死在路上？"

"五十个烤馕，刚出坑，香得很。我们的老话说，'带上五十个馕饼，就可以穿越沙漠'。五十是个吉祥的数字，阿胡拉会护佑你。"安吉老爹笑得更爽朗。

李天水没说话，一甩手将囊袋背上肩头，系于腰间。另一只手握了过去，将老爹的手掌攥得很紧。

"我听说上好的胡饼，吃一个能顶一天。"中年人身边立得很直的小书童，忽然开了口，他嗓音清脆，似乎还未变声。

李天水看向他面巾上的一对漆黑的眼珠，是个葱葱玉立的灵秀少年，发髻绾起，额头已有些粗黑，而前路风沙更恶。他心里叹了口气，口里应道："我正是打算每日吃一个过活。"

那书童的眼眸子灵快地转了转，道："那便能活不少日子了——至少是五十日，须知，我们的时限，也不过还剩下五十日。"

中年人迅速瞥了他一眼，那书童便噤了声。李天水却不在意地道："若能走到西州，若有剩下，我可以分你一些。"

"过了西州，你要去何处？"那书童眨眨眼又道。

李天水对他笑了笑，他本不是个多话的人，但不知为何，他竟有些喜欢这个多事的书童。"北边，草原。"

那小书童还待再开口，忽听身后米娜低声道："我却觉得，他会与我们同行很远，"她步履亦很轻，不知何时已行至苇丛边，身侧现出个秃顶的僧人，左手捧着一个大箱子，"货箱子置于何处？"僧人看去不过三旬，貌不惊人，却带着种令人目光移不开的气度。

王公盯紧了那两个货箱，正要开口，却听船上传来了杜巨源的嗓音："都上船吧，可以了！"

"船如何？"安吉老爹向船头喝道。

"哈哈哈哈，"杜巨源的大笑声仿佛自那舱里传来，"未料在这关镇上，也能见着打造波斯舶的手艺。"

安吉老爹大笑，高声道："送你们一个好消息，阿胡拉护佑，这几日邪乎，风往西北刮，顺水走便是西州方向。入夜之后，若是害怕，摇橹者也可躲入舱中。"

第二章
罗布淖尔

水上鬼火

木船被推入水中,果然很快随着水流滑向西北。李天水立于船头发力摆桨,船头又尖又窄,刀子般划过水波。天色很快暗了下来。李天水不用回头,也知道那一大片芦苇丛已看不见了。他有节奏地摆着桨,眼角闪动着最后一线余晖反射在水面的光亮,听见远处有野鸭子"扑棱棱"的振翅声。

舱门"呀——"一声开了,那小书童钻了出来。日头隐没后,水面上的风冷冽起来。小书童罩袍上披了层红褐色的狐皮披肩,径直走向船头。

"你不冷么?"书童跨至李天水身侧,见他的对襟长袍甚是单薄,不由问道。

"还不到穿上羊毛袷袢的时候,"李天水摇着双橹,淡淡道,"一会儿可以喝些酒。"

"你喝酒是为了御寒么?"那书童乌玉一般的眼眸子眨了眨,抱着双臂问道。

李天水未应,缓缓摇了四五桨,方道:"如果你在暴风雪的夜里住过破旧的毡帐子,就知道喝酒有什么好处了。"

那书童听了,轻轻叹了口气,道:"那毡帐子里就只有你与你阿塔吧,你们一定靠得很近。"

李天水侧过脸看向这童子,见他咧嘴笑了笑,露出了两颗稚气的虎牙,清澈的笑容中却仿佛藏了些忧伤。

"你阿娘呢?"书童目光移向前方,昏暗的水面不再如先前般开阔，隐隐约约现出了洲岛的影子。

"我从未见过她。"李天水简短道，便不再说话。

风有些急了，小书童捂着披肩又看了会儿水，道："我同你一块摇吧，呆站着太冷。"

李天水侧过脸，看了看他，右手停了桨，道："跟着我的动作，慢慢摇。"

小书童接过船橹，笑了。"我若连这点儿事都不会，王公怎会带我走这趟远路？"

李天水"嗯"了一声，摇了数下，看着水面问道："为何你们王公要将你带来走这大漠荒野？"

"是我央他的，"书童笑出了声，"王公年轻时数次越过葱岭，到得极西的天竺与吐火罗，他常将沿途趣闻说与我们听。有时，我还会偷偷翻看他的行记，便觉若能走这一趟远路，已是不枉此生。王公年岁渐长，这样的机会不会太多了，"李天水听到那书童又叹了一口气，"所以我拼命练了手本事，便不怕王公不带上我。"

李天水捋了捋遮住视线的几绺发辫，饶有兴味地道："什么本事？"

小书童转过脸，直直看着李天水，仿佛要宣布一件大事，嘴角却带着狡黠的笑意，道："你听说过玄奘法师么？王公借阅他的《西域记》抄本时，我将十二卷文字一字不差地背了下来，如此，你说王公是否定然要将我捎在身边了？"

李天水说不出话了，这少年的聪慧超出了他的想象。他在草原的巴扎上听人说过许多玄奘西行的故事，据说玄奘将他在十七年间跨越数万里大漠巨岭，行经两百多国的路线、道里、见闻、风俗牢记心底,回长安后原原本本复述了一遍,为其弟子辩机笔录成十二卷《西域记》。李天水还记得当时有胡贾明言,大唐得此书,对经略西域之谋助益极大。如今那特使便如同将这本千古西域第一书带在了身边,大可以沿着法师踏过的足迹前行,远道虽险,已然便利了太多。

正出着神,忽听那小书童低声道:"前头有岔路了。"

李天水抬了头,方觉水道已渐渐变得狭窄,不远处,许多小岛、岬湾将水面分割开,无数细小河汊在芦苇的掩护下分流了出去,芦苇后峭立着大大小小的圆锥形石锥,黑乎乎地看不真切。李天水腕上加了力,迅速道:"你跟着我摇桨。"片刻工夫,船头已切入了一条芦苇窄道。

书童遽然停了桨,左手紧紧抓住李天水右臂,急促道:"那里是什么东西?"他声音发闷。

木船船身狭长,舱内更是紧窄低矮。一张榆木矮足长几案安在正中央,案面四边滚边一般镶了一圈铁皮,占去舱内大半。长几下铺了层苇草垫子。五个人围着几案,各自坐在布囊上,只留了舱门的空位,谁也直不起身子。

吃剩的干果子、馕饼、肉脯、风鸡随着木盘子撤入案板下的搁板上。距离烛灯较近的一头,王公正伏案疾书,狼毫摩擦着黄麻纸,"沙沙"作响。其余四个人似是刻意与他避开一段距离,杜巨源与米娜挨着,正注视着自舱顶悬于门口的一个木雕小神像。是个骑着狮子的四臂半裸女神像,随着细绳微微摇晃。身侧的米娜则闭了眼,似在养神。另一头的僧人亦合了眼,口中喃喃有词,轻如蚊蚋。另一侧的门边,云郎则有如一头困兽般躁动不安,他心不在焉地在掌腕间翻弄着黑沉沉的铁棍子一端,举起又放下,不时地发出"砰砰"之声,时而瞥向身侧木门,时而又扫一眼木门另一边的黑布篓子。

船下"哗哗哗"的水声更急了些,"沙沙沙"的书写声停了下来。王公将那张写满了半边的黄麻纸极仔细地折起,小心插入腰间蹀躞带的丝囊中。又将笔墨石砚收入手边一方古雅的乌木匣子中,抬眼扫一眼四人,缓缓道:"今日已是离京的第十一日了吧。"

距他最近的杜巨源看着那匣子,忽然笑笑道:"王公记这行记,亦是第十一张纸吧?"

王公瞥了他一眼,道:"我老了,记性及不上玄奘法师之万一。"

"但这些文字亦将如《西域记》般流传千古。何况,"杜巨源眯眼笑道,"待那日重返帝京,拜谒天子,王公所获之荣光与礼遇,恐怕不会逊于昔年之三藏法师。"

王公目光一闪,仍紧绷着脸,看着杜巨源沉声道:"此刻远未到谈论回京的时候。杜郎莫忘了,我们在长安便算过里程,六十日之期,着实紧迫,日行夜宿,若有三日以上之耽搁,则不至矣。且最为艰难的行程,还要在龟兹以后。"

"自然记得,但王公也不必太过忧虑,"杜巨源低头摩挲着手指上的翡翠戒指,"无论如何,这条水道,至少能为我们省下五六日行程。"

王公略低了头,手指指节轻轻敲击着铁皮边沿的案面上,"哒哒、哒哒",目光一凝,转向杜巨源道:"你觉得这人可靠么?"

"米娜不是已经卜过他了么?"杜巨源看了一眼身侧的米娜。她仍未睁开眼,一头红发绾入了宝蓝色的丝质头巾内。长耳坠下径寸大小的琉璃珠子,绿莹莹地反着烛光。

"我问的是你。"王公敲打案板的指节顿住了,目光落在那案面上。

"王公以为这人真是个'废柴'?"杜巨源眼角又眯了起来。

王公凝神看着那案板,良久方道:"是个怪人,有不少疑点。自然,在这西域之地很多事无法以常理度之。两番远使天竺,我也遇见过不少怪人……"王公顿住了,两眼始终看着案面。

"王公未免高看他了,"另一侧的云郎忽然嗤笑一声,"砰"的一声将铁棍按回舱板上,"怪人?一个畏死的逃卒而已。我见得多了。"

二人俱未看他。杜巨源转了两圈手指上的翡翠戒指,又道:"午前我打听过了,在关上镇上,三年来他一直对人说的便是这个故事。应该不会有假。此人确实有些怪,或许在草原上遭遇过什么,但我们又何必深究。"

王公点点头,又"哒哒、哒哒"地轻敲起了案板,许久,忽道:"那便让他照看那口木箱子吧。他不是喜欢驮畜么?"

"哪口木箱?"杜巨源与云郎同时脱口而出。二人之间,米娜与那僧人亦同时睁开了眼。

王公微微一笑,眼角嘴边的皱纹更深了,看去就像个老狐狸。"当然不是那口箱子,不是还有一口一模一样的货箱么?"他忽然转过头,"云郎,将那搁板撤去,两口箱子正好能塞入案下,今夜我们几人可轮番在几案上小卧。"

云郎应了一声,将那搁板一抬一抽,连食具卸了出来,案板"嘎吱"一响,像是接缝处松动了些。王公皱了眉,盯了这矮几半响,忽然又伸出指节,在案面上敲动数下。

"哒哒、哒哒",铁皮内侧的案面竟被他叩动了!两尺不到的长边翻转了下去,另一边同时翻了上来。王公目光一跳,手掌发力一按,"呀——"一声,整面案板翻了过来。

外圈的铁皮内,"箍"着的竟是面活动案板。

没有人开口。十道目光皆投在了一个地方:那块翻上来的案面正中央。

案面上清清楚楚地刻了一行文字,线条扭转如蚯蚓一般。所有人皆看出那是胡文。

"是粟特文字,"米娜沙哑的嗓音响起,她侧脸看像案面,神情有些古怪,"只能看清两个字,开头两个字,是……"

"砰砰砰!"木门猛然被叩得震响,五人遽然变色,僵直着的腰板急向那木门转去。

"砰砰砰!"又一阵响过,云郎猛地抬腕,抓了铁棍,向那门闩处一点,"啪!"点开了门闩。

门"嘭"的一声被推开了。王公迅速压下了云郎抬起的铁棍子。"是玉机!"他沉喝一声,"出什么事了?"

推门而入的是那书童。他的面色却有些泛灰,嘴唇亦不住地打着颤。

"水面……水面上有鬼……鬼……"

船头已被压得略向下沉,挤在船头上的七个人却浑然未觉,他们的目光虽朝向不同的方向,两眼却皆已睁圆了。

水面被夜幕罩得死死的，空中只依稀几点星光在闪，但在木船四周不远处，无数点碧光正悬浮水上，忽明忽灭，时隐时现，幽幽惨惨。

周围水域忽然变得无比诡异。仿佛无数只鬼眼同时在窥伺着木船，仿佛整个黑夜便是一头长满了眼睛的怪兽。

李天水想起自己走过的草原夜路，不远处的林子里现出了一点点瘆人的兽眼光亮……

他定了定神，凝聚起了目光。他自小有双夜眼，借着船头火光，看见那些惨碧色的光亮闪在两侧芦苇丛后黑乎乎耸起的暗影上。那暗影的轮廓，或像直立的走兽，或像振翅的怪鸟，更多的似半浮在远处水面上的巨鱼，正妖异地凝视着船头越来越近……

"那些高出水面的东西是什么？"杜巨源也看见了，他目光灼然地扫向前头两侧，眼里已不带一丝笑意。

"雅丹。"米娜以她独特的嗓音回道，听上去颇为镇定。她凑近了插在船头铁环上的火把，仿佛能看得更远些。"我们粟特人称为雅丹，便是陡峭的土堆子。"

"荒碛里的雅丹群我见过不少，"船头左侧，王公的嗓音听去亦很克制，只双手紧紧抓着舷板，"只这些光点，前所未见，着实闪得古怪！"

"呜——"一阵冷风恰自右侧穿过，火把上的光焰乱晃，映在米娜面上，她恰转过了脸，冶艳的容貌在火光下一瞬间有如鬼魅，身侧的王公见了，目光一悚，两脚不由得退后一步，却被身后的僧人扶住了。

"是鬼火。"僧人看着面色有些泛白的王公，温静地一笑，

丝绸之路密码1：天山石圈秘境 45

却又被那火光闪得有些怪异。

王公愣愣地看住他,半晌,方开了口:"鬼火……什么鬼火?"

"阿弥陀佛,王公勿惊,"僧人扭头转向身后,"敢问玄奘法师记录中,西域诸国可有水葬之俗?"

他身后是舱门边的书童,此刻他正抱着那小书箧,瘦小的身躯藏在那后面。忽见僧人转向自己,仿佛吃了一惊,胸膛起伏片刻,仿佛安定下来,漆黑的眸子迅速转了数圈,方低声道:"法师只提及,天竺人有水葬,沉于水流,任其飘散,"他目光又一跳,哑声道,"律师为何……提及水葬?"

僧人却转向王公,微笑着道:"不知王公是否听闻,这片大漠深处的各处绿洲,藏了不少古国,其人乃是自天竺越雪山迁徙而来。"他语调低缓,神情温雅,却带着种奇异的吸引力。

王公定定地看着僧人,忽然目光一跳,恍然道:"你是说,这光点,是水葬……"

僧人缓缓点头道:"正是。智弘为禅修心法,数年前曾连续一月夜夜坐于尸陀林中,入夜后林中幽光点点,兽鸣不绝,正与此刻相似。"

尸陀林,梵语意为尸骸丢弃之所。佛门中修持禅观求精进者,多去野葬场静坐,以修炼心性。王公的面色已转了过来,又缓缓向四下扫了一眼,低声道:"原来这是水上尸陀林。"

僧人智弘方点了点头,水面上的风忽然越刮越急,火焰被压得抬不了头,船头与船前水面俱暗了下来,木船被水流推得更快了些,却微斜向左侧。王公两手把舷板抓得更紧,指节已有些发白,不住地转头张望着四周。那光点更远处,不可见的黑暗深处，隐隐传来"呜呜——呜——"的声响，由远及近飘摇于半空中，像哭声，比夜间兽鸣更怪异许多。

"这条窄道快到头了，"李天水开口时，船头上的人皆吃了一惊，猛地转过头，"后面是一片迷宫般的水域，你们先回那舱里，舟身不稳，双橹摇不开。"

昏暗中他听见有人松出一口气，一阵低语后，步履声渐渐向船头后退去。身后传来王公低沉的嗓音："你若疲累，一会儿有人替你。"

"不必。"李天水简短答道。

王公再无话，脚步声向舱门退去。李天水将穿在方孔里的木橹重又稳稳握在双掌中，方要摇起，却顿住了，有个人回到了他身后。

"杜郎有话说？"

来人笑了，是杜巨源轻松的笑声。"有样东西，你可能有用。"李天水未扭头，他听到了"啪"的一声轻响，他猜是杜巨源的那口木箧子被轻巧地打开了。瞬间身后大亮，一片黄光水一般漫开在船头。

神秘文字

　　船舱在不住地晃动，悬吊门下的木雕女神更大幅地左右摇摆，铁皮圈内掀翻过来的案面，两条长边正随着水流的节奏，微微上下摆荡。

　　六个人跪坐着盯住案面中央，已经好一会儿了。

　　离案面中央那行文字最近的王公，此刻身躯直得有些发僵，不相信似的将那桌面上的刻痕看了十余遍，方费力地抬起头，目光缓缓掠向两侧诸人。

　　翻转的案面中央，原本刻着的那行粟特文字，已被人用刀刃刮花了。刀刃极锋利，那一句扭曲线条文字已深深地覆盖在一团乱麻般的划痕之下，硬实的榆木案面上却连一点儿木屑也不见。

　　王公一双鹰眼在每个人的面庞上皆停了一会儿，像是欲洞悉每个人神情的细微变化，片刻后他丧气地垂了头，指节重重叩向腿股，以极低沉的嗓音道："方才是谁进了这屋子？"

　　他话音放落，两侧的杜巨源、米娜与智弘、云郎同时转脸看向门边的书童玉机，他倚靠在门柱上，像一头不知所措的落单小鹿，此时忽然咬了咬发白的嘴唇，轻声道："方才……你们出去后……没有人进门。"他竭力控制着自己的嗓音。

　　"你能确定？"王公的目光紧跟了过来，声调并不严厉。

　　"我……王公恕罪，我记不得了……船外太恐怖……只知跟着你们出门后，我始终靠在舱门边。"书童断续道。他面色苍白，气息急促。

"此后无人进舱么?"王公紧接着道。

"该是……该是没有……除非、除非自另一头绕进来,我却……记不得了……"书童盘膝坐着,紧紧抱着膝间的书箧。

"唉,此刻只怕问不出什么,"杜巨源忽然叹了口气,"我却是在想着另外几件事。"

王公转向了他,见杜巨源叉了手,将那戒指在两根手指间慢慢揉搓,缓缓道:"我思量着,这句话写的是什么意思?为何刻在这条船里的案板上,却又刻在背面?这行字是刻给谁看的,为何又会有人要刻意将其抹去?"

王公的眼角与眉间深深皱起,忽然目光一跳,喝道:"还有一个人!"

那个人自然是船头上的李天水。

李天水以木钩将船靠上苇岸,系紧绳索后,跟着书童钻入舱门。甫一进舱,便感觉到了数道灼热的目光。

他挨着那小书童,懒懒地靠门盘膝坐下。

"舱里这张几案,翻过来的背面刻了一行字,是粟特胡文,却在方才被人抹去了,"杜巨源摸着戒指,对着李天水道,"船是你朋友的,这文字自然是他刻下的。舱中藏了些机关原本并不太奇怪,奇怪的是为何有人将这行字抹去了。"

舱内所有人皆在看李天水,除了那小书童。他像赶考的举人猝遇贼人打劫,惊慌地抱着书箧紧靠在门边。

李天水扫了眼案面,将挂在腰后的皮囊扯了下来,拔出木盖子,猛饮下一大口,抹了抹嘴,嗓音含混得像含了个果核:"与我何干?"

"我们在船头上的时候,你在哪里?"王公的目光最为焦灼,有些不耐烦地看着他又饮下一口。

"我是摇橹者,还能在何处?"李天水看去有些莫名其妙,"你们未看见我么?"

"但这里没有一个人能保证你那段时间始终留在船头上。"王公紧紧盯着他。

李天水奇怪地看了一圈舱里的人,目光又回到那案板上,嘴撇了撇,道:"你们的意思是,我方才进来刮了这案板?"

没有人回应,所有人的目光都停在他脸上。李天水猛地又灌下一大口酒,抬起头道:"我又看不懂那行字,为何要做这种蠢事?"他毫不回避地以目光顶了回去,像看着一群傻子。

"或许在你上船前,你的朋友对你说了什么。"杜巨源侧过了身,声气和缓。

"你当时一直在我身后,未听清么?"李天水瞥了他一眼。

"此刻我知道关上的校尉兵士们为何那么讨厌你了。"隔着杜巨源,云郎忍不住开口,他挑衅地看着李天水,却被杜巨源一手拍在肩上。

李天水只斜了他一眼,又把酒囊送向口边。

"王公之意是,若是你忽然想起你朋友的舱里藏了些不能让外人所知的秘密,你自然会想到替他们抹去,"杜巨源的嗓音更柔和,"这其实也不是什么大不了的事情,你知会我们一声便可。"

"嘿嘿,你这生意人,脑筋倒确实不错。"李天水咧嘴笑了。

"你这逃卒,是要寻死么?"云郎作势欲起,却被杜巨源牢牢按定,王公猛厉地瞪了他一眼,随即转向李天水,也略缓了缓声色，道："可否见告，这船的主人、你的那几个朋友，都是些什么人？"

"会卖给我马乳酒的生意人，"李天水将酒囊系回腰后，撇了撇发辫，"他们也卖草原上的好马，卖给不懂马的关上将校们。"

王公与杜巨源迅速对视一眼，杜巨源沉吟片刻，凝眉道："草原马？那么他们是不是常走这条水道，去西州的巴扎？只有在西州，才能找到山北庭州的突厥好马。"

"朋友的事，我向来不爱多问。"

"自然是不必，"杜巨源已半眯了眼，"但你的朋友该知道你会把船停在何处吧？"

李天水清亮的眸子转了过来，但杜巨源觉得他似乎并未看着自己。"你用五匹驮畜换了一条船，我把船靠了岸，走一段沙路，一同过了城关，了结了我们的约定，便各走各路。这与那船主人有什么干系？"

杜巨源不说话了。却听王公轻咳了一声，缓缓道："你说过这条水路会通向西州。"

"我是说过。"

"为何还要走一段沙路？"王公双手撑住了案板，身躯向他微微前倾。

"因为从阿萨堡到交河城，有一条绕不过去的沙道。"李天水抬了眼，看着头顶上渐渐停止摆动的女神木雕。

"阿萨堡？"王公阴沉下了脸，"阿萨堡是什么地方？不是去西州么？"

"到阿萨堡便到了西州，"李天水懒懒地看了他一眼，道，

丝绸之路密码1：天山石圈秘境 51

"阿萨堡曾是高昌故国大海道的戍堡,如今已被废弃了。"

"你是说,这条水道尽头,是个无人古堡?"王公盯得他更紧了。

李天水咧咧嘴,还未开口,王公身边的智弘忽然接了话头:"据说如今已是个废弃的佛窟。"

"哦?"王公背脊向后略靠了靠,两眼却没有移开李天水分毫。

"小僧听过那地方,阿萨堡建于莫贺延沙碛西北边缘,扼守东入高昌必经的大海道。可怜堡中高昌戍卒,夜夜闻听自大漠深处传来阵阵鬼号般的声响,恐惧不能寐,便集资在堡内修筑了几尊大佛龛。之后高昌国灭,戍堡遂废,却作为佛窟大兴,往来大海道的客商,都会去堡内祈福礼佛。五年前平定西突厥后,天山北面安靖,走大海道的商队越来越少,那佛窟堡垒的香火便渐渐稀落下来。"智弘稳稳道来,仿佛是在讲经一般。李天水看了他一眼。

王公静静听完,两眼仍盯着李天水,道:"如今这戍堡内,可还有人居住?"

"原本该是无人了,"智弘低头片刻,又道,"只是近年来,有不少苦行于莫贺延碛中的僧侣,看见有火光燃起在那堡垒顶端,仿佛标示这条沙路已将至尽头。"

"莫非是燃灯菩萨?"缩在门边的小书童吐了吐舌头。他的气息已平稳了许多。

"只怕不是,"智弘叹了口气,接道,"据说有人路过时,碰巧看到了那燃火者在火光下的侧影,从此便被吓傻了。而且,听说循着火光进去阿萨堡的人,再也没有出来过……"

舱内一时静了下来。众人感觉到了舷板在水面上缓缓沉浮，这是一处平缓水域。远处有什么声音在响。

王公朝着李天水干笑了一声，道："故而这舱内刻下的文字，是你的朋友写给那燃火的夜鬼的么？"

李天水却抬了头，指了指那木雕像，道："为何不是写给他们的神？他们是信火祆教的商贾，走这条水道的商贾应该很需要他们神灵的护佑。"

王公扭头看向杜巨源，却见他已经开始说话了："波斯祆教的信徒，确实常将祆教经典中的诗句写在器具上辟邪。只是我想不通，为何有人要冒险将这些文字刮去？"

"我却在想，我们中有谁能看得懂这些文字。"王公的目光忽然掠过了杜巨源，阴沉地瞄向他身后始终眼帘低垂的米娜。

门侧的云郎霍然侧脸看向米娜，他身边垂着头的书童眼眸子亦转了过去，李天水意兴阑珊地斜靠着门柱，智弘和尚则一丝未动。

杜巨源微侧过身挡住米娜，摇头道："米娜确实看见了一行粟特文。但也可能有人以为是一串恶魔般的线条，或是符咒。不祥的符咒。"

王公看到他，眉间又皱起："你是说，有人划去这些文字，是恐惧那些文字的线条？"

"出远门的人，难免会有些紧张，难免会做出些难以理喻之事。"杜巨源目光一凝，看向王公紧紧抠住案面的指节，"不是么？"

王公默然片刻。轻轻透出一口气，又瞥了眼米娜，缓缓道："你前头说，你认出了两个文字，是哪两个？"

丝绸之路密码1：天山石圈秘境 53

米娜抬了眼，琥珀色的瞳孔在摇曳的烛光下显得更透明了，她出神地看着王公，沙哑的嗓音奇异而柔缓似吟唱："'阿萨'。第一个词是'阿萨'。'阿萨'，便是'恶魔'。"

忽然一阵尖厉的"呜呜——"声响起在船外，船身剧烈地晃了晃，一瞬间所有人都挺直了身子。

王公十指又牢牢箍住了案板。"另一个词呢？"他尽力令嗓音镇定下来。

"'鲜花'，最后一个词，是'鲜花'。"米娜的嗓音却听不出惊惶，只耳坠子左右摆荡，与她的眼眸一同闪着幽光。

"恶魔……鲜花……"王公默念了三四遍，垂头凝视着那片被划成一团乱麻的案面，忽然笑了笑，却笑得很难看。指节不住地"哒哒、哒哒"敲着案边，仿佛要敲开一扇迷雾中的门。许久，他抬了头，看见杜巨源也正在苦笑。

"起风了，"侧身靠在门边的李天水，忽道，"若无事，我去摇橹了。前面一段路，很难走。"说罢，便顾自弯腰起身，推了舱门钻出。

"呼"，一股冷风随着木门开合卷了进来，将案板上的烛灯压得明灭不定，在王公面上乱晃，他不由得缩了缩脖子，向云郎递了个眼色，云郎点点头，背了背篓，一拧腰亦钻了出去。

晃动的烛光映得舱内每个人的眼神都在闪烁，杜巨源煞有兴致地看着那烛火，开口道："王公疑他？"

王公仍盯着那处被划去的粟特文字，那些再也无法识别的线条，正处在一片暗影下。他缓缓道："我也觉得他不太像。"

杜巨源点点头。"他像个可怜人，像个故意流放了自己的可怜人，"他的眼中不知为何，仿佛也掠过一丝悲哀，"从草原流放至边关。"

"过去数十年，草原变动太大，该有不少这样的可怜人，"王公仿佛也叹了一口气，"他看上去对许多事已失去了兴趣，许多像他这个年纪的后生该去追求的事情。"

"我只觉得他早已对人失去了兴趣。"杜巨源以惋惜的口吻道。

王公瞥过他一眼，将手指自案面上抽回，按上了两侧的太阳穴，道："但这趟路太远，太赶，太紧要，这条水道又出现得太奇怪。临行前，我告诉过你们，内廷外朝，近来怪事不断，主事人嘱咐过……"他的目光向舱内诸人扫去，忽然在米娜的面上顿住了，语音也随之停顿。

他看见米娜耳垂洁白优美的弧线下，两个不停泛着莹光的耳坠子在微微颤动。米娜眼神也有些异样，褐色的眸子隐隐闪出了红光。所有人的目光皆转向米娜，看着她将两颗琉璃球取下，置于掌心，端详了一会儿，奇异的语调在舱内荡起："我闻出了那阵风的气味，风里带着沙漠深处的气息，是不祥的气息。它们亦感觉到了。"她忽然合起了手掌，绿光一闪没入了她玉一般的掌心里。

远处的声响仿佛逼近了，"呜呜"声在木船四周不住盘旋，夹杂着"咝咝咝"尖锐摩擦声，更有"咯咯咯"的怪响，低而急促地掠过耳际。

诸人只觉木船被什么急速带向前方，却已听不见水声。舱内的空气一时仿佛凝滞了。坐于角落的智弘合上双眼，盘膝坐定，口中念念有词。杜巨源转着翡翠指环，忽然勉强笑了笑，撑起了身躯道："我出去看看。"

"我随你去，"面色苍白的书童，在门边拉住了杜巨源的袍袖，"这舱里……我有些气闷……"

王公盯了他一眼，却未拦阻，忽听案板末端响起了米娜颤动的嗓音。"'阿萨'，'阿萨'要来了，"她目中赤色的光彩更亮，仿佛是恐惧亦像是兴奋，"它感觉到了，水中的精灵，它感觉到了。水精看到了。"她双掌在缓缓张开，像是张开了两片玉雕的贝壳，随后所有人皆看见她掌中现出一颗幽幽发着绿光的琉璃明珠。只有一颗。

两颗琉璃耳坠珠子竟在她掌中合成了一颗琉璃球。幽幽发绿的透明球体不住地在掌中震颤，且越发剧烈，仿佛随时将跳出掌心。

死神殿堂

"是时,四顾茫然,人鸟俱绝。夜则妖魅举火,灿若繁星,昼则惊风拥沙,散如时雨……"李天水听见身后的书童在低声念诵,很像沙州荒山石窟里信众绕着佛龛礼佛时的喃喃声。那书童的语调亦像那些信众般,越来越平静。

船头风更急,"呼呼"地劈面而来。"呜呜呜"的怪音如同鬼呼,在四周一堆堆雅丹暗影深处响起。暗夜无光,远远近近耸出水面的轮廓像一座座古堡或宫殿。居住着亡魂的幽冥宫殿。

木船此刻便穿行于两排雅丹群夹成的黑暗水道中,好在杜巨源的那颗半个拳头大小的夜明珠已箍紧在了船头。黄亮的珠光可映出一条船距外的水面,水面上一片死气。幸而接近雅丹后,点点鬼火般的惨绿色光亮反而消失了,但那些被甩在船后的黑黢黢轮廓,总像藏着些什么。

"想来玄奘大师三十年前渡过这片沙碛时,此处还是茫茫一片无水的荒漠,"书童身后,杜巨源指着那堆暗影道,"他看到的'妖魅举火,惊风拥沙',便是我们方才看见的景象,而这声响,该是近处与远方沙漠中的风声。"他背着木篦子撑在舷板上,仿佛颇为放松。

书童却置若罔闻,仍在不住喃喃念诵。

"但那'恶魔'与'鲜花'实实在在地出现了,又实实在在地被抹去了。"王公抓紧了腰间的蹀躞带,直直立于杜巨源身侧。他的嗓音有些发涩。

"若我未记错,那是句胡人的情歌,王公实不必过于在意,"杜巨源笑了笑,"'恶魔长着鲜花般的模样',我曾在南海上的波斯舶里,听过胡人常唱这句情歌,当时只觉歌调美妙,我令米娜逐字译给我听。"他抬了头,看见有漫漶的月光自黑云的缝隙中透了出来。他收回眼,直视王公,目光精亮。"已是第十二日了,紧要的是前行。况且看上去我们正走在对的路上,不是么?"

王公望着黄光下被船头切开的水面波纹,默然不语。良久,方道:"这片大水,何时可见着对岸?"

"这片大水,胡人称为罗布淖尔,两年前,他航船走了两日半,但今夜借了风,又避开了许多岔道,最晚明日午时前便能靠上岸。"

"是他这般说与你听的?"王公眉头一挑。

"也是我的判断。他摇橹的手很稳,抬眼时看着雅丹辨认方向。虽然我不知他如何辨出方向,我相信我并未看错人。"杜巨源眼眸中闪出了自信的光芒。王公定定地看着他,眼神有些古怪,仿佛隐隐带些懊恼或嫉妒……

船头前的雅丹暗影渐渐稀落,杜巨源眯眼看了一会儿,扭头道:"王公不妨回舱歇息半夜,过了这条雅丹水道,前方是一片开阔水面。"他又转头看向舱外的小书童与云郎,道:"令他们也回去吧,舱里还有那两个箱子呢。"

王公猛地扭过头,仿佛想起了一桩紧要事,正看见米娜从那舱内走了出来。幽绿色的光覆上了她惊怖的面庞,王公浑身颤了颤。

发光的琉璃球被她捧在掌心，竟像有生命一般颤动着向前蹿跳，她便跟着那琉璃球向船头缓缓行去，口中低诵着不连贯的字词："你看到了，你在引领我，河流之神，娜娜女神，你的魂魄看到了，死气正在弥漫，你在引领我，领我行过死阴之地……"

此刻李天水亦停了橹，回头看着米娜捧着琉璃球向船头走来。王公、云郎与书童在她身后瞪大了眼看着她将船头火球般的明珠取下，将黯淡的水精球箍紧在了铁丝环扣上。随后她侧过了脸，向着李天水道："强有力的武士，你会听从江河之神的指引么？"

透过黑云的月光打在米娜身上，虽颇暗淡，李天水却觉得她的红袍红发皆在莹莹发光。他有些失神，不由自主地点点头。米娜便笑了，那光艳仿佛一时驱散了船头四周的漆黑，她又道："你的目光像蒂什塔尔星，它会照亮你的前路，会令你在这片沙漠中有所作为。"

李天水静静地看着她。他并不觉得怪异，反而涌上一种神秘的神圣感。一种久违的神圣感。他正想咧嘴笑笑，身后忽然响起一声短促的尖啸，凄厉不似人声，李天水头皮一麻，急扭过头，见云郎已将他身上黑布背篓卸下按在地上，黑布在云郎铁钳般的双臂下仍在不住抖动，伴着"扑棱棱扑棱棱"猛烈扑翅之声。王公瞧着那背篓，一会儿又看向米娜，面色青白不定。杜巨源的神情此刻也凝重起来，两眼盯住箍在船头的水精。暗绿色的莹光颤动得更剧烈，仿佛随时将自铁环中脱落，坠入水中。

"啊！前头，那是什么？！"小书童尖叫着道，嗓音听起来像个受了惊的小姑娘。

惊扰人心是结队行夜路的大忌,李天水皱眉看着王公铁青了脸紧紧箍住那书童的手腕。身旁的杜巨源却拍了拍王公的肩头,示意他看向船头正前方。

"阿弥陀佛,便是在尸陀林中,也未有如此浓重的尸气。"智弘不知何时已至船头另一侧,他始终平和的双目,此刻也在不住地闪烁。

船头已穿过了鬼堡般的雅丹群夹成的狭窄水道,却没有进入一片宽广水面,至少目前没有。船头前方西北数丈远,水面上陡然现出一大片密密麻麻的尖头木桩子。足有数百根之多。出水皆有丈余高,根根竖直向上,远看像一片枯树林子,越来越逼近被水流推向西北的木船。青白月光下,李天水停了橹,双眼眨也不眨地看向这片怪木的尖端。木桩皆多棱,像用胡杨枯木削成,有些仿佛挂着牛角。削尖的顶端血红血红,直至那木柱中部,仿佛那上面皆曾穿刺着一具人体……

木人船棺

"两年前你经过这里时,没见过这些东西么?"王公看着眼前数根柱子,眼神已有些发直。这片水上怪林距船头已近在咫尺,幽莹的珠光已可映出那根最近的尖柱子上,刻了数道深深的划痕。

李天水摇摇头,将木船摇入这片阴惨恐怖的水域后,他顿觉身上一寒,不由得将心神凝紧了。他想起为了找回莫贺达干的骏马,在夜间的小黑林里迷了道,此刻的感觉比当时更恐怖。

"莫非这数百上千根红柱子,是忽然自水中穿出的么?"王公没有看向任何人。棱柱子静静地在他身边滑过,风中夹杂着忽浓忽淡的血腥气。他的十指又抠上了船舷。

"或许是流沙带来的。除了水之外,这里的沙子也是会流动的,"杜巨源目光精亮地向四下转动,嗓音里已没有一丝轻松,"看那些牛角。我听说过一些古老的祭祀仪式,还有巫术……"

"不可思议,不可思议,"智弘双掌合十,"每根柱子上,皆有七道细纹,无一例外。"

"每根柱子亦是七棱,着实奇怪得很。"前头李天水的嗓音传了过来,他两手不停地摇橹,小心避开迎面而来的尖柱子。

"七……七……,轮回的数字,生与死之间的数字,古老的巫师们最崇拜的数字。"米娜失了神的嗓音又飘了起来,她看着颤动不停的水精,头颅轻轻摇摆起来。李天水不禁回头瞥了她一眼,他想起了草原上的萨满。

王公的指节又发白了。杜巨源则有些冷淡地看着他的女人缓缓舞动身躯。那个好像被钉在舱门外的小书童,这时看着那片尖柱子缓缓道:"我怎么觉得,此处像一片墓葬。极古老的墓葬,自远处飘了过来,又被大水淹没了。"他的嗓音又轻又飘忽,虽颇平静,听上去亦有些瘆人。

没人理会他。只有米娜越发激动起来,她褐色双目中的红光在昏暗中闪得更亮。"墓葬、墓葬,是的,这是一片死神的殿堂,这些木头是殿堂的柱子。"她跪了下来,十指交叉紧握于胸前,口中念念有词。

船底开始上下颠簸,风陡然急了起来,掠过根根尖柱子间,擦出了"啾啾"的声响,漆黑中像是有人在呼哨。李天水已趴伏在了船头,紧张地四下扫着,像一头在丛林中嗅到了危险气息的野兽。他迅猛地摆动双橹上下拍击水面,"啪啪,啪啪"。船头随着他不时移动的身姿转动,摇晃不定的水精暗光下,他凝向水面的眸子仿佛更亮了。

船头后的人或抓牢舷板或紧靠船舱,随着船体上下颠着。掀起的水花溅上了船舱的隔板,隔板边抱着书箧缩成一团的书童冲着船头大声喊:"你看见了什么?"

李天水未扭头,只喝了一声:"你速回船舱!"顿了顿,又道,"其他人也都回去!"

捂住胸口闭目靠在书童边的武士云郎,闻言瞠目道:"你这厮,敢瞧不起人么?"却听李天水低沉了嗓音,轻呼一声:"来了!"

船舷上的人,像忽然听到同伴嘶鸣的鹿群,个个伸长了脖颈。每个人都看到了。一根柱子自左后侧向木船无声地漂移过来，甚快。惨淡月光下，那柱子渐渐现出了人形。靠近左侧船舷的小书童失声叫了出来，云郎苍白着脸，提起了身侧的铁棍子。那黑布背篓却静得可怕。

李天水将船橹没入水中，以腕力无声地划着，侧着脸死死盯住身后漂来的人形柱子。他已经看见了那木人的脸，它半张着嘴，两眼深凹，像通向另一个世界的两个空洞，又像在向这片黑暗诡谲的水域召唤着什么。李天水觉得这张简陋木刻的脸面显出了一种动人心魄的神情。一种死者的神情。

木人沿着一条由月光铺成的水道，直挺挺穿过了四五根尖头柱子。此刻距离舷板只有一条船的距离。

所有人的目光皆凝聚在那木人下方的"小船"上。

漂浮过来的"小船"，船形甚古，看上去极朴拙，紧紧包裹在一整张牛皮中。暗红色的牛皮仿佛还带着血。木人双脚便粘连在一片暗红之上。木人仿佛自另一个世界来的恐怖使者，半张着口将要吸去船上众人的魂魄般，在幽光下越来越近……

李天水背脊一阵阴冷，加力摇臂，双橹在水下荡开一圈圈波纹，船身渐渐侧转了过去。

云郎已当胸横起铁棍，护住书童。二人死死盯着月光下的木人与牛皮船。它在舷板前两尺处直直漂过，幽灵一般移向船尾，直至消失在黑暗深处。二人始终未合拢嘴。

"是船葬。"不知过了多久，智弘和尚缓缓道，他光秃的头颅好像也在微微泛光。

众人方才回过神来。杜巨源看向他道："律师能看出是多久的船葬么？"

智弘摇摇头，道："至少已千年以上。"

"千年以上的船棺，为何会忽然出现在这里？"王公忽然瞪了眼。

无人回应。只米娜的喃喃声又响了起来："江河的主神，引领我行过这死阴之地……"书童玉机的身体竟不由得颤了颤。王公青着脸看着跪向船尾的米娜，杜巨源忍不住道："不必再念祷了。"

米娜顿了顿，却连眼皮亦未抬起分毫。"不信神的人呵，娜娜女神分明在指引着你。我们仍游荡在这片无主死阴之地。"

杜巨源皱了皱眉，望向前头。一排更密集高耸的尖柱子横亘于前，整齐得怪异，像幽冥入口的一排卫兵。李天水正奋力摇橹，将木船向两三丈外两根立得最高、相距也最宽的尖柱子中间荡过去。他身前铁环内，那颗水精越来越亮，绿光向着船尾方向蹿动。他扭过头，双手忽然停了下来。

船头被西北向的水流带得一偏，将将要撞上一根巨柱。米娜的念诵声越来越急。王公抠紧腰带的指节凸起，正待张口呼喝，声音却卡在了喉咙里。

他看见了那怪异恐怖的木雕人偶，踏在牛皮船棺上，又直挺挺地向船尾漂回来了，仍是沿着那同一条月光水道。

李天水扔下右边的木橹，双脚撑着左侧舷板发力猛摇。船头斜斜刺入了那两根高柱子间，但后头的人偶船棺来势更快，月光下悄无声息地距船尾只不到半条船身，空洞的双眼仿佛在看向船上的每一个人，一股阴寒的死气循着船棺前的水面传上木船。

此时半截木船已穿入那两根高柱间，看上去像一条已掉入罾口的大鱼，避无可避。

李天水扔了船橹，拧腰反手一抓一送，"咔"的一声轻响，挂在铁环后的木钩子钩紧了左侧那根六棱尖柱，再发力一拉，"嘎嘎嘎"连声响，在拉力与水流的合力下，木船竟以那尖柱子为轴，转起圈来。

船尾在迅速掉转，但那恶灵般的人偶已近在眼前。此时冲至船尾两侧舷板的王公与杜巨源，死死盯着人偶下暗红的牛皮。牛皮上布满了小洞，兽眼般的光点在皮洞下闪过数闪，三道闪着寒光的尺余窄刃忽然破皮而出，直刺向船尾木板最薄的侧舷，阴寒的锋刃距立于两侧舷板边的王公与杜巨源亦不过尺余。

便在这呼吸之间，李天水一手钩定尖柱，旋身展臂，另一只手去够那船橹。那木橹却已被另一人抢在手里，竟是书童玉机！他一脸凝肃，"啪啪啪啪"地奋力摇起，木船果然转得更快了些，随即他转头尖声喝道："达奚云！"

达奚云愣了愣，他正提着铁棍护紧了王公与杜巨源，却见王公扯住他袍袖向后一拽，粗声道："你去前头摇橹！"达奚云看了眼身旁的杜巨源，看着他套着绿玉指环的左手食指拉开了一张十字弩机，便飞身蹿了回去。

"哗——"木船船尾逆流转向，一圈水纹在三道阴寒的铁刃与船尾的侧舷板之间划开。船棺冲入波圈中时，船尾恰好绕着那柱子转向了另一侧。与那船棺平行一瞬间，杜巨源食指扣紧了弩机，灼灼目光由船棺上的牛皮破洞移向其上的人偶，不由得目光一跳。

船棺直直向前。它仿佛被一股无形的力量控制着，沿着由月光铺成的阴寒水道向前滑行,滑向黑夜的尽头。

淡薄的月光越发高远,已偏移到了东面。铁环内的琉璃球又渐渐平静下来。李天水将木钩子抽了回去,斜靠在船舷上喘着气。寒风带着呼哨声将他的发辫吹散,他看着船头又渐渐转回西北,被水流推向这片森然的水上尖柱林深处。

书童玉机亦停了橹,他发髻散乱,一绺绺汗湿了贴在额头。玉机看着那条摇晃着的月光水道尽头,愣了许久,低声道:"它还会转回来么?"

李天水未及开口,米娜沙哑的嗓音已响了起来:"黑暗还会回来,但我们已行过这片死阴之地。"她已站起身,双手握在胸前,垂下眼帘,嗓音轻柔地念叨着一长串词句。随后她向船头缓缓行去。李天水看着她极小心地将琉璃水精自铁环取下,郑重地捧在双掌中。幽绿莹光黯淡了下来。她瞥了眼李天水,李天水觉得被照亮了。她嘴角掠出一丝笑,什么也没说,回身轻盈地行至舱门边,挨着仍闭目念咒的智弘和尚坐了下来。智弘的手里多了一串蓝绿色的念珠。

玉机久久地注视着李天水,忽道:"你若饿了或累了,我替你摇一会儿吧。"

李天水正嚼着一块刚撕下的馕饼,看见他不住地眨着眼睛,不由得咧嘴笑了笑。

"你莫要小觑我。"玉机两眼睁大了,小巧的嘴唇嘟了起来。

"你识得路么?"李天水看着他,带着笑道。

"风向水流皆向西北,今夜不会转向,阿萨堡亦在西北边的岸边——皆是你自己说的,"玉机仿佛已经忘了方才那恐怖的一幕,又恢复了先前的机灵劲,"我只需摇橹避开这一根根尖柱子便可。"

李天水放下馕饼,看着眼前的小书童。这世上终究还是有些有趣之人,他想。他问道:"你不害怕了么?"

玉机不作声,扭过头去,开始奋臂摇橹。

船身的簸动也渐渐平息下来。玉机摇得很稳,木船"嗖"的一声,从两根高柱子间穿过。船尾的王公与杜巨源看着一根根高耸的散发着血腥味的尖棱柱迅速向身后移去。许久,王公转眼看向另一侧的杜巨源。"你方才看见了什么?"他眼神有些复杂,"在那根人形柱子上。"

杜巨源仿佛这才回过神来,背在身后的双手又搭上了船舷,手上的十字弩已不见了。他勉强笑了笑,道:"王公不也看到了么?"

王公凝视了他片刻,递出一个眼色。杜巨源点点头,随他身后钻入了舱门。

"那个记号,是吐蕃人么?"坐定后,杜巨源用只有王公才能听清的嗓音道。

"你没看错。"烛火已将燃尽,王公阴着的脸仿佛将隐入舱内的昏暗中。

杜巨源抬头看了看,那木雕女神像亦大半隐没在黑暗中。他揉着微微闪光的指环,缓缓道:"我在南海舶上,听说过吐蕃水军的一些传闻。传闻吐蕃人曾秘密训练一种水下的死士,名为'蛙人',他们脚踩牛皮连蹼,藏于无底木船或皮筏下划水,或夜渡江河,或撞击敌舰,犹如鬼船一般。即便烧得灰飞烟灭，他们也划水不停，令敌军丧胆。"他看着王公的手指扶上了几案。"王公曾率吐蕃军入天竺，该有所耳闻。"

王公面色灰暗，低头半晌，闷声道："前任的吐蕃赞普松赞干布崇佛，二十年前已将这股阴邪的力量自军中裁撤出去。此后似乎归入了黑苯教的秘密组织了。"

"如此看来，我们被他们盯上了。"杜巨源压着嗓子急促道，他瞥见王公那双锐利的眼睛不住闪烁，又道："不是他搞的鬼，否则我们不可能躲过去。"

"但未免有些太巧了。"王公以同样低哑的嗓音道。

"若是从这里到沙州遍布了吐蕃秘密的眼线呢？"

王公又沉默了片刻，舱内越来越暗，他目光却忽然一跳。"上个月，论钦陵派来的使臣才刚离开长安，据说是来试探和亲之意。你说他的贡礼下，是不是藏着把刀子？"声音已轻不可闻。

"莫忘了这里至沙州毗邻青海，乃是吐谷浑故地，吐谷浑方被吐蕃征服，这把刀正对着西域肚腹，"杜巨源用力揉搓着指环，"我听说论钦陵为人阴沉机变，暗藏野心……他自然不希望我们能做成这笔囊括西域的大买卖。"

王公猛地吸了口气，道："你觉得宫中的那件怪事，与吐蕃人有关么？"

杜巨源眼光幽深地盯着渐灭的烛火，没有开口。

王公的手指摸上案面那团被刮花的划痕。"'恶魔像鲜花一般模样'……你说这是一句情歌？"

杜巨源轻声叹了一口气。

左旋的"卍"

"你的意思是，劫道的贼人？"玉机双手顿了顿。

"希望如此，"李天水又饮下一口，"否则，便是冲着你们来的。"

玉机不言语了，摇得很慢。李天水收回远眺的目光，道："起晨雾了。"

远处的漆黑在变淡，呈现出一片暗蓝色。但火光下铅灰色的水面上不知何时罩上了一层雾气。好在尖柱的间距已可容下四五条船并行。玉机仍在不住地张望，李天水忍不住道："你在看什么？"

"看你说的刻痕，"玉机小心地将船头转向迎面一根尖柱子侧面，又盯了过去，"刻在这些木头上的横线。"

"皆是七条么？"

"刻上的横线皆是七条，"玉机的嗓音忽然听去有些古怪，"这条船上，一共有几个人？"

李天水垂头想了想。"七个，"他皱了皱眉。

"还记得米娜方才说的话么？"玉机的嗓音听上去有些发闷，"而且，七条刻痕，最上方的一条横线，皆刻在那血红色的顶端上。我仔细看过了，每一条皆是这般。"

李天水觉得脑中有什么"咯噔"一响。

"七个人，七条线，有一条线却在血色中。"玉机像个傀儡一般摇着橹，闷声闷气道，"我也不懂这是什么意思。"

"这意思岂不明显?"米娜的嗓音传了过来,她靠着船舱边的侧舷,晨风中她的耳坠子不住地摆荡,在雾中闪着淡绿色莹光。

李天水定定地看着米娜,又转头,问向身侧的玉机。"你说有横线的柱子,"他缓缓道,"莫非还有些柱子没有刻痕?"

"所有的柱子皆刻了图案,"玉机心不在焉地摇着橹,"除了那些横纹外,有一些柱子上刻了另一种奇怪的图案。更奇怪的是,我只在船行的方向上见过刻着这些符号的柱子。"

这片尖柱林中,木船始终随着水流穿行向西北。李天水皱了眉。良久,低声问道:"是什么样的符号?"

玉机低头未言语,他的两眼仿佛也罩上了一层迷雾。有个人缓缓走了过来。李天水没有回头,他听出了那凝重的步履声。

"'卍'字,左旋的'卍'字。黑苯教的秘符。"王公的嗓音干得听不出一丝情感。

囊中美妇

"是这般画的么?"李天水将手指伸入酒囊中蘸了蘸,在舷板上以酒水画了个符号,"左旋的'卍'字。"

玉机点点头,有些惊讶。王公亦未开口,两眼像锥子一样钉在他身上。舱边打坐的僧人智弘也缓缓走向船头。

"我在沙州见过这种符号。是右旋的。佛像胸前额头常见,有个两眼看不见的老僧,告诉我这符号读'万'音,是个什么相。"李天水仰起头,像在回想。

"吉祥海云相,乃是佛陀宝相。尤为华严宗所重,"智弘忽开口道,他左手转着蓝绿色的念珠子,"而左旋的'卍'字,却是吐蕃原始雍仲苯教的教符。轮回不绝之意。"

"轮回不绝……或许确是片墓场。"杜巨源扶着舷板,低声道。他若有所思地看着船尾雾气中的米娜,美艳的胡女正望向水面更远处。

玉机摇着橹,漆黑的眸子闪了闪,道:"如此说来是吐蕃人的墓场?如此说来那个突袭我们装神弄鬼的木偶……"他略顿了顿,眉头微微一蹙,"是个守墓人?"说完,一阵冷风掠过,他不由得打了个寒噤。

"阿弥陀佛,这倒确实是个合理的解释,"智弘的嗓音中带着种安定人心的力量,"雍仲苯教乃是盛行于吐蕃高寒之地的巫教,本有许多反常怪异的仪轨,越出常人心智之外。"

王公点点头,仿佛已接受了这个解释,正要转回去,却听船头李天水忽道:"但为何只有笔直地通向西北方的柱子上才刻了'卍'字符?"四下尖柱子越来越少,李天水仍在雾中不停地转头张望。

"西北面是西州的方向,"王公目光一跳,嗓音有些发紧,"你的意思是,吐蕃……"他没有说下去,扭头看向杜巨源。

李天水忽然纵身一跃,把住了玉机的右臂,发力一摆,船头荡开,舷板擦着一根尖柱子的棱边过去了。书童方才出了神,船头被水流带向了柱子。他飞红了脸,右臂与手掌挣了挣,终究未挣脱。李天水愣了愣。

这书童的手掌温软细腻,身上竟还带着淡淡的馥郁之气。

片刻后,他平静地道:"将木橹交给我吧。"书童低头松了手,任由李天水轻轻提过双橹。他背起书箧子,退向王公身侧。王公看了他一眼,目中透出些许柔光,伸手整了整他的发髻,道:"还在怕么?"他嗓音竟然也变得柔软许多,"去后头歇会儿吧。"

玉机抬眼看了看王公,咬了咬嘴唇,摇摇头,轻声道:"想来,过一会儿,便日出了。"

"然而黑夜的阴影却并未散尽。"米娜的声音并不太大,船头边诸人却像耳边炸了雷,同时转过了头。顺着她发亮的目光,众人看见船尾右舷不远处的水面上,一根孤零零的尖柱子边,不知何时忽然浮出一条小舟的影子。

玉机忽又低呼道:"它……它又回来了么?"

雾气缭绕间,那影子看去与那牛皮船棺极似,一沉一浮间尖尖的船头正对着舷板,仿佛转眼便将冲着这边直刺过来。

李天水绷住了身躯,小臂一抬一转,"啪啪"的拍水声中,木船逆着水流缓缓向右侧转去。身后玉机瞪大了眼看他。那影子越来越近，果然是条窄小的小舟。王公面色一紧，方要喝止，身后杜巨源伸手拍了拍肩头，向前头努了努嘴，眼睛眯缝了起来。王公凝神看处，方见那窄小的木舟是被系于一根尖棱柱上。系绳甚粗，绕柱数圈，船上之人已近得可以看出那绳索以苇草编成。

被系紧的木船自然是不会漂动的，李天水缓了桨，目光来回扫着舟身。木船顺着水流绕向小舟侧面。没有任何动静。李天水放下木橹，背手抓住了一柄木钩子。两船间距已不到一柄长钩，船头隔板边王杜二人一眨不眨地盯紧了他。达奚云"噔噔噔"提着铁棍地冲至船舱门口，瞪向船头。他身后的米娜上身前倾着注视着小舟。

"啪！"木钩钩上了小舟翘起的舟头，缓缓拉近时，李天水看出小舟是由一整根粗大的胡杨树干刨成。舟身狭长，舟头很翘，舟底却很深，看不清舟中的情形。

右脚踏上了船头时，他感觉到了某种危险，不由得绷紧了身体。那不像是暗夜中潜藏着的野兽气息，是一种他从未经历过的怪异感觉，一种自心底深处升起的战栗感……

"嗯哼。"舟底忽然发出了一声闷哼。李天水心头一震，俯下腰时忽觉得有人握住了脚踝。他猛地转过头，看见玉机缓缓将微露出靴口的匕首刀鞘拔了出来，递给了他。李天水接过刀鞘时目光始终未离开玉机的双眼，没看见他身侧的云郎阴沉着脸握紧了铁棍。二人身后的杜巨源脸上已没了笑容，一只手背负在了身后。王公紧紧抓着侧舷的手指关节又发白了。

"嗯哼。"呻吟声更响了些。木船上的人皆听出来了，是一

丝绸之路密码1：天山石圈秘境　　73

个妇人痛苦的声音。

玉机松开了手指。李天水跨上舟头,看见勉强只能容下三个人的舟腹打刨粗糙,近舟尾处静静躺着一个粗布囊袋。

四五尺长的囊袋忽然扭了扭。李天水目光一跳,随即立刻意识到这布囊中盛着一个活人。

他将木钩子探了过去,腕子一翻,钩上了那扎紧了囊口的苇草绳索,缓缓拖了过来。布囊扭动得更猛烈了。李天水手腕再一抖,青亮的刀刃光划过,木船上人人皆将头探向了舟中。

"夺"的一声,匕首刀刃截断囊口草绳的同时透入了木板。李天水箭步跃入舟中时,顺手将木钩子一扯。囊口敞开。他的身形顿住了。

粗布囊中竟装着一个美妇人。她面色灰白,蝽首云鬟散乱,口中塞了一团红黄色的丝布。半合的双目黯淡无光,裸露的浑圆双肩一动未动,仿佛在重见天光的一瞬又昏厥了过去。

李天水看着那妇人一时没动弹。舟身一晃,玉机一步跃入舟内,居然颇为迅捷。他弯下腰麻利地将那粗布囊慢慢拉了下去,眼神越来越奇怪。那妇人通身一件极明艳的波斯锦紧身连体长袍,鲜红底上覆满了瓣叶曼妙的金花纹饰。领口以上的丝帛却被粗暴地撕去了,塞入口中。细腻粉白的长颈上,箍着一圈黄金项圈,项圈中央的菱格形金牌上雕着一朵瓣叶精细的金花。

这妇人的衣饰像是个西域贵妇,容貌却显然是个汉女。

木船上云郎以另一个木钩子将侧舷靠上舟身。诸人见了那衣衫残破的美妇人,一时皆哑然无声。冷风掠过,那女子身躯颤了颤,丝袍贴紧了她的身躯,像过了水一般,流波般的曲线毕现无遗。舱门外的智弘和尚忽轻叹了一声，道："阿弥陀佛，劫数中的女子。杜夫人的玉瓶中若还存有些底迦，不妨给她试试。"

米娜像自梦中醒来，看了智弘一眼，白腻的手指探入了笼罩全身的猩红长斗篷内，在那深处勾了勾，勾出了一个漆黑莹润的细长颈弯把玉瓶。她将手指勾了过去。那僧人微笑着接过，跨上了独木舟后，揭开了鸟啄形瓶口上的细木塞子，俯身托起那妇人的后颈，轻轻扯去那妇人口中的碎锦。那失了血色的檀口微张着，任由智弘将瓶中汁液倾入口中。一连串的举动甚是温柔。

船舷边，王公焦灼地凝视着那美妇，仿佛一时有无数个念头涌起。杜巨源则始终背着双手一言不发，目光不定，由米娜转向智弘，又在李天水与玉机身上来回扫了几回，最后亦定在了那妇人身上。

那妇人的脸色慢慢有了光泽，好像一块好玉慢慢从淤泥中显露出来。

智弘两眼一眨不眨，在她鼻尖下的素髎穴上反复揉捏。须臾，那妇人的唇上也有了些血色，细长柳眉微微蹙起，缓缓睁开了眼。泛着水色的秀目失神地看着智弘，蓦地又转向身侧的李天水，渐渐由迷茫转为恐惧，圆睁了眼张口欲叫，却见智弘温静地笑了笑，柔声缓缓道："姑娘，我们不是恶人。"

那妇人便又看向智弘，扭曲的面目竟真的渐渐平静下来，仿佛他的笑容带了魔力一般。她嘴角勉强抽了抽，像是要说些什么，眸子忽一转，面上又罩了一层死灰，费力地张开口，嘶哑着嗓音，喃喃道："恶魔……恶魔，那些……恶魔，王后、王后，阿萨堡，救……救救王后……"

她喘着气的嗓音很低，舷板上的王公与杜巨源却猝然变色。两人迅疾对视一眼，王公沉声喝道："什么恶魔，什么王后？"

"王后……我的王后……高昌的王后，波斯的公主。"

二人的面色僵住了，那妇人又道："恶魔，面上覆盖着长毛的恶魔，啊……呃啊啊……"那妇人说不下去了，明丽的瞳孔里透出怖惧已极的神色。两肘撑向舟底挣扎欲起，双臂紧抱着颤抖着的裸露肩头，仿佛一朵随时将要冻萎在寒风中的鲜花。

那妇人将酒囊递还李天水时，面颊上已覆上了一层艳红。她微微一笑，像是道谢，笑靥像春花一般。李天水咧咧嘴，随即闭上了眼，仿佛在嗅着那妇人身上毛毯上散发出的香气。

上船后，米娜便将一片熏了安息香的红褐色圆毯子裹上那妇人。一时木船上空随风飘散起这种闻之令人神安心静的异香。只有王公仍不住敲打着舷板。一炷香的工夫后，他忍不住又转过了身子，道："你与那高昌王后、波斯公主，是何关系？"他的鹰目盯着那妇人脖颈上的金项圈。渐渐透出的曦光打在菱形金牌上，金花闪闪发光。

那女子抬起了眼皮，直定定地看着王公，有些散乱的眸光渐渐凝聚起来，忽然轻呼道："可是王公玄策？！"

王公双手猛地抓紧了蹀躞带，十指像鹰爪般虬起，低声急促道："你是公主的什么人？"

"我唤作萧萧，公主最亲近的贴身使女，"萧萧眼中的光彩越来越亮，"如此说来，立于我面前的果真是玄策公？"

王公沉沉地点了点头。身侧的杜巨源将双手放回了身前，沉静地看着仍很虚弱的萧萧，道："姑娘不妨进舱说话。"

三人入舱后，智弘米娜端坐船尾。玉机云郎立于舱外。不时地有低语传来，但船头的李天水全未留意。他看着淡雾中一堆堆尖耸如刀刃的雅丹，只想着这一趟路程快到终点了，不禁越摇越快。水面渐亮，雾气渐渐散开，远远近近的石堆越来越清晰。李天水看见石堆上被风或水削磨出的一棱棱一层层边缘锋利的石头层。看见那红褐黄灰一层层间隔在石堆上，晨曦下幻化出从未见过的明艳。看见五彩石堆有些像沙州城中尖顶的佛塔有些像沙州城外高耸的烽火台有些像草原上的敖包堆，在淡雾中时隐时现。他想起康伯在帐子里与阿塔闲谈时，说起天山与昆仑间的广大西域，乃是神魔出没之地，远超常人的想象。他愣了一会儿神，忽然放声唱起歌来，豪犷的突厥长调带着酒意和隐隐的悲意在开阔的湖面上荡开，又被风带入了船舱中。

船舱一时静了下来。良久，萧萧柔软的中原汉音重又响起。

"公主近来觉得危险，"她语音虽软，语调却很沉重，"半年来，她的藏身之地只有我们三个人知晓。她说敌人已潜入西州城内各处，甚至秘密的联络点。王族或教中一些机密要事，皆由我来代办——如此便要穿着公主的衣袍以为信。西州火坛中的一些老人，并不识得我。"

"你跟着公主多久了？"杜巨源的嗓音不经意地响起了。

"将近五年了。"

"五年……并不算太长。你怎的从中原流落至西域偏僻之地，又如何在数年间取得了公主的信任？"杜巨源摸着翡翠指环,像个挑剔的主顾在掂量商货。

"我……我……不瞒贵人,我原是官家之女……阿耶,阿耶获罪后,连坐远流,幸得公主收留,"萧萧的嗓音低了下去,"高昌国灭二十年了,公主身边的人越来越少,而随她自波斯远来的奴仆亦渐渐故去了。这些年来,她常终日不语,能和她说说话的,只怕只有我一人了。"

"你会波斯胡语?"杜巨源紧追了一句。

"公主远嫁高昌近三十载,早已熟谙汉话。"萧萧迅速答道。

"罢了,"王玄策摆摆手道,"我且问你,公主遇上了什么样的危险?"他的嗓音仍很焦灼。

"吐蕃人。"萧萧的声音颤了颤,"数月前的一个深夜,公主对我说,裹着黑头巾的吐蕃人像乌鸦一般飘入了高昌国——她还是将西州称为高昌。她说无所不知的梅赫尔——设在各处火坛的眼线——在高昌、交河城内的客栈、寺塔甚至水井边,皆看见了吐蕃巫师与谍人的身影。这些可怕的吐蕃人,夜间他们会放出鬼怪。昨夜、昨夜我便看见了……那些长毛覆面的恶鬼……"她的嗓音急促起来,开始发抖。王玄策手指紧紧扣着几案外的铁皮,抿紧了嘴。待气息平稳了些,她又道:"公主日益惊疑,便差人去信长安,商议遣使之事。四五日前,公主又对我说,东来必经的大海道上,亦已不安宁。夜行道上的佛教徒看见有一群绿睛恶鬼,在沙碛中一边撕剥一队商贾尸身上的衣物,一边发出'嘶嘶'之声……"

船身晃了晃。那妇人嗓音忽然停顿,死寂的舱内听得见舱门外智弘的喃喃念咒声。王玄策低头像在沉思,面色有些发白。

"故而，她遣你来这里接应我们？"杜巨源粗率的嗓音又响起。

"正是。"萧萧低声道，嗓音仍发着颤。

"但她怎知我们会走这条水道？两年前此处还没有这片大水。"杜巨源沉声道。

"公主并不知道，她只令我在大海道尽头等着……是我好奇，莫说两年，便是数月前，阿萨堡前仍是一片小小的月光湖。这片大水好似从天而降，与月光湖连成一片。水上五彩的雅丹好像天神的宫殿。我昨日在堡上见了，以为神迹，一时昏了头，不知怎的，好像魔怔了一般荡舟下水，却未料反逢着了恶魔……"

王玄策抬起了头，道："公主令你在阿萨堡守望，她却在何处？"他的嗓音有些发紧。

"她在交河城。我们约定，每日飞鸽传信，若飞鸽不至，公主便会连夜赶至。啊，糟了！"萧萧尖着嗓音惊呼一声，"昨日未能飞信至交河，公主必已连夜赶至阿萨堡。方才我便梦见那群恶鬼正追着公主，在一个漆黑洞中，将将便要赶上了……"她捂住了脸。

"摇橹的，距阿萨堡，还需多久？"王玄策一步钻出舱外，朝着船头急呼。

"待过了这片雅丹群，便快了。"李天水的嗓音悠悠地传过了来，像是歌调子。

王玄策不作声了，在舱门外来回踱步。舱门半开着，他听见杜巨源轻声问了一句什么，回应他的那美妇人的嗓音有些变了。

"不是怪人，它们是恶魔，"萧萧失了魂一般，低声道，"它们面颊四周垂着长长的白毛，两眼像两个黑洞，碧绿的光点在眼洞中一闪一闪。它们发出的声音，像诡异的笛声，呜呜——呜呜——"她忽然学了两声，王玄策顿觉毛骨悚然，不禁回过头向舱内看去，正看见她的眼神亦有些可怕。

门边的智弘和尚握住了念珠，开口道："阿弥陀佛。她受惊过度，方苏醒过来，心魂未定。依小僧之见，舱中气闷，且容她在舱外歇息片刻吧。"

第三章 阿萨堡

书童玉机

　　天色已微明，罗布淖尔水面上的风小了些。仍是冷冽。萧萧裹紧了玉机的狐皮披肩，将毛毯递还米娜。先前米娜说那是占卜的毯子，裹在人身上久了会显现那人的命运，听见这话时萧萧又抖了抖。

　　薄雾中的雅丹群慢慢向后退去。李天水顺流摇橹，呼吸着干涩的沙漠气息，全无倦意。一时天地间只余下水声与风声，仿佛与世隔绝了一般。

　　"到了！"萧萧低呼了一声，所有目光皆应声转了过来，好像忽然惊醒过来，"看那火光！那是阿萨堡顶的烽火，是阿罗撼！阿罗撼来了，那……那公主也已经到了！"她仰头看向船头左侧半空中，睁大了眼，惶急不安。

　　前头水域仍是灰蒙蒙的。水天一体的暗灰色间，李天水瞧见了一处黯淡的光亮，悬在他前方左侧。正是顺流的西北面。那光亮在雾气中忽隐忽现，仿佛随时便要熄灭。李天水俯下身，全力向光亮处摇去。

　　王玄策与杜巨源同时迈步向左舷。远眺片刻后，王玄策茫然地看向杜巨源。杜巨源一动不动地凝视前方，缓缓道："看前方左侧的水面上，有条浅灰色的岸线露了出来……越来越高……王公可见否？那上头有火光……那岸线已升高得像一座雅丹。"

　　"那是阿萨堡的外墙，墙体已有六成淹没在水下，幸而墙堞筑得高，石堡所在的地势也高些，否则……你们一会儿便知道了。"此刻萧萧说话时，气息已平顺了一些。她看了王玄策一眼，忽然道："公主告诉我，玄策公的使队里，带着一半的圣物，可证身份。"

王玄策瞥了瞥舱门，随即看着萧萧道："圣物只可在公主面前取出。我还带着她赠予唐主的信物，确实早该取出。"他探臂入怀，在胡袍翻领内摸了一阵，竟摸出了半枚银币，摊开掌心伸向萧萧面前，又道，"萧姑娘身上，可有那另半枚？"

萧萧接过。半枚银币上镌刻了一个头戴王冠、相貌威严的胡人侧脸。自王冠的尖顶裂开至翘起的虬须，恰好是个半圆。萧萧目光一闪，双臂伸向颈后，"咔嗒"一声解开了项圈。脖颈间银光一闪而落，萧萧手一招，将那光捏在指间时。也是半枚银币。未等萧萧将它贴上王玄策手中那半枚，他已看出那必是分毫不爽的另半枚波斯萨珊银币。他的目中透出了光。

"玄策公，萧萧冒昧了。"那美妇收回了银币，施了一礼。银光闪烁间，杜巨源、智弘及小书童皆看见了她手里那半枚，刻了一个三眼神像的侧脸，正对着那王者高耸的鼻尖。额上的第三只眼，有些狰狞地瞪得浑圆。

王玄策不再说话，转身焦急地盯着船头前的水面。"呜呜"的风声又大起来，想来是接近沙碛了。他看着船头上李天水像一张绷紧了的弓弦，俯身急摇，听见萧萧在身后低声道："那两个恶魔扯去了我的斗篷，用它们长满了毛的大手，摸遍了我全身……随后，随后……"她说不下去了。

"随后它们正要撕下你衣裳时，发现远处水面上闪着光亮，便将你手脚束缚，塞入那囊袋里。"杜巨源淡淡接道。

萧萧瑟缩在火红色的披肩中微微点了点头。

"或许那些人是要在她身上找什么物件，或许他们知道了什么，或许他们便是自阿萨堡中暗暗跟着她过来的。"杜巨源看着王玄策，低声道。

萧萧忽然抬起头，双眸惊惶不宁地不住转动，说不出话来。

半晌，王玄策拧紧了眉头，沉声道："你说公主此刻已在阿萨堡？"

萧萧咬着嘴唇，思索半晌，方下了决心，道："堡中有一个秘密火坛。实不相瞒，便是我方才说的那个秘密藏身之地。"

杜巨源亦皱了眉，道："如此说来，公主近半年来，始终藏身在阿萨堡中？"

萧萧点点头，嗫嚅道："方才我并不能确认这位长者便是王公，故而未敢……"

王玄策摆摆手，道："入堡后，你可否尽快带我们过去？"

"自是越快越好，"萧萧迅速接道，"方才这位使者所言，令我担忧不已。"她看了一眼杜巨源。

杜巨源却道："你方才说有三人知晓公主的藏身之处，还有一人是谁？"

"阿罗撼，公主的武士。他便是每夜在阿萨堡上点火的鬼面人。"

"鬼面人？"杜巨源皱着眉头正要发问，却听船头的李天水大喝一声："到了！"

两三丈外的水上，露出了一个墙洞的拱顶。墙体大半淹于水下。透过拱洞，众人看见石墙上浮雕着一个瓣叶繁复的坐莲，及其上双脚交叉跏趺而坐的佛像。

狭长的船体轻快地穿过了墙洞。李天水放下木橹，抓了木钩子一挥，正钩在了一片舒卷的莲花瓣叶上，船头转了过去。佛塔般的石堡底层几乎已没入水中，只露出顶部一排小佛龛。他弯腰拾起绳索，穿过船头的铁环，再一抖，另一头的索套顺手甩出，系住了一尊石雕立佛。木船缓缓停靠在莲花座下。李天水疲惫地坐了下去。有一瞬，他觉得船上所有人都盯着自己。他并不在意。石堡的外墙仿佛挡住了风，阿萨堡下的水面很平静，他懒懒地倚靠在船头舷板，看着这队人在舱门口进进出出，取出了一包包的行囊与两个木箱。

　　"你昨日是从何处入堡的？"王玄策看着坐佛边被水淹了一半的拱门。

　　"对着沙碛道的正门。那里地势高，有长长的石阶。"

　　王玄策低了头，指节在腿股上敲了两下，正要进舱，眼光掠向了正靠着船舷仰头饮酒的李天水，忽道："你在这船上等着我们。"

　　李天水瞥了一眼王玄策，懒懒地道："西州到了，这船是你们买下的。我喝口酒就走。"

　　杜巨源与玉机顿住了脚步。王玄策目光一凝，沉声道："你这是何意？"

　　"我怎记得，你昨夜曾说，要跟着我们行至龟兹？"杜巨源眯了眯眼。

　　李天水哈哈一笑，道："我还想多活一阵子……"抬眼瞥见一旁的小书童直愣愣地看着他，不由得住了嘴。

　　王玄策盯着他的眼神凌厉起来，低喝道："你已知道我是谁了？"

"玄策王公，你二十年前，去天竺一人灭国的传奇在草原上也流传得很广，"他咧嘴笑了笑，看去有些嘲谑，"你放心，我虽然爱听故事，却绝不是个多嘴的人。"他接过了杜巨源递过来的过所，看也不看便塞入怀中。王玄策已别过了脸，杜巨源四顾一圈，水面上不见片木，道："你划船走么？"

李天水不作声，将酒囊置入背囊中，长身而起，束了束紧身对襟的袷袢袍子，抬头向莲花浮雕看了看。木钩子的一端仍钩在石瓣上。他握住了木柄，发力一拉，同时足尖一点，整个人腾身而起，半空中一翻身，便翻上了那莲花座，竟像翻上马背一般利落潇洒。他盘膝坐在那佛像旁，向那萧萧笑了笑，道："这阿萨堡，早该是个无人堡了吧？"

萧萧看着他发愣。船上几乎所有人都愣住了。好一会儿，她方道："阿萨堡已废弃多年，你自然可以在上面坐着，只是……"她犹豫着看向王玄策。

"你们放心，我既然收了过所，便不会再跟着你们。你们这队人，我怕是避之不及。"他仿佛已经快躺下去了。

"哈哈哈，原以为你有几分气力手段，没想到仍是个懦夫！"达奚云已跨至船头，松开了船绳，斜着眼角睨着李天水，哂笑道，"不仅是个懦夫，还是个贱民；不仅是个贱民，还是个逃卒；不仅是个逃卒，还是个不敬神佛的畜生！"

李天水挺直了身，向下勾了他一眼，嘴角撇了撇，又懒懒地躺了下去，灌下一口，好像就着酒将这句恶毒话吞了下去。

达奚云又冷笑了两声，解开了绳索。忽听他身后书童玉机缓缓道："云郎以为何等男子不是懦夫？"

达奚云转过了身，仿佛未料玉机会如此发问，他愣了愣，昂了首,高声道:"你博闻强识,该听过曹子建《白马篇》中所云,'羽檄从北来,厉马登高堤。长驱蹈匈奴,左顾凌鲜卑。弃身锋刃端,性命安可怀?父母且不顾,何言子与妻!名编壮士籍,不得中顾私。捐躯赴国难,视死忽如归!'这才是真男儿。"

"我听说,草原上的突厥狼卫便是这种人,他们是可汗的死士。你说的男儿可是他们?"玉机迅速道,口齿甚是伶俐。

达奚云面色一白,瞪着他抿紧了嘴却说不出话来。莲花座上的李天水忽然放下了酒囊,扭身向下看去。玉机浑身罩在达奚云的黑棉斗篷下,更显纤弱。斗篷外背着那木质书箧,仿佛亦很沉重。他却挺胸昂头,看向达奚云,又道:"君不见,朝堂之上,关陇诸公,个个礼佛敬僧,雅好释家,不亦是祸不旋踵,顷刻间身死族灭?"

达奚云面色紫胀起来。正以丝绢擦着戒指的杜巨源脸色也一变。王玄策此时恰背着一口油布木箱子自舱门中走出,闻言喝道:"放肆!"他狠狠地盯着玉机,"妄议朝事,辱及佛家,可是我太宠你了?!"

玉机便低了头。舱门边,智弘背着另一只一模一样的货箱,始终在微笑静听,此刻便道:"阿弥陀佛,玉机所言,虽有失偏颇,但佛之所在,确实不在外物之上。"他指了指李天水身下的浮雕。

玉机默默向船尾行去。船头的达奚云目光跟着他,至身影转过船舱后,方阴着脸抓起两根船橹。王玄策沉着脸看了杜巨源一眼,踏向船头。隔板边萧萧勉强笑了笑,手指向水面上的某个方向点了点。木船渐渐向另一侧转了过去。船尾经过莲花座下时,忽有圆影坠落,玉机下意识招手一接,竟是个馕饼。他一抬头,见李天水正对他微笑,又看了眼云郎,道:"你这朋友大概是个高门子弟。"

"呸!"船头摇橹的云郎对着水面啐了一口,斜眼一瞥李天水,"凭你也配问我家门?"

李天水神情不变,仍嘴角带着一丝笑,看着玉机道:"我劝你离他远一些。西域沙道上白骨累累,多的是这种欲来邀功,却只会招祸的中原世家儿。"

"咣当!"云郎扔了双橹,自背后猛地抽出了铁棍子,剑眉直竖,两眼冒出火来,死死盯住李天水,咬牙高叫道:"贱奴下来!若不敲断你身上每根骨头,我便不姓达奚!"拧腰转身向船尾蹿出三步,忽觉腰上一紧,急转过头,看见玉机不知何时已至身后,一条手臂正从自己的黑斗篷中直直伸出,牢牢抓上了腰间的束带。那书童两颗点了漆般的眼眸子定定地看着他,脸上像挂了一层严霜,似是轻声说了句什么。片刻后,船舱边的王玄策诸人便见达奚云紧握着铁棒子的手臂软软地垂了下来。

佛龛暗室

双橹重又荡开了水面。李天水端坐在石雕莲瓣上,看着船尾渐渐转过佛像,挺直的腰背一下垮塌了下去,面色忽然泛上了一层死灰。

他反手撑在了两片石雕瓣叶的叶尖上,双臂却在不住地抽搐。他整个人皆在抽搐。自脚趾至腿股再至双肩,浑身筋肉皆在不由自主地发颤,像是暴风雪中快支撑不住的破败毡帐。但是咬牙硬撑着,不令身躯躺下去。

不知过了多久,东方泛出了金色,方渐渐平息下来。晨曦略略映亮了他灰暗的脸色,他此刻方颓然倒了下去。粗粝的石雕瓣叶硌着他的腰背两肩,但这痛楚令他好受了许多。他像一条垂死的鱼一般仰躺在佛陀脚边大口喘息。每一绺发辫皆湿透了,紧紧贴在两颊上。他看着那眉目低垂的佛像,以仍带着颤动的手指,探向背后的布囊,取出个厚实的烤馕,咬在嘴里。仍留存在馕上的香气仿佛令他恢复了些气力。他弯下腰,将羊毛袷袢的粗布下摆撕下一角,抹去了面颊上的汗水,攥在手心,另一只手反手探向马靴,缓缓摸出了他的匕首。

一整块生铁打成的狼头刀柄张开大口,伸出三寸多长的刀身,在曦光下锋刃发青。李天水虚弱的目光自锋刃缓缓移向刀柄,好像在看着一段往事。随即,他尽力撑起身躯,几颗汗珠自面颊的刀疤滴入莲花瓣叶中,他的眼神却慢慢凝聚起来,直至如铁一般坚硬。他猛地抬手,扯开了袷袢对襟,瘦劲结实的胸膛上，一个狼头刺青现了出来。灰黑色的毛发根根竖起，狼目直盯着前方，透出两股阴寒凶忍的死气。十几道横斜交错的可怕刀疤布满了整个狼头。

李天水咬紧了馕饼，颤着手指，俯下腰，将匕首的刃口对准肩窝，自狼耳至狼目，狠狠地斜割了下去。随着"呲"的一声皮肉裂响，暗红的鲜血泉涌而出，"嘀嘀嗒嗒"成一线滴向身下莲瓣间。只一会儿工夫，佛像右侧的莲座瓣叶已尽数被染得暗红，血滴自瓣叶尖端滴入水面，发出"哒、哒"的轻响。

李天水的面容越来越平静，似乎痛苦已随鲜血般渐渐流出体外。他长出了一口气，侧身靠向石佛，口中的馕饼竟未被咬断。他将烤馕扔回布囊。伸手摸向酒囊，已经空了。他叹口气，这次不能靠酒了。转过头看了眼身后的佛像，这尊菩萨刻琢细腻，神情幽昧不明地俯视着，正似笑非笑看着李天水。他冲着菩萨咧了咧嘴，忽然觉得有点儿冷，将破旧的羊毛袷袢裹得更紧。这是阿塔留给他的御寒外衣，是他们父子仅有的一件羊毛袍子。他想起暴风雪的冬夜，他和阿塔瑟缩在破败的毡帐一角，颤抖着一口口地灌下马乳酒。阿塔裹着毯子，用冰冷的手脱下羊毛袷袢为他披上。

不知过了多久，东方泛出了金色。晨曦映亮了他灰暗的脸色。他觉得暖和了些。风已不太大了，似乎还带了热度。他抬眼看向墙外罗布淖尔的无垠水面，觉得有些像晨风拂过的草原。

水面上立起了雅丹群，高高低低排布成一圈圈的同心圆，直至水面尽头。每一堆雅丹上皆现出五彩，似曾相识，却仿佛漂浮在水面上，像倒影一般不真实。

一声极凄厉的鸣叫声，撕裂了周遭的沉静。李天水不由得浑身一颤。那声音听来就像深山老鸮带着凶信的泣叫，却是出自他身后的阿萨堡内。

厉叫声音犹未落，忽然又响起了一声尖叫。音调极高，透着惊骇。李天水猛地挺直了身板，他听出了是谁的声音。

王玄策的书童玉机！

他的尖叫声与那惨厉的鸣叫发自同一处，俱在李天水身后的阿萨堡深处。仿佛便是水下的底层基座内透出，而且仍在不住地回响。

他心头"突突"狂跳数下，忽然又听到了一声奇怪的锐响，像是口哨，却带着诡异的起伏音律。连响了三下，像某种奇异的暗号。

李天水的眸光瞬间凝定起来。他霍地撑起身，束紧布囊。他瞥了一眼身侧的拱门，右臂尽力够出，搭上了拱门上缘的石缝，整个身躯猱猿般荡了上去。收腹挺腰间，双足已嵌入石缝，右臂再一探，抓住了一根木条。被水淹了一半的拱门上方两三尺处，一扇半人高的木窗半开半合。李天水右臂发力上引，左臂拨开那窗门，整个人"嗖"地如灵猫般蹿入了那木窗内。

拱洞内看似是个正殿。殿内空无一人，但四个壁角上皆点了莲花油灯，火光微弱，只隐隐可见六壁上绘着蛋彩菩萨像。大殿正中央，昏暗中现出一条螺旋上升的扶栏木梯。李天水疾步行去，离那梯子五六步远时，忽然听见有急促的脚步声，自旋梯下层传来，渐渐向下深入。李天水顿了顿身形，改为蹑足而行。踏上木梯时，几乎轻不可闻，却加紧了步子，迅速顺梯而下。

木梯子绕着一根连着殿顶的四方巨柱盘旋而下，进入了一个穹顶洞窟。梯子尽头微微有光，脚步声便在那尽处消失了。李天水踏下梯子时，发现穿入洞窟的巨柱上现出了一个佛龛，恰在这洞窟中央。正对着李天水的柱面上，雕琢着这一个一人半高的立佛。立佛右掌上托着一个莲花灯座，灯上燃起的火光明暗不定，映出菩萨幽玄宁静的面容，亦映出石壁上的一条缝隙。缝隙是亮的。

他纵身跃上了佛龛，盯着那缝隙，正容一人过。他沉下一口气，侧身闪了进去。亮光刺入眼底时他不由得停了步，眯目片刻，他看清了这是一间四四方方开凿得极为工整平滑的石室。每边约十步不到，四壁上无一丝雕饰，洁净如冰面。室中央凿了一圈石凳子，将三头石雕双峰骆驼围于中心。与真驼一般大小的石驼两两背对，头部朝外，背部拱起。高耸的六个驼峰顶起了一盏径长四五尺的大石碗。一团烈火正在石碗中熊熊燃烧。

李天水定定地看着这团火。他已看出这是个火坛。一个隐藏在佛窟内的祆教火坛。草原上的突厥莫贺达干亦事火神，但突厥的火坛多设在大帐中。从只言片语中，他隐约猜出了王玄策一行人来西州，该与原高昌王后、与西州祆教有关。他亦隐隐觉得这些人要做的事情，必然是个极大的麻烦。他此刻只想远离麻烦。

但不知为何，麻烦又一次找上了他。他的耳边仍回响着玉机的尖叫声。他不能装作没听见，也不忍装作没听见。

他的目光越过那团火。火焰后正对着他的石壁下，在地面与壁面交接处,有一块方形石块微微翘了起来,像是没有凿平。只高出两三寸,却在这异常平整的室内显得格外突兀。李天水缓缓走了过去,看着那条只有头发丝粗细的接缝,沉下腰,箍住了突出部分,手指发力一抬。石块应手而起,竟不太沉,像是生土。石壁下现出一方漆黑的地洞。他蹲下了身子,看向地洞深处。前头那人一定是从这里下去了。他想起了前后三回响起的不祥声响,正是自地底传上来。

王玄策一行人便该是从这小室内走了下去。

一阵"嗡嗡"声这时自洞下传了上来,像佛塔钟声沉闷的回响。李天水攥紧了汗湿的掌心。火光下,他看见有一条细长的影子在方洞下左右摇摆,随着那越来越响的"嗡嗡"声,仿佛自地下缓缓升了上来。

自那地底深处,会升上来什么?李天水的心抽紧了,浑身亦在慢慢绷紧。他就像一头野兽般伏于壁下,两眼一眨不眨地紧盯着那绳索,静静地等着。"嗡——嗡——"

那声音在洞口停歇后,李天水缓缓探出了头,松出一口气。随那绳索吊上来的,竟然是个铁桶。

极普通的圆形铁皮井桶,桶中空无一物,桶口甚小,只可容下一个稚童。李天水静静地看了它一会儿。他左手握紧了方洞下吊着铁桶的一小段绳索,右手四指抠住了壁下地洞边缘,他蜷起身躯,慢慢没入洞中,慢慢坐上了铁桶的边缘。

铁桶开口不大,圆边坐得极不舒服。

他通身没入黑暗,只头顶有暗淡的火光。他隐约看出前后两侧是逼仄的坑坑洼洼的土壁,两臂无法伸直。他闻到了一股泥腥味,逼仄感令他心头怦怦直跳。而更深邃的恐惧来自脚下。

他不知脚下漆黑的井道有多深，更不知尽头处是什么，有什么在等着他。

他的右手仍抠在井口，他仍有机会攀上去，原路返回。此刻他正有些后悔。

就在他稍有犹豫时，忽然听见了井下有动静。极轻微的响动，说不出是人声、脚步声抑或别的什么声音。但他确定有动静。

随即玉机的惊呼声又在他脑中响了起来，这一回格外清晰。确实是呼救的声音，便该在这井下。

这些人的生死本已与自己无关，这些年来他自己亦已活得如同行尸走肉。他的生命里原本已只剩下了一件事。但这时他放开了右手。"滋呀"一声响，他的身躯震了震，沉了下去，坠入了越来越深浓的黑暗中。

火坛之下

　　李天水的双手抓紧了绳索,越逼越紧的黑暗让他透不过气来。他已看不见咫尺外的泥壁,干脆闭上了眼,任由身躯随着铁桶缓慢地下沉。过了一会儿,他仿佛放松了些。他感觉带着泥腥味的湿气越来越重。他开始听见一种"嘀嗒、嘀嗒"的声响,自脚下的深处传来。"嘀嗒、嘀嗒",越来越清晰,是水滴声,带着空寂的回响。

　　听着那一下一下的"嘀嗒"声,他渐渐平静下来,缓缓睁开双眼,他渐渐适应了周遭的黑暗,渐渐与黑暗融为了一体。

　　便在此时,"啪嚓"一声响,他双足一凉,随着铁桶浸没至水中。几乎同一刹那,他的人已弹了出去,"嘭"的一声轻响,撞上了身侧的泥壁后,又下意识地伏下身子。他半个身子浸没在了水中,像一只随时准备蹿出的壁虎。

　　一连串动作在电光火石间,不及思考。他对危险的本能反应有时连他自己也感到惊讶。

　　"嗡——嗡——",那个铁桶又晃荡着升了上去。他贴壁伏在水中,听着那沉闷的声音越来越远。他想到方才那个自旋梯下去的人,定然亦是坐着这铁桶下至井底。自旋梯至这井下,没有其他的藏身之处。

　　但他再未听见那脚步声。井下水深过踝,无论是谁踩在上面,都绝不可能不发出一点儿声响。他的心猛然抽紧,浑身毛发竖起。

那人下去后并未走开,在这井底静静地等着李天水。

水是冰凉的。李天水浑身更冷。他屏住了气息,缓缓抬头。周遭是绝对的黑暗,水面与泥壁间不见一丝光亮。铁桶已升了上去,他已无路回返。近处却有一个人在等着他。他同样看不见李天水,但他已经听见李天水的动静。足以暴露李天水位置的动静。他很可能正在一点点靠近。

李天水的皮肤有了种奇异的感觉,心跳得更快了。危险的气息确是在一点点逼近。他感觉身上的毛孔已张开,他的脊背已拱起,他竭力止住呼吸,目光却透得更亮。

他在黑暗中看见了两点眸光。灰褐色的眸子,像个冷血动物那样慢慢转动。就在李天水头顶上方。随后他闻到了一股令人作呕的气味。

他的右手已握住了靴子里的狼头刀柄,眼睛死死盯住那两个眼眸,等着那两个眸子再往前移一些。但那人似乎一动不动,只两个空洞的眸子,在渐渐地向下转,向下转,转向李天水的脊背……

李天水的手指猛地攒紧刀柄,掌背上青筋凸出,正要腾身暴起,两眼忽然一花。彻底的漆黑瞬间被一片白光取代,却仍是什么都看不见。但身躯本能地贴上石壁,"嗒嗒嗒嗒"向后踏出数步,方顿住了身形。

白光渐渐转为了黄光,黄光中现出了一条狭窄水道的轮廓。原来地底忽然亮了。又过片刻,李天水看清拱顶的水道一面石壁上,嵌着一排的油灯,每盏皆是扁壶状的陶制波斯形制,前端鸟首叼着一根火苗。火苗一蹿一蹿,照不出五步外,但一排十数盏油灯同时亮起,令久在暗中的李天水亦是一阵阵目眩。他的右手死死握紧了那狼头刀柄。

灯光亮起时，他隐约看见一个人影闪入了前方水道的尽头。在他身前十步不到。曲折水道弯折向右，越来越窄，近弯折处仅比李天水双肩略宽一些。他顺着缓慢的水流向前挪着步子，尽力不发出一丝声响。在这转身都有些困难的井道中，他仿佛在被命运推着向前。

岔口前他停住了步子。没有闻到那令人作呕的气息，弯道后也听不见任何动静。只有那一下一下的滴水声，"嘀嗒、嘀嗒"。

他横握匕首举在眼前。明晃晃的刀身在黯淡灯光下泛着青光，狭长的刀面镜子般映向身后，没有人影。他又将刀身斜着探向右拐的石壁前，一片漆黑。他沉思片刻，猛地吸了一口气，一闪身，向右侧蹿去。

便在他转入那弯折后的一瞬间。"噗"的一声响，石壁上的灯同时暗灭。他的心沉了下去。背脊未及重新贴上泥壁，握着匕首的右臂已被箍住了，仿佛被五根生铁铸就的手指箍住一般，发不出一点儿气力。

他的呼吸一顿，下意识拧腰旋身抬起左肘，却听到耳旁响起一句汉话。极生涩的汉话。极低极沙哑的嗓音，只有三个字：

"随我走。"

第四章
坎儿孜地下井道

又见"卍"字

"琐罗亚斯德……法尔纳……阿雷德维·苏拉·阿娜希塔……阿胡拉……"

米娜低哑的吟唱声在曲折逼仄的泥壁间不住地回荡,仿佛自另一个世界回传过来。井下气闷,越是深入,前头领路的萧萧手中的火光越是暗弱。王玄策紧紧盯着前头妇人的身影,右手手指不住地叩击腿股,加紧了步子。

然而无论王玄策的步子是快是慢,与前头的萧萧始终隔着五六步。

王玄策皱了眉,飘荡不绝的空灵诵声令他心里有些发虚。他回头看了眼,窄道只容一人行,身后只可见杜巨源的身影。火光下王玄策见他低头跟着,面色凝重得有些反常。

"她唱的是什么?"王玄策向身后压低声道,"下井后,她已反复吟唱十余遍了。"

"呃,是火祆教的瓦杰,祈祷的诗句,或是圣歌。"杜巨源随口应道,仿佛仍未回过神来。

"火祆教的圣歌……"王玄策听着那清净得不带一丝情感的曲音,忽然有些不安,"是驱邪之意?她又觉察到了什么吗?"

"许是有些惧怕,毕竟是个女子。这井道,确实阴暗深长了些。"杜巨源勉强笑了笑,举火在头顶四周照了照。两肩与顶上的泥壁,皆只余十数寸间隙而已。

王玄策仍拧着眉头，片刻又道："你能听懂她唱的意思么？"

"是祆教经典《阿维斯塔》中的几句诗句，"杜巨源暗叹了口气，将嗓音压得更低，"'琐罗亚斯德呀！得助于众灵体的光芒和灵光，我庇护着娜娜女神，她遍布各地，带来勃勃生机；她是阿胡拉教的信徒，众妖魔的仇敌。'"

"娜娜女神……"王玄策凝神听着，喃喃道，"是那个主管江河的神祇？"

"娜娜女神遍布一切江河之上，胡商夜行水路时常爱念诵这几句瓦杰。"杜巨源将火光向前挪了挪。前头带路的萧萧拐入了前头岔口的左侧，他顿了顿，又接着道："在那船舱门上挂着的木雕神祇，便是四臂娜娜女神。"

王玄策不作声了。他加紧步子赶了上去。迷宫般的井道里，他们已拐过五六条岔道了。水道越来越窄，挂在两壁上的波斯鸟首油灯亦越发昏暗。他已失去了方向感，亦在渐渐失去时间感。他已记不清在这冰凉的雪水中走了多久。萧萧告诉他，天山上的融水流入了这条坎儿井地下井渠。这是萧萧下井后说的唯一一句话。自那以后，她便举火带路，始终未回转过头。眼见这一条岔道仿佛也将到头了。

王玄策攥紧了双拳。低回不绝的吟诵声，令这幽深复杂的水道更添了一丝诡秘。他忽然涌上一股仿佛永远走不出去的感觉。他们是如何下到这井渠里的？是那个火坛。空无一人的洁净火坛。萧萧说，公主若不在那火坛里，便一定是感觉到了危险，藏身在这火坛下的坎儿井密室中。这是公主在阿萨堡最后的藏身之处。他们便下了井，顺着水流，一路行向这井渠深处……

"王公,可是有何不妥?"王玄策的右臂忽然被身后的杜巨源轻轻握住了。原来他方才恍惚间,步履越来越慢。他挺了挺身躯,紧了紧肩上木箱的绳索,半转过头道:"云郎在何处?"

"王公忘了么?他在队后警戒,"他看着王玄策火光下有些苍白的面颊,"要唤他上前?"

王玄策犹豫了片刻,道:"这条井道令我心中不宁,米娜……米娜的水精球可有预示?"

米娜便在杜巨源身后。杜巨源转过了身。王玄策见前头萧萧的身影已快没入黑暗,急抬起了脚。身后杜巨源猛地将他右臂一抓,竟抓得生疼。王玄策目光一跳,遽然回头盯向杜巨源,看见他正定定地看着左侧泥壁一盏油灯下三四寸处。幽黄的焰光正在那处泥壁上晃动。

"'卍'字!"王玄策低呼道。他的面色更苍白了。坑洼泥壁上的那个符号像两条扭曲的毒蛇。那刀刻上的"卍"字略有些向左倾斜,摇曳火光下看上去仿佛正在缓缓左旋。他回头看向杜巨源,杜巨源的眼神在闪动,却看不清神情。

在米娜不住回荡的瓦杰声中,二人一时僵立在没过脚踝的冰冷水道中。

"笃笃笃",三声叩壁声自前头转角处传来。声音并不大,二人却是浑身一震。"笃笃笃",又是三声,却是沉闷许多,仿佛是有人在左侧泥壁后叩击。米娜的吟诵声戛然而止。萧萧轻柔悦耳的嗓音忽然在水道弯曲处响起:"王公,公主请你过去,带着箱子过去。"她已回过身,身影现于那拐弯处,火光下又浮出了那春花般的笑容。

丝绸之路密码1:天山石圈秘境　103

王玄策向前跨出两步，忽然想起了什么，回头呼道："玉机！"

队后的玉机应了一声，正要侧身向前挤，却听王玄策又道："不必过来，将书箧传过来！"

他话音方落，忽觉右臂又被攥紧了，身侧杜巨源脱口急呼道："不可！"

音犹未绝，泥壁间的灯光猝然暗灭。六人登时陷入漆黑。死一般的绝对漆黑。

每个人都听到了自己的心跳声。"咚咚、咚咚、咚咚"，连跳三下后，队后忽然传来一连串的声响，怪异的声响。先是"咔咔咔"，仿佛石块互相研磨，"啪啪"的踏水声继而突起。队后有人在水中蹿跃，有人撞上了泥壁。衣袍撕扯的"簌簌"声亦同时响起。紧接着是可怕的"嘶"的一声，似裂帛之音，又似皮肉撕裂声。

俄顷，一声厉叫猝然惊起于井道间，穿透了坎儿井井渠间的重重泥壁，亦刺破了人心中最后一道屏障。王玄策感觉自己的双股正在战栗。玉机的惊叫声几乎同时响起，极为急迫的呼救声一响便绝，仿佛被扼住了咽喉。噩梦般的厉声鸣叫还在泥壁间回荡，前方的黑暗深远处，又响起了三声呼哨，仿佛是在召唤隐藏在黑暗中的恶魔。

波斯公主

李天水弯腰蹚水,已在黑暗中走了百余步。

这是一条在泥壁上凿出的侧洞,高只及李天水胸口,却曲折通出去极深。前头箍紧他右臂的人腰背俯得更低,似乎更是高大。他箍得很紧,李天水的右臂已有些失去知觉。虽是一只手被制,身形亦无法直起,李天水仍有很多挣脱的法子。但自他听到那人说出"随我走"三个字后,他便紧跟着那人又急又稳的踏水步子,一声未吭地走了那么久。

他从未听过那嗓音。不是王玄策那使队中的任何一人,亦肯定不是汉人的语调。但只听了三个字,他便确定那嗓音中不含丝毫恶意与伪诈。

他了解动物的嗓音,也听过许多人的话音,他天生便能分辨出许多极细微的差异。

前头的人终于停了下来,同时放开了李天水的手臂。"啪啪"两声,那人用力拍了拍身前的泥壁,又拍拍李天水的双肩。随后"嚓嚓嚓"连声响,他爬了上去。除了那三个字外,那人始终一声未吭。

李天水忍着右臂的疼痛,伸手摸上了粗糙的泥壁。壁面不仅布满了小坑洞,且还有一道道层层棱棱的沟槽。李天水懂了。他手指抠入沟槽,蹬入沟缝的足尖一点,只两三下,便攀上一人多高。这条侧洞的泥壁在不知不觉间升高了。方一闪念,手腕又被上头的人握紧。那人发力一引,李天水足尖顺势再一点，竟跃上一个平台。

他在阒寂的黑暗中缓缓起身。他想此处定是水道中的一个秘密所在，极隐蔽地藏于一条几乎无法通行的低矮水道中。水道至深处不仅顶部越来越高，而且在壁面上生生凿开了一个平台。

他转头向周遭扫了一圈。四下一团漆黑。起初他只能听见自己急促的呼吸声，随后他能感觉到这平台甚宽阔，没有觉出危险的气息。他已记不清自己多少次在无光黑夜流落在荒野。他已形成了一种奇异的直觉。随后他闻到了一股轻柔的香气，泥腥的气味仿佛淡去了。那仿佛是植物的芬芳气息，在渐渐靠近。

随后，他在黑暗中看到了四点眸光。两前两后四点晶亮的眸光，皆是琥珀般的深褐色。他辨出了稍前那两点眸光，来自那个领他上来的人。眸光坚毅冷峻。更远些的两点光更柔和更深邃，看上去仿佛也更亮。

李天水静静地立着，没有发出一丝声响。但他知道面前那两个人始终在看着他，看着他的双眼。

"年轻的后生，向前走三步，至我跟前。"不知过了多久，离他较远些的那人发声了。是西域胡妇的嗓音，略显发闷，似乎戴了面罩。从嗓音上李天水听不出她的年龄。她的汉话比领他来的人纯正许多，轻淡的语调中极自然地透出一股权威感。

李天水依言前行三步。他闻到了一股体香，是一种极庄重的气味。他看见黑暗中两点深邃的眸光正自看着她的发辫、额头、眉角，仿佛带着笑意。李天水终于忍不住开口道："你们是如何看见我的？"

"你的身上带着法尔纳，将你整个照亮了。"那胡妇叹息道，像在赞叹。

"法尔纳？"李天水从未听过这胡语。

那胡妇却未回答。她合上了双眸，眸光隐入黑暗，却响起了一阵念诵声。一种奇异的诵诗般的音调开始在平台上升起，越升越高。李天水想起了米娜神秘的念诵，此刻的诵声听起来更为神圣，仿佛自这地底正升上天际。他又想起了草原祭神时在敖包上舞蹈呼喊的萨满，此刻的诵声听来更高洁庄重。

她重复了七八遍。李天水反复听见了"法尔纳"这个词。

"'阿胡拉·马兹达对斯皮塔曼·琐罗亚斯德说：琐罗亚斯德呀！现在我要明确地让你知道，善者强大的、无往不胜的众灵体的灵光、力量佑助和庇护，并再次告诉你，善者强大的众灵体是怎样佑助和支持我的。'"胡妇忽然转为了汉话，语调却还是带着那种奇异的曲折："现在，年轻的武士，你知道什么是法尔纳了么？"

过了片刻，李天水缓缓道："莫非是你所说的灵光？"

"正是灵光，"透过纱布的嗓音仿佛透着高兴，"你身上带着灵光，你是得到了马兹达·阿胡拉护佑的武士！"

"灵光是一种光芒么？"李天水的脑中确有光在迸现，但他仍平静道，"为何我眼前仍是漆黑一片？"

"只有正教的祭司'穆护'与最英勇的武士才能看见灵光。我们都荷受了阿胡拉的护佑和恩惠，我们也都承担了在黑暗中战胜恶魔阿赫里曼的责任。"她的语调仿佛仍在慢慢吟诵。

"可我并非火祆教信徒……"

丝绸之路密码1：天山石圈秘境

"我知道你并非正教徒,你是阿胡拉遣来的善者与武士。"仿佛自远古传来的吟诵声又缓缓响起:

善者的众灵体在艰难的战斗中,
是最得力的助手。
假如在尘世某个强盗挡住你的去路,
或者你对战争妖魔和贫困产生恐惧,
那就缓慢地吟诵这种瓦杰:
我们赞美行善者,
我们赞美出类拔萃者,
我们赞美正教徒纯洁、善良而强大的众灵体。
当铺好巴尔萨姆枝时,
应该祈求他们的佑助;
作战时在疆场上,在两军厮杀的地方,
应该祈求他们的佑助。

她停顿了片刻,又用庄重的语调道:"阿罗撼,巴尔萨姆枝已经铺好了么?"

李天水看见身侧那人的两点亮眸子在轻轻上下移动。

"阿罗撼,金黄色的胡姆汁准备好了么?"

李天水没有再向身侧瞥去。他右臂扶向左肩,深深躬下了腰背,在黑暗中行了草原最表尊敬的躬礼。

"英勇的武士,你为何向我行礼?"那嗓音平静道。

"波斯的公主、高昌的王后、火祆教在西域的大穆护,"李天水已直起了身,"我自小长于草原,不信鬼神,不知尊卑,只知道向我尊敬的人行礼。"

"除了你的阿塔、你的主人,还有你的康伯外,你还向谁行过礼么?"波斯公主笑道。

李天水惊异地抬起了头。那两个眸光一闪一闪,接道:"我不仅认识他们,我还知道你在沙州的朋友。那几个卖给你马乳酒的马贩子。我甚至还知道你在玉门关上碰上的人,那个刘猴儿,那个总是鞭笞你、刚刚死去的校尉。"

李天水越听越觉得寒气逼人。有一刻,他怀疑自己是否还醒着,甚至是否还活着。这座阿萨堡越来越像一座鬼魂的城堡。突厥人相信人死后灵魂会不停地游荡,草原上的萨满便能与亡灵说话。他还记得进入这座城堡之后自己做的最后一件事,是在莲花座上放血。莫非那时他便流血不止昏厥了过去?莫非那时他便已经死了?

他浑身一颤,身前庄重的嗓音又响了起来。"闪耀着灵光的善者,强大的武士,为何你的脸色如此苍白?为何你的身体看上去如此虚弱?你得到了阿胡拉的护佑,便没有什么可以伤害你。来,走上你身侧铺满了巴尔萨姆枝的路,饮下这碗胡姆汁,'呵,祛除死亡的胡姆,我祈求你恩赐驰骋疆场的勇士以力量',饮下这碗胡姆汁。它是天神的饮料。它将净化你身体中被恶魔注入的毒液。"

李天水的足底已踏在一排木枝条上。他在毡帐中听康伯偶尔说起过祆教的祭典,听他说过胡姆酒、巴尔萨姆枝。柳条般柔软的枝条在脚下"咔咔"轻响,足底有些生疼。但他忽然有了一种扎实感。他忽然确信自己不是在做梦,更没有死。或许他更愿意相信那两点没有被黑暗隔开的眸光。

有什么东西忽然隔在了胸前,隔在他与两点眸光间。那双眼睛静静地看着他。他感觉到在眼睛后的深处暗藏着巨大的力量。

他将胸前之物捧起。那是个石钵,很沉,比碗深些。他感觉到钵中盛满了液体,一股清香溢了出来。对面的波斯公主又开始吟诵,是他听不懂的波斯胡语。他以从未有过的庄肃感,端着那石钵。他像信任星光那般信任眼前那两点眸光。

他仰头将那石钵中的液体饮了一大口。

液体入口很涩,像嚼着青草的滋味。但甘甜味片刻后便泛了上来。是一种奇特的甘甜味,甘甜后的余香像商队驼囊中常常溢出的南海香料气味。他一时身心舒爽。汁液顺着咽喉而下,仿佛正渐渐透入体内,融进血液。他能感觉到心跳更平稳更有力了,甚至能感觉到血液在顺畅地流转。疲惫虚弱感在渐渐退去。

"你的灵光更闪耀了,你已得到了胡姆神的护佑。'我们赞美正教徒纯洁、善良而强大的众灵体,他们信守誓约,刚强而勇敢,保护朋友免遭敌人的暗算。他们如同广袤的大地,如同连绵不断的江河,如同高空的太阳'。"波斯公主提高了嗓音,以汉话吟咏道。

李天水低垂着头,放下了石钵。"不,公主,我并非你所说的正教徒。"

"你不是。你是强大的善者,你有灵光护佑。你是阿胡拉遣来的勇士。你已经阻止了那隐藏在黑暗中的恶魔,那阿赫里曼的爪牙。你将是我们最得力的助手。你将帮助波斯。这头垂死的雄狮最后的力量,掌握在上国大唐手中,掌握在大唐的正使手中,掌握在你手中。你也将帮助大唐,帮助整个西域渡过危机。饮下它吧,行善者,它将让你强健有力。"波斯公主柔和的嗓音听起来却是无可置疑。

听到"黑暗中的魔鬼"时李天水想起了他下井时看到的那双毒蛇般的眸子。后面的话他并未全然听懂,却莫名觉得自己身上的血有些热,似乎那轻柔缥缈、音调奇异的汉话藏了什么魔力。但他仍将那石钵端了回去,恭恭敬敬地道:"无所不知的公主呵,我不能饮下它。"

"为什么?"公主未接钵,那双眸子闪了闪。

"胡姆汁是为火祆教最虔诚的信众准备的,我不是,"李天水仍伸直手向前端着石钵,"康伯告诉过我,拜火教的祭礼极为神秘、严苛。我不拜火,更不信鬼神,不该享用教中的圣水。"

那眸光暗了暗,仿佛有些失望,随即又亮了。"你信什么,我的勇士?"

"我信命运,或许还有你们说的灵魂。我的灵魂停留在了阿塔那里,命运将我推至此地。井底的那个人,是被亮光驱赶走的。"他忽然又想到了那声惊呼,他便是被那急迫的呼声引来的。玉机他们必然是遇险了,那双危险的眸子便是明证。井下一定还藏着其他人。但他始终未听到第二声呼号。莫非是虚惊一场?抑或王玄策等人已将险情化解?他心中不由得有些焦躁,但他也早看出这地下井渠岔道众多,黑暗中他找到那队人的希望极其渺茫。

"你信不信誓约?长发辫的武士。"公主说话时,眸子也在眨动,竟带着种奇特的吸引力。

"信。"他不假思索道。

丝绸之路密码1:天山石圈秘境

李天水手里的石钵被接了过去。"行善者。你虽不肯皈入正教，但喝下一口胡姆汁，便是立下了一个誓约。"发闷的嗓音仿佛轻快了些。

"什么誓约？"

"拜火教世界将帮助行善者找到他的阿塔，行善者将护佑大唐的使者们将完整的圣物送到我弟弟手中。厄运中的波斯将得到拯救，将再度得到阿胡拉的护佑。火焰的光明将清洗所有的罪孽，再度赐福于萨珊王族。"

"阿塔……你知道我阿塔在何处……你知道他还活着？！"他的声音激动起来。

"我保证他还活着，"那嗓音笑了笑，"你说过我是无所不知的公主。"

"你是如何得知这一切的？"李天水知道自己的眼眸一定发亮了。

"'拥有万名侦探的、从不上当受骗的、明智而强大的梅赫尔，就这样，时刻准备着，为以纯洁的思想帮助他的人提供庇护与救助'，"高贵庄重的音调又响了起来，"光明之神梅赫尔告诉了我这一切。"

"你自然也知道王玄策那队人在这井渠里的哪一条水道中？"他尽力让自己的语气平静下来。

"他们是来找我的。我却没有察觉到身边的恶魔。因为这些年，梅赫尔的灵光正渐渐离我而去，或许我在尘世的时日不多了，"她叹息了一声，并非懊恼，更像是有些无奈，"我们此刻便会去找他们，指引他们走出险境。"那两点眸光仿佛能洞穿李天水的心事。"你能以灵光庇护他们么，草原上的善者？"

"我已饮下了一口胡姆,你们的圣水,"李天水一字字慢慢道,"但你们的火焰在哪里?你们的誓约莫不是该在祭火时确立?"

"'信守誓约、刚强而勇敢的武士',"公主的语调,仿佛终于满意了,"光明与誓约之神梅赫尔有千万种形象。他已化身天启的庇护者,在黑暗中闪耀,来,将双手伸过来,我的行善者,"李天水依言伸出了双手,"光明与火焰有千万种形象。你将捧起这梅赫尔的化身。这纯洁的供品,誓约的信物。"

拜火教叛徒

　　黄色的珠光覆上达奚云死灰色的脸。一根尖锥般的锐器，自他背篓左侧一两寸处狠狠扎了进去，只露出一小截白森森的三棱锥身和打磨得极圆滑的锥柄。未及发出一声响，这个强健桀骜的武士瞬间便已气绝。米娜缓缓合上了双眼。她已经检视了半日。其实没什么可检查的，每个人都看到了他的致命伤。

　　"是人骨，"杜巨源死死盯着达奚云背上露出的半截锐器，那尖锥的手柄磨得极圆滑，像一个细窄的倒置佛钵，只是底部钻出两大一小三个黑洞，像个骷髅，"人骨打磨出的凶器。"

　　"是金刚橛，"过了好一会儿，王玄策方应道，嗓音很哑。他盯着那骨器，手指紧紧抓着背上书箧的绳索，面色并不比趴伏水渠中的达奚云好看多少，"吐蕃黑教的金刚橛。"

　　"南无阿弥多婆夜哆他伽多夜……"智弘和尚掂着佛珠，低头念着往生咒。平板不变的念咒声，已在黑暗的水道中回荡了许久。

　　王玄策手指抓紧踝蹙革带上的一个丝囊，囊中露出了一个刀柄，另一只手死抓着背上书箧的肩绳。他像一个迷失在森林中的老猎人，紧抓着刀棒，两眼悚然向黑暗四周扫去。随后他的目光停在那刻着"卍"的方寸泥壁上，忽然一跳。

　　杜巨源已接过米娜手中的明珠，明黄色的亮光打上了泥壁。坑坑洼洼的泥壁上，围了一圈极难分辨的细缝。王玄策的左手伸出，贴上了那壁面，猛地一推。"嘎嘎嘎"的连声响，细缝应手裂开。他看着一道矮拱形的泥壁像转门一般一条边向后转去，一条边同时转向身前。泥壁大开后现出左右两个洞口，矮小之人可自其中进出。

杜巨源的面色在黄光下有些发绿，他的嗓音也哑了，"方才发出的，便是这种声响。"

王玄策此时仿佛已镇静了些。他低下头向那壁上的黑洞中看去，忽然冷笑了一声，道："这块泥壁已被凿得极薄。那人便躲在泥壁后对面的水道中。听到信号便可发动，从另一侧水道钻过来行凶。随后再趁乱钻回去。"

他的目光不由得又移向了达奚云后背上的金刚橛。伤口不见血，那尖端必是已磨得比矛尖更锐利。

漆黑井道中，自身后的泥壁内，无声无息地刺出一根阴毒的白骨。王玄策忽然打了个寒噤。距离达奚云尸身最近的书童玉机抖得更厉害了。

杜巨源看着玉机。他与智弘方才几乎将尸身的手臂掰折了，方将达奚云自他身上挪下来。达奚云在死前死死搂住了玉机。玉机背上的书箧已经卸下来了，他正抱着那扁平的木箧子蜷缩在转角处发抖。杜巨源瞅瞅王玄策，忽道："那人的目标，是玉机背上的书箧。"他忽然长叹了一口气，"幸而他豁出命护住了玉机。"

"我中了她的诡计！是我害了他。"王玄策长长叹出一口气。

杜巨源低了头，不作声。他的拇指不自主地摩挲着翡翠指环，半晌，闷声道："其实这件事，是我的责任。"

王玄策转过身盯着他，缓缓道："你早看出来了。"

"她登上我们那条木船时，便觉有些奇怪，试了几句，未寻着破绽。下井后，愈发心神不宁，但心存侥幸，迟迟未作警

丝绸之路密码1：天山石圈秘境　115

示。"杜巨源又叹了口气,低着头,语气很懊恼。

"何处可疑?"王玄策拧眉凝目道。

"那半枚波斯银币,"杜巨源缓缓道,"是自她金项圈中掉出来的。她没必要这样做。她说她外罩着的斗篷被掳走了。若是如此,那她取出这半枚硬币可是极不便利。除非她预料到将遇上歹人,"杜巨源"嘿嘿"一笑,又道:"据我所知,胡人的斗篷内有许多夹缝,至少装得下四五十枚那样的银币。"

"她是故意穿着那身丝袍,让人捆了手脚塞入布囊,等着我们?"片刻后,王玄策的嗓音在水道中低哑地回响。

"公主的使女穿这种衣袍本有些惹眼,但我听说西域俗尚奢靡,便未深想。"杜巨源叹了一声,又道,"将她塞入布囊中的,自然便是她的同伙,也是真正在这坎儿井井渠下等着我们的人。我们才是要被塞入囊中之人。"他又叹息一声,眼光盯着那被翻转过来的泥壁上的"卍"字符。它斜斜刻在那里,珠光下甚是刺眼。

"你说她的同伙是那些……吐蕃人?"王玄策的目光也盯上了那扭曲突兀的符号。

杜巨源沉沉地点了点头。

"故而,"王玄策转过头,瞥了眼杜巨源,"你是否亦存了些许顺藤摸瓜之心?"

杜巨源有些勉强地笑了笑,未言语。

王玄策移开了眼,过了一会儿,哑声道:"你说她究竟是不是公主的使女?"

"我只希望不是,"杜巨源第三次叹了口气,"若说她真是使女,恐怕公主此刻已……"他没有说下去。他看见王玄策的眼皮一跳，目光中已带着些绝望。

"她是个叛徒。不仅是公主的叛徒，还是正教的叛徒，整个拜火教世界的叛徒。"他身后的米娜忽然开了口，她的嗓音比浸没脚踝的雪水还冷冽，"她知晓阿萨堡的一切秘密，她知晓西州最紧要的火坛。是她打开了火坛的机关与地下井渠的秘道。她一定来过这里许多次，将这神赐的地下井渠布置成了杀人的陷阱。"说完，她紧闭上了双眼，念诵了一段胡语。那胡语忽然变得阴沉而冷酷，迥异于先前她的吟唱，像是正在念下最酷烈的诅咒。

杜巨源看着他的女人，良久，缓缓道："水精为何未示警？"

米娜并不理会。过了一会儿，冷酷的胡音渐渐止歇。她转向杜巨源，琥珀般的眸子在珠光中泛红，道："只有一种情形：公主也在这井道中。"

杜巨源未及开口，王玄策抢着急问道："为何？"

"因为公主的灵光护佑着我们，那灵光很强大，足以抵御井下黑暗中的恶魔，"米娜微微摇动着头颅，道，"而且，坎儿井井渠深广可达数十里，但公主该离我们并不太远。"

"你是说公主此刻正在这井道下，"王玄策定定地看着米娜，"且并未身陷险境？"

"公主很安全，"米娜淡淡一笑，"公主有灵光护佑。"

"灵光？什么灵光？"王玄策讶异道。

"小僧猜测，灵光乃是福泽之意。那波斯公主，譬如佛佑之人，想来在火祆教中，地位极高。"智弘不知何时已停下了念咒。他的面色仍很平静。

米娜看着智弘，眼眸忽然闪现出柔媚的光，她低声道："只有首席祭司，才能制作胡姆汁祭享阿胡拉。而只有在三头骆驼顶起的大火坛边,才能祝祷胡姆神。我们要找的人,不仅曾是波斯的公主,更是西州正教的最高祭司大穆护。"

"我们如何找到她?"王玄策紧紧盯着米娜,像盯牢了一线希望。

"跟着天启走,"不知何时,米娜的两颗耳坠子在她两颊边微微摆动起来,映着她指间透出的黄光,与她的眼眸子一样也变得越来越红,"水精又有所感应。或许是灵光,或许是走出迷宫的线头,或许是与预示了他的命运相似的天启。"她的眸光转向了脚下,达奚云的尸身便俯卧在转角处的水中。

"什么天启?什么命运?"不知为何,听着她沙哑的嗓音,王玄策心头开始怦怦狂跳。

"阿弥陀佛,小僧猜测是那尖柱子上的七道刻痕。"智弘宣了声佛号,接过话头。

"那刻痕,与云郎……有何关联?"王玄策茫然的目光有些颤动。

"有一道却刻在了血色中,王公还记得么?"智弘双掌合十,平静地道。

王玄策初一愣,随后骇然变色。杜巨源的身躯亦是一僵。

"那是片亡灵的水域。但凡进入那片水域,一定会有人死去,"米娜的嗓音飘忽起来,目光转向了杜巨源,"虽然侥幸避过了那船棺的刀刃,但终究避不过命运的刀尖。"

一时间幽长的水道只能听见"嘀嗒、嘀嗒"的滴水声。

"小僧便跟着杜夫人走,背着他走,"智弘在达奚云身边缓缓弯下了腰,"无论如何,这尸身不能留在此地。这方圆数十里,只怕有近千户人家,以这井下的雪水为生。"

环形迷宫

"嘀嗒、嘀嗒","嘀嗒、嘀嗒"。阒静的水道前方只能听见水滴声,但李天水知道他们一直在身前。他的手中攥着一个又冷又硬的圆牌子,像一枚捶揲雕镂精细的波斯银币。李天水感觉那牌面上凸出一个人形,外圈环着波斯式的连珠纹。他紧紧攥着这圆牌。公主说,这是誓约之神梅赫尔的信物,握紧它,自己的命运便与公主甚至火祆教的命运联结在了一起。这块神秘的圆牌,连着许多根编织起来的柔软丝线,连向身前公主手里握着的另一端。

李天水随着她轻轻牵引的力量,一步步踏入冷冽的雪水。只有那滴水声,还在提示着时间的流逝。他觉得至少已过去了一个时辰,越走却越觉得精力充盈。但他忽然有了种奇怪的感觉。他仿佛不是在这绝望的黑暗水道中寻找出口,而是在沙州石窟中随僧侣绕着中心佛龛缓行祝祷。

"我们始终逆水流前行。"李天水听到自己的嗓音响了起来,嗓音中透着虔敬。

"是的,行善者。我们正在向高处走。"轻柔却不容置疑的声音自前头飘了过来,语调奇异的汉话听去庄重而亲切。

"我们似乎也在转着圈。"李天水的嗓音再次响起。

"是的,我的朋友,这井渠迷宫是一圈圈螺旋圆环,布满了岔道的圆环,"波斯公主平和道,"我们正在走向这迷宫的最外一圈。"

默然片刻，李天水又道："我猜，你该熟知这井渠迷宫中的所有秘密。"

走在前头的公主轻轻笑出了声，道："来自草原的勇士，你不知道坎儿井是波斯人的智慧。波斯的能工巧匠们沿着那条运载丝绸与黄金的古老道路，在一千年前已将这智慧与技术传播到了这里。"

低而发闷的嗓音中，李天水听出了一种骄傲，是一种真正高贵的骄傲。李天水莫名觉得亲切，好像自己体内的某些部分正在被唤醒。

"水道中壁灯的燃灭，可是由暗藏的机关所控制？"李天水像在对一个老友说话。

"是的，纯洁、善良而强大的人。控制壁灯的机关便在那鸟首之上，只须轻轻一按，沉重的黑暗便降了下来。只须轻轻一抬，火神梅赫尔的化身便将再次庇护这迷宫般的井渠。"

李天水有些困惑，公主已替他说了下去："为什么我们不按下长明灯的按钮？行善者，因为灵光正庇护着我们。至于那些暗藏井下的妖魔鬼怪，黑暗是他们的庇护所。他们习惯在黑暗中行恶，黑暗令他们疯狂，但也终将吞噬他们自身，"她停了片刻，又道，"譬如在这井道中，他们此刻也像瞎子一样，看不见我们，看不清路。就让他们迷失在这黑暗迷宫中吧。"

"但那些从中原来的人，会不会亦迷失在井道中，再也转不出去了？"李天水有些担心了。

"我的勇士，所以我们一定要赶在阿赫里曼的妖魔之前，找到那些负有重担的使者，"公主的语音有些沉重，"但我们不能着急，不能发出一丝声响。一个伪诈的妖妇背弃了她的誓约，窃取了正教的机密,也将令梅赫尔的庇护离我而去。这里现在遍布了魔鬼留下的记号。它们会明白过来的,但是它们不会得逞的。你看,我们已经快走上最外一圈了。"

李天水感觉又转入了一侧弯道,一条很长的弯道。身侧有岔道,但公主未停留片刻。李天水由着那根系着他命运的圆牌子上传来的指引力,缓缓向前。接着他走上了一条较为平直的水道。水有些浅,该是到了高处。过了一会儿,他头顶的发辫擦上了顶壁。"弯腰。"公主轻声道。李天水弓下腰,捕捉着每一丝气味与动静。滴水声渐渐远去,泥腥气正聚拢了过来。甬道正在渐渐收窄,随后,他听见前头响起了低吟声。音调甚低。李天水听出是前头两人在合诵。那胡语好像咒语一般向后回荡。语音仿佛有魔力,令他在墓穴般的窄道中安下心来。他感觉自己走了一个长夜那么久。低吟声渐渐止歇时,身前的人也站住了。

他的腰弯得很低,顶壁在只及他肩头。公主与阿罗撼迅速交换了一句胡语。他听见阿罗撼向前走了两步,随后"笃笃笃"三声在前头上方响起。是阿罗撼敲响了顶壁。

一阵难耐的死寂,李天水听见自己的心跳声"咚咚咚"直响。空气中只有浓重的泥腥气与若有若无的庄重体香。

"笃笃笃",他心跳了十数下后,三声脆响才自那顶壁后传了回来,沉稳有力的叩击声。李天水觉得那圆牌子一下子被拉紧了。

"是你在上面么,梅赫尔在沙州最忠实的仆人?"公主以汉话道,对着壁顶抬高了声音。

"最尊贵的大祭司哈瓦南,"李天水心头"咯噔"一响,顶壁上的嗓音很熟悉,"我将如何为你效劳?"

"'呵,阿雷德维·苏拉·阿娜希塔!坦诚地说,我消灭的恶魔跟自己的头发一样多。求你在维坦古海蒂河中为我开出一条通道来。'"公主缓缓念诵,奇异的语调又在狭小的空间中流转。她的情感忽然炽烈起来。

"最尊贵的哈瓦南,我祈求阿娜希塔庇护你,'在黑暗的地下宫殿中,战胜一切作恶者、众妖魔、法师和女巫,以及专横的卡维和卡拉潘。'"

清晰纯正的汉话、低沉厚实的嗓音,李天水明白自己绝没有听错。他呆住了。

安吉老爹!

纷乱的思绪涌上心头,脑中灵光如碎片般闪亮。不及细想,他又听到了一种声响。

好似绳索擦过绞盘的"嘶嘶嘶"声缓缓响起。李天水感觉身侧有什么在动。随后一阵轻微的"嘎嘎嘎"声在身侧响起,仿佛就来自相隔不到一尺的泥壁上,又在身周黑暗的极深处听到了回响。那声响缓慢而稳定。脚下自后向前的水流,随着那声响开始由左向右流动。他按捺住狂跳的心头,弓着背缓缓向右侧转身,一只手仍死死抓牢那块雕镂着人像的圆牌子。

转过身时,他感觉到了有一扇门在身前打开。水流不断地向那门内淌下,向他面前的黑暗深处流淌。井渠迷宫……螺旋圆环……最外圈……由低向高……绳索绞盘的声响……"在河中为我开出一条通道来"……脑中的许多碎片在黑暗中拼合连接。

他明白过来了。身前同时打开了许多道门,由近及远,直至这井渠迷宫的中心。这座地下迷宫旋梯一般螺旋向下,分开无数岔路,却暗藏了一条能穿过一圈圈泥壁而直抵这井道核心的秘密水道。

"嘎嘎"声还在轻微缓慢地响着,李天水的手心渗出了汗,"这迷宫的核心、地底的最深处,是什么地方?"

"灵光给了你智慧,行善者,"公主笑道,"但那是一个秘密。是妖魔们还未找到的秘密,高昌王国最后的一个秘密。"她的嗓音忽然透出些许哀伤。

"那队人,便是被困在了下面?"面前的泥壁已门洞大开,李天水紧张地问道。

"如果那妖妇还未得逞,如果他们还未走入岔道,那么他们便会慢慢走向地下,走向这迷宫的最深处,"公主抬了头,向井壁提高了嗓音道,"沙州来的正教使者,无所不晓的梅赫尔远离了我。"

"最尊贵的大穆护,我们的信使迷了路,没有在西州找到您。我在船舱中刻下的暗语,也被魔鬼破坏了。"安吉老爹的嗓音有些惶恐。

"呵,那确实是梅赫尔抛弃了我。但你没有看到那伪诈的魔鬼么,沙州的信徒?"

"请宽恕我,尊贵的大祭司。在船腹中,我没有机会掀起底板。但我听见了那几声脚步声,是阴险而心虚的魔鬼的脚步,只以足尖点地。"

安吉老爹一直藏在船舱底下的船腹内。王玄策说的那句刻在船板上的字句,便是他带给公主的警示。这温厚中带着些狡黠的热情生意人,居然是祆教在沙州的密探。李天水一动也不能动。

"你听见了么,行善者,那队使者中已经混入了伪诈的妖魔,愿智慧之神巴赫曼庇护于你。"公主已随着阿罗撼,缓缓走入他身前的门洞,"进来吧。"

第六个人

明亮的黄色珠光照着沉浮于水面的水精球。两颗幽莹的耳坠子又被揉成了一颗径寸大小的琉璃球,此刻反射出暗红色的光芒。水流得很慢,米娜捏着明珠,牢牢盯着水中的琉璃光。她已领头走了许久。

杜巨源、王玄策、玉机、智弘四人紧紧地跟在她身后,相距不过一两步。智弘和尚走在最后,在暗弱的微光中背着达奚云的尸身,连同尸身上蒙着黑布的背篓。那柄人骨尖锥仍深扎在背篓下的肩胛骨中。

自那声凄厉瘆人的长鸣后,这背篓里便再未发出一丝声响。

"这是第九个分岔口了,"王玄策的嗓音听上去已很疲惫,"你说这回,这颗小球会左转、右转,还是直行?"

"右转。"杜巨源未加思索答道,仿佛早已料定。

琉璃球果然顺着水流,转入右侧的暗道中。

"原来你也得了天启,还是如这琉璃球般能感应到这井底下的妖气?"王玄策有些反常地嘲谑道。杜巨源知道他的心神已绷得太紧。

"每临岔口,都会有一个小小的标记,概莫能外,"杜巨源平心静气道,两眼一眨不眨地盯着前头微微闪动的红光,"而这水精珠子总会转向与那记号相反的水道中的水流。"

王玄策放慢了脚步,杜巨源看到他的眉梢跳了跳。"'卍'

字?"他嗓音低沉得有些可怕,"是路标么?"

"魔鬼正穿行于那些岔道内,无声无息,"前头的米娜接道,她仿佛又在低吟,"你要信任水精。水精在带领我们避开这些灾祸,它是阿娜希塔触碰过的神物。"

"但它会将我们带向何处?是公主藏身之处,还是这片井渠的出口?"王玄策的嗓音已有些凝滞,他顿了顿,又道,"我怎么觉得,我们一直在原地打转?"

"啪嚓!"身后的玉机打了个趔趄。水花溅上王玄策袍角,他肩头抖了抖,下意识地背紧了书箧,遽然转头向四下盯去。"水精再不能透露更多,那是神意。"米娜的嗓音平静得有些空洞。

"在海上,有时你只能放开手,跟着风前行,"杜巨源接道,过了片刻,又道,"我却在想一件事,我们是如何落入这般境地的?"

王玄策低哼了一声。"你说的是那个李天水么?"他的语气平稳了些。此时有人能说说话,多少令他心安一些。

"若不是他,我们的那条船已经沉了,"杜巨源淡淡道,"便不会再遇上那另一条船了。"

王玄策拧紧了眉头,思索半日,沉吟着道:"但那萧萧将我们领入这条暗井后,本也有许多机会动手,却为何……"言及此,他忽然目光一跳,"他们要的是……那东西。"

"正是!在船上,那妇人便在暗暗瞄着王公的目光,窥探她的'猎物'。无论他们是吐蕃人抑或别的势力,皆不敢公然擅杀唐使。西域各镇间的风吹草动,避不过大明宫主事者的耳目。但我们这队人若莫名其妙消失在井道下,只能算是一桩说不清道不明的奇事。"

王玄策越听面色越难看,默然片刻,盯向杜巨源哑着嗓音道:"你倒是对西域熟悉得很。"

杜巨源笑了笑,道:"杜某半生浮海,听得最多的便是船上各地胡商们吹嘘各自经历的奇闻怪事。"

王玄策看着,眼神又变得有些奇怪,压低声道:"听你话里的意思,莫非以为此事背后不止吐蕃一方搞鬼?"

杜巨源眯着眼,眸光深幽,良久,沉着嗓音道:"此刻我却担心,若那波斯公主真的在这井道里,怕也是落入他们的陷阱。"

王玄策目光一跳,道:"你的意思是……"

"我们自沙州西北冒险越过莫贺延沙碛,岂非便是要从公主手中拿走另半件宝贝吗?"杜巨源干涩地笑笑,"若公主带着那半件宝贝下了井道,想要拿到那'宝贝'的人,只须想法子让我们永远都走不出……"杜巨源住了口,他看见王玄策面色有些发灰。

"事到如今,你且告诉我,"许久,却听王玄策将嗓音压得极低,夹杂着急促的气息道,"长安的主事人,是否早已想到了有人会劫掠我们要送的货?"

杜巨源叹了口气,将嗓音压至只有王玄策一人可听见:"主事人料到这趟路上并不安稳,嘱我诸事小心,若有异动随时回报。王公切莫自疑。书箧子里的东西,主事人极为看重,绝不是一个引蛇出洞的诱饵,或是随时可抛的弃子,"他的头垂了下去,低沉的嗓音几乎轻不可闻,"王公怕是早已猜到了我的一些事。我确实想要揪出萧萧背后的主使者,她看上去不像被吐蕃人收买的……此刻仍是后悔得很……"

王玄策目光一动,上前一步靠向杜巨源背脊,贴耳道:"我也听说过一些宫中传言,莫非……"忽听杜巨源哑声道:"什么气味?"

王玄策皱了皱眉,身形忽然僵得像根木头。他亦闻到了一股异味,一种他有些熟悉但绝不该在这里闻到的异味。一种淡淡而奇异的油脂味。他忽然想起在何处闻过这气味了。

逻些城的许多街巷便弥散着这种味道。有些吐蕃人身上也带着这种气味。越来越快的心跳已令他有些喘不过气来。

所有人都顿住了步子。每个人都闻到了那气味。

"若我未记错,"久未言语的玉机忽然开口。他面上的惊恐与悲戚俱已淡去,此刻反而显得冷静,不像个十五六岁的书童,"王公你曾带回来过……"

"你没记错,"王玄策急促道,"是酥油。吐蕃人的酥油味。"他的气息已不太稳定。

这条窄道异常深长,距离上一个岔口已走了很久。这气味却好像忽然出现的。"前头……前头有岔口了么?"王玄策哑声道,有些发喘。

前头引路的琉璃光一沉一浮,已漂得有些远了。米娜跟了上去,只轻声道:"跟从阿娜希塔的指引,莫停步。"

但那油脂气味更浓了,渐渐盖住了两侧的泥腥气。五个人的踏水声越来越轻。"嘀嗒"不止的滴水声,仿佛越来越响了。黑暗中,似乎还有别的声音在隐隐作响。

"确实是从前头飘过来的,"杜巨源凝视前方水路,手指不断地摩挲着指环,嗓音很沉,"米娜,前头会有岔口么?"他重复了王玄策的问话。

米娜停下了步子，低头看着前方发光的水面。水还在流动，那琉璃球却停了下来，只在原地一沉一浮。

二人在米娜身后停了步。琉璃光在水中忽明忽暗，像一个活物般不住地颤动。井道中没人说话，只能听见越来越粗重的喘气声。玉机忽然响起的嗓音听起来甚是突兀：

"智弘律师，方才，你背上的云郎，双脚是否入了水？"

喘息声忽然顿住了。此时此地，无论是谁，听到这样一句问话，难免会呼吸一顿，但智弘的嗓音很平稳："阿弥陀佛。云郎的身躯虽已有些发硬，但小僧未将他卸下片刻。他双足始终在水面之上。"

"或许是我听错了，"玉机气息却颇为平稳，"我方才似乎听见第六个人的踏水声，似乎便在智弘律师身后。"

"阿弥陀佛。小僧亦有所察觉，只是方才那声音又忽然消失了。小僧以为是久行于暗道中，不免生出幻象幻音，故而未敢声张惊扰。"智弘凝重道。

"你是何时听见身后有水声的？"杜巨源的嗓音此刻也有些哑了。

智弘沉吟了片刻，道："似是自那'嘀嗒、嘀嗒'的滴水声响起后不久。"

"那滴水声是在转过岔道后响起的，"杜巨源缓缓转过了身，他看见王玄策两眼有些发直，"或许，有人跟着我们转入了这条道。"他灼然发亮的目光向后探去，只有王玄策与玉机被珠光拉长的影子在水面上微微晃动，再向后便只有智弘弓腰背人的模糊轮廓。杜巨源的眉头凝结了起来，他忽然想到了一件很奇怪的事。

"律师，云郎背后的背篓子，始终没有动静么？"他问向智弘。

"小僧亦觉得有些奇怪，自云郎遇袭时的那声后，他背上的……萨尔，却再未发出一丝声响。"

"玉机，你与云郎素来亲厚，可否转身看看他背上的黑布篓子？"杜巨源嗓音亦有些发干。

玉机未作声，一动不动。杜巨源蹙起了眉，莫非这书童心魂仍未回来？

"不如小僧卸下来探看探看，小僧亦有些疲累了。"智弘缓缓蹲下了身，将背后的云郎缓缓靠在了侧壁上。还未立直身子，便已扭过了头。

杜巨源看见他猛地向后急跳了一步。他双肩颤着，一声不响地低了头，自袖内取出了蓝绿色的佛珠，急速捻动起来，口中喃喃急语。

杜巨源心头一震，目光遽然扫向达奚云尸身。长大而僵硬的尸身轮廓斜靠在泥壁上，但背篓已消失不见。尸身上原本该是背篓之处，有什么东西忽然动了动。随后有两点冷光慢慢在黑暗中闪了出来，转向杜巨源。

一股寒气自杜巨源的脚底透向脏腑。闪着冷光的是人的眼眸，但比毒蛇的眼眸更冰冷残酷。他背负了手，两眼盯紧了那眸子瞬息不敢放松。他想起在波斯舶上流传的关于天竺食尸夜叉的恐怖故事。寒意正由四肢迅速传向脏腑，随后他闻到了一股浓烈的令人作呕的秽物气味。他的左臂猛然间被抓住了，是身侧的王玄策。

那两点凶险的眸光亦同时转向了王玄策。"噗"的一声轻响，一道黑影自达奚肩背上蹿出，蹿上了对面泥壁，壁虎般贴在了侧壁略倾斜的坡面上。它的目光凶戾地转了过来，掠过正颓然倒下的达奚云尸身，又盯在了正对面的王玄策面上。

王玄策的手指仿佛要抠入杜巨源左臂肉里。杜巨源用一只右手缓缓套上了皮套子和机弩。他听见玉机的喉头里正发出一阵含混不清的声音。他的眼睛移不开半分，死死盯着对面侧壁上的两点仿佛阿鼻地狱内升起的亮光。他感觉米娜在缓缓转动明珠，侧壁更亮些。但他仍看不见那东西的身躯，只觉得他好像在动，很缓慢地在动。眸子下有一根长的物忽然伸了出来，像一个恶鬼怪异而阴毒的长嘴。

杜巨源看见那长嘴缓缓转向王玄策。他背负的右手攥紧了，戴着指环的左手食指将弓弦缓缓拉向机槽，右手的食指已扣上扳机。

"嘎啦啦"，后侧的黑暗中传来一阵异响，像是自水下传来。那凶兆般的眸光微微转向那声响处，忽然瞪大了。杜巨源亦转过头。"嘎啦啦"，声音更近了，就在达奚云尸身脚下的水面上。杜巨源看到一个圆筒状的影子在暗弱的烛光下浮了出来。影子越来越大，仿佛也很沉，不知怎的却被水流带了过来。他觉得那影子有些眼熟。

"呵呃——"杜巨源听到玉机猛地抽了一口气，随后看着那黑影跃出了水面，带着一串水珠，向趴伏在泥壁上的怪异身影飞扑而去。

一层黑布在半空中扬起，黄光下，杜巨源看清了几根已扭曲的铁栏杆。水中漂来的竟然是达奚云消失了的背篓子！

电光火石间，两个爪子自栏杆中伸了出来。乌黑的利爪仿佛泛着光，猛厉地向那贴在壁上的身影抓下去。那身影已经在动了，但是慢了。"呜咽"一声怪响，声音并不大，但如牲口被屠宰时的哀叫般扎心。泥壁上的身影"咚"的一声直直坠入水中。"通通通通"连声响，险恶的影子迅速向后蹿去，片刻间便消失在黑暗中，再无声息。

浓烈的血腥气混入了那股令人作呕的气味，黑布背篓在半空中击落那黑影后，向后一弹，又落回达奚云尸身的脚下。

水在向前流动，但那黑布篓子一时停留在达奚云僵直的双足边。过了好一会儿，它跟着水流浮动起来，避开了仍在捻着佛珠的智弘，在玉机身边缓缓地绕了一圈，笔直掠过了王玄策、杜巨源，擦着米娜猩红色的斗篷下摆漂向前方的黑暗深处。

"萨尔……萨尔……"玉机的喉咙间滚着一个声音，踉跄地向前冲去，方踏出三步，一只手腕却被杜巨源牢牢箍住。他猛地抬头，身形忽然又僵住了。

前方的黑暗中又有光点在闪动。暗绿色的光点，看上去有七八点之多，看不出有多远，但杜巨源觉得那光点亮起在前头的岔口空地处。它们在黑暗中转着圈。

血腥味逐渐淡去，酥油的油脂味却更浓了。杜巨源戴着皮套子的手指又扣上了机簧。光点仍在前头诡异地转圈，好像在慢慢逼近。有时他在漆黑的海面上也会看见许多诡异的发光体。他常会觉得兴奋，他对危险与未知总是怀着一种暗暗的兴奋，但此刻，他的心中有一种死亡的仪式在慢慢逼近的感觉。

智弘仍在念着经咒。米娜不知何时又开始了吟唱，她慢慢旋转腰肢，同时高声吟咏。他看见那水精亦是在水流中旋转着。

米娜高举明珠越转越快，吟诵声亦越来越快。猩红色的长斗篷与鲜红色的织袍亦在水面上腾空旋起，像一朵正在飞舞中盛开的血色曼陀罗花。

光点更亮了，是绿光。它们正在从窄道中靠过来，或许是听到了米娜的吟唱声。但他无法令米娜停下来。他知道这是在起舞祝祷，此时的米娜已不是他的女人。她已化身为向娜娜女神献舞的通神者。

绿光越来越亮，随着酥油气味仿佛还飘过来一阵"嗡嗡嗡"的声音。初时甚轻，仿佛虫鸣。片刻后，杜巨源方听出是有人在吹奏。他听不出是什么乐器。"嗡嗡嗡"声越来越响，在发颤。他的右臂也在打颤。他回头一看，王玄策的汗珠涔涔而下，面如土色，正死死盯着前头。王玄策颤着声音道："是他们。是冈林，黑教的黑暗仪轨。劫数到了。未料是在这地下水沟……是你的女人！"他的话已连不成句，发直的目光忽然狠狠瞪向了杜巨源，急促道，"是你的女人，断送了我们，断送了我最后一次机会！"

"嗡嗡嗡"声已变成了"呜呜呜"声，渐渐压过了米娜的吟诵声。杜巨源已看到了自水道对面当先走来的人影。他将右手移向身前，三支弩箭又卡上弩机。

黑暗对弱势方有利，他们现在靠得还不够近，他至少还有三成机会。

念头方闪过，毫无预兆地，泥壁上的油灯忽然亮起，整条水道顿时被照亮了。一阵目眩过后，杜巨源看清了对面的人。

距离最近之人不过七八步远，杜巨源的头皮一阵发麻。那人脸面上紧紧覆盖着一层皮质面具，黑色长毛垂在硕大的圆皮面具四周，面具却是惨白色的，只在两眼的位置挖出了两个孔洞，孔洞后仿佛是两个黑洞。他周身覆盖着鱼鳞般的铁片，在左手持着的圆形灯台中反出妖异的绿光。他另一只手举起的长矛却是白森森的，竟有六七尺长，像由两根腿骨磨光接起。矛尖直直指着米娜的胸腹处，相距不过三尺。

两侧壁灯乍然亮起时，对面戴着皮面具的人身形一顿，仿佛亦是愣了愣。井渠太亮，同一瞬间，"嘎嘎嘎"的转动声响了起来。左侧泥壁上，向内转开了一道拱门，恰在旋转着的水精前面！

那泥壁转得并不算快，但只眨眼工夫，侧壁上的拱门已横了过来，挡在"商队"五人与手持酥油灯的长毛面具人之间。戴着面具的人挺着长矛突进时，拱门与另一侧泥壁间的缝隙竟已不足一人闪入。

几乎同时，右侧的泥壁上相同位置亦转开了一道拱门。水流横了过来。片刻工夫，两面拱门合成了一面，封闭了身前的窄道。水精被横流的水面带向了窄道深处。米娜跪伏了下来，高举着双臂，仰头呼喊着"阿雷德维·苏拉·阿娜希塔"的名字。她身后所有人一时皆呆住了。

身前通向死路的水道消失了，眨眼间变换为横流着仿佛通向生门的另一条水路。有如神迹。

琉璃墙后

"呜呜"声没有停止，但随着一连串杂乱的踏水声越来越远。杜巨源用力扯了扯王玄策的臂膀，王玄策如梦方醒般跟了上去。

米娜已消失在了侧壁上打开的拱洞后。智弘口诵着"不可思议、不可思议"，捻着念珠踏出两步，回头见玉机已将达奚云高大而硬直的尸身背了起来。他方要伸手，玉机摆手道："你已经虚脱了，我自小背惯了重物，腰背有大力。"智弘看着他，苍白的脸上忽然微微一笑，转瞬即逝。玉机心头不知为何狂跳了数下，再看智弘已至拱门边，咬咬牙，缓缓跟了上去。

侧壁后开出的甬道地势向下。两侧没有壁灯，黄色珠光映出了不远处的一处弯角，很模糊。泥腥味逼了过来。将至弯角时米娜向后伸出了手，杜巨源紧紧握住。王玄策仍扯着杜巨源的臂膀。背着达奚云尸身的玉机抓紧了王玄策背上扁平木书箧，另一只手牵起身后的智弘。智弘左手仍在捻动一串绿色佛珠，喃喃念着经咒。

四个人以手臂连成一串，同时转过了弯道，同时顿住了脚步。

弯角后不是深渊，却是一道光滑的琉璃墙，明黄色的珠光覆上了光滑的墙面，映出了诸人惊异的神情。

琉璃墙面自水中直接泥顶。水精的光芒已将隐没，而米娜指间明珠的黄光却越来越亮。她转过了头，眸子已变得血红。

"公主就在那后面，大祭司大穆护就在那后面！"她嗓音急促而沙哑，脸色亦有些发红，猩红色的指尖正指向那琉璃墙面。

杜巨源盯着映着众人身影的琉璃墙，沉声问向身前的米娜："你怎知公主在这面琉璃后面？"

"因为她能感觉到我身上的灵光。"琉璃镜后传来了一个妇人低沉的嗓音。她仿佛有些虚弱，汉话说得很轻很慢，却穿透了那琉璃墙，极清晰地传入每个人的耳中。

"是公主么？"寂静中，王玄策喑哑的嗓音慢慢响起。他从杜巨源的手中抽出臂膀，几步抢至米娜身前，贴近琉璃墙。

"玄策王公，长安来的使者，我们的东西还在么？"琉璃后的妇人问道。

"在、在，仍在我肩头上。"王玄策急促接道，抑制不住激动。

"我们怎知你便是波斯公主？"杜巨源却蹙了眉，缓缓道。

"掩去你们手中的光芒，你们便将看到我。"她的嗓音轻柔而奇异，有一股不容置疑的力量。米娜一刻未迟疑，将明珠收入了囊中。水道中又陷入了彻底的黑暗，但那琉璃镜面却亮了起来。镜面后仿佛燃了火一般映上了一层金黄色，光芒中现出了一个人影。一个身材修长的妇人，通身黑袍长及足踝，内袍束身，外袍敞开，对襟处是联珠纹的织锦，头戴有护耳的尖帽子，整个面部大半覆盖在鸟首形的口罩下，只露出两点深不见底的黑眸子。对襟开处，她一只手捏着个石钵，另一只手亦捏着一物，却藏在了外袍下。

米娜伏跪了下去，口中连连诵着"胡姆、胡姆"。王玄策盯着那面琉璃，发不出声来。杜巨源亦是惊异，却沉下了嗓音道:"这光芒自何而来,又如何将你映上镜面?"

"我已告诉过你,大唐来的副使。这是灵光。这面镜子能映出灵光。"黑袍妇人淡淡道。

"天神护体之光?"杜巨源眯了起来,手指不停地在指环上摩挲。

"你知道灵光呵,正教的朋友,甚好,"那嗓音缓缓道,"愿火神梅赫尔护佑你们,灵光飞向你们。通向圣地的路途上,驱离那妖魔与黑暗。"

"只是……公主殿下……那另一半的圣物,却在何处?"王玄策的嗓音有些焦渴。

"不必焦急,大唐来的正使,还有四十八日。若能跟随阿胡拉的指引,你们定然赶得及,"镜面的嗓音不疾不徐道,"西州的另一半圣物,我已托人安放在了一处正教的秘密联络地。近年来西州布满了吐蕃的耳目,还有许多来路不明的人,不可随身带着。否则今日已被那妖妇得逞。"

"那秘密联络点在何处?"王玄策急问道。

波斯公主藏在黑袍下的手抬了出来,道:"他将引领你们去那地方。"她手指指着的侧后方,现出一个人形。黄光更亮了些,映出那瘦高的人形越来越近。每个人皆瞪圆了眼,他们看见波斯公主尖顶高帽子上露出了一绺绺发辫,随后是一张瘦长的脸。

"是他?!"王玄策失声道。

"正教的朋友,长安来的正使,他是得到天神护佑的命定之人。他将注定与你们同行,并庇护你们走到圣域。"她的嗓音变得严肃起来。

王玄策呆了呆,道:"命定之人……公主此言何意,王某……实不能解。"

公主转过了身,伸出了罩袍下的手。那只手掌上捧着一条金光闪闪的黄金腰带。公主转过了身,将石钵递向身后。她身后右侧仍站着一人,在一团漆黑中。她双手捧定金带子,侧转过了身。镜面另一侧的每个人都能看到那黄金腰带上七个浮雕圆扣。公主极肃穆地将那条黄金腰带捧向了身后的李天水。李天水躬身接过,缓缓将那条金腰带扣紧在了自己的袷袢上。

"公主,这是……"王玄策惊得合不拢嘴。

片刻后,公主方转过身来缓缓道:"他已经与梅赫尔立下了盟誓。这是信物,梅赫尔的信物。这是最后一个仪式,"她顿了顿,目光向前,仿佛能看得清镜子后另一侧的五个人每人面上的神情,"正教在西域的所有秘密,皆在这条黄金腰带上。西州那另一半的圣物,也在他系在身前的带扣上。梅赫尔会引领你们去找到它。我无法说得更多了,因为我知道你们中有人将出卖正教。"

但另一侧的五人听到最后一句时,同时面色大变,不由自主地同时瞥向身侧四人。杜巨源张口欲问,却听公主又道:"我不能再告诉你什么了。神谕叮嘱过,'切勿泄露天启与神意,'不过,"她顿了顿,仿佛喘了口气,又接道,"你们所有人皆要摸着这琉璃镜面立誓,同时在心中默念此行的目的。必须是真实的目的。如果在心里对天神说谎,那么他将不得越过这面镜子。只有诚实的人才能转到镜子来到我身边。而我将能听见每个人的心声。"

琉璃墙前一片死寂。良久,王玄策哑着嗓音道:"公主殿下……你为何不领我们去寻那圣物？"

"唉……"公主深长地叹息了一声，却无悲意，"我即将远行，将顺从命运，离开这个世界。而且，在这井渠下，你们身后的妖魔正在靠近，我将为你们引开他们。"

五人不由得悚然向后探去。仍是一团漆黑。光芒只在身前的琉璃镜上。王玄策与杜巨源迅速对视了一眼，杜巨源看着王玄策，缓缓道："我先去立誓吧。"

"不，我先，你们跟着我做。"米娜缓缓站起了身，将手掌贴上了琉璃墙面。

"能感知灵光的女信徒，你知道那句誓语？"公主在镜面后看着她的掌心。

"我知道，"米娜没有一丝犹疑，以汉话诵念道，"'誓约之神的手臂极长，毁约者无论在印度以东，还是在世界的西方；无论在阿兰格河口，抑或在大地的中央，都难逃他的巨掌。'"随后她又以粟特胡语重复了一遍，说得更低沉更缓慢，听来竟有些阴森。

"呼"的一声，镜面上的金光晃了晃，米娜的身影便不见了。片刻后，晃动的光芒平稳下来，杜巨源瞪圆了眼。镜面上只有一袭黑袍的公主，与她身后李天水的侧影。

米娜竟凭空消失了，仿佛被吸入了镜中的另一重世界。

王玄策的目光仿佛已有些涣散。他看着那镜面，道："我曾三使五天竺三回，其地神异，遍是不可思议之事，却没有一桩能及得上今日所遇奇诡可怖之万一。"

"阿弥陀佛。世人以眼、耳、鼻、舌、身、意六识浮沉于世，不知真幻虚实，轮回不休。不知四万八千世界，同时浮现，只是一心常住。"智弘指着佛珠低头喃喃道，这素来温静的和尚此刻似乎有些紧张。

王玄策叹了口气，道："你说得对，想来是我的心境乱了。"他有些颓然地低下头。杜巨源看着他，像要开口。王玄策却忽然摆了摆手："我先去！"他另一只手攥紧了拳，手指死死握住那肩上书箧的绳索，抬起了头，双目很亮，像落日西沉前的最后光亮。玉机背着尸身赶了上来，却被杜巨源一把握住了手腕。王玄策的手掌已贴上了镜面。他喃喃念出了那一段誓言，与米娜一字不差。

黄光晃了晃后，王玄策亦消失在琉璃镜前。镜面上仍只可见公主的身影，她低垂着头，罩袍下垂着双手，仿佛已置身事外。

"王公……他……还在么？"玉机漆黑的眸子有些失神，茫然地看着镜面。

杜巨源看了看他，摇摇头，道："你为何不自己去试试？"他微微叹了口气，道，"人世残酷，你时常不得不要去赌一赌。"

书童静静地凝视着他，黑眸子一闪，脚下已向前迈出一步。杜巨源又道："把你的重负卸下吧，你不欠他什么。"

玉机还在发愣，杜巨源已将他肩背上的尸身拦腰抱起。达奚的身躯硬得像木头，面容看上去却仍很鲜活。他瞪眼蹙眉，仿佛是下了绝大的决心。玉机只掠了一眼，便迅速移开了，转身向那琉璃镜走去。她说得急促，这回黄光晃动得略久些。过了一会儿，玉机亦消失不见了。

杜巨源单臂稳稳地夹着尸身，侧转过身。只剩下他与智弘两人了。黄光在他面上微微摇动,智弘的左手静静地转动着念珠。杜巨源看着他的念珠,每颗绿松石珠子上皆现出眼睛般的纹线,似是天然而成。"常人若只能识得一重世界,律师能识得几重?"他嘴角一勾,似带着嘲谑道,"莫非四万八千重?"

智弘温静一笑,淡淡道:"本无分别。"便直直地向那镜子踏水而去,没有一丝迟疑。随后,他摸上镜面,朗声念起,嗓音甚是清朗响亮,令那回声在泥壁间不断游荡。他等了片刻,正要诵出第二遍,光亮一闪吞没了他。

暗黄的光晃了许久,直到镜面上第四次重现出波斯公主的影像,杜巨源方缓缓踱了过去。他当然早已背出那段誓言,但他来这里究竟为何目的呢?

他感觉心底深处被刺了一下,痛得心头一抽。那根刺埋在了很深的地方。他摸了摸指环,随后缓缓将戴着指环的指节叩上了光滑而冰冷的琉璃镜面。"笃、笃笃、笃……"

琉璃世界

眼前闪出一道白光。他看到了阿耶,阿耶后背套了粗绳索,两个凶神恶煞般的人影握紧了父亲被反绑的双臂,将他拖向厅门口。阿娘与仆从的哭声响成一片。他还很小,但他知道阿耶回不来了。他扑过去死命地拽住阿耶的袍脚。他被生生拖到了厅门口。一只脚飞了过来,正中他胸口。他飞了出去,手指却没松开。他听见了"呲啦"一声布帛碎裂的声响,随后那白光模糊起来,眼前的一切皆模糊起来。

白光转瞬即逝,又像是闪了很久。光芒消失后,杜巨源恍惚半晌,才意识到他已经转到了镜子后。

此刻他两眼有些发花,头上汗涔涔的。他闭目定了定神,又睁开了眼,一阵新的晕眩令他迅速合上了眼。他摇摇头,似是不信,等了许久,再次睁开了眼。他想自己的面色一定很难看。

他看到所有人都在看着他。王玄策、玉机、米娜、智弘和尚,还有……那李天水。五个人散列在身前。在两侧,在他们身前两侧的转角、在他们身后两侧的弯角……他看见许多个王玄策、玉机、米娜、智弘和尚、李天水在他身前站着,看向自己。他看见了许多个自己。每个人的面上都蒙着一层很淡的绿色。他觉得自己的心快要跳出腔子,却凝聚不住目光。

"'什么人将把我颂扬?什么人正在说谎?什么人在虔诚地呼唤我?什么人在恶毒地诅咒我?'"话音自身后传来,杜巨源悚然一惊，急侧过身。身后的镜面没有映出自己的身影。黑袍的公主身影却又显在镜中。莫非她便是方才旋转了过去？他听见公主缓缓接着道，"梅赫尔已然听见了。"

"公主若已知晓，何不明示？"杜巨源看见了许多个王玄策同时在开口。

"我告诉过你，梅赫尔已叮嘱过我，'不要向任何人透露神启的奥秘'。但是正教的协助者，我会将这奥秘带给使队的领头人。在梦中。从此刻起第二个夜晚的梦中。"公主的嗓音仿佛更虚弱了，但依然清晰。杜巨源看见王玄策无数双眼睛的目光亮了亮。

"你们要快，正教的协助者。你们要比骏马雄鹰更快，我已经听到了困在岔道中的妖魔的脚步声。我现在要去引开他们。他们已经靠近了。你们要快，切勿让妖魔挡住你们的去路！"公主的嗓音在渐渐远去，黑色的身影也渐渐淡了，终于从镜面的亮光上隐没。又一条人影浮现上了镜面，杜巨源看到了呆望着镜子的自己，身后是王玄策、米娜、玉机、智弘，以及正靠在转角上的李天水，他们与自己的身影，在这面一人半高看似无限深远的镜墙上，正面侧面远远近近重重叠叠无穷无尽地映现着。随后，他明白过来了。

他正身处一个失去了上下左右前后任何方位的琉璃世界。一个真正的迷宫。

水流不知被引向了何处。水道已经不见了。地面被铺上了琉璃。他所见到的一切皆被覆上了琉璃。一尘不染的琉璃镜，绝对洁净，绝对平滑，没有一丝差别。

他看到了火光，火光燃于灯台中，扁壶状的灯台亦是琉璃磨制而成。淡绿色的琉璃，极不显眼，却将四周映亮了，像一个无限重叠的淡绿色的虚幻世界。

他看着那琉璃灯台，看着李天水靠着的转角，找不到参照。它们不是参照。它们不是夜航中可以辨认方位的极星。它们正如抱着双臂靠在转角的李天水一般虚幻。但他看到李天水正在站直了身子侧过脸，他的破旧羊皮袷袢上束着一根极不相称的黄金带子，熟悉的懒懒的嗓音响起："跟着我走。"

"你？你在何处？"杜巨源听见自己说。出口后，他方意识到这话有多蠢。

李天水向一侧伸出了手。那手臂在空中等了一会儿。杜巨源看见无数个玉机将手臂搭了过去，准确地搭了过去。其余人没动，李天水又开口道："公主说过，这条琉璃道不长，我带头走，后头的人分辨我的脚步声，跟着走。"

他转过头。杜巨源看见无数张脸转过了头，但感觉只有一双眼睛在牢牢看着他，清亮如晨星的眼睛，仿佛穿透了一切虚妄，直直地看着他。

杜巨源看着那两点眼眸，缓缓道："你是怎么找到公主的？"

"是她找到了我。"李天水淡淡道。

杜巨源凝视着他，又看向他的金腰带，随后转向王玄策，道："公主方才在此间时，有没有与王公说过什么？"

"公主从未在此间，"王玄策的嗓音传了过来，听不出感情，"我们过来时，公主仍然在镜面后。"

杜巨源觉得脊背有些发冷。李天水抢上两步靠近了，他下意识地退了一步，双手背负身后。一只手搭上了肩头，是王玄策的手臂。李天水略一弯腰，抓了达奚云尸身一甩，扛在肩头，另一手牵着玉机，回头便走。

杜巨源此刻方才意识到，臂弯里夹着的达奚云尸身不知何时落在了琉璃地面上。

李天水闭上了双眼，在黑暗中沿着直线向前走。琉璃面上响起重重的"哒哒"声，像是马蹄。

他看不见周遭的琉璃壁面了，也看不见任何参照物。但他仍能沿着直线前行。许多时候不需要用眼睛看的，他知道。漆黑无星的草原夜，他仍能从风的方向辨认出回毡帐的路。此刻他能听到身后细碎的步履声、粗重或急促的呼吸声，数层泥壁外兽鸣般的"呜呜"声，及伏于琉璃地面下的暗渠水流声。水流在琉璃面下纵横交错。此刻他正逆流而上。

这时他想到了在沙州佛窟内遇见的那个盲眼老僧。老僧看上去已是风烛残年，身上的衣履亦是残破不堪。他绕着窟中心的佛龛转着，看上去与别的僧侣并无差别。只是他转过来看向自己时，李天水方觉他的双眸从未转动，且暗淡无光。但他从容地盘膝坐下，每一回皆恰好坐在了李天水身边。

李天水递过去一个胡饼与一袋清水，那老僧从容地接了，仿佛他能看得见。李天水看着他慢慢咀嚼，缓缓道："你该是用耳朵看的吧？"

那老僧摇摇头，饮下一口水，道："用这里。"他拍了拍自己心口的位置。

李天水一怔，他以为老僧在弄玄虚。他在石窟外听讲经变故事时，总觉得是在弄玄虚。但他仍问道："你那里能看见什么?"

"你所见的,如泡影般空幻,转瞬即逝。我所见的却是一片澄明,"李天水看见这老僧微微一笑,"你若不信,待某一刻,你心如止水,闭合双眼,便能看见了。"

李天水呆了呆,他觉得老僧的话仍很玄虚,但他似乎曾有过体会。"心里面一片澄明",是何时的体会呢?他略一思索,老僧已不见了。

此刻他眼前仍是漆黑一团,但其他感觉敏锐了许多。空幻的镜像仿佛将一座无尽的迷宫收摄在身前,却对他毫无影响。他的呼吸远比身后诸人的平稳,感觉外界反而更清晰起来。

身后的玉机呼吸更急促了,他忽然握紧了李天水的手。他的手又冷又湿又滑,脉搏跳得很快,未等他开口,李天水低声道:"你看到了,是么?"

玉机将手握得更紧了。李天水不吭声了,有步履声在身前右侧岔道的水中响起。"啪嚓、啪嚓",极轻,极谨慎,正慢慢向李天水前方靠近。他们该是看到了镜中的人影。六人身影自然也会映入前方左侧的数面镜中。

玉机没有说话,身后无人说话。李天水听见了一连串轻微响动。弓弦上紧,匕首脱出了皮鞘。所有人都看见了,除了自己。他只能感觉眼角处的模糊微光。但他知道杀手们很近了。一股逼人的腥气、油脂气与死亡气息在身前弥漫。杀手们在看着自己和身后的人,从镜子里。或许是他们自己看不见的镜子里。他们越来越近。他听见那些的步履声越发缓慢。

他的心跳得越来越稳,步履更稳,却已轻不可闻。他感觉玉机的脉搏亦是越跳越稳。他扎入了那一股浓烈的危险气息中。他清楚地知道自己正在从这些杀手身侧行过。六个人排成一行正从这些杀手身侧行过。

玉机汗湿的手掌终于松开了。他听见那些人在身后由右侧岔路走向了左侧岔路，又由左侧急转回了右侧。最近时只有三步远。他们没有发现。那股气味渐渐远离，他知道无数琉璃中的两列幻影亦正在交错、远离。

脚步声渐渐消失在这琉璃世界的尽头。"是些什么人？"又行数十余步，李天水忽问道。

"三个鬼面人，皮制的鬼面具，像人皮，上面长满了长毛。他们真是人？"玉机的嗓音在抖。

李天水咧嘴笑了笑。眼角的微光有些黯淡了，成了灰蒙蒙一片。壁灯似乎又灭了。水流声更大了些，但脚下仍是平滑的地面。他知道自己在一路向上，将要至尽头了么？尽头是什么地方？

又过数十步，他听见了人声，声音很轻，但仿佛是很多人。好像自头顶的远处传来。随后，他又一脚踏入了水中。隔着马靴他仍能感觉到是冰凉的雪水。他心头跳了跳，却并未很惊讶。他知道快要到出口了。身后的五个人仍在缓缓跟着，谁都没有说话，步履沉重而带些迟缓。李天水知道他们已是精疲力竭。在这井渠下，他们已走得太久，也许是大半日，也许已是一日夜。

喧哗的人声越来越近了，泥腥味重又浓重起来。李天水仍没有睁眼。许多幽微感觉正在被唤醒。他已有些习惯于在昏暗中前行，直到他听见身后玉机清脆的嗓音：

"前头那是出口么？"

他缓缓睁开了眼，前头还有路，甚至还有三条路。他们已行至一个岔口前。四条地下渠水河汉般汇入岔口，恰好可容下六七人。他想起了方下井时的黑暗井底，仿佛也是这样的一个岔口。他抬起了头，没看见高不见顶的竖井口。头顶上方四五尺处，略微拱起的泥壁顶部中央，盖着约三尺见方的木栅栏，像被钉死的天窗。一大片的藤蔓覆盖其上。藤条蜷曲柔软，交错缠绕在木条钉成的小格子间。有几根还垂入了水中。繁密的枝叶几乎将栅格遮没了，却有许多点光透过狭小的蔓叶间隙，斑驳地打在水面与众人的衣袍上。

身后五个人皆已斜斜靠在了各个岔口的泥壁上，一路连续不断的井下徒行与险境耗费了他们太多心力。

王玄策缓缓抬眼看向李天水，哑着嗓子道："你是从这里过来的么？"他的目光已远不如先前般锐利。

李天水摇摇头。"不知道。我走来时，不见一线光。"他环视了四周，又抬了头。四条岔道道口泥壁上挂着古旧斑驳的陶制鸟首油灯。灯光昏暗，却足以令他看清头顶上的每一根蔓条。他在沙州见过这种藤蔓："看上去像葡萄藤。"

"是葡萄藤，那上头的木格子是葡萄架。"杜巨源缓缓站直了身，魁伟的身形仍晃了晃。他两只圆眼睛已有些发红，但目光仍是精亮。"藤架子上平放着一个木梯。"

李天水也看见了。藤架子与蔓叶间隙中隐隐现出了被紧绑住的两根横木。李天水看了看身前垂下的藤蔓。枝条太细了，无法援藤而上。

"只有这条可以。"杜巨源在岔道口抬手指了指，在他对面岔口上方，垂着一条又粗又直的藤条。李天水走近一步。是由四根枝蔓纠缠而成，正垂在他发辫上方一臂之处。他看了片刻，仍摇了摇头："只怕仍难承受我的重量。"

"不是你，"杜巨源眼眸狡黠地一闪，"是他。"目光已越过他，看着正靠着泥壁上盘膝闭目的玉机。玉机坐得极端正，看上去却又颇为放松，好像这便是他最舒服的坐姿。他看上去一动不动，仿佛已经入睡了。

"他在做什么？"李天水皱了眉。

"呼吸，"杜巨源笑了，"或者用他的话说，瑜伽。"

玉机两肘贴着包着油布半没入水的木箱子上，上臂与地面垂直，将整个身躯倒撑起来。李天水看见他的黑色束身绸布袍子紧贴在身上，不知是汗还是水浸湿了。倒立着的身段呈现出了少女般的玲珑曲线，随着他一呼一吸间如水波般起伏。李天水转脸看向杜巨源。

杜巨源若无其事地笑笑，道："一个豆蔻少女走上这条凶险的远道，扮作男装自然省却了许多麻烦。"

"我只想知道，你们何必一定要带上她？"李天水沉着脸，瞥了一眼王玄策。王玄策全未理会，正定定地看着渐渐扭转腰肢的玉机。"你一会儿便知道了，"杜巨源看向那根粗藤条，淡淡道，"她能做的事，你未必能做到。这里所有人恐怕都做不到。"

此刻玉机的双足绷紧了，与腿股、身躯成了一条直线，足踝随着腰肢转动，缓缓缠上了那藤条，在踝间绕了四五圈后，李天水惊异地看着玉机倒立着的身躯缓缓离地而起。她的腰肢仿佛比那葡萄藤更柔软，渐渐蜷曲了上去，直至发髻高过双膝,她并合的双臂忽然分开,向上猛一推,那木栅栏被推了出去。井下顿时一亮。

李天水看着玉机弯上去的身影缓缓穿过窄小的藤条蔓叶间,直至足尖没入其后不见。他目光仍停在那些间隙处,许久,方转向杜巨源,道:"她自何处学了西域柔术?"

"不是柔术,是瑜伽术,"王玄策的嗓音在身后响起,他已挺直了身子,亦看着上头,眼里竟有些骄傲,"她自学的。从我自天竺带回的瑜伽图经上自学的。"

"你们说的瑜伽是什么意思?"李天水觉得这胡语很耳熟。是在石窟中听胡僧说过么?

"瑜伽是梵语音转,乃是'连结'之意。"王玄策仰着头,看着那上面的葡萄藤蔓被一根根抽走,天光正在渐渐照亮每个人疲倦苍白的面庞。王玄策面上的倦意最深,须发亦仿佛更白了些。他一动不动地向上看着,口中喃喃道:"信、进、念、定、慧……"

井口的圆形泥壁露了出来。片刻后,"啪嚓"一声,一把木梯子自井口滑了下来,落入水中。

第五章 交河官驿

驿娘的风情

李天水自井渠中探出身子的一刹那，恍惚又踏进了另一个梦里。一个看上去好得多的梦里。

橘色的日光透过了两侧繁密的翠绿蔓叶编织成的绿墙，斑斑点点打在了面前诸人身上。遥远的山风拂起藤条时已是湿润柔和，带来了只有在西域黄昏时才能感觉到的旷爽之气。透过枝叶间隙，他看见一朵暗红色的晚霞正慵懒地向西方移去。

原来已到了日暮时分。他与眼前这些人在井下俱已徒行了大半日。

王玄策与杜巨源仿佛亦未缓过神来。他们在这条葡萄蔓叶围成的拱廊中已来回走了三遍，神情仍是惊疑不定。不过诸人身躯仿佛已舒展了许多，仿佛这柔和的山风可以带走疲惫，将每个人的四肢百骸摩挲得活泛起来。

智弘却不见了。井口外的这条藤蔓回廊前后拐角两个尽头间皆不见他的身影。李天水记得他最后帮着智弘将云郎的尸身装入一个大驼囊，扛了上去。

"他去处理云郎的尸身了，"王玄策缓缓道，他的神情淡然，看向李天水的目光亦缓和了许多，"你放心，智弘身上常带方便铲。他最擅长处理这种事。最多一个时辰。"

西域之地九成是无主荒野，有时黄沙一掩便盖了尸身。但李天水仍皱了皱眉，一个时辰后天便黑了。"他能找来？"

"我们已约好，在距离这里最近的一家客栈下榻。"王玄策解释道,看了看他,俯身自井边拾起一物。一根四尺长的乌黑铁棒子。达奚云的棒子。"他的打狼棒,你带着吧。"王玄策递了过去。

李天水接过,沉得压手。他从未使过铁棒子,但他接了棒子一声未吭。他在装着馕饼的布囊上撕了个小口,插了进去。又听王玄策道:"过关验或入官驿时,便说你是达奚云,世居关中,乃是内廷千牛卫。"他怅然轻叹了一口气。

李天水低了头,只简短应道:"知道了。"那人虽骄横轻慢,李天水亦觉伤感,"我们下一步如何走?"

"此事如今恐怕要着落在你身上。"杜巨源插了过来,他回头看了一眼李天水腰间。李天水已合起袷衫对襟,将那腰带遮住了。

"先找个歇脚处再说吧,"王玄策道,"恐怕是急不得了。不眠不食已是一日一夜了,如此下去,不待大漠风沙,前狼后虎,我们自己便先熬不住了。"

王玄策平淡语音中透着黯然。二人低头不语。井口静静坐着的米娜已将长发随意束起,绾入蓝色头巾内。她身侧的玉机亦渐渐挽好了散乱的发髻,正看着身前微微舞动的蔓叶,忽然开口道:"王公勿忧,歇脚之处并不太远。"她的嗓音轻柔起来。

三人都向她看了过去。李天水这时觉得她虽眉目灵秀、言语伶俐,却是暗含了一股英气,无怪她起初瞒过了自己。王玄策看着她,眉梢一挑,道:"为何?"

"西域有井水处必有人家,我们在地下,自走过那条琉璃路后,三五步便有一条岔道。我留意过,每一处岔口,顶上都凿开了口。想来便是井口。算来一路上我们已经过了二三十个井口，"她说得很有信心，"二三十个井口密布一处，这上头至少该是个镇子了。"

"倒是颇有道理，"杜巨源看着她，忽然笑了，"而且看这条葡萄道，主人便不止一家。只不知前头走到底，通向何处。"他伸出套着翡翠指环的手指，葡萄藤蔓编织成的拱廊在他身前身后各延伸出数十步远，渐渐向同一侧弯过去，仿佛围了个圈，井口便在这条葡萄拱廊的弯道中点，看上去竟又像进了个迷宫。

"无论如何，总好过在地下雪水里走，"王玄策似乎仍是心有余悸，抬起马靴又细细擦了一遍，"我们便向前弯过去，若是走不通，拨开两侧藤蔓冲出去。"

一会儿工夫，四个人已快走到葡萄拱廊尽头。诸人的步履声皆是轻快了许多。李天水看着头顶蔓叶间悬挂着的一串串或翠绿、或莹白、或紫黑的葡萄串子，忽然觉得这地方有些熟悉。他曾来过这里么？肯定不是在草原与沙州。却是在何处？

至弯折处，行于最前的王玄策犹疑了片刻，猛地转了过去，顿住了步子。身后三人亦停下了。原来葡萄拱架围成的走廊已到头了，尽头处立着一个女郎。

那女郎靠着木支架，笑盈盈地看着诸人。她的面庞轮廓硬挺，双颊黝黑透红，眉目含情，面相像个冶艳的乡野汉女，神情却颇类胡姬。她亦是身着一套斑斓鲜丽的胡服，窄袖短襦配着红黄相间的曳地长裙，对襟在鼓起的胸前微微敞开，左右各织了半圈联珠兽纹，上身短襦底色鲜红，窄袖却是墨绿的。她那一绺绺发辫盘起在头上，辫子上还串着红黄蓝绿五彩珠石。

霞光自枝叶罅隙透入，这艳丽女子身上的光影明暗斑驳。她右臂搁在抱着胸的左腕上，右手指尖拈着一颗干果送入嘴里慢慢嚼着，面上露出暧昧的笑。

"贵客是唐人么？"她扫了几眼面前四个人，她的口音颇近中原，却又有些不同，"中土来的生意人，稀见。"

"小娘可是这处葡萄架的主人？"王玄策盯了她一会儿，挤出笑道。

那女郎转了转眸子，看着王玄策，回答道："贵客说笑了，此地既是官驿，这葡萄自然是官家种的。"

"这里是官驿？"杜巨源眼中眸光一闪。

那女郎瞥着他笑道："郎君真会戏谑，交河城东门外，就这么一处歇脚的官驿。"

王玄策与杜巨源对视了一眼。这井口已到了交河城下。

"这条葡萄架子路走到尽头，是否便是官驿？"二人身后的李天水忽然开了口，他始终眼睛一眨不眨地看着那女郎。

那女郎亦是眼波脉脉地看向他，柔声道："噢呀。"

"管事的在驿站里？"

"管事的是我相公。他今晨骑马传递文书去了，两日后方回。今日是我管事，"女郎的嘴角微微勾起，更添了一层妩媚，目中有光芒在闪，"你们莫不是自后院进来的？"

原来这葡萄拱廊外是官驿的后院。杜巨源很自然地接道："我等迷了道，见有葡萄园，不知怎的便绕进来了。"

那女郎又应了一声"噢呀"，却未深究，扫了他一眼，道："驿楼上正空了两间屋子，欲投宿么？"

杜巨源便看王玄策。王玄策上下打量了这女郎一眼，忽道:"你是唐人么?"

那女郎靠在藤架上,正往嘴里送一小片干果,闻言扑哧一笑,道:"你看我像胡女么?"

王玄策又扫了她两眼,道:"驿娘方便带个路吧。"

那驿娘嚼着干果,又斜乜了诸人一眼,便摆摆腰,裙裾飘起时,她已款款地走在前头,大大方方道:"小女子祖上河陇,自幼沾了胡气。如今夷夏一家,看客官模样,不该有胡汉之见吧?"她转头瞥了一眼王玄策华贵的束腰蹀躞带。

"自然不是。只是官驿勘验人货,莫不是要等管事的回转?"王玄策边行边道。出廊后,他不住地左顾右盼。

"怕我不识字么?"那驿娘轻笑一声,"我的眼睛已经勘验过了,诸位都是本分生意人。"

王玄策皱了眉。依大唐律令,凡经城关与官驿的客商,皆须严加勘验,在此地怎的有如儿戏?莫非在这片西域之地,真如传闻中所言,唐令已废弛不少?一旁杜巨源却浑不在意,轻松道:"驿娘可有能容下五人的驿舍?"

"巧了,"那驿娘回头瞟了他一眼,"空出的屋子里,正有一间带着厢房的大驿舍,恰可宿下五人。"

"两侧可有人住?"杜巨源迅速接道。

"是二层走廊到底最后一间,右侧客人刚走。"那驿娘带着笑乜向身后,眸光扫过李天水时闪出了神采。

李天水觉得这神采颇为熟悉。他定然在某地见过这女郎。但是在何处呢?她眉眼动人,有些像草原上的女子。他不记得在那里见过她,在沙州他见过的女郎更少。

他面色一黯,又想到了那个人,不由得加紧了步子。

异教神祇

  转出葡萄拱廊后果然是一处四方后院。一人半高的矮院墙围了有两三百步，足可容下四五十人。李天水看见那条葡萄拱廊的另一头在院中折了两折，与另一条枝叶稀疏些的长葡萄架交叉，将这院落分隔成了四部分。众人沿着院墙根，路过院门口的一排拴满了马的木桩，擦过几个抱着木柴的伙夫，又从稀落的藤隙间钻入了另一条葡萄道的荫蔽中。夕阳正在沉落，在众人身上涂了一层金。架上蔓叶虽稀少，葡萄串挂得更密了，沉甸甸的。许多葡萄籽落在了地上，珠子一般闪着光。米娜边行边低头看着地上的葡萄，好像在数着数。

  这条葡萄廊道直直地通向官驿驿楼的前门。

  驿楼是个两层方形土楼，与玉门关上的驿楼颇为相似。只是这驿楼的泥壁是深褐色的，金光敷了上去，现出一种绚烂的橘色。又自泥壁上开出的方形窗洞中透过，打在底层前厅柜台后挂满了架子的一串串各色葡萄上，好似绘了一层壁画。

  他们挑了一张离柜台最近的长酒案。李天水有些恍惚地将行囊置于案下，坐了下去。一路走来，他觉得所见一切皆有些眼熟。是因为这里与玉门关上的驿楼有几分相似么？他听见杜巨源与那驿娘在说着什么。驿娘走开了，随后他闻到了一股烤肉在滋滋冒油时溢出的香气。数日来他第一次听到了肚子"咕噜噜"的叫唤声。

  "不知诸位有何话说，此刻我只有四个字，"王玄策眼角的皱纹看似又深了许多,他的目光在李天水面上停顿片刻,"恍如隔世。"

"无论如何,总算是有惊无险地到了西州。"玉机拨弄着面前的木碗,轻快道。李天水看着仍是书童装束的玉机。她看上去已是一副少女神态,一个能将任何烦心事迅速抛诸脑后的伶俐少女。

杜巨源却压低了声道:"虽然到了西州,我们要找的人却失了踪影。"

玉机乌黑的眸子极滑溜地转了一圈,看着李天水。所有人都在看着李天水,每个人都记得镜中的公主说过的话。

"西州那另一半的圣物,便在他系在身前的带扣上。梅赫尔会引领你们去找到它。"

李天水咧了咧嘴,将右手缓缓探入袷袢中。"咔、咔"两声响,再探出时掌心中已多了一物。金光自指缝间溢出,却被杜巨源的手掌盖住了。他抓着李天水的手,向厅堂左右看了看。人不太多,三个士卒模样的汉人在右侧靠近木梯的方凳子边喝酒吃肉,大声说笑。另一桌则靠着前门,四个戴黑色尖帽子的黑袍人凑在一个矮几上喝水啃胡饼,沾满尘土的领子翻了上去,挡了面庞,像过路的客商,始终默不出声。

杜巨源收回了目光,将手掌一拢,慢慢缩回至案下。他看了眼案面下头,眸光亮了亮,又瞅着李天水。李天水的一只手肘懒懒地撑上了案面,另一只手托起了斟满酒的木碗。杜巨源对着身侧的米娜低语了几声,将手掌自几案下伸了过去。米娜接过,瞪大了眼。王玄策的目光亦凑了过来,眉头拧结起来。良久,他转向李天水道:"你确定公主说的是这一块么?"

"她说的是，'指引你的光亮，正对着前方'。"李天水一口饮下半碗，道，"是她将这块带扣系在了最前面。"

王玄策一动不动盯着案下，问道："是火祆教的神祇么？"

米娜摇了摇低垂着的头，两手似是在摩挲着案面下的什么。她轻声喃喃道："骑着豹子、歪斜着身子、挽着衣不蔽体的女子，还有形制奇怪的酒罐子……像个外来的神祇。"

"还有一圈圆珠纹浮雕，"王玄策双手撑着案板，目光异样，压低声音道，"看上去亦不像波斯联珠纹。"

"是葡萄忍冬纹，"杜巨源接口道，他的目光已从米娜案下的双手收回，低着头，缓缓道，"我在南海市集上见过。波斯商人举着葡萄纹饰的金银器，与岛夷交易。这种金银器来自一个比波斯更遥远的国土……"

葡萄纹？李天水抓了抓发辫。通向驿馆的葡萄藤廊，挂满了葡萄串的柜台，掉落一地的葡萄籽，他见过这些。在哪里见过？还有葡萄纹或花瓣纹的器具。周遭的一切如此熟悉，包括他对面坐着的人。印象中确实曾有两三个或三四个人坐于对面，但样貌模糊。他的心"咚咚"地跳着，努力回想自己何时曾经历过如此刻这般一模一样的事情。

"咣当"，一个银色琉璃杯被重重按在他面前。杯身环绕着一圈微凸瓣状纹样。李天水仿佛惊醒过来，见那驿娘已至身侧，托着个木托盘，微微俯下身，对着他轻声道："客官，那是粗劣的酸酒。你们既是自远道来，该尝尝西州最有名的马乳葡萄酒。"那女郎又将托盘口的酒罐子放在案面上。她黑红的面庞对着李天水，眸光像水波一般闪动。

"这罐子……"杜巨源忽然前倾了上身，盯着驿娘正在缓缓倒酒的酒罐，露出惊异之色。王玄策与米娜亦瞅着那罐子：双耳陶罐颈细腹宽，至尾部又渐渐收窄，平滑优雅如美人的肩颈，红黑釉彩亦是线条流畅，只是因岁月浸久，大半已斑驳脱落。驿娘倒了酒，看了看杜巨源，抿嘴笑了笑："客商好眼力。这种酒罐子，据说是来自极古远的异域。"

"驿娘，你手里这罐子，唤作什么？"杜巨源看着那女郎。

驿娘愣了愣，明眸转了转，道："是前些年买下的，名字很怪，像安……"

"安法拉，"杜巨源紧盯着她迅速接道，"是么？"

"哎呀，"那驿娘扭了身子，又在王玄策面前的琉璃杯中斟满了，道，"原来客商是识货的。西州的老人说，上好的葡萄酒，要用安法拉罐子倒，用波斯琉璃杯子饮。"片刻后，她又移向杜巨源。

杜巨源挡住了酒罐，凑向了她，轻声道："这西州城中，可有与'酒神'有关的所在？"

驿娘又是一愣，随即盈盈一笑，道："客商可是听说了什么？"

杜巨源点头道："正是。"

"那可是问对了，我们这里呀，正有一处，"她的嗓音渐渐神秘起来，弯腰凑向杜巨源，一字一顿道，"酒神巴扎。"

"酒神巴扎，"杜巨源玩味般地重复了一遍，"它在何处？"

"便在你脚底下。"驿娘身形定住了，两眼亦一动不动。

"脚底下？"杜巨源不由低头看了看地面，又抬眼瞅着那驿娘。

那驿娘嘴角勾起了笑。"在你脚底下头很深的地方，藏了一个巴扎。子夜后开市，每十日开市一回。今日，算来恰好是第十日。"那驿娘嗓音轻缓，笑容却有些勾人。

"若是我们欲去……"杜巨源说不下去了，他看见那驿娘又俯下身子，大大方方地凑在他耳边，说出了几句话。王玄策锁着眉头看着他们，杜巨源瞪圆的双眼在闪动。

那驿娘说完，倒了酒，扭转身子，托着酒盘缓缓离去。杜巨源看了一眼盯着他的王玄策、米娜与玉机，压低声音迅速道："诸位想必亦已看出，驿娘手里的罐子，与那带扣上浮雕的罐子，几乎一模一样。"

"究竟有何蹊跷？"王玄策目光一紧。

"我只看出那罐子的来路，"杜巨源摇摇头，"是海西的拂菻国。"

未等王玄策有所反应，他身侧的玉机忽脱口道："'醉拂菻'？！"

杜巨源看着她点点头，又看向米娜，缓缓道："汉人称'醉拂菻'，波斯人与粟特人称为'酒神'。"

米娜琥珀色的眸光一动，蹙眉道："我们的'酒神'，唤作胡姆。"

"那是更古老的传统，"杜巨源转向米娜，略带得意地微笑着，"你或许不知，火祆教诸神之形象，原本大量借用外来神祇。我们要去火祆发源的圣地大夏。去过大夏的胡商说，其地地势极高，云层下方，山峦耸峙，山壁上刻着的石雕有不少便是歪歪扭扭的酒醉神像，"杜巨源目光又向酒案下瞄去，道，"而这条金腰带，恐怕流传了数百年之久。"

"故而，"玉机凝着眉头，沉吟道，"波斯公主腰带上的神像,是祆教诸神原初的样貌。"

杜巨源点点头,忽然狡黠地一笑,低声道:"那驿娘说,她夜半后,会带我们下去看看。"

二人说话时,米娜已自案下将那块带扣递回李天水。李天水却像失了神。他想起来了。

他在梦中见过这里。

梦中的驿馆厅堂几乎一模一样。门外有葡萄廊,厅内到处挂满了葡萄。他在喝酒时碰上了一个商队,他与商队领头的说了些话。那领头人是个中年人,就像王玄策,但面目模糊。所有人的面目皆很模糊。但他恍惚记得有个面目模糊的武士要对他动武,似乎他闯入了不该进入的禁地。随后那头领说了几句话,摆了摆手,那些模糊的面容忽然便退去了。随后他只记得他独自走上了平台,梦里的驿馆顶层是个平台。平台上的情境不连贯,葡萄藤在摇晃。他在平台上看到了一张脸:黑红的面庞,硬直的轮廓,多情的眸子。

回过神来时他觉得背脊湿透了。

米娜滑腻的手掌触碰到了他的指尖,那块坚硬的黄金带扣又滑入他掌中,米娜的手指滑了回去。他定了定神,看见王杜二人皆在看着他。"你在想什么?"杜巨源眯着眼对他道。

"罢了,"王玄策摆摆手,"我实在有些疲乏了。玉机,你去寻下那驿娘,领我们入房吧。看顾好所有的箱囊。杜郎,"他疲惫的双眼转向了杜巨源,"一会儿你进我屋子,我们说两句话。"

"商队"的箱子

　　李天水打开了石窗上的木板，让鹅黄色的淡光透入厢房。垛口般的方窗外，能看见隆起于地面的交河城一角。去过西州的玉门驿卒说，西州的交河城是一整块硕大无朋的山台子。它三面环水，像一座巨岛突然隆起于那片炽热盆地上，又像条巨舟。也有人说它是神迹，因为山台的民居寺院，亘古以来便与那山势浑然一体，未加人工雕琢。日晒时能幻化五彩，只有可能是上古天神废弃的居所。

　　李天水深吸了一口气。过了交河城，他该自由了。交河便在天山脚下，他知道交河城中有一条小道可以穿越天山隘口，从一条条迷宫般的天山谷道中翻过去，翻过去便到了草原。沙钵罗可汗的汗国覆灭后，山北草原空荡荡的，虽然仍在大唐庭州的管控下，但可以走的路就多了。是他熟悉的草原的路。一路向西北，他相信自己一定能找到那碎叶城。

　　波斯公主说过阿塔还活着，他相信公主说过的每一个字。

　　他望向西北，那是层层天山雪顶轮廓的尽头，玫瑰色的霞光隐没之处。天际线正由暗淡的浅青色缓缓过渡至明亮的橘红色。是人间的一切画布皆无法呈现出的瑰丽。方才该有火烧云，他记得阿塔喜欢看火烧云。阿塔在西边，夕阳也在西边，该看得更真切些吧。今日的晚霞，阿塔见了，会不会微微一笑？

　　他甩了甩头，阻止自己再想下去。他看到一只灰鸽子掠过窗前，向西边飞了过去，很快没了影子。他愣怔了片刻，脱下袷袢,"咔"的一声解开了黄金带扣。金光闪闪的带子捧在手里。他凝视着那一根根金丝绦,又逐一扫过七块串连的浮雕带扣,带扣上的人兽浮雕皆精细生动,仿佛有生命。

"你将捧起这梅赫尔的化身、纯洁的供品、誓约的信物。"

他的灵魂深处有一种奇异的感觉在缓缓升起,一种要去完成些什么的奇异感觉。他之前做的每件事都与阿塔有关,但此刻仿佛有什么声音在向他呼喊。

他将黄金束带捧在矮榻上,脱下衣裤,将身体慢慢浸没在榻边水桶中。温水慢慢没了肩头上狰狞的狼头刺青。他轻轻搓磨着刺青上的刀疤,新疤下的血肉仍是一阵阵撕裂般的痛。下次发作会在什么时候?

氤氲水汽在屋中蔓延,他的意识也渐渐模糊起来。

他赤裸着从桶中一跃而起,跳上了铺着一层毡布的石榻,一手紧攥着铁棒子,一手紧握着那条黄金腰带。他盖着阿塔的袷袢袍子。困意如大水般漫了上来。今夜还能梦见阿塔么?此时红日已没入远山,屋内蒙上了一层橘色的光彩。

李天水是被一阵喧嚷的人声与乐声吵醒的。小石屋黑黢黢的,喧闹声来自后院。他们来时穿过葡萄拱廊外的后院里,仿佛正有数十上百人在歌舞聚会。节奏欢快的拨弦声嘈嘈切切,听上去有十数把琵琶同时在弹奏。年轻而热情的嗓音歌唱了起来,应和弹拨的节奏。更多人在跳舞。踏步声听来更欢快。李天水听出是旋舞。他知道当地的胡汉居民皆擅歌舞。穿衣背囊时,他还辨认出了几句胡语歌词:

这里的夜空，有如此美丽的月亮，
你看到的月亮美丽么？

他不是一个喜欢凑热闹的人，却不自觉地向石窗迈了步。火光映入眼眸时，"笃、笃笃、笃"，叩门声响了。

他旋身抓了铁棒子，拔出了门闩。来人掌着灯，灯光映出了杜巨源的圆脸大眼。他两眼闪着光，已换了一身湖绿色翻领紧身镶边锦袍，衬得他的身材益发魁伟壮实。他瞥了一眼李天水手里的铁棒，笑了笑，道："我料想你刚醒，屋子里是一团黑。"他似乎一刻未歇，却神采奕奕。

李天水此刻已全然清醒，咧咧嘴道："去那地下巴扎？"

"正是，子夜已过，"杜巨源微笑道，"我还以为你未听见我们的说话哩。"

李天水看了看他身后，只他一人，便道："王公与其他人呢？"

"王公不下去，"杜巨源的目光闪了闪，"玉机自然也不下去。米娜还在睡着。智弘还未回。"

特使王玄策居然不去，李天水蹙了蹙眉。杜巨源看着他又道："那腰带束着？"

李天水点点头。

"好，"杜巨源将另一只手伸向身前，"你取一身，套上。"李天水凝神看了片刻，两条深灰色长斗篷，披上后长及足踝。

杜巨源提着烛台，背转过去，低声道："跟着勿作声。"

他们轻声走过厢房外的厅堂，低头避过自厅门悬下的数串葡萄，转过绕满了葡萄藤蔓的廊道。廊道的尽头是木梯，栏杆下,一层厅堂中居然有三张方案上亮着烛灯。厅堂外弦乐歌舞喧嚣欢闹,厅内却无人说话,微光下的三桌人通身裹得严严实实。李天水看见所有人皆披着长斗篷或长袍子,不饮不食,只静静地坐于桌边,仿佛在等待着什么。他心头忽然紧了起来,取出杜巨源给他的黑巾帕蒙上口鼻。

"吱吱呀呀"的踩木声中,二人下了木梯。木梯左右扶栏的葡萄藤蔓一直绵延至厅堂的柜台后。

厅堂里无人抬眼。二人自柜台一侧,沿着墙面绕向前门,在那张先前坐了四个尖帽子的小方几边盘腿坐下。外面便是院子。方木几是离院中歌舞喧闹最近的酒案。杜巨源将烛台摆上案角,面巾后的一双眸子平静地看向李天水。李天水的目光四下扫了扫,缓缓道:"王玄策是累了么?"

杜巨源眸光雪亮,过了片刻,叹了一声:"怕是心累。我想他也有些怕了。"

李天水在面巾后咧了咧嘴,道:"他不是特使么?"

杜巨源眼皮垂了下来,压得很低的嗓音迅速被院子里的喧嚷声吞没了:"但他也是个人,尤其在未知的黑暗面前。这黑暗现在看来已越来越大,已完全超出了他的想象。"

尤其当他觉得那黑暗就在身侧,自始至终就在身侧时,李天水想。他没有经历过这种事,但他能体会这种感觉,一种令人寒毛直竖的感觉。他虽总是远离人群,却常常能感觉到那些情感,周围的情感,人类的,甚至兽类的,常常是痛苦,各种各样的痛苦席卷而来。

杜巨源抬起了眼,看着他,忽然将嗓音压得更低:"你已随我们走了两日一夜,你觉得那黑暗是从何处散出来的?"

李天水看出他已变得极为严肃，似乎与先前换了一个人，他也听得懂此刻杜巨源问他这句话的意思，但他只能摇摇头。

"但王公已有所怀疑。"杜巨源接着道。

李天水蹙了蹙眉，他已看出王杜二人间一定发生了一些不寻常的事情。他想了想，答道："他不必怀疑任何人。明晚公主便会在梦中告诉他。"

杜巨源眉眼弯了弯，仿佛在笑。"王公并不是很容易相信这种事情的人，虽然整件事情已是全然不可思议。另外，"他语气沉重了些，"王公很怕他自己活不到明晚。"

"哦？"李天水心头跳了跳，"他以为那人会先下手？"

"他也已经看到了一个预兆，"杜巨源沉缓道，"或是他认为的，警告。"

李天水凝神看着他。

"今日早些时候，我们自外面的葡萄棚下入门前，米娜始终在数着葡萄，掉落在地上的葡萄。"

李天水回想了片刻，道："我还记得。"

"其中有一种血红色的葡萄籽，你猜有几颗？"

"几颗？"

"六颗，"杜巨源的上身微微前倾，他的嗓音低沉得有些可怕，"但有一颗碎了，流出了像血一般的汁液。"

李天水不作声，一股寒意在他心头蔓延。尖柱上的一条血色横纹，达奚云僵硬的脸，碎在地上的葡萄，"血一般的汁液"。又过许久，他看着杜巨源，缓缓道："他怀疑她。"

杜巨源只是直直地看着李天水身后的昏暗。李天水笑了笑，接道："我猜，你不会相信任何人吧。"

"我们这种人，能活到现在，总得依靠些什么。你有些与生俱来的能力，我也有。但我们不同。我更依赖经验和判断，"杜巨源道，"米娜是我的女人。虽然你也看出她身上有些不同寻常之处。若说怀疑她，便是怀疑我自己。"他顿了顿，又道："只是在这种时候，我只信得过自己，我也只信得过自己。所以我已经与王公做了笔买卖。"

李天水皱了皱眉，看了他一会儿，问道："什么买卖？"

"简单而言，便是我答应了他一件事，他则将特使的身份让给我。"杜巨源平淡地道。

李天水平静地看着他，许多印象纷乱地划过脑际，闪着锐光的鹰眼和疲惫的叹息，挂着丝囊的蹀躞带的紧抠着的指节，一张总是呵呵笑着的圆脸和背负着的双手……他经历的一切仿佛是一场梦的延续，却比梦境更怪异。他看着闪映在微光中那张圆脸，缓缓道："你觉得，此事与我有什么关系？"

"它可以与你没有半点儿关系。你一定觉得这件事已变得很奇怪，或许亦察觉到了其中的危险，"杜巨源沉闷着嗓音道，"你有两个选择。出交河城北门，火焰山脚下，有一条天山山道，唤作他地道，可通山北庭州。道中有馆驿有烽台有戍关，你凭达奚云的过所便可北越天山。至庭州后，西北有一条碎叶路，是去寻你阿塔最短的路。你只需要做一件事，我们这些人便从此与你无关，你大可将这几日忘却。"

"听起来很不错，"李天水看着那点烛火，道，"可是要我将那黄金腰带交给你？"

杜巨源点点头。

李天水懒懒地撑在了小方几上，懒懒道："另一个选择呢？"

"很简单。跟着我走，走到我们这条路的目的地。"

"目的地在何处？"李天水摇了摇矮几上的土陶酒罐，没有半点儿声响，失望地放了回去。

"你还未答复我。"杜巨源直直地盯着他。

"我已经答复你了。"

杜巨源眼中闪过一丝异彩。"很好。"他嗓音极轻，有些发哑，伸出左手，缓缓自无名指上取下了那枚戒指，轻轻放在他与李天水之间的矮几中央。戒指在烛火下闪着柔和的绿光，"以你阿塔的名义，对着我母亲立誓。"他眼睛一眨不眨地看着李天水。

李天水看了一眼那戒指，凝视着杜巨源，道："你走这趟远路，与你母亲有关？"

"还有我的整个家族。"杜巨源的语气越来越严肃。

李天水又看了他片刻，便低下头，右手捧胸，一动不动地注视着那戒指。庭院里的喧闹声一时仿佛离他们很远。他抬起了头，迎向杜巨源的灼热目光。

"我已经立过誓了，"李天水嗓音清澈，"在我长大的地方，人人都是这么立誓的。在这里，"李天水指了指自己胸口，"那里的人以为，从这里说出来的誓言，被风一吹就散了。"他又指了指裹着嘴的面巾。

杜巨源对他的双眼注视许久。他将戒指取回戴上，缓缓道："你很有趣。我希望我没有看错人。"

李天水将脸转向了客栈木门外，门半开着，他看见火光下葡萄藤叶在晃动。有人影在轻快地旋转。歌声又清晰起来。那几句简单的唱词，被不同的青年男女一遍遍传唱了下去。他呆呆地看了一会儿，转向了杜巨源，道："我们在等人么？"

"正是，"杜巨源又恢复了他一贯轻松的语调，"你听见她说过的。'酒神'巴扎。"

"你觉得那巴扎里会有什么？"

"这种西域的地下巴扎，至少一定会有两种东西，两种对这条路上的生意人不可或缺的东西。一种叫作消息，另一种叫作关系网。"杜巨源双眼闪光道。

李天水想到了康伯。许多年前康伯在毡帐里与阿塔说过类似的话。眼前这个人看很像是个高明的生意人，他的生意一定做得很大，或许比康伯做得还要大。他看着那渐渐暗弱下去的烛光，没作声。

杜巨源目光闪了闪，顾自说下去："你可知，对于这条路上的胡商而言，最大的关系网是什么？"

李天水不知道，但他已猜到了。"拜火教。"他答道。

杜巨源直直地盯着他，隔着布匹以轻不可闻的嗓音道："你想不想知道，我们这趟远路，箱子里到底装了什么东西？到底卖的是什么？"

"拜火教。"

他未加思索便脱口而出，出口后自己也很惊讶。

杜巨源眼中的笑意更浓。他的目光忽然转了过去，有个人影自柜台后面转了出来。柜台后原本无人，那人影仿佛自那壁画般的葡萄墙内走出来。一个戴着宽大黑色兽皮面具的人，端着陶制莲瓣灯台，微摇着腰肢款款走了过来。有些发红的烛光将面具后一双明眸点亮得有些发烫。不知为何，李天水第一眼便看出，面具后藏着的，是一张黑红色的动人面颊。

帐肆迷宫

　　杜巨源与李天水起身。厅堂中所有人皆立起了身。李天水看见最后那个起身的人，浑身笼罩于一袭连帽长斗篷中，右手覆于膝上，左手握拳，竖起食指。戴着面具的妇人扫了一眼，随意取下了一个在面颊边摇晃着的耳坠子，竟然是颗细长的已紫得发黑的马乳葡萄。她将连着银丝的葡萄冲着那人的方向略晃了晃，便收入掌心。他看见她两手握拳，手腕子转了转，忽然再摊开手时，掌心中的葡萄坠子竟然换作一叠面具，极薄的皮面具。

　　她绕着昏暗的厅堂缓缓走了半圈，一声不吭地将手里的面具一一分给那些穿着长斗篷的人。一会儿工夫，便行至门边。李天水看见贴着一张黑色皮面具的面庞线条优美，眼眸子正挑在眼角看着他。她手里拿着最后两张皮面具。是面上有两团红的人脸，一张咧了嘴像在笑，另一张却仿佛在哭。此时此刻两张面具都蒙了一层诡异的黄光。

　　李天水取过那张咧嘴笑脸。二人换上面具后，那妇人已转身向柜台行去。二人跟了上去。他看见最后起身那人的连帽黑罩袍笼住了整个身形，未露一点儿手指足尖，游魂般向柜台移去。他身前同坐一桌的七八个人，个个身材高大，一人领头走在最前，其余人跟在两三步后。他们行路时上身挺直到有些发僵，随着步子肩头微晃。他的心跳重了起来。

　　跟在最前头的那人已经接近了柜台，那人矮小的身形披着一件极不合身的宽大斗篷。领头的妇人将一只手探入柜台后的葡萄串中。轻轻一拨,葡萄串被拨开了,柜台后现出个矮洞,正处在木梯下的泥壁内。

那矮小者略一低头,便钻了进去。后面那队人的领头者,身材却是高大许多。他面上戴着一个露着獠牙的狰狞面具,看似木制,额头上还雕着一圈骷髅。他看了一眼那妇人,深弯下腰。身后那队人跟着他钻入了门洞,身姿一模一样。身着连帽长袍的人却停了半晌,随后不知怎的便移了进去。李天水竟连他的面具亦未看清。

杜巨源一只手自斗篷下探出,向身侧的妇人递过去,指间闪出银光。那妇人摆了摆腰,从容收了,向他招了招手。杜巨源俯耳过去,两张面具凑在了一处。那妇人对着杜巨源又耳语了几句。杜巨源点点头,又递过去几枚银币,便矮身钻了进去。李天水弯下腰时,那妇人的手一松,葡萄串门帘又落了下来。李天水转过头。她直直看着李天水的双目,眸子中水光潋滟,一时,李天水呼吸有些急促。眨眼工夫,那妇人将那葡萄串重又拨起,李天水有些恍惚地弯腰钻入。

洞后即是台阶,泥砌。每级泥阶两端皆列着两盏烛台。走在前头的杜巨源目光来回扫着。银制鸟首的烛台与井渠中的壁灯几乎一模一样。二人循着昏暗的螺旋泥阶缓缓而下。那妇人没有跟下来。转了两道弯,李天水听见了脚下的声响,听上去有许多人。不像庭院中嘈杂欢快的人声,是一种轻得多也暧昧得多的"嗡嗡"声,像窃窃私语。转过第三个弯时,光亮透了进来,打在两个人身上,泥壁上长长的人影慢慢移下了泥阶。

一片偌大的地下世界乍然现于他们面前。李天水觉得可容下千人。驿馆地下有四五丈深，火光下亮如白昼。火光自高悬于头顶的数排巨大的三层树状灯轮亮起，每根岔开的枝条皆是银光闪动。

灯轮下，层叠高低的一列列帐篷与联通顶部的方石柱，隔开了二人的视线，亦将这片地下世界隔成了许多块各自独立的区域。李天水边走边看着帐外铺出的一张张毛毯或木头货栈。是做买卖的帐篷，草原上常见这种帐肆。

但眼前的帐肆比草原上裹着羊毛牛皮的毡房精致许多。他看见两列并列的帐幕皆染了天青色，光滑的绸面映着灯轮的银光，帐外毯上按着大小整整齐齐摆放着的黄金器具的光芒更是晃眼。店肆主人不像草原夜市的胡商们大声吆喝，大多静静地立在帐门边。毛毯与帐门皆围满了一圈人。所有主客皆戴了面具，面具后一双双发着亮的目光迅速向货物上扫去。人流来去极为迅速。有人向主人做了个手势，买卖便做成了。没有高声的询价与交谈。

李天水缓缓走在两列帐肆间三人多宽的通道中央，尽量远离人流看向毯子上的黄金货。几乎全都是酒器，皆是突厥形制。他看见了镶着一圈三叶草状红宝石的带盖金罐，菱格纹镶红玛瑙的虎柄金杯，环绕着三圈忍冬纹金线的戒指柄金杯，以及只在招待贵客时才取出的金叵罗。这些奢贵酒器他只在突厥主人的帐肆中偷眼瞧见过。他年少时嗜酒如命，看见这些金酒器便挪不开步子，当年挨了突厥人不少鞭子。突厥人真的丢掉了山北草原啊，他想。这时，他的衣袖一紧，他一侧身，看见杜巨源已挤入一侧门边的人群，指了指帐门顶上。

帐门上的横木上以金丝直直垂吊下一块金牌子。李天水凑近两步，不由得一呆。那圆形金牌上正浮雕着一个骑着豹子的神祇，歪扭着身躯一只手臂搭上一个狂舞的少女，另一只手提着一个宽腹细颈的圆罐子。人兽线条模糊，远未及李天水腰上的那枚带扣精致，却无疑正是个酒神神祇。

李天水看向两侧。每扇帐门下竟皆挂了一块雕刻纹路相似的酒神金牌。他看着那些闪着金光的牌子出了神。肩头猛地被拍了一下，他听见杜巨源轻声道："左手侧，前头那七个人，跟上去。"

李天水没有转身。他知道杜巨源说的是戴着青面獠牙面具者与其身后跟着的六个人。下了巴扎后，这些人始终慢慢走在他们身前五六步处。那六个双肩耸动的人，未罩面具，整个脸面套在黑布头套中，只露出双眼。他们无声无息地自一个帐门移向另一个帐门，原本围拢着的长袍面具客有意无意地躲开了。

帐列间现出了三条岔道。杜巨源不停地扭转着脖子，李天水忽然道："你为何要跟着这几个突厥人？"

哭丧着的面具忽然转了过来，他瞪了李天水一会儿，道："你看出他们是突厥人？"

"走路的样子，还有……"李天水看着那几人折向了两列帐肆尽头左侧的岔道，忽然眼神有些发直，却说不下去了。

那几个人怪异的步子越来越觉熟悉。只有一类很特别的突厥人才会这般行路。他们或许是草原上最可怕的一群人。他的手心有些出汗了，心跳越来越重。前头的杜巨源也有些紧张。他在帐道尽头向左侧瞄去，过了片刻，他转过头，语气凝重道："你确信他们是突厥人，"他顿了顿，又压低了声道，"不是吐蕃人?"

帐列通道尽头更喧闹。李天水没作声,他看见左侧岔出去的是一排挂在帐肆前的丝绸布。那丝布薄如蝉翼,七八个戴着面具的女客摘下长及足踝的羃䍦帷帽,脱下披肩,露出了浑圆的酥肩与白皙的臂膀。她们将薄纱般的长丝布披在齐胸长襦裙外,半透出的肌肤更显冶艳。她们旋身起舞,如酒醉般大笑。

隔着这群喧笑着的女客,那七个人在一顶高大平滑的尖帐前停下了。

李天水看了一会儿,将那笑面转向杜巨源,低声道:"你以为他们也在找那东西?"

"我希望不是。"杜巨源拉了拉李天水的衣袖,像一个老练的熟客般若无其事地溜过三四顶帐肆,缓缓绕过那群女客,绕至那顶尖帐前。那队人已经不在帐门外。李天水看着杜巨源不断搓摩着手上的戒指,始终瞅着那顶高大的尖帐。

它是这一排丝肆中最大的一顶。帐前的货栈也是最大的,列着三排七八步长四五尺高的木架。架子上挂满了平滑轻薄的丝布,灯轮下流溢出青蓝黄紫赤五色,将帐门前隔成了三条斑斓的夹道。木架子间原本挤满了人,片刻间不少人便离开了。

李天水站在最外侧的绸布木架后向里望。帐门狭小,看不清里头。陆续有人退出,大多是羃䍦帷帽的妇人,帽檐垂下长及足踝的黑纱。

始终未见那戴着青面獠牙面具的人出帐。一阵阵轻柔的拨弦音在不远处响起,巴扎内的人好像也渐渐多了。许多戴着面具的来客肆意高叫大笑起来。

有一只手伸出了帐门,迅速做了个手势。三层木架子忽然折叠起来，像可收紧的帐篷、胡床或暗藏机关的妆奁台般被难以察觉的绳索迅速牵入窄门。无数片光彩在李天水身前折叠交错，一晃眼的工夫，便皆隐没于门后。

杜巨源蹿至帐门口时，那帐门恰好"砰"的一声合起。"咔嗒"一声，门缝间的黄金圆牌后，自内上了锁。杜巨源呆立在门边，哭丧着脸的面具看着那圆牌上的雕刻得极细致的酒神浮雕，仿佛在出神。

"不进去或许更好。"过了一会儿，他背后传来李天水缓缓道。杜巨源猛地扭转头，盯着他道："你知道那些人是谁？"

李天水未作答，他转过身，抬了抬下巴，道："你挪几步，便可以看到这顶帐肆后头。"

杜巨源一愣，转向那帐肆后。他没有看见后门。本该是后门的那一面紧紧挨着一座挂满了兽皮的皮肆。自卖兽皮的帐肆后延伸开了一列铺满了黑褐红黄兽皮的帐面，一顶紧挨着一顶。在最大的一顶皮帐两侧分岔，一侧远远绕过一根浮雕石柱，通向目力尽头数顶闪着火光的轻薄尖帐子，另一头则连着一圈穹顶圆帐。那圆帐绕了个半圆，绕向二人下阶后看到的第一顶黄金酒器帐肆。杜巨源收回目光，又看向了这丝肆的后头和侧面。这顶帐子的后门或侧门皆与其他帐子相通。

这座巨大的尖顶丝肆，是巴扎内绵延无尽的帐肆长廊的关键一环，既是起点，也是尽头，亦可看作中心。

"进去后，只须转两个弯，我怕你便出不来了，"李天水道，"里头的人皆戴着面具。看着一群戴着面具的人，比漆黑的海面更危险，更易迷失。"

杜巨源叹了一口气。他听说过西域的这类秘密巴扎，帐肆内的货物是真正的禁品。货价是摆在外头的十倍至百倍。常来巴扎的豪客绝不会迷路。但他和李天水这样的外人，入这种帐肆确实甚是冒险。他仰起脖子，向着丝帐后望了几圈，忽然想到了临入黑洞前那戴着面具的驿娘对他的耳语：

"巴扎里有一些小尖帐，帐子里有些特别的货色。客官不可错过。"

那列尖帐便在石柱后。这句话是个指引还是陷阱，抑或只是一句寻常的招徕？原本他问得也很模糊。"这酒神巴扎下，有没有什么特别的地方？"

杜巨源摇摇头。这戴着面具的官驿驿长的女人，怎么可能知晓他的底细？莫非她便是交河城外的接头人？他拧起了眉头，忽然又想起了方才帐门外伸出的手势。他看得很清楚，胡人常做的手势，是"等待"之意。他确信这手势是冲着他做的。

但他不确定那帐子里做手势的人究竟是朋友还是仇敌。

巴扎内忽然一暗。杜巨源猛地抬头，那排石柱后的五六盏灯轮乍然熄灭。前头响起了一阵欢呼声，仿佛压抑着嗓音。石柱后的区域像是忽然沉入了夜色。轻柔舒缓的乐声却越来越清晰，自某顶轻薄小帐中传来。杜巨源的两眼发亮了，他决定去冒个险，但需要有人守在这里。他回头欲扯李天水的衣袖。

李天水不见了。

杜巨源呆愣了半天，方看见李天水方才站立过的地上，多了五个歪歪扭扭的小字，血一般红："我会来寻你"。

毯帐中的秘密

那七个人忽然在一顶兽皮帐子的侧门外出现时，李天水便无声无息地跟了上去。他闻到了他们的气味。他本该像躲避瘟疫般远远避开他们，但此刻他很想知道他们为何会出现在这里。他们绝不该出现在这种地方，除非他们嗅到了"猎物"的气味，或者是一个秘密的气味。或许是一个关系到西域与草原间众多军镇、部族、聚落、属国和无数蝼蚁般的子民命运的秘密。杜巨源始终没有说出来，他多少能猜想出一些。

所以她才会亲自下来这里。

想到了她，他心底又泛出一阵酸楚。他强压了下去。这些年来，他已慢慢习惯将痛苦嚼烂下咽。

真正的痛苦只能独自承受。

所以他也不能让杜巨源留在身边。杜巨源会碍事，而且此事原与他无关，后面的每一步都可能极危险。

地下大厅忽然一暗，那七人正绕过一根方石柱，李天水屏息疾行过去。巴扎中人流如潮，十分拥挤。一对对锦袍华服的面具男女行经他身前，不少人侧脸瞥向他。他们的面具或纹饰繁复的金银箔片，或是嵌了晶莹的宝石，或是丝面金边，还有几个在鼻梁处伸出了长长的喙。

李天水靠上了一根圆石柱子，柱子上浮雕着一个半人半羊的神祇，正歪扭着身子，手持酒罐子，将酒液倒入一个跪坐于地仿佛已陷入迷狂的赤裸女子口中。一阵阵浓郁销魂的异香扑鼻而来，他的心跳有些加快了。他想起了康伯曾带他去过的草原香市。他辨出了龙涎香、乳香和安息香的气味，不知是自石柱前来往如织的男女身上华服传来，还是来自前头那七人随着人流转入的一圈穹顶圆帐。

李天水裹紧了斗篷，藏在面具后，装作漫不经心地走着。隔着七八步，跟着。香气更浓了，前头确是一圈香帐。帐与帐间全无间隙。香气是自帐前散过来的，人流也绕向了前头。李天水随着人流转。一顶最高的圆帐后门无声无息地打开了，随后，那七个人便在人群中消失了。帐门迅速合上，仿佛从未开过。喧笑着的人群仍在向前流动，几乎无人注意。李天水盯了那扇紧闭着的宽大后门片刻，继续向前疾行。这圈帐幕的前门在前头三十余步外的一根圆柱子后。

踏出两步，他停了步。七八个醉得步履蹒跚的人围拢在了那顶高大圆帐的后门前，皆锦袍佩剑短发垂肩、少年身形，面罩是饰有翎羽的鲜艳绸布。领头那人发力猛推了推那牛皮拉成的后门，"砰砰砰"。

门开了，七八人摇晃着拥入，口里吐着含混不清的胡语，像在唱歌。门再合上时却忽然噤了声。牛皮帐中黑洞洞的，虚掩上的帐门透不进光，亦不闻一丝香气，却有一股又腥又腐令人作呕的气味自帐中深处弥漫了过来。

领头人将头伸向深处。两点光在发亮，褐中带绿，仿佛正越来越近。那领头人急转了头，猛见了门口一张鬼脸，顿时醒了酒，大呼一声，推开门蹿出帐外。其后三四人亦随着他呼喊着蹿出。

门外的火光映出了一张青黑色的鬼脸。不知是何种兽皮缝成，四周留着一圈雪白的毛发。鬼面下却是一段白皙胜雪的脖颈。覆着暗红色织锦的身段窈窕曼妙。鬼面妇人一动不动地看着他们蹿远，合起了后门闩上。帐内又暗了下来，两点幽光亦隐去了。黑暗中响起一阵"窸窸窣窣"的袍角擦地声。"噗"的一声，一点烛光亮起，映出了鬼面妇人身前三步远的一个戴着牛头面具，全身笼罩在远比身形宽大的黑色长斗篷内的人。

二人对视了片刻，手持烛灯的鬼面妇人忽开口道："孔雀？"嗓音压得极低。

响起了簌簌簌的声音，牛面人似乎撩起斗篷做了个手势。

"方才混进来的？"她的嗓音很怪。

牛面人点了点头。

鬼面妇人不再说话，顿了顿，缓缓道："跟着。"她手持烛台向侧边走去，后门是一个三面挂毯围出的小室。烛光映上了右壁，是一面勾勒着金色花蔓的波斯氍毹。她伸手一撩，掀开了两层厚厚的毛毯，拧腰转入。那黑色大罩袍小心地没入艳丽的毛毯后，"呼啦"一声，氍毹又合起了。二人俱未留意到那撩起的氍毹边，另两层毛毯之间藏着的李天水。

李天水的心怦怦直跳。虽然那鬼面妇人只说了八个字，虽然她刻意变换自己的嗓音，但他已辨识出来了。柔软的中原汉音，带着一丝阴冷。萧萧。

李天水绷紧了身躯，等了片刻，慢慢掀起氍毹一角。两层氍毹后仍是层层叠叠的挂毯，挂在一人半高的架子上。一股浓郁魅惑的异香令他呼吸陡然急促起来。他屏住气息，自挂毯的间隙闪了过去。华贵的织毯大多底色红蓝。染得极鲜艳的红蓝色，在层层挂毯深处透出的火光下，交织成一片光幕。李天水无声地掀动挂毯，在红蓝幻变的光幕中慢慢移动，目光扫过毯子四周绣织精细的鸟兽纹饰，一条挂毯纹饰是一个扛着酒罐的歪扭"酒神"。

李天水知道将神像织于衣袍、挂毯上是大唐明令禁止的。

有人与他一样在挂毯中钻进钻出，有人拿手细细地抚摸着毯子上的毛线，没有人注意他。他背脊贴紧了第三层挂毯，咧嘴的笑面看向左右。三四层挂毯间无人驻留。他向上伸直了双臂，吸下一口气，足尖轻轻一点，蹿起时手指搭上了木架上缘的毛毯子，收腹曲腿后，沉重的木架子只抖了抖，整个人已经倒翻了上去。他灵猫一般轻轻伏于圆帐的昏暗穹顶下。紧挨的三排挂毯间的距离，恰好能令他够着手脚趴伏在木架上缘。

他又向前爬过两排。前方只余一排挂毯，却架得更高。而且挂在这层木架上的所有毯子皆左右缝起，像一道真正的隔墙。火光自这层挂毯缝隙后透出。

他缓缓放松自己的四肢，收腰弓背，猫一般轻捷地爬过去。他两手搭上了最后一层木架上，目光掠了下去。

又是个隔间。并不太小，猩红色的氍毹上至少可坐下十个人。此刻只坐着一个人。牛面人坐在那氍毹中央，那宽大的黑罩袍散开在了地上。顶上则是一盏自帐顶由铁链垂下的熊熊燃烧的火焰碗。

那人正对着一道门，静静地坐着。

李天水一动不动地趴着。四肢快要麻木时，他听到一阵慢悠悠的脚步声，自门后的高处传了下来。门开了，人影拉长在毯子上。李天水伏低身子贴在了木架顶上。门口立着一个戴着木雕伎乐傀儡面具的人。牛面人立起了身，门口的人将右手放在左胸前，行胡人见面礼，随后以极慢的语速，说了句汉话："我从苍鹰的故乡来。"他的汉音很怪，听上去却颇为优雅。

披着罩袍的人亦躬身扶肩回礼，道："孔雀是凤凰的子嗣。"他的嗓音发闷，甚至听不出是男是女，仿佛在面具下还罩着厚厚的面巾。

戴傀儡面具的人点点头，慢慢道："刺史想知道，为何绕过了伊州？"

"路上起了些变化，"牛面人的沉闷嗓音毫无起伏，"苍鹰却如何得到了消息？"

"昨夜，玉门关驿站的飞鸽送来了消息。然而你们走得太快了。幸而苍鹰已令夜莺提前守住水路，做了两手准备。是谁将那条水路告知你们的？"

李天水的胸口在震动。牛面人是那支"商队"里的某个人。是谁？而玉门关驿站里传递军情的信鸽，为何会被这些人利用？

"是一个无关紧要的人，王玄策新寻的向导，"牛面人轻描淡写道，顿了顿，又道，"玉门关上既有青雀的朋友，为何未与我接头？"

"王玄策这趟路走得太快了，玉门关上的朋友只收到宫里那件事的消息，"戴傀儡面具的人亦轻淡道，"这些日子，西边的变化不小。苍鹰必须飞过去了，顾不得你那头。你要为青雀多出些力了。"

戴牛头面具的人略略低头，仿佛沉思片刻，道："苍鹰的意思是？"

"尽早拿到那东西，由车师古道，送至庭州前的最后一个驿站。"戴傀儡面具的人一字一字道，像是怕牛面人记不住。

"那吐蕃人呢……"牛面人脱口道。李天水忽然觉得这语调很熟悉。

"吐蕃的事你不必多问，"戴傀儡面具的人缓慢地摆了摆手，慢得有些可笑，李天水却觉得很可怕。他的动作有一种缓缓操弄人命运的恐怖感，"你何时能得手？"

"王玄策在那个驿馆不会多留一晚，而且他已失了心气，"牛面人亦放慢了语速，"我今夜便能得手，只不知那车师古道……"

"会骑马么？"戴傀儡面具的人忽道。

"会。"

"近院门的三根木桩子上，拴着三匹突厥矮马，驯熟了的。你挑一匹骑上，不出一日，便可至古道尽头的那处驿站。苍鹰的人已经在那里等着你。"

戴牛头面具的人默然片刻，点了点头，道："好。明日日落前，我会带着东西，踏进你说的地方。"

那人亦点点头，直直地看着眼前的人片刻，又缓缓道："你是否还有样东西，忘了拿出来？"

牛面人愣了片刻，道："你的意思是……？"

"你从宫里取出的东西。"

沉默了好一会儿，牛面人的嗓音几乎听不清，"那东西，据我接到的密令，是要亲手交给苍鹰的。"

"你不必了。苍鹰这几日已顾不及这些了。你的东西原本是要给苍鹰的主顾，现在他们已经来了。"戴傀儡面具的人语调没有半分变化。

"来了？在这巴扎里？"牛面人仿佛吃了一惊。

"便在这道门后。"

牛面人双臂不由得抱了抱肩。李天水忽然想起了一个人，心头像被刀尖扎了一下。过了一会儿，那人仿佛下定了决心，沉沉地点头，"我必须见到他们，亲手给到他们。"

"自然可以，"戴傀儡面具的人话里仿佛带着笑，"随我来。"

那人慢慢地转身，慢慢地打开侧门，慢慢地行出去，仿佛每一步都踏得很谨慎。牛面人跟了出去，门合上许久，李天水的身躯方自木架子上撑了起来。方才他听到的那些话，令他背脊发冷。

草原上的人有时比野兽更残忍，但他从未觉得人心会如此时这般莫测可怕。

下一步该怎么做？调转身子，回到第一排挂毯架子并不太难。蹲下去，原路折回。没有人会注意他。这是最安全的法子。

但他觉得这整件事情已经与自己扯不开了。

他翻身落了地，地面上铺着的厚毛毯将那一点儿声响也吸去了。他几步掠至侧门边，门虚掩着，火光将门后一个高大的人影映在了牛皮门上。

李天水静静地观察了一会儿。那人来回走动，步姿焦躁松懈。不是七个人中的一个。他以手指将侧门轻轻开了一条缝。门缝后掠过一个武士的侧影，劲装佩刀，虬腮兽面，铁制的凶兽面具，胸前仿佛还扎着铁甲。可惜他太松懈了。当他又一次行经门边时，整个人忽然斜斜飞起，像是被吸入般倒飞入门

丝绸之路密码1：天山石圈秘境　185

内,未及叫出声,"啪",侧颈后已重重挨了一下。

李天水将绵软下去的身躯轻轻置于地毯上。这大汉两个时辰内定然醒不过来。李天水自幼就需要去山林里打些野兔野鼠,甚至是更大的兽类,来熬过漫长的严冬。三年的光阴里他淡忘了很多事,但生存的本能一直留在身体里。他只有一瞬间的机会。

他迅速换上劲装、胸甲,将笑面藏在兽面下,将那虬髯大汉拖至两层挂毯间,蜷着身躯。他推开侧门闪了进去。静阒无声,是到了另一顶牛皮帐中。帐中隔出了一个穹顶小室,穹顶高得出奇。灯火从穹顶透下来,穹顶下的圆帐壁间架了一层厚厚的木板。李天水伸出手臂便能摸到那木板底部。他像先前那大汉一般在门口来回走动。一排人影被斜斜自搁板打在了门侧的帐幕上。搁板上有人用汉语说话了,是个女声:

"康萨宝,你见过这个人么?"

草原上的胡商头领称"萨宝"。她的语调很倨傲,是带着强烈舌音的汉话。李天水的心猛地一缩。

是她!

"没有。"答话的是那个戴着傀儡面具的人。

"那么他虽然摘下了面具,你还是不能保证他就是你所说的'孔雀'?"

"尊贵的狼主,他已经对出了暗语。"那人慢慢道。

"暗语?你能保证他们的暗语不会被泄露出去么?""狼主"冷冷道。

"不能,我的狼主。"那人的嗓音更谦恭,说得更慢。

"你能保证,那人的身份没有被王玄策觉察,被逼问出了暗语么?"狼主的语速却好像越来越快。

"不能,我的狼主。"

"那么,你怎么证明眼前这个人的身份?"狼主的声音向李天水的头顶传了过来。

李天水略抬了头,便看到了铺散开的带着绒毛的厚实斗篷下摆。罩袍的主人背脊挺得很直,踞跪在搁板最外侧,就在李天水头顶上。李天水看出他已经摘去了面具和面巾,没有挽髻的长发黑瀑一般流泻下来。李天水来回走动着。

那大斗篷顺着那肩头滑了下来。他抬头看见一件火红色的毛皮披肩随着斗篷一同滑了下去。斗篷下是普通的大翻领胡服,裹着一个优美紧致的身躯。那人反手将衣领向后撩了下去,褪至腰上,撩起长发,秀美的双肩与背部裸露出来。是个年轻妇人的裸背。灯火晃了晃,金翠色的光芒在柔美洁白的肌肤上闪动,映出了一只正在翘臀开屏的孔雀。随后,那人慢慢转身,将正面转了过来。李天水遽然收回了目光。他听见那"狼主"缓缓道:"不像近日仓促刺上去的。"

"至少已经刺上去五年了,"那康萨宝仿佛叹了口气,"随着她的脊背在慢慢变大。"

狼主不言语了。露出半背的人忽然开了口:"狼主若已经满意了,我们可以谈生意了么?"那人已迅速转过背,拉上了衣袍,嗓音清灵,语调略带讥诮。李天水逡巡的步子顿住了。熟悉的嗓音、熟悉的语调,语速快而干脆,是只属于稚气少女的口吻。

他虽然已经有所预感,但依然觉得很难过,感觉到一阵阵心疼。

丝绸之路密码1:天山石圈秘境　187

是玉机的声音。

"你是在责怪我？"狼主冷然道，"你觉得自己受了侮辱么？"

"不，狼主。是青雀受了侮辱，是大唐正脉受了侮辱，是关陇世家受了侮辱。"玉机声音很低，语气却毫不相让。

"你是在向我要求对等的权利么？"狼主嘿嘿笑着，冷冽的嗓音转向了一侧，"康萨宝，这个女人凭什么能与我平坐？"

"她或许确实有这个权利，我的狼主，"康萨宝慢吞吞地道，"她的阿娘亦是位公主，曾是天可汗最疼爱的女儿。十年前，她的阿娘死于庸主之手。"

李天水的身形陡然又是一僵。

"天可汗最疼爱的女儿，"狼主缓缓重复了一遍，"阿塔平生只佩服过一个人，便是这个男子。如果你身上流着他的血，那么你确实蒙受了侮辱。""唰"的一声，李天水辨出是刀身出了皮鞘。紧接着又是"呲"的一声。他眉头拧了起来。那是刀刃割开皮肉的声响，他在草原上听惯了。一阵僵硬的步点同时响起，围拢玉机。"叮咚、叮咚"，有水滴入了碗里。"突厥人用血来浇灭侮辱。半碗够了么？"嗓音还是很冷冽，却多了一股爽利之气。李天水知道她割了自己的手臂，布满了刀疤的白腻手臂。她还是这般刚烈。

"够了，"玉机的嗓音居然很平稳，"狼主过礼了。"

一阵布帛摩挲声过后，狼主道："你带来的东西呢？"

一阵轻响，像丝线不断崩断。玉机自斗篷内窸窸窣窣掏出一物。李天水听出是她扯开了那件火红色的狐皮披肩。随后是纸卷展开的声音。纸卷并不太长，对面静了一会儿，雪水般冷冽的嗓音又响了起来。"康萨宝，纸上说了什么？"她顿了顿，又道，"不必担心，这里除了我们三个，无人听得懂汉话。"

"是西域三十九处关隘军镇调防敕令，"那胡人说得更慢了，仿佛每一个字都怕说错，"其中，有三处大镇调防，有趣得很。"

"说下去。"

"安西都护杨胄，领镇中步卒三千，由王城伊罗庐城北柘厥关，西北移驻拨换城；庭州刺史来济，分其蕃帐，庭州以南，归西州天山军，庭州以北，兴昔亡可汗与继往绝可汗所辖帐落，尽归……"他顿了顿，仿佛是在确认，或不敢相信，"'苍鹰'统辖。"

搁板上静了片刻，狼主缓缓道："还有一处呢？"

"苍鹰领伊吾军五千，至州南五十里神仙镇，当西州路，并接收兴昔亡可汗与继往绝可汗所统十万帐落。"那胡人一字一字道。

又沉寂了许久。"十万帐落……至少有五万西突厥勇士，"狼主仿佛在自言自语，"而且阿史那步真与弥射素来不和。"

"狼主，"胡人的嗓音忽然一紧，"这敕书虽然没有盖印，却是明敕。"

"什么意思？"狼主低声不耐道。

"依唐宫中的惯例，若有重大紧要的敕令，会先遣密使送出密令，随后才是明诏颁下门下省。"

"你的意思，这些人已经收到了密令？"狼主的嗓音忽然压低到几不可闻。

康萨宝不说话了。

狼主笑了，李天水觉得那笑声亦与记忆中的不同。他记得她那时的笑声很纯粹，像雪水涌入清泉。此刻却像寂静密林深处传来了"咯咯咯"的不祥鸣叫。他听见她说："你听说过你们唐人有句话，叫自坏长城么？"

玉机平静道："天山以北的草原湖泊，届时将任由突骑施驰骋。这个出价，狼主可还满意？"

狼主却未接话，顿了片刻，道："这东西是从唐宫中偷来的？"

"狼主或许不必知道我是如何得来的。"

"好得很，"狼主又笑了，"我看轻你了。'苍鹰'对我阿塔说，唐人中的智者与勇士都在你们这边。故而我方才奇怪怎就派来一个羊羔子一般的小娘。只是，"她音调一变，"但你或许不知道，我阿塔与你们的买卖，不止这些。"

"我不知道，也不该知道。"玉机答道。

"你确实不该知道。不过我可以告诉你，那个波斯与拜火教世界的圣物，才是我和我阿塔来这里的目的。"

"狼主，我只知道，我接到的任务，是将那样东西，亲手交给苍鹰。"玉机不疾不徐道。

"我相信你会的。但我需要清楚地知道，何时何地。你该知道，时刻现在已变得异常重要。"狼主沉下了语调缓缓道。

"地方是'苍鹰'选的。我得到的命令是，绝不能让第三者知道。"

狼主又笑了两声，道："好得很。"

"明日落日前，苍鹰会拿到那东西。或许狼主很快会知道。"

"你可否告诉我,你已经到手了么?"

玉机未言语。

"好得很,"狼主大声道,"天可汗的子嗣,你可以离开了。"

搁板上响起了一阵拖曳木头的声音。李天水知道那是木梯子。他守在门口不动了。搁板上方忽然响起了轻轻的叩击声,"吱呀"一声好像窗板被推开了。李天水听到一个急促的嗓音自那窗板后响起:"那些吐蕃人混进来了。黑教里的杀手!"

李天水戛然停步。是萧萧惊惶的嗓音。与前夜在独木舟上听见的嗓音相比,这回像真的见了鬼。

"吐蕃人不是夜莺安排的么?"过了片刻,那胡人慢条斯理答道。

"我没告诉他们这地方。他们不该在这里出现。"萧萧尽力稳定着自己的语调。

"莫非你们与狼主的买卖,已然被他们知晓了?"傀儡面胡人的嗓音依旧平稳。

"不……不知,他们……或许欲灭……"萧萧显然有些受惊过度,"我请求狼主保护。"

"你跟着我。"许久,狼主道,语调听去有些厌烦。

"多……多谢。"

语音方落,木板窗又迅速合上了。

"有趣得很……狼主阁下,我以为我们最好迅速离开这巴扎。"那胡人转向狼主道。

"康萨宝,你的意思是,吐蕃人是冲着我们来的么?"狼主的嗓音中透着轻蔑。

"不,以誓言之神梅赫尔的名义,我保证狼主的行踪绝不可能泄露出去,而且……"康萨宝忽然说了句突厥语。李天水辨出了"突骑施""吐蕃"和"朋友"三个词。

"那么,他们是冲着谁来的?"狼主似乎对他的解释已经满意了。

康萨宝没有回答这个问题,沉默片刻,道:"若是狼主想要看个热闹……"

狼主"哈哈哈"的笑声打断了他。"萨宝预感今夜这巴扎下会有热闹可看?"

"今夜会升起空中帐肆。"

"空中帐肆?"狼主仿佛觉得越发有趣,"我似乎听说过。"

"狼主一见便知。我们不妨先从这里下去吧。孔雀也该离开了。"木梯"啪嗒"一声便落在了李天水面前三步远的毛毯上。李天水侧对那悬梯,挺直着身躯立于门侧。玉机循梯落地。李天水看着侧门上的人影越来越短,直至消失。脊背始终被盯着,他感觉到了。他努力稳住了呼吸。随后是一阵很慢的踏梯声。一阵僵硬沉重的步踏紧跟着下来了。最后是那个狼主。

康萨宝慢慢说了一个词。李天水推开门,又迅速退至一边。带着傀儡面具的萨宝从容地走了出去。玉机的目光却随着李天水在动。李天水没有看她。"你似乎对这个柘羯武士的面具颇有兴趣,"戴着骷髅兽面、披着毡毛披风的狼主走了过来,看着她道,"他可以摘下来给你。"

心跳猛烈敲打着李天水的胸腔,他的手心湿透了,却听玉机缓缓道:"什么是柘羯武士?"

"粟特人中最善战的石国武士,是只受雇佣的武士。对粟特人来说，一切都是买卖，"狼主又是轻蔑地一笑，"萨宝，是不是这样？"

"是的，我尊贵的狼主，"门外的康萨宝谦恭地道，"他是我在这巴扎下雇佣的。狼主可以提出任何合理的要求。"

"原来是这样，"玉机淡淡道。她的双眼自李天水身上移开了，"我不想要他的面具。我想让他跟着我。"

李天水忽然觉得这铁制面具压得他有些透不过气来。他的身躯仍然纹丝不动。

狼主忽然又笑了。"康萨宝，我们险些忘了，孔雀也需要保护人，"她顿了顿，又道，"或许她可以随我们一同去那帐肆看看。"

"自然可以。帐肆毡位不多，但今夜预订的客人更少。"

"多谢狼主。"玉机淡淡道。

"他们是天山草原上最好的武士，你可以放心了。"狼主指了指身前，迈过那侧门。

"但我仍是想要他。"玉机低声道。李天水握紧了双拳。

狼主停了步，转身看向玉机，又看向李天水。李天水透过青面獠牙的釉彩面具看到了那两颗眸子。深蓝色的眼眸像日落前草原湖泊的颜色，很少有人可以承受她的直视。这双眸子如今有点儿变了。他印象中的眼眸像水一般多情，如今却像冰一般冷酷，眼眸中闪出的也是陌生的光芒。李天水知道她没有认出自己。

"随你。"她迅速转过了头，跨出了侧门。

青雀党

琵琶曲调柔媚婉转，与沁入魂魄的香气一同缓缓传了过来。杜巨源昂首阔步，连眼眸亦未转动分毫。他走过这种地下暗市，他明白两侧帐肆售卖的货色。

一个个少年郎正与女伴在尖帐前扭摆身躯。也有些人忍不住走入了那发亮的帐幕中。许多尖帐里已围着一圈东倒西歪的人影，人影中央是一个缓缓将腰肢后弯、长发曳地、胸乳高耸的女体，被暧昧的灯火映照在帐幕上。杜巨源知道那是一种叫"春莺啭"的软舞。舞女遍体璎珞宝饰，却不着寸缕。

他穿过魅惑的乐音与帐壁上一个个下腰、扭胯的影子。他知道自己的目标，"帐子里有些特别的货色"。这些都不够特别。越来越多戴着面具的锦袍男女从身前掠过，面具快遮不住他们双眼后的狂乱焰光。杜巨源微微一笑，忽然停了步。他听到了不同的节奏。

那音色清亮，流转极快。拨弦人像在炫技，越拨越快的轮指后，忽然揉出一个颤音。那颤音绵长不绝，令人心头亦跟着起了一阵颤栗。于是弦音自欢快急转至伤情。"哒哒哒"的金属声应和着弦音如越来越激昂的羯鼓，顷刻间慢了下来，含着一股绵长不尽的感伤，如一个少妇在门口等待着从军多年的丈夫的脚步声。

杜巨源已走近了那顶帐肆。他已身处这列尖帐的尽头。离火光甚远，或许是这片地下巴扎最昏暗之处。

眼前也是顶尖帐，只是大了许多。帐外两三个人停了一会儿，走了。帐幕上能看见两个人影。一个踞坐于地上，蓄着山羊胡的人，正以长指甲弹拨着一件如竖起长弓般的胡琴。琴弦七根，弦音清亮，颤音细腻，杜巨源想起这种琴叫箜篌。多年前他曾见过。

另一个人影骑在马上。"哒哒哒"的节奏正是钉着铁掌的马蹄踏出的。是匹矮种马，筋肉停匀，四蹄灵动。曲终前，那马后腿蹲屈，前腿极快地交错踏舞。它一俯首，衔起酒杯，随即昂首扬尾，仿佛已将杯中酒饮尽。那步点踏击、身躯顿挫，无一不合节律，仿佛这马妙通音律。但杜巨源却将目光盯上了马上女子的身影。披风下，修长强健的双腿夹着马腹，双手提缰，腰肢微微向两侧扭摆，透出一股野性。无论那马身如何跃动，她始终牢牢定在马背上，仿佛与那马已合为了一体。

一曲终了，蓄着山羊胡的人手指方离开琴弦。一声喝彩在帐中爆响。杜巨源已坐在帐门口的圆毡垫上，拊掌笑道："想必你就是西州城里的第一把箜篌？"他看着那人的山羊面具，顶端突出了两只羊角，两只眼睛像老山羊一般怯懦而狡黠。他没有言语，像试音一般反复拨动着一根琴弦，单调得仿佛没完没了。杜巨源却是越坐越直。人马皆不动了。不知过了多久，弦声停顿，余音回响中，杜巨源肃然低声道："我们在长安中见过。你当日正坐在乐师第一排。"

戴着山羊面具的人仍未开口，却伸出了左手。杜巨源缓缓抬起了左手，摘下了翡翠指环，指环在熏香凤首银灯下绿光闪闪。他将指环内侧翻转过来，朝向那人。山羊般的眼睛眯了起来。指环内侧一个篆体的"曌"字，在绿光中越来越清晰。

丝绸之路密码1：天山石圈秘境　195

"'墨卫'……长安第十三卫,你终于找来了。"那人低声道,嗓音出乎意料地干哑,仿佛在沙漠中徒行太久的旅人。

杜巨源向前跪行数步,凑向那人。他随即又瞅了瞅帐肆另一角上的一人一马。马背上的妇人蒙着粗布面巾,一双细长的眼睛斜斜地瞥着他。她整个身躯已紧紧裹在破旧不堪的粗布衣袍里,左衽短袍,马裤马靴,勾勒出了紧实修长的身躯。几个破洞露出了里层的棉絮和黝黑的肌肤。她将大半个身躯隐藏在同样破旧粗糙的披风下,眼眸亦有些空洞。

"你不必担心。她听不见,还是个哑巴,"那人顿了顿,又道,"今夜我们已等你很久了。"

"你们?"杜巨源左右看看,点点头,压低声道:"你何时收到的消息?"

山羊面具后的两眼茫然,道:"什么消息?"

杜巨源一愣,道:"你这几日未曾收到从沙州的鸽子带来的消息么?"

那人摇头苦涩道:"我已经有四年多没有见过来自伊州或沙州的任何一只鸽子。"

杜巨源愕然半晌,哑了声道:"你是说,四年多来,由河陇至西域官驿间的'飞鸽道',已经断了?"

那人沉沉点头。杜巨源拧紧了眉头,急问道:"那么这四年间,为何仍有消息不断自西域传回?"

那人猛地抬了头,眼睛一眨不眨地瞪着杜巨源。"不可能!"他低呼道,"四年中,我通过正教的秘密网络与商队萨宝搜罗的所有紧要消息,皆送不出伊州的城关。"

"你如何得知?"杜巨源的嗓音哑了。

"所有自西州飞至伊州官驿的信鸽，皆被射下来烤熟下酒了，"那山羊胡子的汉话拖着胡调，说得很沉痛，"三四支从伊州过来的商队，都是这般说。"

杜巨源听见了自己的心跳声，"如此说来，这些年宫里收到的消息皆是……这事恐怕很严重。"

"更严重的是，这处交河城外的西州官驿也已经靠不住了，"那人扶了扶自己的山羊面具，"数月来，吐蕃来的商队、僧侣不断地在这座官驿附近出现。还有一些更可疑且带着兵器的人。我只能冒险来这里。"

"如此说来，"杜巨源尽力令自己冷静下来，"你怎知我今夜会出现在这里？"

"有个人告诉了我。是我在火教的秘密联络人，也是我最可靠的朋友。他将西州的突厥马与好酒贩至沙州，将沙州的消息透露给我，我的朋友，沙州的情形很不寻常……"他顿了顿，又扶了扶面具，压低声音道，"他能见着西州火坛的祭司。他知道你们快到了，一个月前便已经知道了。他也早知道我在等你们。他在沙州还见过你们。昨日他过来交河后，托人给我捎了口信。"

杜巨源脑中闪现出了几张模糊的脸。他努力令自己镇定下来，看了看眼前面具后的两双眼睛。看不透。他眼睛里闪着光，看着那人道："沙州、伊州，究竟是怎么回事？"

"说来话长。我恐怕，这两座军州，已被朝中的乱党掌控了。"

杜巨源猛然吸了一口气。他一时想不起主政伊州、沙州者的名姓，只喃喃道："'青雀'？"

"我也听说了他们以'青雀'为号。他们在西域经营了许久，扎根极深。或许远远超出宫中那主事人的想象，"他缓了一口气，又道，"而且，我得到的消息，他们快动手了！"

帐外又响起了一阵浪笑，杜巨源却浑身发冷。他努力稳定住"怦怦"的心跳，低哑了声道："动手？他们要作乱？！"

那人压着嗓子，透过山羊面具的声音显得不那么真实，"你们这趟货，或许已是他们一连串谋划中的一环。或许是关键一环。"

杜巨源想起了来这个帐子的目的。

"我们在西州的接头人告诉我。她会在这个巴扎里等我们。"

"这便是我要告诉你的。我的朋友说，那个西州正教的大人物，带给你们一句话，你们要找的那个东西，既在迷宫的入口，又在迷宫的出口。"

"既在迷宫的入口，又在迷宫的出口……"杜巨源喃喃重复了一遍，手指在那翡翠指环上摩挲许久。片刻后，他目光发亮了，忽道，"你来这里设帐之时，可曾观察过周围情形？"

"自然，"那人缓缓道，"我每时每刻都需要观察周围的情形。"

"那你自然也该知道，这地下的帐肆，是如何排布的？"

戴着山羊面具的人点了点头。

"你看，是不是这般两个图形？"杜巨源忽然用手指在左掌心上画了两个圆。

那人抬头看了看他，点了点头。

杜巨源拱了拱手，道："多谢，我已知道去何处找那东西了。"他撑手欲起。却听对面那人忽道："你怎知道我在这帐子里？"

杜巨源一愣，双手僵在了半空中。他当然记得他是如何找过来的。

"巴扎里有一些小尖帐，帐子里有些特别的货色。"柔媚中带着神秘的嗓音此刻想来有些诡异。

他忽然发现自己犯了错误。足以致命的错误。

"这帐肆，有没有暗门或秘密通道？"他的嗓音忽然变得很急迫。他记得这列尖帐中的每一顶皆是独立的，并不相通。他仍不死心。

戴着山羊面具的面庞摇了摇。他好像意识到了什么，抬眼四望，外头纷乱的人影在透光的薄幕上晃动。他眼神中透出了恐惧。

杜巨源的目光散乱地扫着，忽然盯住了那女骑士与她身下的矮马。片刻后，他目光一闪，道："我记得你姓安？"

"安菩。"

"安菩，生死攸关，你必须依我的言语行事。"在双手已有些发颤的安菩面前，杜巨源命令道。

空中帐肆

四个舞姬，黑色长羃䍠曳地，在仿佛醉了酒般摇晃的灯轮火光下，赤脚踏在方毯的四角跃动。舞步亦是越来越狂乱。

一大片淡蓝色的精织波斯绣毯，可容二三十人共坐。自四边至中央，一层层铺满了蔓叶缭绕、花瓣繁复的华丽金线纹饰。正中却是一朵极生动的金花，半开未开，瓣叶舒卷间每一点褶皱仿佛皆清晰可见。

这层华毯便是铺在那半圈香帐前围出的空地上。

原本拥堵在各帐肆前的众人此刻皆转了身，围了半圈，看着那四个舞姬摆腰摇臂。自头面覆盖至双足却薄如蝉翼的羃䍠黑纱下，雪白的身躯如水一般律动。

周遭不闻乐音。毯后数步外的暗处跪坐着一个身形瘦高的人，僵硬的身躯罩着一身圆领红袍，双掌一下一下拍击在腿骨上。动作看上去生硬，却极富节律。

"啪啪、啪啪"，拍击声渐渐又重又快。剧烈摇曳的火光下，半透的躯体腰胯间开始急速摇动。戴着面具的人群中响起了粗重的喘息声。

"呼！"随着顶上一声轻响，地下巴扎乍然一暗。蓝毯边的半圈人骚动着仰起脖子。高高挂着的灯轮暗灭了大半，只有地毯正上方四盏三层树状灯轮仍在烛火中闪动银光，仿佛将那地毯上的正旋转身躯的舞姬映得更亮。

她们扬起紧裹着黑纱的双臂，右臂平伸并拢五指，左臂上举手指微屈，腰肢略微后仰，在那毯子的四角旋转不绝。随着那"啪啪、啪啪"的拍击声愈来愈快，四舞姬愈转愈快，原本拖曳在毯上的羃䍦黑纱飞旋而起，黑纱下白腻的股腿若隐若现，浓烈的香气自那羃䍦下飘散向四周。

围观的人群中响起了呼哨声。一个戴着绸布翎羽面具、身着锦袍的人忽然跌跌撞撞冲入地毯，圆襟上仿佛被酒液浸湿了一片。他在那四个舞姬间摇晃了许久。看客中的呼哨声更响了。那人像得了鼓舞，踉跄晃向了后角一个转得最快，羃䍦飞得最高的舞姬身侧，忽然俯下身，抬眼向那黑纱内探去。

人群"轰"的一声爆出了哄笑声。

哄笑声未绝，一道火柱直直冲向那锦衣人。那人连滚带爬出了毯子，面具上的翎羽已燃着了。

惨呼声在沉寂的人群前响起。

呼声方起，一条更长更粗的水柱忽然喷出，射向那锦衣人伸手急欲摘下的面具。

转瞬之间，翎羽与短发上的火苗便被浇灭了。这回许多人看清了，水柱子是自那僵坐着拍击的傀儡面具发出的。无人看清他的动作。

人群又静了片刻，忽然发出一阵更响的哄笑声。疯狂的大笑声中，紧捂着面具的锦袍人拔出了佩剑，向那毯子后的人冲了过去。

那四个舞姬兀自如陀螺般疾转不休，黑纱越扬越高，银光下，双腿渐渐裸露了出来。

便在此刻，"哗"的一声，仿佛疾风拂过，四盏灯轮同时暗灭。

整个地下巴扎顿时没入黑暗。

又是片刻死寂后，人群开始骚动起来。

黑暗中先是起了一阵"窸窸窣窣"的声响，响动越来越大。有人高声用胡语叫骂起来。女人的尖声惊呼响起。更多的尖呼声此起彼伏。喧嚷声渐渐连成了一片。

眼前再度亮起时，李天水正坐在那片巨大的蓝底金丝方毯子边缘。他扭头向下看去，发现自己悬在离地丈余的高处，下头香帐外戴着各色面具的人群，正呆呆地仰着脖子向上看。

只十数下弹指工夫，他就在黑暗中被人带上了毛毯子，耳边有极轻微的"嘶嘶"声划过，眼角能在黑暗中捕获闪过身侧的细弱光点。

随即他便感觉自己升了上去，无声无息地随着身下的毯子一起升上了半空。

此刻他转过了脸，四下望去。毯子的四角已被穿入了四盏灯轮中的一条翘起的银枝灯上。炽亮的烛光在毯脚上晃动。方毯四边上斜斜垂下四条红色的纱幔，顶端系紧在一根铁链条上。铁链条不知何时自巴扎泥顶上垂下，又分成四条系紧毯角撑起纱幔。李天水觉得自己正置身一个蓝毯红幕的纱帐中。数十支烛光闪映下，帐中所有人皆沉浸在一片红光中。

帐内共坐了十三个人。

那四个舞姬此刻已端坐四角，脚边散开的羃䍦裙边花一般散开在毯角。笼住头面的黑纱下不时地闪过一两点炽热的眸光。

毯子中央的金花上，摆着一条黑檀木长方矮几。对坐在几案两边的有七个人。矮几上放着一列镶着红宝石或翡翠的金叵罗酒杯。暗红的酒液泛着莹光,七人皆未动杯子。

七个人中,李天水已辨出了五个。

矮几距他更远的一侧,坐着的三个人中,两人戴着相似的傀儡面具。右侧一人便是在那香帐后部出现的康萨宝。正中央僵直坐着的人双手笼在窄袖中,是方才在毯子后拍击节奏、吐出水火那人。李天水双眼盯了他半响,又移向右侧。右侧那人身形甚是高大,却未戴面具,双眼下缠绕着一层层黑绸布。他的袍襟袖口镶了一圈圈联珠纹滚边,脊背如箭一般挺直,本该背着长弓的肩背上,露出了弯曲的琴颈,深褐色的双瞳四周却布满了血丝。一股无形的压迫力自他身上传来,李天水第一眼便看出此人是个武士,极强悍的武士。

长矮几另一侧的四个人背对着李天水。他认出了最左侧盘膝而坐的玉机的长斗篷,认出了正中央狼主的毡毛披风,以及狼主身侧紧裹暗红色长袍的萧萧娴娜背影。

最右侧的人隔着两步坐于灯火暗处,整个人掩藏于一件连帽黑罩袍中。李天水想起在官驿大厅中见过此人。他在李天水与杜巨源前步下柜台后的暗阶。他的坐姿很怪,却看不出身形,亦看不清他的面具。

李天水扭过了头。五步外,一个两眼下裹缠着一条条黑粗布的人正牢牢盯着他。裹尸布一般的缠法。黑布上泛着青光的双眸亦空洞如死尸,盯过来时却透出一股令人手脚冰冷的凶杀之气。

李天水认出了这股凶煞之气。稳住呼吸后,那人也转过了头,看向前方坐着的狼主。

像一个噩梦的开端。一个感觉极真实的噩梦。

"今夜开肆，乃是琐罗亚斯德升天第一千一百一十九年中的第二十三回西州空中夜肆，亦是最后一回。入肆者说出的每一个字，皆将为梅赫尔大神所听闻，皆为誓约，皆当信守，若违誓，"康萨宝毫无语调起伏的汉话响了起来，傀儡面具闪着烛火抖动着的红光，肃穆中带着诡谲，"'誓约之神梅赫尔的手臂极长，毁约者无论在天竺以东，还是在世界的西方；无论在阿兰格河口，抑或在大地的中央，都难逃他的巨掌'。"

无人出声，地底的喧嚣令帐中更为静默。李天水在静默中听着自己的心跳，像仪式的一部分。

心跳三十余下后，长矮几最中央那戴着傀儡面具、又瘦又高的人僵直地立起。"今夜将售卖的是故高昌王后，亦即故波斯公主升上天国后留下的三件遗物。"那人的嗓音又高又尖，像掐着喉咙喊出。

李天水的脑中"嗡嗡"作响。

他觉得自己的掌心仍能感觉到她柔软的手指在有力地牵引。他的耳边仍能响起那温和却不容置疑的嗓音，那庄严而回旋不绝的吟诵声，不过是一日前。

这时他脑中闪现出了两点远星般发亮的眸子，直直地盯向他，仿佛在说话。他明白了，公主已将她最珍视的遗物交予了他。

他听见那傀儡又接着道："公主留言，凡踏入空中帐肆中的人物，皆是正教最尊贵最有力的朋友。只有这样的人物，才有资格拥有这三样遗物。"

帐内仍是一片静默。那人似乎等了一会儿，接着道："第一件遗物，是天山北面草原中沉睡的灵魂；第二件遗物，是天山南面大漠中古老的智慧；第三件遗物，则属于公主伟大的故国——波斯的荣光。"那尖嗓子的语调渐高，带着一种怪异的顿挫，停了片刻，身侧的康萨宝又开口道："今夜帐内售宝的规矩有些不同。公主为每一件遗物皆定了价。老规矩是出价高者得，但今夜不再加价。若有多人愿出公主的定价，则以对赌定。赌赢者得宝，输者有酒，"他"嘿嘿"笑了笑，"今夜的主事人有两个。我的兄弟，康木木，是主持者。"他指了指身侧尖着嗓音说话的人。那人迅速扶肩躬身作礼，模样有些滑稽。康萨宝接道："我则是作证人。诸位贵客若无异议，售卖便开始了。"

仍是无人作声。康萨宝点了点头。

"第一件遗物，黄金面具！"康木木的尖嗓音扯得极高。李天水皱了皱眉，他听出这是假音。那人身侧的武士自案下取出了一个黑绸布包裹，与他面缠的布巾一般质地。武士极麻利地打开了包裹，粗大的手掌笼上了一层金色的光晕，并不刺目，反而有些发暗，仿佛被岁月搓磨了太久。面相拙朴而强悍，像草原上的石人。是一张骑马领头的武士，或王座上的征服者的脸。两颗色彩奇异的蓝宝石嵌在了眼眸的位置，泛动着在草原黎明时天际的幽蓝。

面具被推到了檀木长几正中。"窸窸窣窣"的声响中，李天水身前四人的身躯皆向前倾了过去。黯淡的黄光与幽深的青芒被遮挡住了，李天水却仍能感觉到一股强大的吸引力。

片刻后，康木木刺耳的嗓音响了起来："询价者伸出一根手指！"

有两个人迅速伸出了手指。是玉机与狼主。李天水看见狼主在那瞬间转过头，透过面具盯了玉机一眼。玉机的手指一动未动。

"二人询价！"康木木又尖呼道。

武士向玉机这边看了看，又转向了狼主。他深褐色的眸子很平静，语调更平静，但那语音像磨着粗钝的刀刃，又好像一张拉坏了的琴弦，虽然低沉，听上去却比康木木更刺耳。"公主的开价是，一座城，"他顿了顿，简短道，"西州城，亦即故高昌王国。公主的开价是保全西州的各族子民，以及三教庙宇。"

他说的亦是西域巴扎中通用的胡调汉话。李天水心中却是"咯噔"一响，西州城？西州莫不是大唐的重镇么？怎的竟会在这地下帐肆中被作为售卖的货价？

他听见狼主轻笑了一声，带着与生俱来的冷傲与轻蔑。"西州城，"她缓缓道，"如此说来，这个面具是公主留给我的。我可以对着梅赫尔立约，保证西州城中所有高昌子民的安全与财产。"她以手指指向自己的心口，扭过头不看玉机。

玉机的手指没收回去。"这位贵客，也出这个价么？"康木木呼道。

"在明日日落前，我会取得那个保证，"玉机的嗓音听去却并不太坚定，"决定西州城安危的保证。"

"哈哈哈哈，"狼主一阵大笑，"她出不了这个价。她想送给她主子一份厚礼，但她做不了主。"

"是这样么，证人？"康木木转向身侧的康萨宝。

"恐怕正是这样，"康萨宝傀儡面具后的两道冷光射了过来，他看向狼主，"这位的尊贵的客人，此时此刻，已拥有足以决定西州命运的力量，"随即他又指向玉机，"但是她，我不能替她做出这样的担保。"

玉机缓缓将手指放回了膝上。面具重又裹回黑绸布囊中,锦袍武士将布囊推向狼主。狼主目光凌厉地一闪,又扫了玉机一眼,便向后做了个手势。李天水身侧坐着那死尸般的人忽然蹬出了腿,狼一般蹿了出去,落至"狼主"身后。他双手接过那黑绸布包囊,黑影一晃又蹿了回来。

"第二件遗物,黄金星盘!"尖厉的嗓音又响了起来。一个精美的圆形小盒子被取出,盒子外包裹着一层织着葡萄藤蔓的细腻的紫色锦缎。"啪",锦衣武士打开了盒子。金光又泛了出来,像艳阳西沉或明月初升时的光芒那般柔和。黄金制成的光滑圆盘上,比手掌略小。最外是一圈刻度,刻度格中密密麻麻刻着细小的图形。盘面内嵌了两个可以转动的圆环。大环嵌在外圈刻度下,小环只及大环一半,嵌在了盘面最顶端。两环上各有四五个剑尖一般的指针,指向盘面中央。盘面中央是一个看上去像太阳的半圆球。无数条曲线如层层涟漪般自半圆球伸出,扩散向整个盘面。李天水见过不少极机巧的西域奇货,但从未有什么东西如这圆盘一般让他觉得深藏了无尽的奥秘,就好像那波斯公主深邃的双瞳一般。他的目光挪不开了。

"公主的留言是:它能在任何一种迷宫中指出方向,尤其是我们每个人的命运迷宫,"康木木补充道,顿了顿,拉高了嗓音,"有人询价么?"

右侧昏暗角落身着连帽黑罩袍的人很快抬起了左手手指。玉机的手指仿佛动了动,终未举起。康木木又等了片刻,长几边另三个人没有动静。但他略略抬起了头,目光越过四人肩头。那四个人几乎同时转过了身。

坐在方毯子边缘纹饰图案上的李天水，正高高举着一根手指。

康木木转向了康萨宝，叫道："证人！这个带着兽面的柘羯武士，可有伸手的资格？"

过了一会儿，康萨宝缓缓道："他有资格。"

李天水觉得十几道惊疑的目光陡然凝注在他双眼上，仿佛要将他捅穿。尤其是狼主。李天水又看见了那冰蓝色的眸光直视着自己，像两柄冰锥子。他侧过头避开了她的眼睛，却撞上了那锦袍武士深沉的褐色眸子。他正平静地看着李天水，缓缓道："公主的开价是，一个人，"他又顿了顿，"那个已出卖了公主、出卖了正教，也将出卖大唐和波斯的人。"

李天水目光缓缓移向玉机身侧的萧萧。艳丽织锦下她的身躯在不住地颤抖。他没有开口，却听见那个罩着宽大黑袍子的人问道："公主想要如何处置这个人？"他的嗓音瓮声瓮气，好像捏着鼻子，汉话却听不出西域口音。

"公主希望这个人接受他应得的命运审判，接受大神阿胡拉·马兹达的审判。"锦衣武士难以入耳的嗓音低沉得有些可怕。

"我可以。"笼在漆黑罩袍中的人说了三个字。萧萧颤抖得像一片风中败叶。李天水看见鲜红的衣袍下仿佛透出一股死灰色。片刻后，他看向了那锦衣武士，缓缓道："我也可以。"

空中帐肆的气氛忽然仿佛已凝结。狼主围着一圈骷髅的可怖面具在萧萧、李天水与那穿着连帽黑罩袍的人身上来回打转。玉机忽然回头看了看李天水，像头受惊的小鹿一般惊慌失措。康木木的尖嗓子响起："证人！这两个人有能力付出公主的开价么?"

"可以。"康萨宝平淡道。

"对赌开始,"康木木高声宣布道,"对赌的规矩是……"

"亦是公主事先定下的,"康萨宝缓缓接着道,语调却像一个司命的判官,"谁能先让叛卖者领受命运的审判,谁便能得到这第二件遗物。"

他话音方落,黑罩袍掷出了一把闪着火光的匕首,正落在萧萧的脚下。那模样像死神忽然现出了原形。他沉闷的嗓音冷冷道:"刀刃锋锐,轻轻一送,便可刺透喉管。我保证很快,而且不会流太多血。"

"最好不要流出一滴血,"康萨宝忽然苦笑了一声,"这片毯子是龟兹王宫中最大最华贵的一片波斯氍毯,也是我家族之物。"

"哦?"黑罩袍平淡道,"龟兹如今还有王者么?"

"龟兹虽已是唐人的领地,但仍有王族主事,阁下心知肚明。"康萨宝好像在笑,但笑得很冷淡。他仿佛知道帐中所有人的底细。

"龟兹王族崇信浮图,已见不得血了么?"黑罩袍悠悠道。李天水忽觉他的语调有些耳熟。康萨宝却不言语。

二人一问一答,仿佛已将萧萧当作一个死人。萧萧已缓慢地挪至纱幔边,忽然吹响了一声呼哨。尖细、刺耳而绝望的呼哨声。黑罩袍叹了口气。

急促的尖叫声乍然响起,是距离李天水最近的那个舞女。她裹在罨罿黑纱中的身躯已蜷缩至毯角边缘,颤抖着,向后蹭出数步,隔着红纱死死盯向帐幕外的那根银制灯枝。

那里趴伏着一个狞恶的身影。那身影浑身漆黑、几乎赤裸、毛发蜷曲、极为矮小，火光摇曳中蹲在晃动不止的灯轮上，距离红纱帐幕不足三尺。

悬空的毯子在微微晃动，尖呼声自四角响起。长几两侧的人静静地看向那盏灯轮。只有戴着鬼面的萧萧，正一点点地向那一角挪去，却被李天水挡住了去路。他已至萧萧身前，背对着她，目光凝向那灯轮上的鬼形人。

漆黑的坎儿井下，毒蛇般阴冷的眸子。李天水认出了他。

狞恶不似人类的双眼亦死死盯着李天水，仿佛亦认出了李天水。一声凶兽般的低吼发出后，那黑侏儒蹬出双腿，像个真正的恶鬼般带着一股腥臭气味扑了过来。

女子的惊叫声更尖厉了。李天水听见了兵刃自皮鞘中抽出的"嚓嚓"声，但那鬼形人并未扑入帐中。

那狞恶的身躯凌空一折再一抓，竟悬停在毯角上空，双足自帐幔间的缝隙荡入，带着一股恶臭荡向李天水头顶。

同一瞬间，李天水只觉身下毛毯一沉，背后响起风声。他本能地伏下腰，一条人影已自他头顶极快地掠过。是萧萧。

未及他直起腰，萧萧的双手已抓紧了那摆荡过来的两只漆黑粗大的足踝，整个人随着那半空中的鬼形人荡出了帐子外，便如杂耍一般。

红纱幔外银线一闪，两人已将将荡出帐外。他看出那漆黑矮小丑恶的身躯两手紧紧抓着的是一根极细极长的银丝。那银丝系着毯角，垂向地面，在昏暗中几不可见。

这片巨大方毯的四角，原来是被几乎透明的丝线吊在了四盏灯轮间。

萧萧拉着那鬼形人的脚踝荡出帐外后，便可顺着丝线下滑至地面。

二人身形在帐内半空摆荡时，李天水便有许多机会出手，他有把握至少将萧萧留下来。但是那一瞬间他没有动。

他没有那种向悬在半空中的柔弱妇人出手的本能。他仍弯着腰。

已荡出帐外的妇人双腿钩紧细线，双手放开足踝，一拧腰正待滑下，忽然扬手。一道寒光刺破纱帐，直刺李天水，刺向他坐直时脖颈该在的位置。

然而直至萧萧荡出帐外，他仍未直起腰，更未出手。

"当"的一声，匕首刀锋正打在铁制兽面的额角上，竟直直弹回。李天水额头一震，抬眼时，看见那折回的银光再次划破薄纱，恰巧划断了那鬼形人头顶上的丝线。是那把黑罩袍丢向萧萧的匕首。

悬在丝线上的两个人像滑下山崖的幼兽一般，歪斜着身躯跌了下去。"砰"的一声响，未及出声已砸在了地上。

"啊呜——"一声的惨厉怪叫片刻后响起。玉机与那穿着黑罩袍的人已移至毯边。李天水掀开了一侧帐幕，看见那漆黑狞恶的矮人被萧萧压在了下面，两腿已经扭曲了，浑身正不停地抽搐。萧萧正疯了一般掰开身下的人紧紧箍住她腰肢的右臂。地面上那香帐中响起一片惊呼声。更多的人扭头散开，像对这类事已见怪不怪。黑罩袍的人忽然拍了三下手，随着那响亮的掌声尖帐边闪出七八个戴着尖帽子的人，仰头看向空中的毛毯。那人盘膝而坐，右手覆上右膝，手指触地，左手指向正要挣脱起身的萧萧。李天水忽然心头一震。

四五个尖帽子乌鸦一般围住了萧萧。绝望凄厉的尖叫声中,她的身躯被抬了起来,李天水看见她身上的丝帛已被撕扯成一条一条,羊脂般的肌肤露了出来,仍在死命挣扎。香帐外的人群远远地看着,却无人上前。那四五个人抬着萧萧,跑向巴扎深处,顷刻不见。

聚集在空中帐肆下的人渐渐散了,几乎无人抬眼上望,仿佛这四盏灯轮间是一片不可探视的禁区。

四个舞姬聚拢在了一角,蜷着,不住地发抖。良久,康萨宝以缓慢得有些诡异的语调道:"我甚是好奇,那叛卖公主的人,将得到什么样的命运?"

"明日便要祭神,"黑罩袍转过了头,带着嗡嗡的鼻音道,"正缺一个贡献给秃鹫的活人牺牲。"

康萨宝轻轻一笑:"甚好。"

李天水盯着身侧三四步远的黑罩袍。圆筒形的袍子仿佛用棉布缝制,连着一顶又大又深的棉布帽子。帽子里黑乎乎的,看不清里头藏着的是面具还是一张脸。李天水觉得那人也在看着他,像个熟人。他的心头忽然冒出了怒火,只觉眼前这人比那狰狞的矮人更可憎。

即使是这世上最恶毒的人,也绝不该被活活拿去献祭。

那人又转向康木木,带着笑意道:"如此说来,这星盘便该属于我了?"

康木木照例转向康萨宝,扯起嗓子道:"证人!如此说来,这星盘便该属于这位贵客么?"

康萨宝将目光在李天水与那人身上扫了两圈,摇了摇头,道:"公主的开价是,这星盘该为命运的审判者所有。决定那叛卖正教的女人命运的人，是他。"他伸出手指，指向了毛毯边缘的李天水。

黑罩袍轻不可闻地冷哼了一声，却未言语。大帽子下仍是一片空洞的阴影，正在浓重地投向李天水，那深处闪着仿佛来自阿鼻地狱深处的两点冷光。李天水移至长几边，锦袍武士已将紫缎圆盒推了过来。李天水伸出的手腕子却忽然被抓住了。

白腻有力的手掌，掌心很热，脉搏在震动，敲打着狼主的掌心。李天水却觉得全身已被兽面后那一双冰蓝色的眼光罩住了。他听见狼主偏过脸对着玉机道："这个人是谁？"她冰冷的嗓音有些发哑。

"他……莫不是柘羯武士？"玉机的嗓音明显有些紧张。

"嘿嘿，"狼主冷笑了两声，没有松手，"你把面具摘下来。"语气中明显带着威胁。

李天水转过了脸，目光移向了她厚实的毡毛披风。那是他送给她的。他记得是以三头放养了四年的小羊，在集市上换了这条毡毛披风。他心头又被刺痛了，目光不由得掠上狼主如骏马般浑圆的肩头，斗篷内有什么在动，仿佛羽翼一张一合。他正待细看，却感觉一股阴冷的杀气透向背脊。他知道那个面上裹缠着黑布条的人已无声无息地移至他身后。

李天水用另一只手握紧了盒子，一言不发。他听见康萨宝又道："贵客，巴扎里的规矩，没有人可以要求别人摘下面具。"

"若是我一定要他摘呢？"狼主的目光片刻不离李天水的眼睛。

"贵客，你该知道，此处是故高昌国内最大的地下巴扎，已存在了近百年。而高昌国百年前是西域正教总坛所在地，故而此处的规矩，原本就是整个西域火祆教世界的规矩。"康萨宝微叹了一声。

狼主慢慢松开了手，李天水背后的人又退了回去，但那双蓝眸子仍死死盯向李天水的眼眸。

"或许，他是你一个许久不见的故人。"李天水身侧的黑罩袍这时阴阳怪气道。

狼主忽然转头呵斥了一句突厥话，道："你也配和我说话？"

帽子里那团乌黑转向了她，却一个字也没说。

李天水心头却猛然一跳。他听懂了那句突厥骂人话，"吐蕃蛮子"！他又想起了萧萧惊慌的声音："这巴扎里有吐蕃人，是黑教里的那些杀手！"他想起初至驿馆时在靠近门口坐着的人，戴着同样的尖帽子，想起在井道下那些戴着长毛皮面具，那些发出"呜呜"声响的人。他又看向身侧几步外的人，心头一阵剧烈跳动。

但这人的汉音咬得很准，绝不像个吐蕃人说汉话。他的黑帽子下，究竟是一张什么样的脸？

"若诸位无异议，售卖继续！"康木木的尖嗓子忽然扯断了李天水的思绪，"第三件遗物，波斯之光！"随后又转向锦袍武士。这回那武士没有自案下拿出任何东西，只是一动不动地端坐着。下头传来一阵喧闹，是在稍远处的一列尖帐子间。顿挫激昂的马蹄声与拨弦声隐隐传上帐中，似有人在击掌，和着那节奏。那武士仿佛听了一会儿，随后缓缓道："第三件遗物，就是我。"

所有人的目光瞬时被他吸了过去。李天水愣了愣，心中泛起一阵伤感。他身边的狼主忽然闪电般出手，一条马鞭的鞭梢带着"咻"一声直卷向那武士的面门，又"啪"的一声缩入那人的掌中。没人看清他是怎么出手的。清澈得有些透明的双眸一眨未眨，将鞭梢缓缓递了过去。

　　"尊贵的客人。你该知道这帐肆里的规矩。"又是康萨宝缓慢的汉音。

　　"清楚得很。我也清楚我有验货的权利。"狼主冷然道，手腕一抖，将鞭子收了回去。

　　"货已验毕？"

　　狼主点了点头。

　　"有人询价么？"康木木扯着嗓子迅速道。

　　长几另一侧的四人同时伸出了手指，李天水举得最高。在越来越大的喧闹声中，锦衣武士缓缓道："公主的开价是，此刻询价人面上罩着的面具。"

安吉老爹

　　高大的尖帐伞一般收拢起来。帐架拆卸成五根木杆子，两端交叉架着四条短木，烤鱼架子一般支起在地上。高音如银瓶乍破，栗红色的矮马皮色油亮，从架子上方腾空而起，身姿轻松优雅，如生了双翼一般。一个紧裹着披风的妇人牢牢贴在马背鞍鞯上，披风飘飞，闪现出健美结实的麦色腰臀。一时人群中呼哨与大笑声此起彼伏。每个人都看出她披风下不着一缕。

　　琴音低了下来，如溪水淙淙，仍甚是急促。那马飞快地绕着内圈的人群疾走。戴哭丧脸面具的杜巨源紧随着摇晃的马尾奔行，双手和着琴音击掌，摇头晃脑像个华服小丑，两眼却不离四顶尖帽子，昨日傍晚出现在厅堂里的尖帽子。他冲坐在叠起的帐布上的安菩做了个手势。

　　琴音缓下来，马开始在场内徐行，随着那节奏的变换，或前蹄在半空一顿，或后蹄忽然一挫，极流畅地旋扭过身子。每一顿挫皆合符节。杜巨源的双腿学着马蹄进退，却是极笨拙，大笑声更响亮了。杜巨源戴着哭丧脸的面具却在不断挥舞双手，仿佛是邀赏。空中银光点点，许多银币向他投掷过去。人群已拥了四五层，正向内圈挤了过来。

　　杜巨源难以觉察地又做了个手势。弦音停了下来，杜巨源夸张地舞动着双臂，在雷鸣般的击掌欢呼声中拖着那木支架，向那四顶尖帽子的另一侧行去，欠了欠身做了个避让的手势。一群锦衣佩剑的人大笑着让出了一个缺口，木架子便被拖了过去。杜巨源回头看了看,四顶尖帽子正在向这边挤过来。他向安菩点了点头。

安菩坐着将竖箜篌靠在胸前,扭动顶端的凤首拧紧,随即两手十指撩向琴弦。一时像是无数张竖琴齐奏。"笃笃笃笃",蹄铁击地声中,那马箭一般蹿出,马上人的披风张开如翼。许多人伸长了脖颈,但未及看清披风下裸露出的身躯,那马又腾了起来。弦音拨至极高处,戛然而止。震颤不绝的余音犹在回响,那马已跃过支架,跃出人群,在那一个个小尖帐间迂回穿绕。人群如潮水般向那头涌去。

片刻后,那空地上便只余下四个人,四个戴着尖帽子与长毛鬼面具的人。马尾后欢呼蹿跳的杜巨源与十指弹琴的安菩已不见了踪影。

那四人面对面对视了片刻,其中一人自宽大的袍袖中取出了一根骨器,器身中空,两头一大一小,俱是圆形开口。那人将小头伸入面具内,两手握着大头开口两侧两个半球形的凸出,手指松紧间,"呜呜呜"的声响已传了出来,不尖锐,却令周边欢闹的氛围顿时便阴沉了下来。那声响不紧不慢,却仿佛合着某种节奏,一种仿佛自远古的杀场中传来的诡异节奏,一声声向那人群涌动处吹响。不少人调转过头,面具后的眼神错愕惊惶。

过了一会儿,三长两短的"呜呜"声自远处响起。四个人抬起头,看着远处一顶高耸的闪着银光的帐尖,对视了一眼,悄无声息地向那方向蹿了过去。

帐尖上闪烁银光的是日月形银饰,银饰下的丝缎帐面滑腻如少妇的肌肤。杜巨源背面贴着那帐面，脊背上的织锦已湿透了。他牵着安菩的袍袖。抱着竖琴的羊面人喘得更凶。杜巨源看着他稍稍平复了些，道："是这顶么？"

安菩急促地点点头，却说不出话来。

杜巨源看着占了他半身的大竖琴，道："你年岁不小了，实在不该抱着这个。"

安菩又喘了一会儿，方费力道："这些年，我能撑到今日，全赖了这琴，还有……"他的语音中透出悲哀，"也许我再见不着舍姬与克孜尔了。"

"她该在马道出口等我们，"杜巨源低声道，一边向四下张望，"你说她……是何国战俘？"

"高丽……"安菩喘着气道，"我是怕自己走不出去了。"缓缓抬了头，正撞上杜巨源哭丧面具后的精亮目光。

杜巨源看着他，笑了。"你不是条可怜虫。这种时候，你想让我走，还是在试探我？"

安菩有些浑浊的目光闪了闪，没说话。杜巨源转向洁白如冰雪的帐面，盯了一会儿，忽又问道："你说帐后有暗门？"

"是的，但只能从里面打开。"

杜巨源又转过头道："每次你找他时，都是从这帐后进入么？"

"不。我从不找他。只能由他找我。这是规矩。我也不能进这帐肆，"安菩缓慢地说道，"只有在最紧要危急关头，急需在巴扎中联络时，方能自后门入。他亦从未告诉我这顶尖帐的后门在何处。"

"恐怕确实已到了紧要危急关头了，"杜巨源看着那细洁无缝的帐面,叹了口气,嗓音更凝肃了,"我再问一遍,你方才说的是,波斯公主的圣物就在这帐子里,在这帐肆主人手里,是么?"

安菩很干脆地点点头。

杜巨源开始向周边张望,鲜艳的衣裙如蝴蝶般穿梭在两侧丝肆间,有些人还带着戴着面具的奴仆,有些人脚步优雅,更多的人则在面具后显得粗野。杜巨源知道这些人是高昌及周边诸州的势家豪贵女子。没有看到戴着尖帽子的人。他收回目光,低声道:"你方才说,有个暗语。"

"'拥有万名侦探、从不上当受骗、明智而强大的梅赫尔,就这样,时刻准备着,为以纯洁的思想帮助他的人提供庇护与救助',"安菩缓缓吟诵道,"正教设在西州的所有秘密火坛与接头网络,皆通行这句暗语。"

"用汉话也行?"杜巨源默诵了一遍,道。

"接头人中多半是商队萨宝,他们皆能精通粟特、汉、波斯、突厥四种语言。有些人还听得懂南海岛人的语言。商人须会各族语,就像农人须有土地一样。"

杜巨源点点头,他当然明白。沉吟片刻,他又道:"帐主人若不在里面呢?"

那人的山羊胡子微微一动,好像笑了笑。"你方才令我不必试探你,你却似乎亦不太相信别人。"

杜巨源的眼里也泛出了笑意。"你最好迅速藏起来。"他的目光落在了安菩紧紧抱着的箜篌琴身上,"把这琴给我。"

"不。我要带着它。"

"快走,"杜巨源拍了拍他的肩头,"愿你们的梅赫尔大神护佑你。"

安菩浑浊的双眼对着他看了一会儿，忽然转身，像头受惊了的老山羊一般踉走不见了。直至他的身影没入三四顶账肆外的间隙消失不见，杜巨源方缓缓转过身，面向那莹白光滑的丝面，缓缓沉声道："'拥有万名侦探、从不上当受骗、明智而强大的梅赫尔，就这样，时刻准备着，为以纯洁的思想帮助他的人提供庇护与救助'。"

杜巨源耐着性子等了一会儿，没有丝毫动静。周围的脚步声更杂沓了。杜巨源吸了一口气，又道："'拥有万名侦探……'"

"呼！"眼前火光大亮。杜巨源惊退几步，心"怦怦"急跳。火光一闪即逝，但在光焰闪现处，莹白色的丝面上竟然现出了一片五六掌大小的近乎圆形的透明。透过这片琉璃窗般的透明帐面，杜巨源看到了帐子内一张被火光映亮的脸。脸的下半部分被丝布口罩罩着，上半部分大半藏在一顶幞头高帽子下，却没有藏住两条又浓又粗的眉毛。两条眉毛几乎连成了一条线。杜巨源看着那眉毛，忽然笑了。那人的眼中也泛出了笑意，道："老朋友，暗语不需要说第二遍。"

杜巨源眯了眯眼，道："我却怕你还像在那条船上那样，躲着不出来。"

那人笑出了声。他的嗓音沉厚，笑声更豪气。正是曾与杜巨源在沙州做过木船买卖的安吉老爹。

安吉老爹的眼神没有丝毫变化，依然带着笑意道："我那时已知道你察觉了。进来吧，我的朋友！"他的脸忽然不见了，刀尖透了出来，沿着帐面透明处的边缘"嘶嘶"地划出两条直线,直至帐底。杜巨源掀起那一角,俯身钻入。

还未站直,杜巨源便觉帐内红光炫目,眯目良久,方看清满眼皆是长长的织锦丝布,自帐顶直垂至他面前。鲜红、紫红、火红、石榴红,还有像交河城北的火焰山一般的赤赭。每一条织锦边缘皆有一圈圈的联珠纹,圈中是成对的鸟兽纹样。织锦挂了有七八排,每排垂下六七匹长锦布,一盏盏罩了琉璃的铜吊灯燃映其间,柔和的琉璃光打在锦面上,锦面上熠熠生辉。杜巨源在一片变幻的红光中转过了三排锦幕,不由得惊叹道:"我在南海波斯大舶上的暗市中,亦未见过如此繁多艳丽的波斯锦。"

身后手执火把的安吉老爹笑了笑,道:"你见过的波斯锦,有九成是假的,是我们粟特人织的。你此刻看到的,亦是粟特锦。一会儿你便会看到真正的波斯锦。"

杜巨源回头又看了一眼他的两道粗眉毛,拨开锦缎边走边道:"你在沙州卖马卖酒,偶尔也卖船,你在西州卖我平生所见最多的织锦丝绸。但我那日第一次见你时,你却自称是个小商贩。"

"所有无力组织远行的沙漠商队或南海船队的萨宝,都不能算作大商人,"安吉老爹不无遗憾道,"坐吧,老朋友。"他指了指地上的印花软垫。这一大片织锦到头了,尽头处是两匹巨大的蓝色挂毯,挂在高高的横杆上。挂毯与最后一排织锦间隔出了一条狭长的廊道。廊道中央的软垫上,二人相对而坐。软垫边各摆着一个浅底的金叵罗杯,杯中有酒,杯子边的琉璃盘中还放着一个泛红的小饼。安吉老爹指了指酒杯。"这是上好的马乳酒,"又指了指小饼,"这是我亲制的石榴饼,"他又笑了笑,

"你方才漏说了一样，沙、伊、西三州中，馕饼生意也没有人能比我做得更大。"

杜巨源点点头，戴着绿玉戒指的手指有意无意地伸入了酒杯，伸出时看了看，便喝了一口。透明的酒液竟醇厚无比，略有清甜，入口后泛上乳香。杜巨源又拿那手指掐了块饼，和着酒咀嚼，竟奇香奇酥。他闭目回味了一会儿，待睁开眼却见安吉老爹双眼中带着种奇怪的笑意。他知道安吉老爹看出来了，便道："我们这种人，总难免会带着些不太好的习惯。"

"很必要的谨慎，"安吉老爹似不在意，道，"我猜这枚戒指是唐宫中之物。"

杜巨源笑了笑，没有说话。安吉老爹也喝了一口酒，又道："你穿的织锦袍子，也是唐宫中之物。"

杜巨源的目光闪了闪，道："何以见得？"

"你的锦袍虽是联珠圈兽纹，间隙上小纹饰却是汉字，而且是生造汉字。这是粟特九姓国贡献入长安的特制品，绝不会流通于市集。"安吉老爹两个带着笑意的眸子，忽然黑得有些看不透了。

杜巨源愣了愣，随即哈哈一笑，随手将那哭丧着脸的面具摘了下来。"这皮面具闷得很，在明眼人面前却是半点儿用都没有，"他爽利道，"不错，我这身锦袍子，便是长安的主事人赐予。她造的那些字据说辟邪，故而今夜便穿了来。"

安吉老爹的眼神凝肃起来，看了他片刻，道："长安的主人，已得知沙、伊、西三州失控了么？"

杜巨源低垂着头，缓缓摇了摇。"我也是方才得知。长安近年来，始终没有收到这里的异动消息。"

"实际上,西自波斯、拂林,东至长安、洛阳,皆有'梅赫尔的侦探',但我们不能替你们传这些消息。这是规矩。"安吉老爹的嗓音更是低沉厚重。

"自然,"杜巨源点点头,又道,"但那句刻在案底的话,是你刻下的吧?"

"只可惜我无法明言,"安吉老爹叹了一声,道,"那个作恶的女人,她是个关键人物。可惜我晚了一步提醒公主,也无法给你们更多的消息。你们恐怕再也找不到她了。"

杜巨源眉梢一动,道:"为何?"

"吐蕃人方才已将她掳走了。便在这巴扎里。恐怕她再也不会说话了。"安吉老爹浅浅啜了一口酒。

杜巨源的神情有些失望。他早就猜出萧萧知道很多事,甚至有可能与宫中的那桩事有关联。他觉得自己有法子找到那女人,也有法子撬开她的嘴。但现在吐蕃人已抢先了一步。

"她失败了。她的尾巴露了出来。她已成为正教的仇敌,在整个西域已无立足之地,早晚是这个结局,"安吉老爹缓缓道,"你现在知道自己身处的巨大危险了么?"

杜巨源笑了笑。安吉老爹看着那藏着悲伤的笑容想起了一个老朋友,却听杜巨源缓缓道:"自我四岁后,我每一日都处在危险中。"

安吉老爹点点头,不再发问,过了片刻,又道:"你此刻仍可走水路返回沙州,想法子绕过玉门关,将你看到的事情报告长安。这依然会是件很不错的功劳。"

杜巨源想到了他和王玄策的交易。王玄策便是这般盘算的。杜巨源苦笑了笑,微微摇了摇头。他不是王玄策,他一向只上最大最重的波斯商舶,去最远最危险的海域。"我从不爱走回头路。"他淡淡道。

"甚好,"笑意又泛上了安吉老爹的眉眼,"你要的东西确实在我手里。"他端起叵罗,一饮而尽。

"甚好。"杜巨源也将叵罗杯中的马乳酒一口饮下。

安吉老爹放下酒杯,看着他,便道:"将那金牌拿出来吧。"

"什么金牌?"杜巨源一愣,眉头拧结起来。

"一枚酒神金牌。公主托话给她的人说,来人只有凭这枚金牌,方能取走圣物。你没有带在身上么?"安吉老爹盯着他道。

杜巨源在心中咒骂了一声。金牌扣在那条黄金腰带上,腰带系在了李天水的腰间。约一个时辰前,李天水正是在这顶丝肆外不辞而别,只留下了五个血字:"我会来寻你。"

杜巨源沉下一口气,看着安吉老爹的眼睛,缓缓道:"金牌此刻在另一人身上。我与那人一同入的巴扎。老爹你在这帐连帐的巴扎中略一打听,便可知……"

"没有金牌,便没有圣物,"安吉老爹摇摇头道,"这是规矩。"

杜巨源双唇紧抿,一时脑中转过无数个念头,目光闪动了半晌,垂下了头,过了一会儿,道:"他会回来,回到这帐肆门口。我可以在门口等他。"

"自然可以。你可以一直等到明日日出前,集市撤去的一刻。"便在此刻,帐外忽然响起了"呜呜"声,那声响三长两短,并不太大,却极压抑,带着一股强烈的不祥之感直入人心。

安吉老爹的面色灰暗了下来,粗重的眉头拧了半晌,看向面色泛白的杜巨源,沉声道:"去挂毯后。"

藏在帽子里的脸

"啪"的一声轻响,湿漉漉的皮面具被掷于案上,那副嬉笑的神情正对着长几两侧的人。李天水长长地透出了一口气,好像一个沉在水下太久的人终于浮出了水面。他拢了拢同样汗湿的长发辫,平静地看着狼主的双眸,看着冰蓝色的湖面下烈焰在熊熊升起。

狼主身后的人开始向另一侧的角落挪动。那里放着一根尖端三棱的长铁矛。狼主迅速打了个制止的手势,目光又跳向李天水身后。玉机正在缓缓地脱下牛头面具,大颗大颗汗珠顺着青黛秀美的眼角眉梢滴下,面色却苍白如土墙。她大口喘着气,胸口处的斗篷不断起伏,眼神却已经凝定下来。两点漆黑的眸光,一闪一闪盯向李天水,像在说着什么,却始终没有开口。

"还有人出价么?"片刻后,康木木的尖嗓子又响了起来。

"是你带这个人过来的,"狼主没有理会,她的目光在二人面上扫动时,越来越凌厉。最后她盯着玉机的眸子,"你识得他么?"

"他不是那高帐下的柘羯武士么,"玉机说得很镇定,只嗓音略有些喑哑,"我路上正缺个帮手,欲雇个武士。"

"帮手?嘿嘿,好得很,"狼主冷冷一笑,"这个人是突骑施的死敌。他能帮你什么呢?"狼主嗓音急促凶狠,亦有些发哑。

玉机的目光跳了跳,却没闪避。正要开口,康萨宝的嗓音又缓缓响起:"空中帐肆的规矩是,无论来客有何私怨,待落地后了结。"

狼主横了他一眼,右手由颈项间向上一扯,那骷髅兽面便消失了,露出了一张如天山雪顶一般高冷而美艳的面庞。她的鼻梁高挺而柔和,她的眸子像藏在天山深处极高极深的雪水湖或山谷草原尽头正在变暗的深邃夜空。她的浓黑微卷长发自颊边披散下来,与紧裹住双肩油亮的黑獭皮毛披肩混在了一处。李天水的心跳"扑通扑通",一下重过一下。她更美更强悍了。

她的长睫毛此刻像根根利箭,却远比箭簇更尖锐更蛮野的目光透了出来,在李天水身上穿了无数个窟窿。她低声从喉间滚出一句突厥话,李天水听懂了。在草原上,没有什么话比说一个汉子是胆小鬼更羞辱人的了。但她的话更难听。她只希望李天水一会儿能做出个汉子的样子,和她出去。李天水忽然平静了下来。他伸手端起叵罗杯,第一次饮下一口酒。不出所料,是平生未尝的醇酒。他满意地笑了笑。

"三人出价。"康木木终于高呼道。只有那身着漆黑长斗篷的人,自被呼作"吐蕃蛮子"后,一动未动。有一阵子,李天水的目光像老猎人一般盯向他漆黑一团的帽子深处,看不透一丝面目。

锦袍武士的双手不知何时摆在了几案上,紧紧抓着什么。他摊开手掌,数枚薄薄的兽骨"哗啦啦"掉在案面上。那人的右手皮肤是一片可怕的皱褶,如沙碛中纵横交错的沟壑,呈现出可怕的暗红色。他用另一只手,将六枚薄薄的叶片般大小的兽骨在案面上齐整地排作一行。大小形状相差无几的六枚兽骨。李天水看出那是羊髀骨,其上刻着怪异的符号或线条,草原上的萨满用这种骨片子占卜。眼前的这六枚却是刻着六种图案，虽然也是以极简单质朴的线条刻出，李天水却已看出皆是禽兽。他至少识出了其中四种。兽图是鲜红色的。

"骆驼、大象、狮子、含绶鸟，"他说汉话的嗓音仿佛粗糙的沙砾流过山岩，他的手指从右向左逐一指点，"森木鹿、犬。"点完后，他抬头看了看摘下面具的三人，又道："骆驼、大象、狮子，正教世界中最强大的兽类；含绶鸟，也可以含着树枝或箭，是灵鸟，是灵光'法尔'的使者；森木鹿，犬首鸟身鹿腿，有翼神兽，是灵光'法尔'的象征；犬，在正教世界中有着殊胜的地位，它引领死后的信徒们通过裁判之桥，进入天界。"他不紧不慢道，好像在念诵，刺耳的嗓音此时竟有了一种异样的吸引力。随后，他将六枚羊髀骨逐一翻了过去，拢在手里，转了转，放开，再一抹，六枚髀骨又排作了一行，没有图案的骨面朝向了众人。

"三人出价，对赌开始！"康木木抬起脖子嚷起来，"每人摸一枚骨片。"

李天水忍不住笑了。原来这便是对赌。他小时候见过突厥男孩聚拢在一起，以羊髀骨对赌的博戏。他第一个伸出了手，很随意地摸向离自己最近的那枚，是中间两枚中偏左侧的一枚。武士抽了出来。狼主的目光片刻未离李天水，此刻方垂了垂睫毛，看一眼那锦衣武士，抬起下巴点了点。那武士指了指中间偏右那枚，狼主点点头，便又盯回李天水。

康木木便转向玉机，却见她的双眸怔怔地看着那武士锦衣的衣襟，许久方低了头，细细审视起剩下四枚骨片子，看了许久。狼主的眉梢微微一挑。玉机伸出手轻轻点了点，最右侧一枚。锦衣武士极郑重地抽出，随即将三枚骨片缓缓翻开。

李天水摸的髀骨上是狮子，可从硬直或弯曲的线条中看出四肢与鬃毛；狼主的图案有翅膀，有细长的腿，自然是有翼神兽"森木鹿"；玉机选出的髀骨图形却最简单，三角形的细长头颅，潦草的四肢与短尾巴，是一条小犬的模样。

"他归谁了？"狼主的目光自几案上抬起，问向那许久未说话的康萨宝。

"我说了不算。"康萨宝像是方自梦中苏醒，懒懒地道。

"仲裁人说了不算，莫非是货物自己说了算么？"狼主冷笑道。

"正是如此。"康萨宝带着笑意道。

狼主愣了愣，转过头去，看见那武士的高大身躯已缓缓立起，解开了腰间的束带，两条对襟直披下来。狼主瞅着他，随即盯向绣满了联珠纹的衣襟滚边。每个联珠圈中皆是一个兽类。最靠上接近领口的珠圈中，正是那个简单潦草的小犬图形，其下一个圈纹内，犬首鸟身鹿腿的"森木鹿"仿佛正在振翅；再下面是只口含飘带的飞鸟，再下是头好像方自梦中立起身的狮子……李天水忽然侧过脸，看着玉机淡淡道："你得到你的保护人了，"他咧开了嘴，又灌一口。

玉机瞪了他一眼。"你这个蠢奴，"狼主在笑，笑声更阴冷，"这个女人想要你。但是很遗憾，突骑施的叛徒只配领受万马践踏的苦刑，"她扭头大声喝道，"这波斯人究竟归谁？"

"我们将神兽纹饰于胸襟之上。从上到下的位置，对应了这些神兽的地位。你已是我的新主人。"说话的波斯武士已跪行向另一侧移动过去，并在玉机身前俯下了高大的身躯。

"交易结束！撤幔，落帐！"康木木尖声呼道。

那四个罩着羃䍦黑纱的胡女仍依偎瑟缩在一个角落，此刻如蒙大赦般一跃而起，迅速奔向四角挂着红毯的灯链子。四片纱幔扯落时，四声惊骇的尖呼几乎又同时响起。

四盏挂着毯角的灯轮中，不知何时，各有一个戴着尖顶帽子、长毛皮面具，浑身漆黑粗麻布的人盘膝而坐。他们的坐姿奇异却稳定，穿过了三层树状灯枝的间隙与不停摇晃的烛火光影的恐怖身躯，像噩梦中的虚像。

四人左手紧抓着一根白森森的三棱锐器，右手手持的火把发出黄绿色的光焰。李天水辨出那锐器与插在达奚云背心上的凶器极为相似。一股死气在这个悬空的帐肆间弥漫开来。四个胡姬已瘫软在毯边后，康萨宝的声音响了起来：

"带来这些吐蕃杀手的贵客，你这是什么意思？"他冲着那个穿着连帽黑罩袍的人道。

"我还有个交易要做。"黑罩袍阴恻恻地道。

"交易已结束！帐幔已撤下！"那康木木又叫了起来。

"收好你的傀儡吧，"大帽子后的声音仿佛来自一个阴寒的深渊，"不必害怕，你手里没有我想要的东西。我只是借用你的毯子做一笔买卖，借用你作为证人。要与我做这笔买卖的人，是她。"他侧过身转向了双手伸向披风后的狼主。她目中寒光一闪，"嘿嘿"冷笑不止道："你是在胁迫么？"

"只是一个顺水人情。你或许从你阿塔处已听说了，草原与高原将连成一片……"

他的话被连声咒骂的突厥语打断了。狼主怒视着黑罩袍，迅速地向长几后的康萨宝投去一瞥。

"他是个买卖人，谁能出高价，谁就是他的主顾。这是整个拜火教世界的规则。你的阿塔和他们有买卖，但他们不可能动我。嘿嘿嘿……狼主你该知道这缘由……"黑袍人的笑声像草原上的豺狗扑向腐尸的叫声，"新崛起的突骑施做西州的保护人很合适。若狼主此刻抬一抬手，将这个人留给我们，"他手指裹在袍袖中指向了李天水，"我们的人明日便将离开西州，我们的友谊便将得到巩固。"

狼主忽然变得像一块冰一样冷静，她转头看了看李天水，用他熟悉的带着讥诮的语气道："你变贵了，怯懦的汉奴！"她又转了回去，下巴略略抬起，蓝眸子深得看不透了，"你们要他的黄金星盘么？"

"更紧要的是他身上的另一样东西，但对你并没有什么用。"

李天水的心头却是"咯噔"一跳。知道他腰束金腰带之事的人，除他自己、公主本人与阿罗撼外，只有王玄策的那队人。除去玉机外，只有四个人。

王玄策、杜巨源、米娜与智弘和尚。

他的汗毛竖起，用力甩甩头。走出草原后，他常觉人心之诡异复杂，远比深夜中的野林子更危险。但他从未感觉如此刻这般恐怖。

"嘿！萨宝，你是行家，你说这买卖可做么？"他听见狼主又带着讥诮的口吻问向康萨宝。

"狼主自行决断便可。"戴着傀儡面具的康萨宝懒懒地道。

"你这条狐狸！"狼主低声骂了一句，随即瞥向那穿着黑斗篷的人。李天水看见她唇角微微翘起，仿佛在笑。但他知道这个表情预示着什么,他浑身筋肉瞬时绷紧了。

"听上去不错。然而你的汉话听起来令人作呕,你和你带来西州的人更像一群爬虫。你们连给我踩背都不配。滚回你的主子身边,让他挑一个更像个人的东西过来和我说话!"狼主以恶狠狠的汉音急促道,最后一个音方落,绕在她掌中的软鞭已飞出,鞭梢带着劲风卷向那人的大帽子。那人两腿一蹬向后飞出。斗篷的大帽子飞了起来,李天水的两眼盯了过去,看到了一张漆黑的脸,和帽子一般黑,好像涂满了黑墨。就在那帽子将要离开他头颅的一刹那,那人猛地甩起罩袍,竟"呼呼"带起了一阵劲风。帐中一暗,随即"劈劈啪啪"一阵响,四盏灯轮几乎同时暗灭。

帐中顿时沉入黑暗,只有四点幽绿如鬼火的暗光在灯轮上闪着。悬空的毛毯上只能看见隐隐的人影。惊恐或兴奋的怪叫在地底四起,李天水却忽然像豹子一样扑了出去,扑向那个正要弹出毯子的长斗篷。

就在他的手指将要抓住那人袍角之时,软鞭梢"刷"的又卷了过来,竟准确地卷向咽喉。李天水不得不避,半空中收腹折腰,鞭子擦着发辫掠过。他猱猿般舒臂,攀住了系紧毯角的铁链子。

他早已感觉到这顶空中帐肆即将变作一片猎场,而他自己便是一头已踏入围猎圈的野兽。

"别让他逃了!"狼主嘶声呼道。有个人影猛蹿向挂着李天水的链条,黑暗中"啾啾""呲呲"的声音钻入人心。李天水知道是骨肉撕裂声,且是在颈项之间。一股又腥又热的血柱喷在他颜面上。扑在面前的人影捂着肩颈,抽搐了几下,直挺挺地

丝绸之路密码1:天山石圈秘境　231

倒栽了下去。甚至未发出一丝呼喊。

借着灯轮上闪烁的火光，李天水隐约看见那人下坠前，肩颈间斜斜插着的，正是那可怕的兽头柄尖锥！

"好得很，好得很！"狼主咬着牙道，李天水在黑暗中仍能看见两点冰寒狠厉的眸光，"我要像宰羊一样活宰了你们这些爬虫！"

"呜——呜——呜——"，三声怪异的长鸣在底下响起，地面刹那间静了下来。紧接着是四五声更急促的怪鸣，低沉却带着远远的回音，像捕食活人的恶灵开始出游，进入这巴扎内。

"冈林已然鸣响，金刚橛已然飞出，今夜这巴扎便是降魔的祭场。"黑罩袍的嗓音在悬空的毛毯边响起。李天水却辨不出他落在了哪一盏灯轮上。森然的嗓音仿佛同时响在左右前后与头顶毯底的虚空中。黄中带绿，不似人间火焰的烛火亦在四下随着人影浮动，像在缓缓左旋。暗昧中他凝定了眼神，看见火光中有人伸出了手指，那中指与拇指相抵，食指竖起。

李天水忽然想起了一个人。失神间，一顶尖帽子已距他不足一尺，正挥着那火把削尖的末端向他刺来，攀在链子上的身躯看似已避无可避。

雄狮一般沉猛强健的身躯扑了过来，只一抬肘，尖帽子便飞了出去，随着一声惨呼重重砸于地面上。李天水看到了一双琉璃般透明的眸子，他沉下一口气道："谢谢，"顿了顿，又道，"我知道你叫阿罗撼。"

"不必，"那人摇摇头，粗粝的嗓音沉声道，"是新主人之命。"

李天水向毯子另一头瞥过一眼，没有找到那双漆黑灵动的眸子。

"我会将她带出去,"阿罗撼的嗓音仿佛已不那么刺耳,"顺着铁链向上爬,铁链尽头,通向驿站。"

李天水在昏暗中点点头。他相信这双眼眸。

他也相信阿罗撼一定会将玉机带出来。

他手足并用,迅速攀上了帐顶的粗铁链。不断摇晃的光滑铁链比草原上的老树干难攀许多,但这是他此刻唯一的生路。想活下去的欲望推着他一点点向上。他没有向下看,身下不时地传来"砰砰"的重击与嘶吼声,夹杂着突厥语的咒骂。他爬得更快了。

"呜——呜——呜——",巴扎中不知哪个角落又传来了那不祥的鸣号声,三长两短。他低头看了看,巴扎内只有些尖帐子和落地的高烛台还亮着,一列列帐篷已化作幢幢黑影。那声音自最高的尖顶黑影内响起。

是他数个时辰前离开杜巨源时的那顶丝帐。他想起来了。

他想起他在那顶丝帐边的地上用手指写过五个血字。但尖顶下一团漆黑,看不出半点儿人影。整个巴扎内的人仿佛皆被黑暗吞没了,连人声仿佛也被吞没了,只有脚下的火光在熊熊燃烧。他的身躯悬停在了铁索上。焰光越来越亮,戴尖帽子的人不断地将火把投上了毯子。狼主的高声咒骂、康木木的尖嗓子与胡女的惊叫声在身下响成了一片。

李天水的心沉了下去。他焦急地转头四顾,看见斜对面枝灯的铁链条上,挂着两个人影。一个娇小的身影折叠着贴在一个大汉的腰背上,眨眼间已攀至他上头。

李天水吐出口气,又深吸了一口气,发力。这时身躯随着那铁链子在渐渐往下沉，他再低头，看见那四盏灯轮竟在同时缓缓下降。毯子上的火势越来越小，但浓烟正滚滚而起。燃烧着的木长几和康木木的袍子在冒着黑烟。他看见烟雾中一团正在慢慢萎缩的黑幂翳。他没有听见惨呼声。

燃烧着毛毯已降下两三尺。浓烟中他仿佛看见康傀儡的衣袖在舞动。他屏住呼吸，那烟雾熏得他两眼已快睁不开了，仍未找到狼主。

他心中一动，猛然低头，却见那帐幔铁链上，两颗冰蓝色的眸子正静静地盯向他，正自距他身下七八尺处慢慢爬了上来。

李天水拱起的腰背爆发出一股惊人的力量，"噌噌噌"攀了上去。铁链晃动间，身形已快过下沉之势。

织锦迷宫

四条一模一样的蓝底织锦垂了下来,海一般蓝,自高高的帐顶垂下,围隔出一个四方的空地,最多只容两个人转身。此刻杜巨源便站在四面织锦的"小室"中,定定地看着面前丝织锦的图案。他从未见过这般鲜艳精细、生动如画的织锦图案。

那是一个骑狮女神的图案,极精细地织于锦布上。女神丰美的身躯裹着鹅黄色的紧身开领短衣,外披暗红色的披肩。短袖外露出四条白皙的手臂,一手端碗,一手举权杖,另两只手则分别捧着日月。她套着银项圈,领口与袖口是一圈珠纹。手臂间垂下数十条缀满明珠的淡红彩带,银光闪闪。她的衣饰色彩秾丽而优雅,领口以上的面目却漫漶不清,只有一些粗糙的轮廓。但他第一眼便已看出,这便是米娜常提及的四臂娜娜女神,拜火教中司掌江河与生育的主神。

女神座下是一头蹲伏的狮子,仿佛方自酣眠中醒来,狮头朝向女神脸面对着的左侧,披戴亦极华贵。半圆形鲜红氍毹从狮背垂下,边缘是一排齐整的紫色流苏。杜巨源的目光缓缓在氍毹上下左右扫动。毯子上织满了联珠圈。他的目光忽然不动了,凑近了几步,盯着一个小圈。小圈内,隐约织了一个四臂骑狮捧日月女神,那狮子背上仍有一条布满了联珠圈的毯子,仿佛永恒无尽。杜巨源一时有些呆了。

"他们从后门进来了。"隔着织锦,安吉老爹压低的嗓音传了过来。杜巨源知道这匹织锦背面绣着一模一样的神祇像。安吉老爹所置身的，是与他一模一样的女神蓝锦小室。

　　他们方才已经转过了十余个一模一样的四方"丝室"，全是由自顶上垂下的蓝底织锦围成。安吉老爹说，那排蓝色挂毯后，这样的蓝锦"丝室"共有三十六处。每处小"丝室"内四面锦壁后，皆是另一处"丝室"。"若非三十六个人同时入帐，填满每一处'丝室'，我进去后便没有人能找得到。"杜巨源记得安吉老爹说话时，眼中闪出一丝狡黠。

　　杜巨源已听见外头帐门处有些细微的动静。有人极小心地自安吉老爹割开的后门跨了进来，极小心地在那一层层粟特锦缎间搜寻。"窸窸窣窣"的声响越来越近。

　　杜巨源听见自己的心跳在胸腔震动。他已很久未曾这般紧张，一时觉得自己浑身硬得像铁。"这些便是波斯锦吧？"他忽然低声道，尽力让自己镇定一些。

　　"你从何处看出的？"过了片刻，安吉老爹低声接道，杜巨源觉得他的嗓音也有些发紧。

　　"上品粟特织锦精美绝伦，满是世俗之气。这些蓝锦，却仿佛带着远古的神性。"杜巨源眯着眼盯着面前的锦缎，缓缓道。

　　"即便在粟特，你也会是个顶尖的商人，"安吉老爹轻叹了一声，"波斯是众神的故土，是正教源流之地，可惜已经被毁了。"

　　"还有一线生机，"杜巨源缓缓道，"王玄策已将敕书、过所、长安主事人写给卑路斯王子的手书移交与我。如今我已是大唐使队的首领，这些凭证正在我身上，此刻便可出示与你，"他顿了顿，语调变得更慢，一字字道，"你还不肯将那圣物取出来么？"

"但公主说的只是那块金牌，"安吉老爹带着叹息道，"而且，此刻那圣物已经取不过来了。"

杜巨源眉头一拧，目光焦灼起来，道："莫非你的东西藏在了后头，我们方才经过之处？"

安吉老爹没有回话。

杜巨源用力搓着翡翠指环，缓缓道："若是那些人找到了你的东西呢？"

"阿胡拉护佑，他们永远不可能找得到。"

低声言谈间，后帐中的脚步声渐渐靠了过来。二人皆住了口。杜巨源凝神辨听，来的该有七八人，是训练有素的杀手。但或许可以应付。只要他们在这片"丝室"迷宫中不断移动，吐蕃人不可能逮着他们，那些杀手要走出去亦不容易。

他缓缓摸着翡翠指环，尽力令自己沉静下来，便如他曾许多次在漆黑无星的夜晚遇上风暴时做的那样。在这种紧要关头他总能镇定下来。

心跳平稳些后，头脑仿佛也能清晰些。

从装束上看，这些杀手与坎儿井下的鬼面人该是两拨人，但那令人手足冰冷的可怕的"呜呜"声却并无二致。方出地下井渠，又入这巴扎陷阱，他们的行踪竟全然暴露于埋藏在西州的吐蕃杀手耳目下。

只有一种可能，"商队"中有人出卖了他们，如那波斯公主所说。

是谁？！

他想到了不辞而别的李天水。是他么？

他摇了摇头。他相信这个人是因为他相信自己。他一向识人很准，这让他活到了现在。他的眉头又皱紧了。

如果李天水不是吐蕃人的谍人，那他此刻便已极危险。他腰间的金丝带很扎眼，吐蕃谍人或许早已盯上了。

他为何不辞而别，究竟去了何处？

这人身手膂力虽异于常人，但若被那些训练有素的杀手发现，恐怕亦难幸免。他的手心渗出了汗。

"哗哗"两声响，隔着波斯锦"丝室"与那间小隔间的蓝毯子被轻轻掀起又放下。

他按捺住心跳，无声无息地从背后腰囊中缓缓取出一个带着皮套子的弩机。

"若有人逼近，迅速移动。"安吉老爹隔着锦布压低声。随后再听不见那边的声响了。

心跳了十数下后，轻微的"沙沙"声在十步远处响起。有人掀起了锦布。脚步声却听不见，厚厚的毛毯子吸去了鞋底的声响。

没有套上皮套子的左手手指慢慢地抚摸着翡翠指环，心跳仿佛亦慢了下来。

有两个人已经慢慢接近了，隔着两个或三个丝室。他没有转身，听着不断响起的"沙沙"声越来越大，越来越急促。脚步声更响了。那两人在一模一样的四五间丝室不断进出，始终隔了两三间，仿佛已迷失在那方寸之地。

一个人在他身前，另一人在他身后。

身后的声响渐渐不闻，身前响起"呼啦"一声，那人掀起锦面，踏入了安吉老爹原本立着的"丝室"，踏入了杜巨源紧紧盯着的那个四壁娜娜女神蓝底锦面后。

杜巨源缓缓向后退了四步，屏住了呼吸。锦面后的人身形亦顿住了，仿佛在回想一路过来时的方向，又或者是赌徒押注时的犹豫。他不知道这次他押上的，是自己的性命。

杜巨源的右手已经平举齐胸。他押注时从不犹疑。

锦面"嚓"地掀起，杜巨源同时看到了尖帽子、长毛皮面具、漆黑紧身衣袍、一双发抖的凶戾目光，与自他右掌机弩中蹿出去的一道黑影。

"噗"的一声轻响，一根乌黑的短箭已经刺穿了那人的脖颈，不偏不倚正刺在他咽喉上。

杜巨源看见他的双眼一下凸出，欲呼喊却已发不出声，只晃了晃身形便向后栽倒。杜巨源蹿过去托住他的身躯，轻轻平放在"丝室"的地毯上。四方的"丝室"只五六步，刚好容下那人瘦小的尸身。

无论在船上还是陆地，他从不近身搏杀，那是莽夫赌命。他只做有把握的买卖，只练抬弩叩机这一下。只这一眨眼间的工夫，从他七八岁时流落至广州肮脏危险的街巷间求生算起，已练了有二十多年。

身侧不断响起的"沙沙"声中，杜巨源迅速脱下面具、锦袍、头巾，置入腰囊中，将那人的皮面具、黑麻布紧身袍子、尖帽子一一换上。他尽量不去看那人死灰色的可怕面容。换衣时，一股混合着酥油味与野兽腥气的气味令他险些反胃呕吐。

"沙沙沙"的脚步声更多更杂沓了，"丝室"的四面锦壁后皆在响着。随后他感觉到那些脚步声越来越齐整，齐整得令人心悸，仿佛有人在这群丝室上空指挥一般。那些幽灵般的人开始有规律地搜索着这个迷宫。随后他听见了"呜呜"声，且马上有了呼应。低沉压抑的"呜呜"声很快响成了一片，与那可怕的齐整脚步形成了某种恶魔般的韵律。随后他听见了一声极痛苦的呻吟，是安吉老爹的声音。

杜巨源的呼吸顿住了。他将双手缩入紧身黑衣阴冷的窄袖，深吸了一口气，掀起锦面，跨出了他身处的小室。

"呜呜"声聚在了一处，呻吟声不间断地响着，但越来越低弱。杜巨源快步穿过三间"丝室"，顿住了脚步。

很多人站在了一片大空地上，很多戴着尖帽子的人，一只手正高举着隔开"丝室"的锦布。几顶尖帽下惨白的面具转了过来，瞥了瞥他，又转回去。杜巨源数了数，十二匹分隔开九间"丝室"的"锦壁"被掀了上去。那些人的另一只手抓着一个尺余长的骨器。

围在中央"丝室"的安吉老爹像围猎场中一只中了箭的麋鹿般趴伏在地毯上，呻吟声已令人不忍听下去。他的腰背上插着一把白森森的三棱尖锥。杜巨源的心头抽紧了，是金刚橛！与插在达奚云肩胛骨中一般无二的金刚橛。圆形橛柄握在一个黑袍人手中，四面雕镂了四个森然的骷髅头。

穿着连帽黑罩袍的人未转脸，他面对着地毯上面色灰白的安吉老爹，不紧不慢道："你若再不肯说，这柄金刚橛会再刺入一寸，刃口有五寸长，没至柄后你若仍不肯说，我会慢慢地转动橛柄。放心，你绝不会死得很快。"

他的中原汉音纯正自然，甚至语调优雅。杜巨源入耳时只觉浑身寒毛根根竖起，他想起了幼时听的那些地狱故事。

那人一动不动地看着安吉老爹，掀起织锦的十二个戴着尖帽子的人亦直挺挺如僵尸般看着安吉老爹。大颗大颗的汗珠自安吉老爹浓重的眉毛上滴入地毯中，他微张着嘴，却没有发出声响。他的脸色和唇色泛着一模一样的青灰色。那人仿佛叹了口气，将那橛柄往下按了按。安吉老爹的双眼瞪大了，两只抖个不停的手紧紧抠住了地毯，手背青筋暴起。没有渗出一滴血，但那青铜金刚橛越扎越深，直至橛柄。

"方才我改了主意，"那人看着在地上开始抽搐的安吉老爹，淡淡道，"我的时间已不太多，而且你们这些把灵魂交给所谓天神偶像之人，不太容易开口。转动刀柄前，我会等你片刻。"

杜巨源看见安吉老爹的脸上覆了一层灰影，将死之人的脸上皆会现出的阴影。他看见安吉老爹的手指在不由自主的颤抖，快抠不住毯子了。他能感觉到老爹衣袍后的筋肉亦在不停发抖。最后他看见安吉老爹的嘴巴略张了张，好像发出了什么声音。那人将脸凑了过去，过了许久，他慢慢地站起了身，向围在外的人做了个怪异的手势。中央的四面织锦迅速放下，随后是他身侧的两面。光幕交织间，锦布上的女神神祇纷纷降下，而恶魔般的身影在整齐的"沙沙"声中退了出去，无人留意一个人留在安吉老爹趴伏着的那个隔间中不动了。

露着刀柄的腰背微微起伏。没有一丝血腥气，杜巨源却忽然又有些反胃。他强抑住呕吐，蹲了下去，看了看老爹的眼睛，叹息了一声。却见安吉老爹失神的眼眸缓缓转了过来，看见他的面具时张大了嘴，杜巨源缓缓抬起手，手指上绿光一闪，老爹暗淡的目光亦闪了闪，失了血色的嘴唇开始微微翕动。杜巨源一直将耳朵贴在他嘴边，方听见几个断续的汉音：

"饶恕……阿胡拉饶恕……阿胡拉……我……饶恕，"他用极微弱的、生命中最后的气息,发出了极微弱难辨的声音,"补救……还能补救……那东西……在……你进来的地方……进来……所有人都可看见……进来的地方……"他的气息越来越弱。杜巨源只看见他的嘴唇还在不住蠕动。他用戴着指环的手握住了安吉老爹冰冷的手掌,却见老爹一点点扭过了头,正视向他,用尽最后的气息说出三个字:"杀了我!"

杜巨源紧握着他的手,看着他露出一种乞讨般的眼神,瞳孔渐渐涣散开,但手指仿佛要抠入杜巨源的皮肉里。

杜巨源慢慢退后数步,对着安吉老爹的咽喉,发出了第二支弩箭。

将锦袍摊开慢慢覆盖上了安吉老爹的尸身后,杜巨源盘膝坐着,看着眼前面目不清的女神神祇,合上了双眼。

"那东西……在……你进来的地方……进来……所有人都可看见……进来的地方……"

"进来的地方",是后帐么?后帐中是七八排粟特锦,确实是"所有人都可看见"。那圣物便是其中一匹粟特锦缎么?

但是那七八排粟特织锦有数十匹之多,若是其中一匹,怎能说是"所有人都可见"?

哪里是所有人皆可见的地方?

头脑中隐隐有微光,正变得越来越亮,越来越清晰。他睁开了眼,目光落在了对面娜娜女神的脸上。漫漶不清的面目正渐渐变得清晰,仿佛在微笑。他觉得女神的目光正投向虚空中的某一处。他想起来了。

他一跃而起,转身向来时的原路蹿了回去。

梦中人

当李天水挤过狭窄的孔道,右手的三根手指终于抠住了巴扎顶壁外沿时,急速旋转的舞步与那句欢快的歌词又在他头顶上方响起。"你看到的月亮美丽么"。他扯断了两根仍缠着三圈铁链、虬曲粗壮的葡萄藤条,抓着泥地边沿跃上地面时,听见脚底传来"当啷"一声渺远的轻响,链条落在脚底巴扎的泥地上,仿佛深长的梦境中传回的最后一个音响。

那是多年前的一场梦呵。方才爬过巴扎顶部长满葡萄藤的幽暗窄道时,他忽然又想起了那个梦,忆起了那梦中的人。

黑红的面庞、水样的眸光、硬直的轮廓、摇摆的腰肢、略带生硬的语调;他想起来了这驿娘为何会在他梦中出现。

那是两年半前,他刚到沙州不久。一日傍晚在关上当值时,他见过这张脸。黑红的面庞被黑布蒙了大半,但那双盈盈含情的眼睛他绝不会记错。那眼眸盯着他看了许久,直至出了关门,那妇人还在回头望向他。那段时间他常被鞭笞,未攒到酒钱,还未寻到那些可以听僧人讲经变故事的佛窟,活得像猪狗一般。没人正眼看他。当夜他便做了那个梦。梦见了一支奇怪的商队,还有那个女人。第二日天亮前他梦醒后,大声笑了起来,他不知道能不能挨过下个月,居然开始想女人了,想一个吐蕃女人。

那个女人正是随着一队吐蕃皮货商队出关的。

"不是唐人,你看我像胡女么?"奇特的语调,勾人的笑靥、耳下的紫黑色长葡萄轻轻晃动。李天水看着架上藤蔓垂吊着的葡萄串，忽然想起他们的房外大门上正垂了数串紫黑色的葡萄。

他脑中闪出一个景象。黑红面庞，目露凶光的女子，正手持利刃，闯入驿馆二楼长廊最左边的套房。

"米娜还在熟睡，智弘还未回来，王玄策……"想起杜巨源的话时，他不由得浑身一颤。

那些人一定也已上了地面。他们一定不会太慢。李天水纵身一跃，几下攀上了那葡萄长廊盖满了枝叶的拱顶，没有惊动任何一个在夜色与浓荫下酣醉欢歌的人。

繁茂的枝叶掩埋了李天水的身形，他在一根根拱形顶架上迅速爬行，忍受着尖利的木刺和粗糙的枝条，悄无声息地向驿馆那头爬去。阿塔的羊毛袷袢虽破却足够厚实。沉甸甸的葡萄串子没有落下一串。身下许多处火光打着旋，舞步打着旋，那一人接着一人像是永不断绝的歌声仿佛也打着旋。李天水觉得庭院里的男女更多了，很多人也已喝醉。炽烈与质朴的欢乐传染了上来，他能感觉到这是一种长期重压与艰辛后难得的纵情。在这片天山大漠土地生存的每个人，每一日都会感觉到生存的重压与艰辛。有一刻他很想跃下去加入他们。随后他听到了几声僵硬突兀的步履声自驿门中闯入庭院。狼奔豕突般撕裂了那欢乐。有人在惊叫、避让，拨弦声停了下来。他知道他们在找他。有人倒地了，随后他听到几个儿郎的怒吼声与更惊惧的尖叫。抽刀声中，许多人开始向院门奔逃。他听见了闷声闷气的呻吟与扑地声。他的手攥紧了，心在抽痛。他将灾祸带给了底下正沉浸在欢乐与思念中的人。后院沉入了死寂，只有些僵硬的步履声在迷宫般的葡萄藤廊来回逡巡，行近他身下时稍停了片刻又转身离去。那些人的步履声消失不久，哀号与哭声响了起来。随后他听到了此起彼伏的祷告声。更多人飞奔了出去。此时他已接近了驿馆二楼尽头那扇铺满了葡萄藤叶的石窗，窗有半人高。窗顶挂着两串鲜红的葡萄串子。他拱起腰，尽力伸直了长臂，够上了窗沿。窗是开着的，双腿蹬出时他已跃入屋中。是王玄策空无一人的主屋。

主屋较之李天水的厢房大了不少，陈设却是一般粗朴。地上铺着苇草席子。草席上有两张矮榻、两张交床，与一张方形矮几。几上四个陶杯中一个杯子中留有半杯酒，酒杯下压着一张撕下的碎纸。角落里一个水桶仍冒着热气，却不见衣物、行囊、书箧、笔墨，亦不见那两个包着油布的方箱子。屋内再无藏物之处。李天水心中一沉。王玄策是匆忙之间带着箱子走了，或许便是方才。

李天水又走回案边，将那张碎纸取出，借着月光看了一眼。是几个端正的楷书，看完他急忙将头探出窗外。葡萄架下的人群聚集在两个倒下的身躯边，哀号与悲咽声混杂在一起。更远处的院墙外没见人影。李天水想了想，转身向侧门行去，但那悲咽声攫住了他。发出呜咽声的是个上了年纪的人，已爬不起身。他转身走近那方几，提起了那陶罐子猛灌了一口。有些酸涩的葡萄酒液灌入后，他晃了晃头，暂将时断时续的悲咽抛在了脑后，跨出两步伸手敲了敲侧门。他知道那侧门通向米娜与杜巨源的房间。无人应门，他想起杜巨源说过米娜睡熟了，便用力拍了数下。木门震动起来，仍无一丝动静。李天水心头怦怦直撞，他迅即抬肘，"砰"的一声，门闩"咔嚓"断裂，他蹿了进去。

门后的小石屋与李天水的屋子几乎一般大小，但四角是圆角，看上去更像一间圆屋。屋中无人。地面草席中央铺着红褐色的圆毯子，一头压着一台镂银香炉，另一头仍燃着一盏高足豆形灯。铺了兽皮的石榻下半开的木门后现出两个扎紧的囊口。李天水皱了眉，米娜该是突然出门。但整间小石屋中只有一扇通往主屋的木门，门闩片刻前方被自己撞断。米娜莫非凭空消失了么？

屋中弥漫着静心安神的安息香，李天水却不安地在石屋内来回走动。四壁间没有缝隙，石榻下的木门内没有暗道。楼下的呜咽声不断传来，他的嗓子有些干渴。片刻后，他疲惫地坐下，失神地看着那香炉顶上冒出的烟气缓缓飘出窗外，忽然站起了身。窗有一人半高，窗下的壁面极光滑。他在壁面上看见了自己模糊的好像被遮去一块的影子。他看了很久。

香炉就摆在圆毯正中央，而灯台落在屋角。李天水与香炉、烛台连成一条直线。他走了过去，略略移开了香炉，看着自己的身影在那略圆的壁角越来越清晰。但身躯是变形的，拉得极细长。李天水走过去时，他的身影又渐渐缩短，周围覆盖了一层微黄的光，随着那烛火抖动。他明白壁面是一面曲面的琉璃镜。他摸上了镜面上映不出影像的边界处。那里是厚实的石壁。他顺着一条缝隙抠下了镜子。

墙角上出现了椭圆形的空洞，呈曲面凹向屋壁后暗藏的小石室。无论男女，皆可俯身钻入。

凄冷的月光中，一条木梯伸入室内，通向开口的顶部，"吱呀"声中，李天水踏了上去。他知道那顶窗外便是天台。西州少雨，屋顶多是平台，炎夏之夜家家户户在天台上就寝避暑。近顶时他感觉上头有火光在晃动。略停了停，他轻轻踏了上去，看见火光下的人同时转过了身。

黝黑的面庞此刻发了光，将那双多情的眼睛映得更亮。短襦长裙斑斓鲜艳，与那盘在头上的红黄色丝巾一同在光中闪耀，仿佛在她周围形成了一道光晕。

她从天台的矮墙边缓缓向他走来，绕过一张葡萄枝蔓编成的吊床，另一只手转动着一个银制圆筒。筒面上垂下一个小坠子，她耳下仍垂着一双紫黑色马乳葡萄坠子。圆筒的小球坠与葡萄耳坠以同样的韵律摇摆着缓缓接近。李天水吸了一口气。他看见过吐蕃的僧侣过关时手里转着这种金银圆筒。

庭院中的"驿娘"、大厅中的蒙面妇人、吐蕃黑教中的女杀手，哪个是她的真容？

但那两年多前的梦境，为何又变得清晰起来？

"驿娘"在他身前三步远处停住了，眸光比火光更亮更热。李天水在草原与边关见过许多惯于杀人的人，这些人眼中的凶戾比野兽更甚，这样的人绝不可能有这般热情的双眼。李天水又看向她抓着经筒的手，缓缓旋转圆筒中藏了杀器么？

他没有去想这件事，他觉得自己控制不住双脚向她走去。看定了那双眼后，仿佛再也挪不开了。

梦中便是这双眼。他绷紧了身躯不知怎的竟渐渐放松下来。

"你要找的人，不在这里。"她的语调远比中原人更硬更野，却带着一股独特的吸引力。

"她在你手里了么？"李天水的哑着嗓子道，心里很怕她说出答案。

"驿娘"微微一笑,摇摇头缓缓道:"你上来这里前,今天的天台上始终只有我一人。"

李天水盯着她摇头道:"但我看见……"

"你看见了太多假象。""驿娘"打断了他,叹着气道。

李天水一愣。脑中不断地涌现巴扎里的那些帐子、面具后的那些人、圆角石屋一角可以移动的镜子,今夜发生的一切。又有几声呜咽自楼底传了上来,在夜风中更觉痛彻人心。只有悲伤是真实的。

"你守在这里,是在等你的人么?"李天水盯着她。他始终没有感觉到一丝危险的气息,只得强令自己绷紧了神经。

"我在等你。"那吐蕃女子嘴角牵起一丝笑。

"我?"李天水心头一跳。

"哎呀。你,还有我的命运,"吐蕃女子的眼波缓缓流转,"今夜我就站在那头,看着下头的人群看着天山。我听见了楼下的动静,没有按照约定呼喊,发出暗号令那些人下来。我依旧看着天山。我看到你们那个领头的人从后院子里走了,骑走了一匹驿马,背了个大箱子,向着天山的方向,走得很急。此刻该快至山口了,"她笑了笑,"现在我们的人还在等我的消息。"

李天水看着她的眼睛,那里面含着他既熟悉又不懂的神秘。他低了头,小声道:"你为何这么做?"

"驿娘"笑起来。"累了。被裹在命运里,累了。看见了太多鲜血、死人、升起的灵魂、被注定的命运,累了,"她的声音疲惫而寂寥,"不,我信的是轮回与梦境,两年前的一场梦。"她的目中闪着异光。

她疲惫轻柔的声音像是一声惊雷响在耳边。李天水顿时呆若木鸡，周身寒毛根根竖起。

两年前的那场梦，竟是他与眼前这个女人共享的一场梦。

"驿娘"又走近了两步。火把燃得很旺，李天水的面颊很烫，他的心头更烫。有股热力自他腰下蹿流向周身，难以抑制，是醉了么？眼前的女子右手晃了晃，火焰霎时熄灭，左手的经筒仍在缓缓转动，无声无息。他听见衣袍脱落的声音。寒气逼人的漆黑天台上，那女子转眼已裸裎在他面前，一缕月光泻在她麦色的肌肤、丰盈的身躯上，每一寸肉体皆散发出成熟而健康的气息。隔着两步远，李天水的肌肤已能感觉热力驱散寒冷，混着野气透过了羊毛衣袍。一股原始的力量在他体内流动起来。他看见那女子又走近了一步，鼻尖已贴上了他的胸膛。她喃喃道："许多年前，我在逻些城的酒馆，遇上了一个像你一样的男子。第二日，一支黑教的商队选中了我，将我带去了数千里外的中原。今日命运又轮转过来了。"她的双眼比方才的火焰更亮，像是有魔力，将李天水重新带回了两年前的那场梦。他避无可避。

经筒仍在转动，那股力量越流越快。李天水叹了口气，缓缓解下了束在腰上的金带子。

错失圣物

　　杜巨源看着后门边那面莹白光润的帐幕。他便是从这面帐幕中入帐的。安吉老爹自帐中割开的一角，此刻却已经成了一条两尺半长尺余宽的方洞。恰是一条西域绸布通常的尺寸。杜巨源的手指抚上了被割裂的丝面边缘，还残存着一排白色断线。那是缝在帐面上的一条布匹，另外的那一半圣物。一片莹白，与帐面浑然一体。可惜他此刻方看出。

　　太迟了，有人已将这条缝在帐面上的圣物整片割去了。

　　确实是人人经过，人人能看见之处。便在一个时辰前，他的手指已摸上了这半份"圣物"。

　　此刻它无疑已落入那个穿着长斗篷的人、那些吐蕃黑教秘密组织之手。

　　这时他心中猛地一紧。长安主事人托付的那一半"圣物"，此时仍在王玄策的货箱、行囊或书箧中，在巴扎上驿楼中的一间石屋中。早在昨日的驿楼厅堂内，已出现了那四个戴着尖帽子的人。他们自然早已摸清王玄策入宿的那间屋子，他们若要逼王玄策说出那东西藏在何处绝不会太难，就像他们逼安吉老爹说出这丝帐的秘密。

　　冷汗浸透了那身吐蕃人的漆黑粗布。他不及脱下这身丑恶的衣物，转身向这列丝肆另一头蹿去。一阵"噌噌噌噌"的弦音忽然自身后传来，其音清冽如溪流，却似信手乱弹，全无章法，但杜巨源戛然顿住了步子。

是那把竖箜篌的琴音，安菩的凤首竖箜篌。那弦音出奇清亮。安菩已落入了那些人的手中么？

他将右手插入后背的腰囊，转身向那弦音响处蹑了过去。

他穿过两顶帐子的间隙，侧身探出半张脸，看向帐前。喧嚣的人群已经稀落了下来，戴着面具的人们鸟兽一般向四处退散。这排丝肆的前门皆已紧闭，只有安吉老爹的丝肆帐门前坐着一个人。拨弦之音正是自那人指间发出，但他不是安菩。杜巨源观望了许久，背负着手，缓缓走了过去。

在杜巨源面前瑟瑟发抖的是个披着褐色长发的瘦弱少年，至多不过十七八岁，佩着长剑。但杜巨源不觉得他曾有过将佩剑拔出的勇气。他布满雀斑的面颊上有一条新添的鞭痕，插满了五色翎羽的面具碎裂在十步外。他的眼神或许原先有些醉意，此刻却只剩下惊恐。那箜篌已经从他手中跌落。

杜巨源伸出手揽过箜篌，跪坐着的少年猛地向后退出两步。杜巨源尽量柔和了嗓音道："琴是谁给你的？"

"走……走远了，"那少年的汉话并不太差，只是声音抖得厉害，"他……让你……寻他。"

杜巨源皱了眉，看着他身上的锦袍，道："你怎知他要找的人是我？"

"他说……那个人，听见琴音，便会来，"少年的嗓音似乎已镇定了些，"来的人，左手上会戴着指环，绿色的指环。"

杜巨源眉头拧结起来。他此刻方意识到这枚指环在漆黑的衣袍下很是刺眼。他用右手捂住了那根手指，缓和了嗓音道："他还说了些什么？"

"他说，他要你带着琴，去寻他，"那少年说话顺畅些了，

"他说，你要找的东西，他已经……已经带走了。"

杜巨源心头狂跳了数下。他哑声道："什么东西？他去了何处？"他凌厉的目光忽然逼视了过去，那少年方才平静了一些的身躯又开始颤抖起来，他"呃呃呃"地说不出话了。

"慢慢说。"杜巨源深吸了一口气。

"我……我不知道，"那瘦弱少年抖着嘴唇，费力道，"我方才醉了，在帐子后的无人处……方便……有一群人走出这帐子后，领头的手里，拿着匹白丝布，我以为是伙盗贼。今夜听闻有盗贼在巴扎里杀人……我藏在了间隙处……不知何处忽然奔出一匹马，只一晃眼，那人手里的白布便不见了，那人狂奔向那马……暗红的矮马，身后那些人也奔过去，前头发出了'呜呜呜'的声响，可怕的声响，"那少年的目光仍飘忽惊惧，"他们走远后，我便要逃出去，肩头忽然被人拍了一掌，"他的身躯颤了颤，"那匹矮马无声无息地在我身后。我险些叫出了声，面具却被鞭子抽落，嘴被捂住了，是一个恶魔一般的女人，骑在马上……但她身后戴着山羊面具的人，给了我一些银币……对我说了一些话……我原以为是一场怪梦……"那少年渐渐语无伦次。

杜巨源呆呆地听着。他看错了安菩。这个长安主事人设在西域边地的秘密棋子，或许是西州"盟卫"暗网的主脑。若非在极短的时刻将每一个环节都算准了，又对这些迷宫般的帐肆布列了然于胸，绝不可能在这电光火石间虎口拔牙。那少年看着杜巨源许久不语，渐渐说不下去了，却见杜巨源终于抬起了眼皮，看着他沉声简短道："他要我去何处寻他？"

"他……他说的很奇怪，"那少年苦着脸，似乎很怕杜巨源对他的回答不满意,"他只说……那东西,他带着那东西,便是带着巨大的凶险。他只能去灵光护佑之地,只有在那条闪着灵光的金腰带上,你才能找到那个地方……"

"闪着灵光的腰带?"

"他……他的原话……噢,还有一句,"那少年惊惧的眼眸不停乱转,"'在第二块金牌子上,那里也有一座驿楼,一处秘密巴扎'。"

杜巨源摸着戒指。闪着灵光的腰带自然指波斯公主的黄金腰带,那条围在李天水腰上的黄金带子。金带子上缀了七块牌子。若第一块金牌子是最正面雕着酒神"醉拂林"的那块,哪一块是"第二块金牌"?他想起了那块"醉拂林"两侧扣牌上浮雕的图案……他的眼睛渐渐亮了,他抬头看向那缓缓退向门边少年,道:"他就说了这些么?"

"就……就这些。"杜巨源眼里的笑意并未让少年定下心来。

杜巨源点点头,道:"还有一件事,怕是要劳烦你。你是自龟兹来的么?"

"是……你……怎会……"那少年的面露惊异,面色又有些泛灰。

"这帐门后,有一具尸体。待巴扎散市后,劳烦你寻个龟兹人收了尸,悄悄地葬了,"杜巨源始终背负着的右手终于伸了出来,抛过去一枚亮闪闪的萨珊波斯银币,"切勿寻当地人。"

北去天山

喘息声渐渐轻柔了下来。藤蔓编成的吊床仍在轻轻摇晃,转经轮插在顶架交缠着的细藤间,一圈圈地慢慢打转。各色葡萄籽落满了藤床中李天水与"驿娘"黝黑赤裸的身体上。他深长地呼出一口气,仿佛才从一段忘却此时此境的酣醉中苏醒过来。他已太久没有过女人,太久没有体会过这种极乐放纵后,身体深处的疲惫与安宁。

月光很淡,已偏至北面遥远山脉的正上方。李天水看不见"驿娘"的表情,她的面庞埋在了他坚实的胸膛间,串着五彩小珠的发辫散乱在她的脊背上。他看着她结实的脊背缓缓起伏,又抬眼向夜空望去,开口道:"月亮快落下去了。"

"吐蕃驿娘"侧过了脸,贴着他的胸膛,仿佛在听他的心跳,却没有抬眼。她轻轻道:"安心。他们没有上来。"

两人不说话了,仿佛俱已安下心来,或是不愿从还没做完的梦中醒来。许久,那"驿娘"缓缓撑起了身,慢慢收拢起如璎珞般挂在胸前的串珠发辫,将它们一圈圈盘在额头上。裹上衣袍后,她坐在另一头,大半个身躯都隐藏在月光的阴影中。李天水看见那两点眸光,亮得像那颗快要升起的晨星,他咧了咧嘴,道:"你能听见下头的脚步声?"

那女子亦笑了:"楼下若有些微响动,一定会干扰到我。"

"出了变故么?"

"只会有一种变故,""驿娘"淡淡道,"酒神巴扎的行动败了。他们没拿到东西，也没拿到人。你不是已经逃出来了么？"

"所以他们去追那东西了？"李天水慢慢从地上拾起他贴身的衣袍。

"驿娘"看着李天水将金腰带在腰间系紧，随手拈起一个鲜红的葡萄籽，送入口中边咀嚼边道："按计划，二楼有我看着，是跑不掉的熟鸭子。另一半在地下巴扎里头，却不知在哪一处帐子、哪一人手里，故而咒师将我联络在这驿站周围的所有人手皆带入地下了。"

"咒师？"李天水忽然想起了一条黑影，一张看不见的脸，"你说的那个咒师，是不是与我同来的那队人中的一个？"

"不是。""驿娘"迅速道。李天水松了口气，却又有些失望。那人阴冷入骨的语调，确实很像他这几日听过的某个声音。他垂头想了想，再欲发问，那女子却摇了摇头："我发过毒咒，绝不可泄露教中机密。"

李天水便住了口，待了片刻，又道："你今夜后，欲往何处去？"

"驿娘"看着藤条间渐渐停下的转经轮，道："命运轮转了一圈。我会去寻一家酒肆，做回一个酒家女，就像七八年前，在逻些城里的酒肆那样，"她顿了顿，又道，"一家远离黑教，那些人永远找不到的酒肆。"

李天水披上了那件破败的羊毛袷袢，道："但是如今西州城里，已布满了他们的耳目。"

"噢呀，"李天水看见她在黑暗中淡淡一笑，"所以我此刻便要动身，借着拂晓前的漆黑，趁着他们还未回来。你也要快走，"她目中柔波一闪，"你已经被盯上了。"她看着闪动在李天水腰间的金光。

李天水明白她的意思。他本欲脱口道"我们可以一起走",却听见自己道:"我要下楼去找到几个人,随后方能带着这条腰带走。我此刻也不知自己要向何处走。"

"它会是你的护身符,"李天水听出"驿娘"在微笑,也听出她声音里略略带着的遗憾,"它会像镜子般的夜空中的星辰,映出天神在人间的倒影。"

李天水抬头看向几颗稀稀落落的星辰,以及星辰后深邃不可思议的夜空。他的目光再次与那眸光相接时,他开口道:"你叫什么名字?"

"卓玛。"她从藤床上立起了身,微笑着。

"卓玛,是什么意思?"

"你们汉人说的'度母',我不知道'度母'是什么意思。"卓玛咀嚼着葡萄籽,笑着看向李天水。

"卓玛,度母……"李天水轻声重复了数遍,他只觉得这两个声音都很好听,忽然又想起了一件事,自袷袢襟内打着补丁的破洞中,掏出了一张淡黄色的文书,"通行关驿的过所。商队向导的过所。"

她走过来了,没有接过过所。她一把抱住了他,咬了下他的耳朵,轻轻道:"我不需要这些东西。我们或许会再见。等我清洗完我的罪孽。"说罢,她便转身走入黑暗。李天水仍在愣神时,她已走至那天台边,李天水便呆呆地看着她纵身一跃,悄无声息地消失在黑暗中。李天水扑向天台边。庭院中没有一个人影,连那倒下的尸身也被抬走了。卓玛像是梦中人一般消逝于天台边,消逝在这个可怕、血腥而又温柔的西州夜晚。朦胧的月光下,昨日随着她走入的那两条交叉的葡萄长廊,形成了一个大大的"卍"字。

李天水踏下木梯后,忽然有种异样的感觉。

梯下仍是那间方形小室,小室的泥壁上仍嵌着一面琉璃镜,黑暗中仍能看见平滑的镜面反射出微弱的月光。李天水无声无息地行至镜前,贴了上去。他没听见一丝动静,但他的心跳却是越跳越快,他侧身将耳朵附了上去,听见了镜子后粗重的呼吸声。

琉璃镜另一面的客房内,有个身躯与李天水一样,贴在了镜面上。

李天水的一只手探向腰后,摸上了狼头刀柄,另一只手搭上了镜面的边缘,屏住了呼吸。他感觉到镜面后的人亦止住了呼吸。他的右掌已搭上镜面,正要发力,忽然听到了一阵很轻的声音。

"笃、笃笃、笃"。是指节叩动镜面的声响。前三声间隔短促,第四声则隔了很久。李天水。

"是你?"他在黑暗中沉声道。

"是我,"镜子后的人长出了一口气,是杜巨源的声音,"来我房里坐坐?"

石屋内还是先前的陈设。进屋后,李天水的目光在杜巨源身上盯了半响,随后缓缓道:"你遇上那些吐蕃人了?"

杜巨源点点头。尖帽子下,缠在他面上的黑布亦未扯开。李天水看见他的目光移向了他的腰间,随后迅速抬眼,道:

"你去了何处?"

"那些人随时会上来,你要在这房里听我说么?"

"至少今夜不会。"杜巨源摇摇头,竟说得很肯定。他看着李天水瞪大了双眼,缓缓解释道:"今夜的吐蕃袭击者,共有两拨人。一拨是原本潜藏在驿站附近的人手,另一拨则是从交河城中他们的暗藏之处调出的。"

"你怎的知晓这些?"李天水的眉头一拧。

"是你独自去寻快活,而我在生死之间的时刻,不得不想出来的。"杜巨源冷冷道。李天水不说话了,他知道杜巨源绝不会看见天台上的事,但他的双颊在发烧。他听见杜巨源顿了顿又道:"我从那地下挣出命后,有人告诉我,一拨人已出了驿站,盗走了十几匹马,向北走了。"

向北,天山的方向……李天水目光闪烁,道:"另一拨人呢?"

"另一拨人数不多。在一楼厅堂口,我看见了七具尸体,五具戴着尖帽子,两具留着长发辫,"他又盯了李天水一眼,李天水早已扯下了面巾,"与你一模一样的长发辫。"

"狼卫杀了吐蕃人……"李天水目光一跳,脱口道。

"你知道突厥狼卫……"杜巨源盯着他,又接道,"你在下头遇上了这些人么?"

李天水点点头。他又扫了眼小石屋,毯子上的烛光更暗了,连成一线香炉、灯台、镜子与油布箱子令他想起了一些祭祀仪式。

"我要在这里等着米娜回来。"杜巨源看着红褐色的毯子,缓缓道。

"她去了何处？"李天水拧着眉头道。

杜巨源摇头道："但我知道她没有碰上麻烦。"

"哦？"李天水的目光一转。

"若是碰上危险，毯子上的香炉与灯台会调换位置，指向镜子的意思是她从镜子后出去的，"杜巨源的目光也转了过来，"你究竟去了何处？"

李天水未开口，露出了一种复杂的梦幻般的神情，杜巨源盯着他的脸，哑声道："你遇见了公主？"

李天水面色变得如烛光一般黯淡，他缓缓道："她已经故去了。"

杜巨源目光一跳，沉声道："波斯公主？！"

李天水沉沉地点了点头。

杜巨源想问"你是从何得知"，但看了他许久，将这句话慢慢吞了下去。他紧锁眉头，忽然想起一件事，缓缓道："她说过，会在梦中告诉王玄策，谁是藏在使队中的内奸。"他的声音像是自语。

"或许我已经知道了。"停了半晌，李天水又道。

杜巨源猛地抬头，问道："是谁？"

"那个书童、侍女，"李天水说得很慢，像是极不情愿地吐出了这个名字，"玉机……"

"玉机、玉机……"杜巨源像着了魔一般念叨着，忽然又盯住了李天水，"你可确定是她？"

"一个叫作'青雀'的秘密组织，你听说过么？"李天水看见杜巨源已扯掉布条的颜面焕发出了异彩。

"你说她是'青雀'的人？"杜巨源忽然死死盯着他。

"是她自己说的。"李天水的心头在叹气。但在那一瞬间，不知为何，他忽然有了些动摇。今夜之事，委实过于离奇难辨。"你的眼睛让你看到了太多假象。"沉默片刻，他将在搁板下听到的事，与空中帐肆中的那场赌局简短地说了一回，只略去了他与狼主的那段隐秘的渊源。

　　杜巨源重又换上了一身锦袍。他皱着眉头，摩挲着绿玉指环静静听着，眼眸子定定的，却有光芒在不住闪动。待他说完，杜巨源仍垂头不语。

　　"你当时为何要混进去？"过了许久，杜巨源抚摸着绿玉戒指，缓缓道。

　　"我说过了，"李天水道，"我是被她邀入的。"

　　"邀入的……不错，"杜巨源喃喃自语，"我听说过这种秘密赌局，里面的人只能获邀入局。能入局的人只能是西域各种势力的头面人物。你是被玉机邀入的，但玉机为何能被邀入？只有一种可能，她代表了一个更有权势的人。"

　　他的目光转了过来，猛地撞上了李天水闪亮的眼眸。四目相接时，两个人的眸光同时一跳。

　　"王玄策？！"李天水哑着嗓子道，他看着杜巨源在缓缓点头。又听见他道："我始终未想通他为何一定要带着一个侍女上路，为何会知道朝中如此多的隐秘，为何方出玉门，便已显得如此紧张，乍逢变故，便要舍弃使命，亦舍弃了他经年的准备与最后一次重获圣恩的机遇。原来如此……他此番西行的目的，并非将那'圣物'送入大夏波斯都督府，而是自波斯公主手中取得另外半份圣物后，便借故将这等紧要的使命与假的圣物交托于我，自己则暗中将真正的圣物交予'青雀'。若他日长安宫城风云突变，他便有了进身之资……而那'苍鹰'，定是青雀埋在西域的一枚可怕暗棋，伊吾军五千……是谁……"杜巨源皱紧了眉头，嗓音渐渐轻不可闻。

李天水并没有完全听懂，却已是阵阵心惊。曾经一人灭一国、使队的领头人王玄策竟暗中交通朝中乱党？人心之诡谲可怕超出了他的想象。他感觉有些疲惫。他看着杜巨源眼神定定地盯着那已将暗灭的灯火，懒懒地靠着石榻在毯边上坐下，道："你说的，听上去颇有些道理，只是，你又何尝是一个真正的商人？"

杜巨源横过他一眼，忽然笑了，亦缓缓坐于毯子的另一边，面色已恢复如常，道："你说的对也不对。我做的仍是笔买卖，我只会做买卖。我从未遇上稳赚不赔、没有变故的买卖。但买卖中生出变故，换个眼光，便极可能是个新的机会。上路后，我会把我们要去的方向，还有我要做的买卖，全盘告诉你。"

"上路？你怎知我与你同路？"李天水咧嘴一笑。

"因为你要和我一起做完这笔买卖。"

"我不做买卖。"

"我知道。但我们必须结队前行，前头路太险。这条路你已经回不了头了，至少有三个原因，"杜巨源盯着他腰间不时映出的光亮，道，"你腰上的金腰带。这不是帮我，是帮你自己。你已经被盯上了。你在那帐子里已经看见了，已经卷进来的，有正在西域崛起的吐蕃、西突厥突骑施势力和在关外已经营多年的大唐叛党。还有在这片土地上像水一般无处不在、无孔不入，像藤蔓一般依附于各方力量的袄教秘密网络。在西州他们是我们的朋友，在别处便不一定了。或许前头还有些更可怕的陷阱在等着你。"

李天水懒懒地听着，待杜巨源说完，半睁着眼道："所以我该找你这个护身符么？"

"你的护身符，或许真是缠在你腰间的金带子。但这条带子上，还紧缚着你的誓言，以及一个已死之人、一个将亡之国对你的信任。"杜巨源缓缓道。

李天水低垂了头，半晌，缓缓道："我猜，你在下面并未拿到那东西。"

"没有。"杜巨源不得不承认。

"王玄策的房间已经空了，他无疑也把长安那半份圣物带走了。"

"自然，"杜巨源定定地看着李天水，"但我会将它们寻回来，带过去。"

李天水咧了咧嘴，道："你很相信自己。"

"而且你也相信我。"杜巨源目光一闪。

李天水笑了。但他没有笑多久，忽然开始认真思考这件事。

他对人一向只凭直觉。他不喜欢这个人，但他相信这个人。否则便不会说出在空中帐肆发生的那些事，也不会随他去地下巴扎。在沙州，他只瞥了这个看似粗豪贵气的汉子一眼，便同他一起喝了酒。他在沙州这几年，一同喝过酒的人不超过五个。

他看着那跳动着微弱光焰的烛台，忽然道："你要在这里等多久？"

"不会太久,"杜巨源说得很有把握,"天亮前她一定会回来。她在中夜会起身卜占,或许是在水精中看到了什么。她应该躲了起来,"他顿了顿,又道,"或许她听见了王玄策的主屋内有什么异响。"

李天水看着他,缓缓道:"门是我撞开的,而且米娜也没有从镜子那头出去。"

杜巨源愣了愣,粗重的眉毛拧结了起来,道:"你怎么知道?"

李天水看着他,没说话。杜巨源眉头拧得更紧,道:"你的意思是,米娜在这间屋子里凭空消失了?"

李天水开始绕着屋子走动,目光随着他的步子扫着四壁、地毯、床铺。他没放过每一道缝隙。他停了下来,在一个圆角处蹲下,盯向屋子的对角。杜巨源的目光跟了过去。他看见李天水立起了身,向毯子上烛台和香炉对着的另一头行去,那一头的圆墙角下摆着油布榆木货箱。李天水俯下腰,对着那箱子贴着草席的边缝看了半晌,忽然一伸手,将箱子轻轻抬了起来。杜巨源的双眼忽然亮了,他紧紧抓住了李天水的肩头,失声道:"这箱子……"

李天水点点头,目光却朝向箱底下露出的草席子。承着木箱的是一块四边有着明显切割痕迹的草席。李天水将箱子交给了身后的杜巨源,手指插入那草席间的裂缝,轻轻一掀,席子下原本该是泥地之处,现出一个方形空洞,只比那箱底略小一些。

李天水伏身探下头。洞下是漆黑的底层厅堂。左下侧是连通二层木梯的扶栏黑影,右下侧是底层厅堂后墙上唯一凿开的方形高窗。最后几缕月光自方窗透入，李天水看见几根模糊的藤蔓蜷曲自窗外伸入，好像在招引。方洞贴着墙根，距窗口上沿不过半个身子的距离。李天水抬起头颅，双目闪光，却见杜巨源在昏暗中神情奇怪，捧着木箱子的双臂在微微发颤，他皱眉道："这箱子有何不妥？"

杜巨源愣了愣，迅速摇摇头，道："不……只是，想起一桩事……你看到了什么？"

"扒着洞口下去，可踏上墙上的高窗，"李天水又探头下去，片刻后道，"但若是女子，却不太容易。"

"米娜腿够长，且不是寻常女子，"杜巨源笑了笑，迅捷地背上了木箱子，亦俯身探看下去，"她曾抓着木板在浪中漂流过一日一夜……她确实跨了过去。"他的嗓音紧张起来，"洞边留有她的气味，是她身上的苏合香，"他喃喃道，随即凝望向那石窗，又道，"石窗下该是布满了葡萄藤蔓，援藤而下，不知通向何处……"

李天水看了他一眼，道："下去看看。"

"自然，"杜巨源又看向石窗下另一侧，"驿门后像有人影。"

李天水点点头，俯身看着洞外，道："我先下，至窗边接应你。"

杜巨源看着他，没作声。

李天水解下金带，束于袷祥外，略吸一口气，双手搭上洞口，一跃而下，收腹折腰间，双足便踏上石窗下沿。他绷紧了身躯，缓缓放手，空中再一弓腰，抓紧了石窗上缘自外探入的藤蔓，身形一矮，便坐上了墙沿。随即扯断几根粗长的藤蔓，绞成一股，抓紧一头抛上方洞。杜巨源抓紧了另一头，犹疑片刻，纵身一跃，李天水背靠着窗边，猛地一拉，背着箱子魁梧身躯荡了下来，李天水一伸手抓住了他的腰带，再一发力，杜巨源顺势坐上了窗沿，竟亦甚是敏捷。

拂晓前深沉的漆黑笼住了后院，但二人的脚下微微透出了光亮。李天水有些恍惚，只觉得方才石屋地底至驿站外墙之间的空间在黑暗中忽然折叠了一瞬，随后他便坐在了窗沿上，看着将要慢慢变亮的墙外世界。

"马车的车厢，"他听见杜巨源低声道，"车厢很大，车里有人。"

李天水定神看下去。略拱的车厢顶盖着厚厚的布幔。布幔垂得很低，却未挡住两侧车窗内透出的暗淡黄光。车前的两根辕木略略翘起，横轭上未套马匹。马车停于墙根外十余步远处。自墙根攀爬而上的葡萄藤叶，纵横交错地铺满了至高窗下一片墙体。数根粗壮的藤条探入了石窗。李天水将手边的藤蔓扯了扯。"坚韧得很，这便是下墙的梯子，"他又将藤蔓一头抛给杜巨源，咧嘴笑道，"这回轮到你了。"

杜巨源接过藤蔓，仍凝视着脚下的车厢。

自底层厅堂的门外忽然响起马嘶声，紧接着是急促的脚步声。约七八个人，有人已蹿上了木梯子。二人面色一变。"没工夫耽误了！"李天水压低声道。说罢，抓了藤条纵身跃下。连串藤叶摩擦声。杜巨源紧紧握着一头，看着李天水踩着横斜缠绕的藤条像下梯子一般迅速踩了下去。他仰起头向杜巨源招手。

杜巨源愣了片刻，身后的木梯已"噔噔噔"地上来了数条人影。他抓紧了手里的藤条，闭上眼翻身一跃。藤蔓延缓了他的下滑之势。他听着箱面与墙面、藤条摩擦的"嘶嘶"声。他没有睁眼，心好像升至了嗓子眼。随后，他的身躯被人托住了。

"我既能信你，你也该信我，"李天水在黑暗中咧了咧嘴，眸子很亮，"不是每件事都是买卖。"

杜巨源落在了车厢边的五六步外，他苦笑了一声，看向那车厢。黄光已经暗灭了。二人对视一眼，无声无息地踏过许多碎裂的葡萄籽。接近车厢时，横轭上有只鸟惊飞了出去。二人同时止步，屏息片刻。车厢里听不出丝毫动静。二楼的屋子中传来一阵嘈杂声，有个尖帽子自李天水的小窗内探了出来。二人迅速转向车厢离墙最远的一侧，车门恰在这一侧。黑暗中李天水贴着厢壁，缓缓向门边伸手，手腕却被杜巨源握住了。他的掌心湿透，抬起了另一只手，以箍着翡翠指环的手指轻叩了数下，"笃、笃笃、笃"。叩门声轻而柔缓，等了片刻，漆黑的车厢仍不闻半分声响。杜巨源又敲了一回，这回更重了些。

厢门被推开了半人缝隙，黄光重又透了出来。二人先是看见门缝中闪出的晚霞般的红发，随后是猩红的长斗篷、苍白的面庞、绿莹莹的耳坠子与同样泛着绿光的眼眸。米娜迅速开了门，李天水与杜巨源方钻入车内，厢门立时闭合。

车厢像是顶草原毡帐的车厢，内部陈设颇为奢华。涂了蓝白两色的牛皮缝制的厢壁上，挂满了带着流苏的紫毯。厢底铺着绣满碎金花的黑毛毯。两侧窗口的绒布帘幕卷上去一半，银灯的黄光被遮蔽在厢内。两盏饰有瓣叶凸纹的酒杯状银灯各摆在正方矮几一边，散发出阵阵幽香。矮几四角圆润、打磨平滑，髹漆成暗红色，看上去极雅致。几边是铺着同样金花黑毯的长榻。杜巨源与李天水的目光牢牢钉在那卧在长榻上的人身上，已一动不动僵了许久。

智弘和尚的面目显出了一种可怕的青白色，双目紧闭，颜面上已覆满了汗珠。

李天水目光又移向了僧人垂于榻边的手掌。他的右掌已经被猩红色的布条层层包裹起来了。李天水看着米娜红斗篷的下摆，呼出一口气，道："他中了毒？"

米娜的眸子变回了深褐色，神情甚是平静，以她独有的唱诵般的语调道："埋死者之时，他拔出了那柄邪恶的利器。他在昏睡过去前，说那是金刚橛上的毒。"

"金刚橛……"李天水喃喃道，看向智弘垂下的右手。一盏木制圆钵上沾了血迹。他俯下身，竟是半碗鲜血。他心"咚"地一跳，皱眉道："放血疗法？"

米娜看着他缓缓点点头。

"放血疗法只可用于热毒，但看他的面色，该是体内虚寒，"李天水看着米娜道，"放血会让他死得很快。"

米娜目光闪烁，仿佛在寻思该如何以汉话作答。却听杜巨源道："原来李郎亦知晓放血疗法。但米娜放出的该是毒血。米娜割破了他的左掌，该便是他的中毒之处，对么？"

米娜看着杜巨源点点头。李天水的目光又转向了智弘。榻上的僧人已不省人事。"他身上仍残留余毒。毒性或许很凶险。但若能撑过今夜，或许能随体内的流转自行排出。"米娜缓缓道。

杜巨源却转向他的女人，他略蹙了眉凝视着她道："楼上出事了么？你何时下来的？"

"约半个时辰前，"米娜侧了头想了想，又道，"月光恰好透入那石窗的时候。我听见有人悄悄地自廊道进入隔壁主屋，便按照约定爬了出去，"她又看了眼杜巨源，"我找到了屋子内的暗门，留了暗语给你……"

杜巨源目光闪了闪，盯着她道："你一个人沿着石窗外的藤蔓滑下么，竟未留下任何痕迹？"

米娜看着杜巨源，平静地道："我原本便不是从外墙上滑下的。"

杜巨源愣住。李天水回过了头，咧了咧嘴，道："莫非你是自木梯上从容走下来的？"

"木梯上有两根紧紧缠绕在木梯扶栏上的藤蔓，甚是粗壮结实。抓了那两根粗藤，援藤下至木梯，比荡上那石窗安全许多。可惜我踏上扶栏时那藤蔓扯断了。"米娜语气轻淡道。

二人迅速对视一眼，却听杜巨源又道："你下去时，在厅堂中未见戴着尖帽子与长毛面具的人？"

"没有。你们见到了那些魔鬼？"

杜巨源沉沉地点头，努起嘴，用手指捏了捏。米娜压低了声道："跨出大门后，在这车厢前头的葡萄藤下，我看见智弘律师躺倒在地上，便将他塞入了车厢内。"

"没有人来敲这扇马车车门么？"李天水忽然问道。

"没有，那时院落中还有人在歌舞。随后有人哭喊，我知道恶魔的使者来了，便将灯熄灭了。直至不久前听不见一丝声响，方又燃起烛火，"米娜镇定地道，"这辆马车的主人，或许是个大人物，那些魔鬼不敢碰。"

268

车厢内一时沉静下来。厢外的驿楼上动静越来越大。杜巨源皱眉道:"他们快要下来了,须速离此地。"

"但他已不能动弹。"米娜看着智弘,第一次露出焦灼的神情。

"他不必动弹,你们都不必动,"李天水忽道,"这本来就是辆马车。"

杜巨源转过头,瞅着他道:"但这是一辆没有马的马车。马原本该是拴在马厩里,或许已被人抢走了。"

"或许它们仍在马厩里,草原上的马一般人很难骑上去,"李天水目光闪了闪,"无论如何,总该试一试?"

杜巨源眯缝了眼看着他:"如何试?"

李天水没有回应,快步行至车门边,推开一指门缝,目光探了出去。月光已被云层掩盖,整个驿馆沉入黑暗。驿门、石窗皆已看不清。

李天水看了许久,忽然转身,"呼、呼"两声,将银灯吹熄。车厢内只有几点眸光在闪。车门随即被轻轻推开,一阵冷风卷了进来,随即门又被迅速合上。

过了一会儿,杜巨源忽然叹了口气,低声道:"对于惯行夜路的人而言,黑暗反而是他的庇护。"他手指轻轻抚摸着黑暗中透出绿光的指环。

"你不怕他不回来了么?"一双晶莹透亮如褐色琉璃的眸子转了过来。

他在黑暗中摇摇头,"我猜他想走的道,与我们是同一条。"

"哪一条?"

"天山,车师古道。"

第六章 天山石圈

车师古道

距天山越近，便觉距人世越远。

晨曦初露时，如一艘巨舟般陡然崛起的交河城半明半暗，"舟头"部分一片金黄色。城北如一簇簇火焰般聚起的赭红山脉已被甩在了身后。藏在连绵群峰后的一座座皑皑雪顶已越来越清晰。

李天水的心跳在加快。他深吸一口清冷的气息，将两匹马越赶越快。"辚辚辚"的马车声越来越快，越过了身边两三支铜铃声"叮当"作响驼队与马队。

几乎彻夜未眠，但此刻李天水丝毫不觉困乏。

车厢前的熊皮帷幕被掀起。杜巨源探出了头，打个哈欠后，看向前方。眼前横亘着一列苍凉的微微泛红的山脉。正前方山岭微微错开，现出了一条崎岖的山道。山道两侧，仿佛沉淀了岁月之色的山体，分别向东西绵延，直至视野尽头。

李天水手持缰绳，全神贯注于这条愈来愈清晰的山路上。往来道上的人畜渐渐多了。他口中喊着的口令像是突厥音，两匹马居然仿佛听懂了，随着李天水手里缰绳的提纵，轻捷地自一队队驼马人畜中穿出。

"你怎知走这条道？"杜巨源终于开了口，他半眯起了眼。

"车师古道，当地人称它为地道，自古便是自交河城西北穿越天山的捷径。"李天水没有抬头。

杜巨源侧脸看向他道："你走过这条道？"

"这是条西州人人皆知的官道。日出时由此道入谷，日落前便可至山北庭州城下。若运气好，我们正午前便可以赶至柳谷，那里是几条谷道的岔口，有烽燧有驿馆，听说还有个做买卖的市集。"

杜巨源听着，忽然皱了皱眉，道："是听谁说的？"

"日出前你睡得正酣。山道前头过来了一队山北的突厥牧人。他们告诉我的。"李天水甩着缰绳道。

杜巨源皱眉头听着，忽然道："我们又为何要赶去柳谷？"

李天水转过了脸，道："因为王玄策要去柳谷。"

杜巨源面色顿时一变，坐直了身躯，道："你说什么？"

"昨夜他离屋后，只留下了一张纸条，上书四字，'苍鹰、柳谷'。"

杜巨源睁大眼，看着李天水的目光闪动，随即低头沉吟半晌，缓缓道："那自然是留给玉机的。"

"他提前离开了驿馆。或许已料到这秘密巴扎之复杂凶险，玉机下去于他是个极大的冒险，"李天水一边有节奏地提拉缰绳，一边道，"但他又不得不让玉机下去，因为他与那'苍鹰'或突厥人早已有约。"淡金色的光照着他的侧脸，看不出表情。他像是在对自己说话，又像是在为玉机辩解。

杜巨源面上焕发了光彩："如此说来，那苍鹰也……"

李天水迅速点点头道："很有可能。"

杜巨源不说话了，他的心怦怦急跳。他低头看着木轮下的山道渐高，渐渐弯入苍莽山峦。他又向后望望，方觉马车已至高处，身后人畜驮马连绵数里，自盆地蜿蜒而上。看了许久，又转向了李天水，道："我没想到你还是个很好的驭手。"

"在草原上，一个汉奴要活下来，需要不断地学做很多事。"李天水在颠簸山道上正平稳控驭着一高一矮两匹马。

杜巨源眯了眯眼，好像在笑："在海上也是。我也常常要学会一些新的本事，而且需要学得很快。"

李天水应了声，目光仍盯着眼前的山谷口。

杜巨源道："你需要进去睡一会儿，我已经看了很久了，可以换我驾一会儿车。"

李天水侧脸看了看他，手却没有停。

"这两匹马虽然走得很稳，你的手臂却已不似昨夜攀下驿馆时那般有力。你只睡了不足两个时辰，昨夜又大耗精力，此时你若不歇，若是遇敌，连累的是我和车里的人。"

李天水看着两匹马背上鼓起的肉脊，轻轻抖了抖缰绳，口中喊着口令，那马渐渐减速停步。李天水将缰绳交给杜巨源。"听见我赶马的口令，看见我手里的动作了么？"

"我看了很久了。"杜巨源笑了笑。

"好。口手一致，马动起来时，动作尽量轻柔利落。马比你想的聪明得多。"

杜巨源笑着点点头，却听李天水又道："前头那突厥牧人说，山脚下有个小官驿，不可停宿，但可供清水秣草，亦可供商旅暂歇。过驿时须验货验人。你到了那里可以叫醒我。"

"好。"杜巨源接过了缰绳，轻轻一抖，两匹马"哒哒哒"地又走了起来。车轮平稳后，李天水钻入了车厢内。

方矮几上的烛台熄灭了，厢内很暗。米娜贴着车厢后壁，侧卧在几案另一头。榻上智弘和尚的呼吸很微弱。李天水蜷缩起身躯，觉得这漆黑的车厢有些沉闷异样。但他未在意。他的脑中已浮现起了一列延绵不尽的雪顶大山，像是天地的分界。那极深极雄峻的层层山峦后，是另一重世界，是他自幼长大的草原……"辚辚"声中，他渐渐昏睡了过去。

约三炷香工夫后，马车在排成一条半里长队的牛马骆驼后渐渐停下。队前是驮畜的主人们，他们围了四五个圈，神情疲倦地在一列石屋子的拱门外饮水说话，眼睛则盯着门边正在打开箱囊的驿卒。杜巨源目光来回扫动。水槽的另一面是一主两厢的三间石屋子，由一整块突出于山脚的巨岩凿空而出，极是粗简。石屋上方是个缓坡，缓坡上竖着一根带着木笼的高杆，如井下汲水用的吊杆。杜巨源知道那是桔槔。薪木置于杆头称为兜零的木笼中，便可自坡下提拉至坡上。屋顶上夯了个方形收窄的土墩。五六匹马正挤在坡上的四五堆草垛子间。杜巨源看了片刻，心头雪亮，这是烽燧。天山脚下这处极不起眼的粗陋驿站，既可飞马传信，亦可燃烟示警。

他阔步向那扇开得最大的拱门行去，并未叫醒李天水。

拱门口两个驿卒正在低头勘验，见有个锦袍人大刺刺过来，正欲拦阻，却听他低声道："我从长安来，寻你们驿将，有急事。"那两人面色一黑一白，却皆透着精明，对视了一眼，将手臂放下了。黑面略老成的驿卒，又看了他片刻，简短道："门外稍待。"转身跨了进去。杜巨源静静立着，右手转动着翡翠指环。那黑面驿卒转回门口时，身后跟着个披着黑色皂绢甲的高大武士。他上下打量了杜巨源数回，沉声道："何人？"

杜巨源转头看了看身后。围坐着的胡商中，已有些目光向这边瞥了过来。他小声道："大明宫里的人。"

那披甲武士猛地瞪大了眼,他哑着嗓子道:"她终于念及我们了?!"

杜巨源看着他点点头,随即道:"你要在这门口说话么?"

披甲的驿将向外望了一眼,示意杜巨源进屋。二人转过拱门后四壁铺满了带着腥膻的兽皮挂毯、以土台子充作酒桌的粗犷大堂,推开了厢房的侧门。厢房虽小,却暖和了不少。地上四条厚实的毯褥间,暖炉烧得正旺。靠门摆着一张汉式长木几,两头翘起,颇为雅致。杜巨源看见长几上一头堆满了文书,另一头正摊开了一张写了一半黄信纸。笔墨搁在纸边。

"家书,"那武士嘿嘿一笑,他颇年轻,看上去壮实憨厚,目光却很机敏,眸子一转,看着杜巨源道,"若是主事人遣来的,该有凭证。"

杜巨源微微一笑,握着拳的右手缓缓摊开了,掌心中绿光闪了闪。那驿将瞪大了眼。闪着莹光的指环在杜巨源掌心中转了一圈,椭圆形的翡翠石后,赫然刻着一个篆体的"罂"字。那驿将忽然跪拜在地。

"昨夜至今晨,过山的人里,有人在这里停歇过么?"杜巨源缓缓戴上指环道。

"昨夜过山的人不断,但停歇的人很少,想来只有两匹马,三个人。"驿将低声道。

"三个什么样的人?"杜巨源皱眉道。

"据值夜的驿卒言,这三人皆有些特别,"驿将顿了顿,道,"一匹马上,是个将自己裹得很严实的人,马背上好像还驮着个箱子。另一匹马上骑着两个人,骑马的还是个女人,两匹马先后不久进站。"

"他们来做什么?"杜巨源摸着绿玉指环,眯缝的眼中透出了光。

"先来的马上那人,只喝了碗水便走了。后面那匹马上,有个胡汉问了句路。"

"他问了什么路?"

"此处至鹿石馆有几条路,有多远?"

"鹿石馆?"杜巨源拧起了眉头。

"便是柳谷馆。胡人爱称那地方为鹿石。"

"鹿石,鹿石……"杜巨源两眼中的光彩越来越亮,忽然目光一转,又道,"另外那个人,只碰了一个碗么?"

"喝完便走了。若还有其他事,他一定会告诉我。"

"将那碗拿来。"

那人起身,从侧门转入大堂,一会儿捧回来一个粗陋的泥碗。杜巨源端过碗,慢慢看了一圈碗边,又翻转过来。他的手停住了。碗底并不太大,恰好刻满了六个线条硬直的清晰小楷:"明晨,柳谷馆,王。"

他的目光在碗底停了许久,是王玄策的笔迹。是留给我的么?不可能是别人。只有我会查看他的碗,他知道。杜巨源深吸下一口气,抬眼见那驿将看向他的神情已有些奇怪,便放下了碗,低声问道:"柳谷馆中,有没有我们的人?"

那人向窗外瞥了一眼,凑近一步,轻声道:"鹿石馆……便是柳谷馆,是主事人设在天山东路最紧要秘密的联络地。据说有十数个驿卒,皆是自长安宫城十六卫中拣选过来。驿将更是了得。"

垂首默想片刻,杜巨源递过那石碗道:"砸碎了,丢入乱石中。"

那人点点头，正要转身，杜巨源又道："此处至那鹿石馆有几条路，有多远？"

那人憨厚一笑，道："只一条车师古道。骑行至正午，大约也该到了。"

杜巨源道了声"好"，正要跨出去，那人忽然道："特使若至那鹿石馆，万望小心些。"

杜巨源转身，皱眉看着他，问道："为何？"

"特使去了便知。那地方，近年来有些怪事，却不知真假，"他看着杜巨源，忽然露出了恳切的神情，"若特使在那驿馆方便传信回长安，万望能告与主事人，驻守在这里的驿卒们，皆已有多年未收到家书了……"

杜巨源装满清水回转时，看见李天水斜靠着一根辕木，懒懒地歪倒在车厢前。他仍闭着眼，任山风将发辫吹乱在额前。杜巨源轻手轻脚地行近车厢，却听李天水开口道："怎么未叫醒我？"

杜巨源一愣，眸子转了转，笑道："以为你仍睡着……我和驿站管事的说我们去庭州寻亲，不做买卖，无须验货了……"前头扬起了一阵尘土，一对突厥牧人夫妇赶着羊群自山谷中转了出来。羊群后，远远跟着四五个相貌粗悍、披着兽皮、挂着箭囊，猎人打扮之人。他们的目光不时地瞟向坐着的人群与马车。

杜巨源看着他们晃动双肩的身影渐渐远去，抓着水囊饮下一口，道："这山谷里有不少突厥人。"

李天水咧咧嘴,道:"天山南北原是突厥人的牧场,只是四年前汗国败灭后,这里的帐落便归了唐人统辖。"他忽然睁开了眼,他想起了那康萨宝在地下巴扎中,从那手敕中念出的秘密。

"苍鹰领伊吾军五千,至庭州南五十里神仙镇,当西州路,并接收兴昔亡可汗与继往绝可汗所统十万帐落。"

天山以北草原已经空了。西突厥十姓只余下降唐的两个首领所领的残余部众,被交由那个"苍鹰"节制。"苍鹰"手中还握有东天山精锐的伊州五千"天山军"。

那"苍鹰"无疑是大唐西域诸军中极具权势的人物,但他是个"叛党"。

而玉机便要在今夜前,将圣物交给那个"苍鹰"。

那个"苍鹰"究竟是谁,他在哪里?

正出神间,眼角瞥见了杜巨源半眯着双眼,正注视着他,"你觉得自己是唐人么?"

在淡金色的曦光下,李天水咧嘴一笑。"阿塔是唐人。他从小教我记住一件事,我是唐人的儿子。"他看高远处依稀隐没在白云中的雪顶,"但此刻靠近这座无边无际的大山边缘,我却闻到一股久违的熟悉气味。你能从风中闻出气味么?"

杜巨源摇摇头。

"我能闻出。几千年的风从这亘古不变的山谷吹来,那风中有积雪、青草、山岩、溪水,还有云。我还能感觉到山后千万年不变的草原的气味,古老、宁静、清澈。闻到这气味我方觉得我还活着,那气味我永远闻不够,"他扭头看了看杜巨源,"你或许听不懂。那便好比你出海十多年后第一次重回故土,当风吹过那棵你幼时爬过的树时,你会闻到的气味。"

杜巨源看着他直至淡金色的晨光从他脸上慢慢消退,随后又眯了眼,缓缓道:"你如果吹够了风,手上便该使劲了。我们要进山了。"

"你看上去似乎对这条路已很有把握。"李天水看着他道。

"因为两件事。第一件是我已经知道,王玄策昨晚确实顺着这条道向北走了。"

李天水咧了咧嘴,向那驿站瞥了一眼,石屋顶上,晨曦中,为烽台而设的桔皋和兜零像巨大的钓竿和诱饵,笑了:"原来你在西域,到处能听到消息。"

"只怕会越来越少,"杜巨源叹了口气,又眨眨眼道,"第二件便是,我恰巧还能看见,你的金腰带上有一块牌子,刻着一头带着翅膀的飞鹿。"

"你自有锦带,为何总是盯着别人的腰带子?"

"恐怕不止我盯着,"杜巨源忽然沉下了声,"我只希望你仔细着这条带子。只怕两国的国运,与西域数十万人的命运,皆系于这条带子上。"

李天水垂下了头。他想起了昨夜。昨夜看着卓玛的双眼时,他不知不觉放下了所有的警戒。过了一会儿,他缓缓道:"我若死了,你想法子从我的尸体上取走这条带子。"

杜巨源注视着他,嘴角的笑意却有些黯淡,低声道:"驾车吧!边行边说。"

独目人传说

杜巨源沉着嗓音说及安吉老爹的遭遇时，李天水握着缰绳的手霎时顿住了。他掌背上青筋虬起，不住跳动。直至杜巨源缓缓说完，他的身形仍僵在车座一动不动。杜巨源看了他一眼，叹了口气，更响亮地呼喝起口令。

"馕饼子……"李天水仿佛有些失神，"馕饼子……那袋馕饼子……"

"在车厢里，我从你屋子里取出来了。"

李天水转过脸朝杜巨源点了点。他的脸上罩着一层阴影，呆呆地看着杜巨源转入车厢，片刻后探出身，手里拿着一个又大又圆的烤馕，馕饼边缘有些焦黑，却在风中散出香气。李天水定定地看着那烤馕，缓缓接了过去，用力咬了一口。半个馕饼，他嚼了小半个时辰。

杜巨源看着他将剩下的馕饼收回衣襟，缓缓道："吃够了？"

"每天只能吃一个"，李天水的嗓音听上去已经平静下来，"一共五十个馕饼。我记得你们的期限，亦是五十日。"

"还剩四十七日，"杜巨源小心地把持缰绳，缓缓道，"你有多少把握？"

李天水注视着前方谷道，仿佛未闻。马车已深入山谷中，两侧是开阔的谷地，山谷与山脚间，零星盖着一片片薄薄的茵草。他转过头，看向矗立道边、自身侧一闪而过的两根石柱子。身前身后汇集来的商旅愈来愈多,他垂首低声道,"我听说过那鹿石馆。突厥人还在这里的时候,它是一个古老的祭场,似乎废弃了很久……"

车厢内忽然传来一声惊呼,是米娜。

杜巨源"刷"地甩了缰绳,闪入车厢。李天水将马车停靠在道边,蹿入厢门。车厢内有了光亮,自米娜掌中透出。米娜已坐起了身,踞跪于毯上,一动不动地看着掌心。两个耳坠小琉璃球在掌心中颤动。杜巨源皱着眉道:"是在这条路前头?"

米娜微微点了点头。珠光幽绿,映得她瞳孔亦有些发绿。

沉寂半晌,李天水忽然咧了咧嘴,"我也感觉到了,看见第一个突厥石人之时。"

"突厥石人?"杜巨源转向他。

"方才我们经过的那两根石柱,上面雕着的是人头。那些石柱子立了该有数百年之久了。"

"你来过这条道?"

"草原上多得很,"李天水坐了下来,看向那绿莹莹的水精珠,"我每一次见时,皆感茫然,仿佛回到了古远的岁月。但这一次不同。"

"有何异样?"

"我看着那石人的眼睛,忽然透出了一股子凶煞之气。"李天水想到了那些狼卫的眼神。这时他看见身侧矮榻上,智弘的眼睛忽然睁开了,他的眼眸中仿佛也蒙上了一层青灰色。他张开了嘴,仿佛要开口说话,却只能发出"啊、啊"的声音。他缠着锦布的左手,手指不住地蜷起又伸直。

米娜立时取过案上盛着底也迦的黑玉瓶,滴了数滴入瓶边木钵碗盛着的半碗清水中，托起碗给智弘喂了过去。

"他虽然挺过了一夜，余毒看上去已至脏腑深处，"杜巨源叹了口气，"恐怕为底也迦的药力所不及。"

大半口清水沿着智弘嘴角淌了下来。他的眼睛仿佛有些了光彩，但两条手臂抬了抬，又无力地落下。米娜忽然凑了过去。李天水看见智弘青寒的双唇在微微蠕动，有微弱的嗓音自那里响起，他听不见。他只看见米娜的脸色瞬间变了。

方说出几个字，智弘便又合上了双眼。仿佛已耗尽全力。

"他说了什么？"杜巨源亦坐下了，凝神看向米娜道。

"独目人……"米娜轻声道，"他说独目人的魂，在周围游荡。"

"独目人……怕是谵妄……将死之人的谵妄，"杜巨源皱眉半响，叹道，"可惜了智弘，他慧根深种，十年前便是名扬京洛的佛学奇才。此番即使逃过此劫，左手也要废了。"

李天水蹙眉凝神，看着智弘僵硬地垂于榻侧的两臂，问道："何以他右臂亦举不起来？"

杜巨源又叹了一声道："他少年时习武过度，致使右肩数次脱臼，早已不可发力。"

李天水瞥了他一眼，有些诧异道："你是如何知道这些事的？"

"他本是王玄策之侄，他说与我的，"他又叹了口气，"智弘无法习武从军遂平生之志后，便将自己反锁在书房内。十日后，房门未开，他人却不见了。又过十日，终南山的律宗宗师道宣托人去信智弘双亲，告知他已拜在了道宣门下，已成剃度之礼。唉，我初听王玄策提及时，亦觉难以置信……"

李天水垂着头，仿佛在回想着什么。米娜忽然道："但我听过独目人的传说。相传他们是天山最古老的守护者，守着天山深处最古老的王陵。"

二人霍然转过了脸。杜巨源惊异地看着米娜道："最古老的守护者……有多古老？"

"据说至少是四千年的亡魂了，"米娜以一种平缓得有些奇异的语调道，"相传四千年前，天山的主人，是一个叫作独目人的部落。其人皆只一目，生于额间，身形极高大。"

杜巨源吸了一口气。李天水咧咧嘴，道："四千年的亡魂，此刻进入了这僧人的梦中么？"

"你从草原来，该听说过通灵者。"米娜目光一闪，忽然看向李天水道。

"通灵者……自然，草原上的，萨满。"李天水看着她缓缓道。

"草原上的萨满，拜火教的祭司，汉地的一些僧人，于阗、吐蕃之地的巫觋、咒师，还有像我这样的人……"米娜幽幽道，"通灵者能看见另一重世界中的神灵、鬼怪或亡魂。尤其在将死之时。"

李天水看见米娜瞳孔中又开始闪现异样的微光。他强迫自己定了定神，他觉得身上忽然有些发冷。

杜巨源霍然起身，道："与其在车内玄谈，不如出去看看那东西虚实！"

鹿石驿馆

　　石像静静地伫立在天山南麓褶皱密布的淡红石坡下，面向东方。日光映上了一张阔大的石脸，令李天水想到了那张黄金面具上雕琢出的面颊。这张脸早已被岁月剥蚀得漫漶不清，只可见微翘起的唇髭，还有披散下的长发。山道在向高处延伸，山风已越刮越冷。李天水看着这尊比他高出一头石人，深陷的细长双眼中，隐隐透出一股肃杀之气。恍惚间他仿佛听见自时光深处传来一阵的刀砍马踏呐喊与惨呼混合交杂的震响。那震动并非响在双耳，但摇撼着心神。他知道自己又入了魔怔，急忙甩了甩头，听见身侧杜巨源道："我在京洛与西北道上看见的突厥人，似乎不是这般形貌。"

　　李天水沉了沉气，方欲作答，石像背后忽然响起一个苍老的嗓音："是古老的突厥。数百年前，方从金山上下来的突厥。"

　　三人齐转身，看见一个右手拄着木拐的老者缓缓自石像后转出。他的左手则抓着一条健壮的臂膀，那人的身形竟似比李天水略高一些，裹着厚实的蓝布兽皮袷袢袍，白玉般的颜面上嵌着黑宝石般清澈明亮的双眸。他额上是一条金黄色的发带子，发带下，一绺绺浓黑粗壮的发辫散在两肩。他的腰背比另一手掌上握着的铁矛挺得更直，腰背上背着一卷扎紧的褐色毛毯子，毯子里裹着囊袋和弓箭。

　　李天水紧紧凝视着他，辫发的突厥人虽装束似个猎人，气度却更像武士。他许久未见过这般俊美的突厥武士了。那人亦紧盯着他。杜巨源与米娜对视了一眼,却听那老者微笑着接道:"是北去庭州的买卖人么?"他的嗓音缓慢,说话时微微点着头,如春风般温和有礼。一时间,四个人皆放松了些。杜巨源松了眉头,答道:"我是个买卖人,但北越天山是去见庭州的兄弟。"

那老者点点头,示意身边的人坐下。背着弓箭的人卸下毯子,利落地铺平在了地上。摊开的毯子甚是宽阔。老者靠在行囊上,又示意杜巨源等三人坐下。杜巨源犹豫了片刻,李天水已大剌剌地坐下了。那老者看着他一笑,伸手开了囊口,掏出一只牛皮扁壶,递向李天水道:"这是喝不醉的马乳酒,你喝一口。"

李天水微微一愣,随即笑了,接过那扁壶,便是一大口,心中赞叹了一声,道:"你怎知我爱喝这酒?"

"草原来的汉子,有不爱喝马乳酒的么?"那老者深凹的眼窝闪着光。

李天水哈哈一笑,又看了眼那老者身后的突厥武士。他静静地坐在方毯一角。忽听身后落座的杜巨源头道:"长者似乎熟知突厥之事。"

"常在草原上行走,听到的突厥故事自然多些,"那老者不经意地道,"你们若是去庭州,只怕要速去速回。最好,将庭州的兄弟也接过山南。"

老者语调淡然,三人却是身形一耸。杜巨源凝紧了眉头,沉声道:"长者是听说了什么消息么?"

"庭州怕是有乱,便在一二日之内。"那老者平缓道,看不出神情。他身后的武士，俊朗的眉目上掠过了一层阴云。

杜巨源紧跟着问道："愿闻其详。长者是从何处得来的消息？"

那老者却道："天山南路上不知何处吹过来的风。用你们汉人的话说，道听途说。但有时不可不信。"

李天水饮下一口酒，已感觉不到香气了。庭州……他在那地下的巴扎里听说过这个地方……

"庭州刺史来济，分其蕃帐，庭州以南，归西州天山军、庭州以北，兴昔亡可汗与继往绝可汗所辖帐落，尽归……苍鹰统辖。"

这些消息意味着什么呢？它们与这老者口中的消息有什么关联呢？他的眉头越蹙越深。

阿塔说过，无论是草原还是西域，生存之道，便是远离权势者。尤其要远离中原人的政事，最好听都不要听。那是世上最诡谲最复杂的骗局，像胡人的幻术，却更危险百倍。在草原狼帐，在玉门关上，对那些事，他都躲得远远的。

可惜他已被卷进去了，或许早已被卷进去了。

过了一会儿，杜巨源勉强挤出了一丝笑，道："长者是从北边草原下来么？"

老者摇摇头，道："南边的，来这天山里做买卖，做完买卖便走。"他每个字都说得很慢，颇有些像那戴着傀儡面具的康萨宝，却更自然，举止手势带着种粟特商人独有的礼节。

"这山道上是有个大巴扎么？"杜巨源扫了眼压在毯角的行囊，问道。

老者深邃的眼眸看着他，缓缓摇头笑着道："汉地来的朋友,你们该是第一次走这条道。前头没有你想着的那种巴扎,那地方买卖的是另一种商货。"

杜巨源一愣,道:"什么商货?"

"消息,"老者笑着说,"那地方买卖天山南北路的各种消息,"他看着杜巨源的神情,微笑接道,"可以用萨珊银币、高昌吉利、大唐铜钱甚至丝绸买,也可以用消息交换。"

杜巨源呆了半晌,缓缓道:"谁能担保那消息的真假?"

"鹿石。"

"鹿石?"杜巨源心中一跳,李天水霍然抬起了头。

"做买卖的人会去那间藏了鹿石的石屋子,对着鹿石顶上的火盆起誓。我们称鹿石为通天之石,是沟通天地的石头。"那老者右掌扶肩,状貌极恭敬,仿佛在说着一件不容稍有亵渎之事。米娜自毯子后方跪行了过来,她褐色的两眼也闪亮了。老者又接着道:"鹿石会将你的誓言传去阿胡拉与诸天神的住所。没有一个正教的信徒会在鹿石下说谎,也只有正教的信徒,可以在鹿石下互换消息。"他平和地看着面前三个人。

杜巨源低垂了头,凝神听着,面色变幻不定,待老者说完,他忽问道:"'那间藏了鹿石的石屋子',是否便是在一个叫作鹿石馆的驿馆内?"

"噢,鹿石馆,鹿石馆,"那老者连连点头,像看着孩子一般看着杜巨源,"沿着山道一直走,日头升上最高时,你们便能看见一大片三岔谷地和一个巨大的石冢。大石冢外,环绕着七重石圈,七重石圈间有七道隔墙,通向最中心的石冢。据说最早是独目族的王陵。之后是突厥部族祭天之处。你说的鹿石驿馆,便是那最外围两重圆墙间隔出的七间石室。"那老者接过身侧武士递过来的水碗,缓缓饮下一口,接着道:"二十二年前,你们唐人灭了高昌,这条古道,尤其是那片谷地,便成了顶住突厥人南越天山的楔子。唐军采下山石,封顶了最外层的两圈大石圈,修筑了一个带烽燧的圆形堡垒。四年前,突厥人远遁,圆堡废弃,改为了一座圆形驿馆。"

杜巨源瞪着大眼,李天水两眼则凝定在老者面上,仿佛听入了迷。待老者又饮下一口水后,李天水沉吟着道:"那些石圈、石壁间,可否通行?"

老者转过了脸,看了看他,低声道:"这便是那石冢最有趣最神秘之处。七圈石圈与七道隔墙的砌石中,有许多磨光的、刻着古怪图案的立柱子。立柱之处有空隙,但绝大多数通向死路。活路只有一条,便是循着那些刻着鹿首的立石,进出石冢与外界。否则便将永远迷失于这石圈迷宫中,"他顿了顿,更沉缓地道:"而每两重石圈间只藏了一根鹿石。"

李天水听着,心跳怦怦作响。他发现老者说出的每个字,都带着一种准确的优雅。

"原来如此,"过了许久,杜巨源长出了一口气,扶肩作礼道,"若非长者告知,我们虽然走在官道上,却如同盲人瞎马。"

那老者却缓缓道:"只恐比盲人瞎马还危险些。"

杜巨源凝视着老者,目光闪烁,仿佛在鉴定宝货的成色。却听始终未开口的米娜忽然道:"长者说过,那石冢外面,是否本该围着同心的七圈石圈子?"

那老者转向了她,缓缓点头。

米娜剔透的眼眸中忽然闪出了惊惧之色,低声道:"如今,却只余下五圈了。"

那老者一眨不眨地看着他，仍带着淡然有礼的神情道："两圈大石圈封顶作了驿馆的内外墙，自然只余下五圈了。"

所有人的目光一时皆转向了米娜，却见她面色渐渐泛白，口中喃喃道："五个人……只能剩下五个人了……"

杜巨源的眉头拧在了一处，面色忽然变得极难看，方待说些什么，忽听李天水开口道："长者该是要去那鹿石馆暂住吧？"他按捺住心头突突突的急跳，尽力稳住嗓音道。

老者的双眼许久方从米娜面上移开，点点头，"据说那驿站常常客满，但今日或许会有不少人折回去，"他看向从山道高处下来的一队商旅，马车和驴车上的几个胡人，看上去面色焦灼凝重，"若阿胡拉允许，我们会在那里过夜。或许还可做些买卖。"他面上忽然又现出了买卖人常有的那种笑容。

"何种买卖？"杜巨源以类似的笑容道。

"除了在鹿石下交易消息外，只有买卖人与山民间的临时交易，"老者顿了顿，又微微饮下一口，道，"你常能在那里看到一些天山奇货，比如冰川雪豹子纯白的皮毛，还有可治寒毒的天山雪莲……"

"天山雪莲！"米娜低呼道，"驿馆中会有天山雪莲？"

"若阿胡拉允许。"那老者扶着肩头，带着淡淡的笑容。

杜巨源看着米娜，忽然道："长者若是两人两骑，不若与我们同行，"他向那老者身后瞥了一眼，那武士始终挺直了腰坐着一动不动，"我们虽是盲人瞎马，亦是要去那驿馆。长者可来车厢坐坐。"

"请收下我的谢意，"那老者目光扫过面前三人，缓缓道，"如果阿胡拉允许，我们会再见的。"

朝中秘闻

　　裹着铁掌的马蹄踏在血一般红的碎石上,"哒哒哒",每一步都踏得很谨慎。日头已将挂上中天,日光仿佛将火焰山的火红染了过来。山道与坡面的颜色越来越深。李天水知道他们已钻入天山南麓最深处。他放开了缰绳,拳头撑着下颌,静静地听着那木轮子"辚辚辚"缓缓碾过碎石的声音。

　　杜巨源又钻了出来。李天水瞥了他一眼,道:"仍不见好转么?"

　　杜巨源叹了口气,道:"底也伽虽可解百毒,但对这种寒毒,实在效用有限。"

　　默然片刻,李天水又道:"方才车厢里的声音,是米娜在祝祷么?"

　　"还有智弘的梦呓,他说得越来越响,听起来却是越来越虚弱,似乎……"杜巨源没有说下去。

　　李天水看着两侧山坳刀割一般的褶皱,缓缓道:"仍是在念叨那'独目人'么?"

　　杜巨源点点头,顿了顿,道:"米娜方才又想起一些独目人的事,与鹿石有关。"

　　李天水眉梢一挑,道:"鹿石?"

　　"她说传说中的独目人以鹿具神性,便拣选平滑石块,刻画神鹿之形以祭天。"

　　李天水深深吸入一口天山深处的气息,仍托着头,抬眼定定地看着一道黑影迅疾平飞过两座高耸的山梁间。那是鹰。

"这些鹿石，是早在数千年前留下的遗物，"杜巨源注视着李天水，又道，"她说鹿石上的鹿首，刻画着如飞翼一般长大卷曲的鹿角，似是要将那鹿形，直带上天。她说那源于一种古老的传统。"他看见李天水的眼中有光点在跳动，缓缓接道："是一种被称为'格里芬'的有翼神兽传统。自极西极北之地，从极古远的年月传自天山。而格里芬在波斯的形象，便是一种鸟首鹿身的有翼神兽。"

李天水托着下颌，凝思了片刻，缓缓将手探向腰间。杜巨源听见"咔嗒"一响，他知道李天水解开了金腰带上的一块搭扣。随即他看见李天水的手自袷袢间探了出来。一道金光闪出，杜巨源赶紧将手掌捂住，警觉地望向两侧前方。在前头碎石路上与山坳的褶皱间下来的人渐渐多了起来，有驼队，更多的是牧人。李天水看着他，缓缓道："没有人在意我们。"

杜巨源又看了一会儿。果然，几乎所有人皆是在惶急地赶着牲畜，或不停地与身边人大声说着什么。他将右掌缓缓收回，移向眼前。黄金圆牌上雕镂着一头极灵动的神鹿。那鹿角如繁盛的蔓草，长过身躯，向后蜷曲交织，远看正如展开的飞翼。鹿首前端勾起鹰嘴，后蹄地却怪异地翻转向背后，将将要连上绵长的鹿角。杜巨源眯眼看了许久，将那金牌子递了回去，看着眼前的山道，笑了笑道："老弟，此刻已可以确定，我们没有行错道。"

李天水扣紧了带扣，将目光看向两侧渐高的山崖。淡红色的尖石棱在对着日光的高崖上堆叠如浪，近山脚处是山色更深的缓坡，坡上石缝间长着些是碧绿色的草。李天水知道那是名为乌伽的毒草。缓坡上的牧人们"哈哈哈"地喊着,要将他们的羊群赶离那些山草。穿着长袷祥的老牧人神情疲倦地在马上颠着,随后他听见了琴声与歌声,当他终于听清了那突厥歌词时,他也看到了那个弹唱的人。那人满脸污垢,发辫散乱,衣袍脏破得已看不清颜色,他在羊群与尘土间自顾自地唱着:

> 你眷恋着天山上的小草,
> 你滋润着牧人们的心房,
> 你哗哗地唤着干渴的生命,
> 再为它们挤出清甜的奶浆……

李天水听得入了神。当歌声经过了他头上时,他勒住了马缰,大声以突厥语呼喊道:"游吟的诗人,此曲是你听谁唱的?"

那骑了头骡子的突厥人停下了,他在骡子上欠了欠身,道:"赶路的人啊,那是一首古老的歌。"

"能告诉我,它叫什么名字么?"

"《阿克·布拉克》。"

"《阿克·布拉克》。"李天水喃喃重复了一遍。是突厥话"白色的泉水"。他愣了片刻,大声道:"吟游的诗人,为何今日有这么多人牧人,将羊群赶向天山南麓?"

"赶路的人啊,如果你要去北边,可要小心。北边的庭州起了战乱,唐人的首领被杀死了。唐人封的可汗,抽走了处月部的年轻人,正将牧人们赶向天山的南边。"山坡上的游吟诗人大声呼喊。

李天水的眉头皱了起来,他瞅见杜巨源正紧紧盯着自己。他顿了顿，又问道："在这天山中，莫非没有别的路可以走了么？"

那人笑着道："还有一条路，可通龟兹，但只有天山深处最勇悍的猎人，才会走那条道。而且我也劝你不要冒险去龟兹。沙漠中的金花如今正笼罩在乌云下。"

李天水又愣了愣，骑着骡子的人重又弹起了琴。琴身似个大水瓢，琴杆细长，李天水知道那琴弦是用羊肠拉成的。听着那琴声越来越远，李天水忽又大喊道："弹着都塔尔的人啊，你可知道何处能找到天山雪莲？"

渐渐远去的人大声答道："前头有个老胡，昨夜收了许多山货，你可以找他问问……"后面的话音听不清了。

杜巨源看着李天水，半响，终于忍不住道："北边出了什么事么？"

李天水转过头，"你听得懂突厥话？"

杜巨源目光焦灼，道："我听见他说了'庭州'。"

李天水看着他，缓缓道："你还记得我在那地下巴扎中，听那人提及'庭州刺史来济'么？"

杜巨源点头道："记得。来公十年前拜相，曾官至中书令，两年前被贬至庭州，"他话音凝重起来，"他出了什么事么？"

"庭州遭袭，他被杀了。"李天水看着山道两侧不时出现的石人，低声将那游吟诗人所言之事又说了一遍。杜巨源的眉头渐渐拧成了一股，面色忽然变得很古怪。良久，他叹息道："原来如此，果然如此。"

李天水目光一闪，看着他道："你知道了什么？"

杜巨源凝视着李天水，古怪地笑了笑，手指缓缓抚着指环，叹道："或许王玄策说得对，我们都是棋子……这些事的复杂不可思议……你卷入不深，听我说完后，仍有机会退出。"

李天水一眨不眨地看住了杜巨源。

"来济曾官至宰相，也是出身关陇的重臣，你在沙州，该听说过关陇旧党与如今宫中主事人间的内外朝之争吧？"杜巨源仰头看向那有些淡薄的红日。

"你说的是，大唐立后之事么？"李天水直截了当道。

杜巨源掠过他一眼，点头道："之后国舅失势，如今的皇后主事，关陇旧党自然遭了清算。来相一贬再贬，至此庭州边地。"

李天水抿紧了嘴，脑中隐隐有光在闪。他猜到了几分那句"庭州刺史来济，分其蕃帐"背后的含义，脊背有些发凉。

"来公又是前朝杨隋名将来护儿之子。大明宫这些年杨隋故旧，与关陇势族走得很近，颇为主事者忌惮。我听说，龟兹的安西大都护杨胄，也是杨隋皇族后裔，"杜巨源眯着眼，顿了顿道，"主事人自然知道朝中暗结了青雀党，更清楚西域边军之紧要，故而……"

"故而故意分去二人军势。庭州四野突厥流散部族极多。若猝然遇险，主将极易遭遇不测。"李天水瞅着杜巨源道。杜巨源没有开口。

山风越来越冷，他浑身颤了颤。

"我们都是棋子……"他想着杜巨源的话，眼前忽然浮现出了许多张脸。在毡帐牛羊间，在边关沙尘中，在佛窟石洞外，在货栈市肆下，在驿馆石堡上，那些艰难求生的脸，那些模糊又真实的脸，那些唐人与胡人的脸，那些像他那样随时可能因命运而消逝，却总带着餍足的笑容的脸。

他又想到了车厢里智弘青灰色的脸，智弘能否撑至明日，甚至能否撑过午后呢？

他不再开口，定了定神，猛地一拉缰绳，喊起了口令。一高一矮两匹马背脊耸动，快步疾行于碎石道上。马鼻子开始"吭哧吭哧"呼出粗气时，李天水将缰绳扔给了身后的杜巨源。

那片唤作"柳谷"的谷地已展开在二人眼前。

他下马，向杜巨源做了个手势，拉着铁链子形的马嚼子，随着人流，向着那一圈陡然现出在起伏的山谷间神迹般的圆墙行去。

愈是临近那石墙，他愈觉心神摇荡。墙体以密密麻麻的无数青灰色小石块堆垒而成，两端渐渐弯入山峦巨大的阴影中。墙体周围"呜呜"作响。这是数千年的风声，李天水想着，带着远古的神性，或是神魔一体的气息。他离着老远就感觉到了。而那些石堆，那些墙上后封的屋顶，则显得低劣不堪。

他牵着马，离墙二三十步外处，绕过了一个大石堆。石堆泛红，像是由山道上的碎石堆起。顶上的平台插了二十多根系着红布条的木桩子，已经拴满了马。更多的马在石堆边的水槽中饮水。一辆马车自远处疾驰而来，扬着长鞭的车夫胸披皮甲，高声呼喝着越过李天水，忽然回头看了他一眼，勒紧缰绳后下车向罩着黑毡布的车厢内说了两句。毡布掀开时跳下了三个人。两人手上各提下一个木水桶，另一个魁伟高大的汉人扫了一圈石堆不远处半开着的驿门，四五个人正在勘验。

他径直向李天水走来，五步外停下，上下打量了一眼，抬了抬下巴道："你要住店？"

李天水看了他一眼，解着横轭上的马辔头手未停，只点点头。

丝绸之路密码1：天山石圈秘境　297

"将你车里的东西全掏出来验！"那人皱了眉，提高了声气，又盯了李天水片刻，道，"你是汉是突厥？"

李天水把辔头解开了，连眼皮亦未抬，转头向后走。

那人变了脸，急伸手抓向李天水肩头，却被另一只手掌抓住了。一只带着绿玉戒指的手掌。

那人看着那戒指一愣，硬着脸刚要呼喊，杜巨源忽然开口小声道出一句："交河出浮塞，弱水浸流沙。"

那人呆住了，大张着嘴看着杜巨源出不得声，许久，哽着嗓音喃喃道："宁知心断绝，夜夜泣胡笳。"

杜巨源看着他，低声道："寻两个靠得住的兄弟，帮我卸下车厢子里的行囊，还有一个病人。"

前行十余步便至一排松木钉成的驿门外。杜巨源回头看了看那两匹正在槽边饮水的马，问道："可有空房？"

高大驿将忙回头道："有咧，料到今日人多，特留出两间屋子，以备不时之需。"

杜巨源看看木门两侧，圆墙拖着斜长的影子，远远向后绕去，像望不到边际的海岸线。

他眯了眯眼，道："这驿馆里有几间房？"

"原本只隔出七间屋子，改成驿馆后，一间屋子作了厅堂，余下六个屋子，又以泥石夯了墙，如今便是十二间。"那驿将语速短促，已带了些西域的口音。

杜巨源点头道："余下的两间房，可是挨着的？"

"正是，"那驿将点头，领着杜巨源跨入了驿门，"还留着炉火，黑下来后，山里冷得很。"

隔墙上的皮面具

  李天水背着智弘踏入驿门,身后米娜紧紧注视着那僧人已开始发青的脸。果然是座大驿。厅堂比山道口的小驿站阔大豪贵了不少,石块砌成的四壁上挂着大片大片的熊皮、麂皮和羊毛毯子。方形山岩凿成的酒案上,亦铺了层毛毯子。后墙的一个角落里两个驿卒立于摊着簿册的石柜台后写着什么,角落边一个火炉燃得正旺。那魁伟的驿将带着杜巨源等人径直走向柜台,向那两个驿卒低语几句,二人猛地抬眼看向杜巨源,手上的笔停在了半空。那驿将带着笑道:"自后墙穿出去。他们会领你们过去。挂着琉璃兜零的那间石屋边上。"

  "琉璃兜零?"杜巨源眯了眯眼。

  驿将点点头道:"极醒目,一见便知,"杜巨源便要抬步,那人又道,"且留步,过所须记录造册。"

  杜巨源皱了眉转头。那驿将冲他挤了挤眼,杜巨源点点头道:"他们的过所皆在我身上,可否先进去休息?他已染上重病。"他指了指李天水背上的智弘。

  "可以。"

  领路的驿卒便要过来接李天水手里的油布箱子,李天水摆了摆手,驿卒便掀起了后墙上一张宽大的黑熊皮,熊皮后又是一道松木门。

  待步履渐远,那驿将方合了门,放下熊皮,转过头,目光正撞上杜巨源伸过来的指环。那驿将向指环内侧瞅了瞅,猛地单膝跪拜，哑声道："原来是'曌'卫的特使……小将郭孝悌唐突了！"

杜巨源扶起他双臂，目光闪烁着道："你有话说？"

薛孝悌虽是条大汉，眼眸子却不呆，闪了闪，问道："方才那两人，可是特使……？"

"那女子是贱内，另一个，是临时寻的突厥向导。"杜巨源淡淡道。

"原来如此，"薛孝悌点头道，"总觉他有些可疑，形貌像汉人，装束气度却野得很！"

"你不必理会他！"杜巨源摆摆手，看了一眼自门口行入的几个胡商，低声道，"昨夜至今晨间，有没有一个面上裹满布条，骑着一匹马，马上驮一口木箱子的人？"

薛孝悌面露难色地想了半日，低声道："若是夜间来投，倒不容易记得相貌装束。且昨夜当值的兄弟，恰好出去了。"

杜巨源点点头，扫了一眼柜面上的账册，道："但夜宿者的过所，总该登记在册吧？"

"特使说得是，"薛孝悌两眼亮了亮，一个大步跨至柜台边，拿起那簿册翻了两页，缓缓道，"将军可知那人身份？昨夜来投者，皆带着行商过所，且多已离驿。此刻只剩了一个人。"

杜巨源眉头拧了起来，看着一队衣饰鲜丽的商客自后门出去了，方低声道："那人姓王，名唤伏波，自长安来，在沙州与西州勘验过，去往疏勒行商。"

薛孝悌盯着那账册，皱着眉头道："剩下那人，却是个安姓胡商，自西州来……"他又翻了两页，摇头道，"其他人确实已离驿，特使……"他抬眼看向杜巨源。

杜巨源摆摆手打断了他，"紧要的是那王伏波。我与他约定在这驿馆见面，他定然已至。我在沙州飞过来的鸽信中曾提及此人，"他压低声道，"此事干系重大！昨夜当值的兄弟何时回驿？"他的嗓音有些焦躁。

"庭州出事，他带着四个兄弟，翻过达坂去北边探消息了，至晚天黑前定将返还，"郭孝悌皱着脸，迟疑片刻，"但小将并未收到一封鸽信。实不相瞒，近年来我们共发出的十四次急鸽，长安未有一字回复。"

杜巨源猛然想起了安菩的话，心头一沉，定定地看着郭孝悌。这驿将的年岁绝不会比自己大多少，但额头眼角的皱纹已如刀刻一般。他抚着指环，垂头沉吟，面色越来越沉重，良久，道："你们放出鸽子，走的是秘密的鸽道么？"

郭孝悌点头道："起初走最近的交河城驿站。后来那驿站管事的要了个吐蕃女人，周围吐蕃人越来越多，不牢靠了。我们从伊州的驿站要了批鸽子，但仍是有去无回。"

"伊州……"杜巨源的眉头皱得更紧，喃喃一声，又道，"如今统领伊州天山军的将官是谁？"

郭孝悌以拳敲头半日，仍苦着脸道："近年伊州军政将官变换频繁，谁领伊州军实是记不清了，怕不是名将——昨夜当值那人，是我最得力的副手，常走大海道去伊州。他该知道，待他从北麓回来吧。"

杜巨源摸着翡翠指环，叹了口气，道："看来只好等他回来，一并问了！"

山谷间的冷风扑了过来，杜巨源紧了紧襟口，抬眼望见重重圆墙后，如小山一般隆起的青灰色石冢顶部，更远处层层山峦后隐约露出洁白的峰顶。

门后像个大后院，由几乎一模一样的青灰色石片子垒成的一道弯墙与两道隔墙围成。杜巨源盯着右手边那道隔墙上。墙下有一道拱门，拱门两侧分挂着十数张面具。杜巨源的心头"砰砰"一跳。面具像是人脸，却只有一目。那独目极狭长，诡异地横卧于额头下。

郭孝悌看着他，有些不安地说道："夜间会更冷，山北已连日大雪。我一会儿让人给特使预备羔羊肉，给火炉添些炭。"他仍呼杜巨源为特使，面上露出了讨好的笑，右手自腰后掏出一个颇为粗陋、可置于马鞍下的扁酒壶，又道："这东西，近一年我天天挂在腰后，没舍得喝一滴。特使，西州、庭州、伊州间，你再寻不出更好的酒了！"

杜巨源转脸瞅了瞅那壶，道："像是突厥人盛马乳酒的酒壶。"

郭孝悌笑道："波斯胡商狡狯，常将最好的酒盛在最粗的壶里——这叫三勒浆，据说是三种叫什么勒的西域草药，与西州上品葡萄籽以波斯法共酿而成，"他压低了声，凑近道，"据说这酒去疾延年，还能辟邪。可笑的是，酒主人是个病得快死的老波斯。还是这驿站里的天山药草救了他一命，便拿这酒来答谢。他说我若要常年待在这驿馆里，一定用得到这酒。"郭孝悌忽然笑得有些勉强。

杜巨源接过扁壶凑近木塞闻了闻，眯了眼点点头，又向隔墙上的面具凝视片刻，指了指道："那些面具亦是为了辟邪么？"

郭孝悌叹了口气，沉沉点头道："当年石堡筑城后，死了两个军士。皆是半夜里死得莫名其妙。后来方知，那两人是凿开七道隔墙拱门的土卒，据说他们死前那日，皆提过'独目人'三个字，神情惊惧恍惚，"他手指指着拱门两侧的面具，"当年戍堡的将官请教了几个过路的萨宝后，高价收购了二十八张独目人皮面具，挂于门两侧。这种东西原本只有西突厥达官帐中才有，近年已散于天山南北的胡商之手。只有戴了这种面具，石堡里的人才敢出入这些隔墙。虽然此后再未死过人，但这地方确实有些邪乎。"他的嗓音有些喑哑，两眼紧紧盯着杜巨源，目光中透着殷切。

杜巨源抓着那酒壶，低声道："你要我帮你调离这鹿石驿么？"

"憋坏了呀！"郭孝悌忍不住放开了嗓音，"十三年前，我哥死后，我便驻守这柳谷。后来主事人的人联络上了我。接头人换了一批又一批。再往后，便没人找我了。如今连鸽子也飞不回来了。不瞒你，近年长安城里的事，只有从那些关内过来的胡商口中我才能听到一些。他们竟比新调过来的宫卫知道得更多。但我已经憋了十三年了呀，特使，你定要与大明宫里的人说几句这里。我知道大唐如今由她主事。我不求西州焉耆龟兹这些重镇里的大驿站，山北草原的厮杀地也行，这荒谷里没有女人没有酒，出个山口大半日，连见根草都难得很！数十个精壮汉子，挤两大间石屋子，皆要憋疯了！"

杜巨源将那扁酒壶慢慢塞入腰囊中。郭孝悌的目光有些亮了，却听杜巨源低声缓缓问道："越过这山谷去天山北麓，最近的路是哪一条？"

"你看那雪顶，"郭孝悌遥遥指向隐现于山峦云层中洁白的一角,"那是个雪峰,翻过去,便是北麓。"

杜巨源眯着眼睛看了许久,又道:"我听说山里还有一条通往龟兹的捷径?"

郭孝恃摇摇头。"难行得很!踏着铺满了雪和冰渣子的达坂山脊,一路西行。虽然省了很多弯路,但几乎没人走。"

杜巨源点点头,道:"今夜后,无论我落脚在北边的庭州,还是西边的龟兹,只要有命在,我会想法子通过主事人设在西域的'墨卫'暗网,将你的消息传回去。"

郭孝恃折腰便要拜,杜巨源一把扶住,缓缓道:"你说那波斯老胡,是服下驿中草药方愈?"

"正是。"

"驿站中存了山药么?"

郭孝恃迟疑着道:"这深谷中唯有些山货可居,为兄弟们日后回乡攒些路钱。今晨被一个老胡收走了,连藏了两年的干雪莲亦收走了!"

"天山雪莲……"杜巨源心中一动,抚着指环念叨着,又道,"此事听上去有些奇怪。"

郭孝恃点头道:"确实有点儿奇怪,他收了那么多货,又搬不走,只多占了个存货的屋子。"

"多占了个屋子?"杜巨源皱了眉。

郭孝恃沉吟道,"律令严禁官驿中设巴扎交易货物,故而来这驿馆中的胡商,只有天黑后在那些鹿石下交换消息。这老胡明知这规矩,仍收了一屋子的货。也是间预留出的石屋子,与你们那间只隔着一道墙。他只带了一匹马,一个女奴,定然带不走,不知他要如何出货……"

"女奴?!"杜巨源目中精光一闪,迅速道,"你前头说那胡商姓什么?"

"姓安。最常见的胡姓。"

"什么样貌?"

"最常见的样貌,"郭孝悌看着他愣了愣,道,"留着一绺胡子。"

杜巨源低垂了头,凝神沉思片刻,忽然笑出了声。他忽然抬眼看定郭孝悌,道,"你适才说你叫郭孝悌?"

"正是。"郭孝悌低了头,嗓音有些不自然。

"平灭龟兹的郭孝恪是你什么人?"杜巨源眼里闪着光,追问道。

"正是……家兄。"郭孝悌忽然涨红了脸,嗓音轻如蚊蚋。

"甚好,"杜巨源点点头,"向晚寻你喝酒,你的三勒浆。"便转身向那拱门行去。

杜巨源透过面具看到那个吊着的琉璃兜零时,已经穿过了四道拱门,经过了六间石屋。木门皆紧闭,但杜巨源知道门内有人。六道门外的石墙上皆挂了面具。

门外挂一张细长独眼无口面具的第七间石屋,与挂着三张咧嘴独眼面具的第八间石屋之间,垂下了一个方筐形的大琉璃罩子。泛黄的琉璃面上被烟熏了一层灰黑,垂在墙顶木制的吊臂上。杜巨源知道那是琉璃兜零,木柴置于内,燃旺时像盏巨大的琉璃灯,可防山风。是设在堡垒上的烽燧。他抬头盯向那琉璃罩子,罩子里仿佛是个石盆子,盆中盛了一小堆木薪。

有个影子动了动,仿佛是人影,在那罩子后。他大喝了一声。

再未见到任何动静。

是山中小兽还是他眼花？他目光渐渐移下来，两间屋子的隔墙外嵌着一根立柱。杜巨源走了过去，看着柱面上的画。像某种极古极神秘的岩画，以极简单的数根线条，勾勒一头踊跃向上的鹿形，如一气刻出。鹿首如鸟喙，鹿角极长，蜷曲向后，如蔓草或一道火焰。

杜巨源呆了呆，他转着指环，一时失了神。指环忽然自指上脱落，"啪嗒"一声坠落地上，在泥地上弹了两下，"咕噜噜"滚入那木门下的缝隙间，不见了。

杜巨源面色一变，趴下身透过那缝隙向内看了半日，起身伸手向那扇挂了一张面具的木门轻轻敲了敲，"笃、笃笃、笃"，木门微微震动。

他皱着眉等了一会儿，方要抬腿，木门忽然自内掀开。一条黝黑赤裸的长臂瞬时伸出，杜巨源不及开口便被拽入门内。木门"砰"的一声又合上了。

"商队"第二个死者

石屋很深。一条狭长的石炭槽隔成南北两半，烧得通红的炭块将热气散向挂满了毛毯子的四壁。李天水从榻上坐起了身，看了眼头上开了一半的木窗板，转眼瞥向炭槽另一头。米娜仍躺在红褐色的圆毯子上，面向垂着兽皮的壁角，仿佛仍在睡。智弘和尚仰躺着，已不再发出梦呓。李天水盯着他，直至看清他胸口仍在微微起伏，方收回了目光。

若有若无的吟诵声又自窗外传了进来。这回他确定自己并未听错。他提起榻头木箱子上的鹿角形银灯，在榻上立直了。他将那木窗板开得更大了些，风"呼"地灌了进来，险些将灯火吹灭。他浑身抖了抖，看见深蓝色的苍穹上布满了星辰。风中断续的声音既像诵诗又像吟唱他想起了那个人，轻轻跳下宽大的床榻，放下灯，拔闩推开了门。

琉璃兜零中的火光映亮了后院的空地。李天水裹紧了袷袢，抬眼看向垂挂着兜零的吊臂。声音确实是在安着桔槔杠杆的屋顶上传来。还响着，更清晰了，不是汉话，亦非突厥话，但他能听懂：

> 我们赞美蒂什塔尔星，
> 我们赞美继蒂什塔尔之后出现的那颗星，
> 我们赞美昴星团。
> 我们赞美北斗七星，

它与巫师和女妖相抗衡。

我们赞美吉祥的蒂什塔尔星。

神思恍惚间,那琉璃兜零中火光忽然一闪,他不由得转头,忽然看见那方形琉璃罩子上,映出了两点眼眸。他胸口一震,随即认出了那两点眸子。

两点深不见底的褐色眼眸,仿佛蕴藏着无尽的奥秘与力量。

他看着那吊臂伸了下来,缓缓移至他身侧。他被一股力量推动向前,跨坐在了那木杆上,两眼盯着那琉璃罩子。琉璃上的眼眸倏然消失了。他感觉自己在慢慢升高,面前漆黑的圆形石墙矮了下去。随后他看见了重重的墙顶。每一重墙顶上皆燃着一团火,微微映出了那大石冢在黑夜中看不清边际的轮廓。

桔皋杠杆停在屋顶边。顶上除架设提引薪木的桔槔,还可见一个燃起烽烟的古老石墩子。没有人在桔槔另一头提拉。李天水心头怦怦直跳,将目光向上移。两层石墩子最顶上,现出了一个人影。

瘦削的身形裹在束身黑袍子中,袍子角在夜风中摆荡。那人的目光正朝着李天水,好似近在咫尺的星光在发亮。她立在那石墩上的模样便似立在遥远星空的尽头。

李天水不自觉地伏身拜下,双眼却始终看向那人,他听见自己大声呼道:"波斯公主!你仍活着么?"

"我应约而来,说与你听三桩事。"风声将公主的声音带了下来,语调仿佛天山一般古老而神圣。

那声音仿佛从他身躯的四面八方同时响起。

"你见过这种重重轮回的迷宫,那是命运的映像,"波斯公主指着那重重石墙的黑影道,"我来为你指引命运的出口。你看那墙上升起的火焰,那是走出迷宫的标识,它们是阿胡拉的手指。"

李天水如聆天音,似懂非懂,却一动不动。

"你挂在金带子上的星盘,只有一个用处。当你身处迷宫时,它会指出那方向,无论是脚下的迷宫,抑或命运的迷宫。"公主眸中闪着光亮,看着李天水缓缓自黄金带上解下了星盘的囊袋。"你记住,你的宫位是第五宫,你的星曜是太阳,你抬眼看见最亮的星,旋动星盘指向那星辰的方位,你便能找出你的定位星。找出定位星你便能找到走出迷宫的方向。"

公主的嗓音在这石屋顶上缭绕不绝,极清晰又极寥远。李天水看着手中黄金镂空转盘,呆了半晌,很想再问个明白,却听见自己说道:"我记住了。那第三桩事是什么?"

黑暗中的那两点眸子闪出了笑意。"襄助正教的使者之中藏着一个魔鬼阿赫里曼的仆人,"嗓音飘忽不定,李天水胸口"咚咚"直响,不自觉地立起了身,向那石墩行近数步,凝神细听。但裹着黑袍子的公主看上去依然远在天际,"黑暗与光明间的战争不会停歇,阿胡拉亦不容我透露神启,那妖魔是个装模作样的说谎者、面目可憎的巫师、恩将仇报的凶手。去折断它的双腿,去将它投入烈火。草原上来的行善者,我已经全部告诉你了,"公主的嗓音越来越远,黑袍子亦自袍角开始,渐渐隐没消失在石墩上的无尽暗夜中,"快去那北斗七星排成的迷宫,走入那高高石冢内独目人的王陵,你的定位星将在七颗星的尽头闪现,将照亮正教失而复得的圣物……"

那话音仍在缭绕,李天水已听不清了。眸光仍在闪着,公主的身形已隐入了黑暗。李天水猛地一跃上了两层石墩。上面空无一物。一阵惨厉的哭号自墙下传出。李天水浑身一颤,转身看见眼前脚下的七重石圈上皆燃了一团火。随即一处燃着火的石墙下响起了一阵念诵声。与公主的念诵声不同,这嗓音像草原招引游魂的女巫的呼声。他越听越心悸……

他惊醒了过来,心"通通通"地跳个不停,好半日他方意识到自己身处何地。念诵的女声仿佛从灵魂深处响起,半梦半醒间他呆呆地听着这略带沙哑的嗓音与通灵般的音调。他听了一会儿,然后"腾"地自床榻上一跃而起。

是米娜的嗓音。是米娜在屋外念诵瓦杰。

狭长的炭槽子仍透出热气,贴着墙角的长榻上,智弘仍一动不动地卧着,却是换了姿势,背朝着李天水。李天水看见他肩头微微耸动,方松了口气。

下榻时李天水下意识地摸了摸腰际,带子与星盘俱在。榻前杜巨源的油布木箱子亦在,人却仍未回。他看了那箱子片刻,决定将它背上肩头,连同他自己的行囊。每一次离开屋子,他总觉得自己永远再不会回来。

他推开了木门时,第一眼看到的是与梦中一模一样的满天星辰。第二眼则是一个躺在地上的身影。他的呼吸顿住了。那人横卧于对面圆墙的近墙角处,火光映出了插在他咽喉上的刀柄。银制刀柄雕着一个兽头。随后他看到了火焰下格外鲜亮的红发,但面色苍白得有些发灰。深湛的明眸中,琉璃般的光彩已然黯淡下来,正对着那死尸揭开一半面具的蜡黄色的脸。墙角上石火盆中的火焰燃得正旺,那张脸面上的面具已拉至双目之下。十步外的李天水倏然顿住了身躯,一时只觉头皮发麻,手脚冰凉。

王玄策的一双鹰目再也无法发出锐光,两只眼眸子已经微微凸了出来,双目的神情又惊又怖,像是临死前看清了他绝想不到的恶鬼的模样。他十指死死抠紧了那刀刃,好像要死掐住那凶手的咽喉。

王玄策的尸身仍是一袭胡商装束,腰间围着一条蹀躞带。只不见那另一口油布木箱子。

箱子被带走了。与王玄策接头的"青雀"党人下了杀手,还是自己的推断全然错了,出卖"商队"的另有其人?

李天水猛地甩了甩头,深吸一口气,将目光转向了米娜。她颀长的身躯蜷在那件黑斗篷下,靠着那墙根,双手合于胸前,口中仍在念诵,红褐色的双目微微闪着光,好像要说些什么。

他抬眼看着头上的火盆子,忽觉醒后却比梦中更诡诞。他盯向米娜,缓缓道:"是你发现了他?"

"夫君,"又念诵了一轮瓦杰,停了许久,她方答道,"他在门外大声呼喊……我看见王公时,他的手还在动……夫君走后,我在这里送王公一段,等夫君回来。"

杜巨源?!李天水盯着她,大声道:"他去何处了?"

"他进入了那石圈深处,从这道缝隙中穿过去了。"她侧脸转向火盆子下的那根立柱子,立柱正嵌在墙角,却与右侧隔墙间留着一道难以察觉的空隙。李天水看见柱子上刻着带鸟嘴的鹿首与蜷曲的鹿角。"他听见墙后有动静,追出去了。"

他盯着那缝隙,过了一会儿,粗声道:"回屋子,越快越好。上闩,合紧木窗。照看好那和尚,等我们回来。切勿触碰死尸。"说罢,卸下那木箱子一手托住顶在头上,一侧身,便闪入了那道漆黑的空隙间。

高丽哑女

未置炭槽的石屋子里空气清冷，但杜巨源赤裸壮实的脊背上已是汗涔涔。他左臂曲起，将后脑枕在秫草垛子上，右手顺着身侧女子黝黑光滑的腰线轻抚着。那女子正迅速将一件黑皮革缝制的束胸亵衣裹上胸腹。杜巨源深沉而缓慢地呼吸着糅杂着山药与腥膻味的气息，想起自己已经很久未体验过这般强劲、狂野与酣畅了。他支起身，右手在身下压着的锦袍下寻摸到了腰囊，探囊取出了一个扁平粗糙的马革酒壶，闻了闻，拔出木塞子饮了一小口，两眼便眯了起来。他也许久没有品味过这般醇厚了。带着药香的余味一层层溢向了口鼻，他觉得自己的体力也在渐渐恢复。

他看着那女子裹上了一层破了洞的粗麻布紧身短衣，喃喃道："安菩老儿积财巨万，却让你穿得如此寒酸，只为在驿馆货栈间，不引人注目。确实是只狐狸。"

那女子侧过了脸，面上的红晕还未全然退去。她麦色的面颊容长，可惜双目过于细长，目下鼻侧布满了暗色的斑点，又不施粉黛。她的侧面贴着数绺汗湿的鬓发，细目中有光闪了闪，仍残留着一丝狂乱。

杜巨源看着她，道："能听明白我说的话？"

那女子嘴角不易察觉地翘了翘，摇摇头。

杜巨源坐直了身躯，"看我的嘴唇懂唇语么？"

那女子又点点头，一只手捏着衣襟，望着他的目光有些淡漠,与方才相比,裹上短衣后像换了一个人。

杜巨源的目光在她面上转了一圈,理着发髻,缓缓道:"我知道安菩老儿曾是宫廷乐师,而你的舞马之术,我只在长安宫宴的高床上见过。舞马健儿皆是男子,唯有一队女子,乃是自高句丽战俘子女中典选进贡。莫非你是……"

那女子同样细长的双眉一蹙,目露苦痛之色,却是一闪而逝,仍然稳稳地点点头。

杜巨源忽然笑了笑,一字字慢慢道:"如此甚好。我问你答,只需摇头或点头便可。"高丽女子也笑了笑。

杜巨源垂下头,在贴身短衣外缓缓披上锦袍、束起挂着一串大小锦缎腰囊的腰带,随后方抬眼,仿佛终于下了决定,很慢地道:"安菩老儿留了口信后,一路赶来这鹿石馆,是因为此处既是宫中布设在西域的暗哨之一,也暗藏着火祆教的势力。这地方有力量保护他手里的圣物。"

高丽女静静地看着他,既未摇头,亦未点头。

"安菩至驿后,却发现这驿馆中有些异样,或许是见到了某些奇怪的人或事,或许是住客……"杜巨源接着道,话说得更慢了,"令他有些警觉。他决定收下这里的山货,只是为了将那东西放入这间屋子。他会找到我,在那根'鹿石'下,装作与我交换消息。随后,我便可大大方方从那间屋子里带走一些货物,包括那半份'圣物'。这种事在这里很常见。不会引人怀疑。"

高丽女两眼一眨不眨地看了他许久,慢慢点了点头。

"我经过门外时,看见墙上挂着的那个面具,便猜里头是你。应该是安菩老儿留给我的暗语。"他笑了笑,又道,"是他授意你如此行事？"

高丽女的面容上像是挂了一层霜，她盯着杜巨源，很重很慢地摇了摇头，细小的眸子却凝然未动。

杜巨源眯了眼，目缝中闪过一丝狡黠。他看着她道："谢谢。"

高丽女以鼻息冷哼了一声。

杜巨源垂下了头，拇指不住地转动着那枚绿玉戒指。他抬了眼，高丽女仍一动不动地看着他。他一字字缓缓道："无论他此刻身在何处，入夜后，他定然要找我交换消息。"

高丽女面无表情。

杜巨源接着道："他选了这间屋子，也是因为这屋子的隔墙外，有一根鹿石。而石屋隔壁是一间空出的大屋子。他知道我不会错过他向我传出的消息。"他顿了顿，又道："他是不是要你告诉我，留在这屋子里等他？"

高丽女的眼神有些复杂，她缓缓点了点头。

杜巨源闭目默思片刻，便要起身跃下草垛。那女子一伸手抓紧了他的衣袖，另一只手抓过他手里的扁酒壶，拔了塞，修长的手指伸入瓶口，取出时，指节已是殷红。她掰过杜巨源的手腕子，用蘸湿的手指在他掌心中画了三横一竖。

"王？"杜巨源看着掌中殷红的文字，半响，沉声道，"你在驿馆里看见了王玄策？"

高丽哑女摇摇头。杜巨源盯着她："是安菩看见了么？是他令你告知我么？"

高丽女放开了他衣袖，点头。

杜巨源拇指捏着指节上的戒指。安菩不可能辨出王玄策的相貌。他是如何"看见"王玄策的？只有可能在那本簿册页上，他看见了"王伏波"的化名。安菩知道特使过所上的化名，这是有可能的。但是那簿册上偏偏没有这个名字。他有了一种不对劲的感觉。

他正要一蹿而下，手腕一紧。那女子抓着他的手掌始终未松。杜巨源转过了身，戴上了草垛子下的独目面具，另一只手轻抚上了她的掌背，柔声慢慢道："待在这屋子，莫出去。若事有急，可躲入这堆草垛子中。我会来寻你。"

高丽哑女沉沉地点了头。他跳下草垛，用箍着指环的手指拨开了门闩，推开一拳缝隙，左右看了看，一闪身，投入斜阳沉落前最后一道泛红的暮光中。

数千年的石柱蒙着奇异的天青色，此刻又染了一层橘红。杜巨源透过面具看着那流转灵动的鹿形线条，火光明暗间，仿佛有数头神鹿在石柱上踊跃，正直欲冲上云霄。他收回神，转向头顶，日光方没，天未尽黑，但琉璃中的火光已经燃起。方才有人点了火。没听见门外或顶上有步履响动。那人或许仍在附近。杜巨源极缓慢地扫视四下。四堵墙内没人，墙顶上也没有，他便大大方方地站在鹿石边，抬眼望着琉璃灯罩内有些发绿的蒙蒙火光。他不想在那间屋子里等安菩。

半个多时辰后，两侧隔墙上的拱门处仍未有脚步声传来。天色暗了，石墙间寒气逼人。杜巨源捂紧了襟口，抱着双臂，决定耐着性子等至中夜前。又是一个关键的命运之夜，在这种夜晚他一向很有耐心。他想到了很多事情，想到了那口箱子，想到了手里已经攒着的那个筹码，想到了王玄策，他的心怦怦跳动起来……无论王玄策藏在何处，明晨一定会来寻他，便像他认定安菩今夜一定会来这根鹿石寻他一样。虽然身处一片巨大的石圈迷宫，但事情仍在掌控中。

"哒哒哒"的步履声更响了些，在对面的圆墙墙角处。他望了过去。那边早就有些动静了，像石块跌落或衣帛摩擦过石壁之声，他并未留意。随后便有了步履声。他听见了一声低语，皱了皱眉。是人的嗓音。声音响起在屋后的院墙外，亦是第三重石圈后。如此说来那里也有一根……他心中一动，忽然看见那墙角顶上火光燃起。隔墙角顶上嵌着石火盆。杜巨源看着那火焰不安地在风中摇曳了数下，不对劲的感觉猛地又蹿上心头。

"砰"的一声闷响，自墙角后传来，像是有人忽然扑在墙上。

杜巨源身形呆了片刻，猛兽般向那墙角处蹿了过去。

鹿石下的交易

李天水的手掌已经摸上了垒起第四层石圈的碎石。第三层与第四层石圈间更宽了一些。寒风中如弱草般摇晃的火光映不亮对墙。李天水望着那些火盆。他还记得梦中那石圈上点燃的火盆组成的形状,那正是他在草原的夜晚望见过无数回的北斗七星的形状。

　　我们赞美北斗七星,
　　它与巫师和女妖相抗衡。

他清楚地记得那勺柄状的四颗星中,第二、三、四颗星几乎连成了一条直线。而第三、四颗星的间距,比之二、三颗宽了许多。他的手掌距离第四圈石圈上的鹿石,应该已不远。

　　快去那北斗七星排成的迷宫,
　　走入那高高石冢内独目人的王陵,
　　你的定位星将在七颗星的尽头闪现,
　　将照亮正教失而复得的圣物……

进入第三圈石圈后,他仿佛忽然进入了一个扭曲又寂寥的空间。除了风声亦听不见半分响动。但周围仿佛在动。看着身躯两侧的拱门,他觉得背脊越来越冷。仿佛踏入了一片古老、深邃而可怖的亡灵领地，不见半个身影，不闻杜巨源或任何人的步履声。但他决定继续深入下去，一直走入那高高的碎石冢。

天山山谷漆黑如锅底。七根石柱子上升起了火堆。鹿石边被刺死的王玄策。不知所踪的杜巨源。"正教失而复得的圣物"，公主的歌声好像又在脑中响起。他的思绪一时不能连贯，但心跳越来越有力。好像石圈深处有一股力量在召唤自己。那里真的藏着自己命运的秘密么？李天水的手指抚上了腰间雕着鹿首的金牌子，另一只手的掌心一凉。他终于触摸到了一块平整光滑的石面。

石面上的火光这时熊熊亮起，倏然映出了数头头尾相接的金黄色鹿形，较之他先前看到的两根鹿石上的鹿形更细腻更生动。鹿首上一点鹿睛仿佛通了神，透过那燃得正旺的火焰，直视向布满星辰的苍穹。

李天水的心跳加快了，但没动。他等着墙后头那人开口。

那人很快开了口，说的是粟特胡语。"誓约之神的手臂极长，毁约者无论在印度以东，还是在世界的西方……"

"无论在阿兰格河口，抑或在大地的中央，都难逃他的巨掌。"李天水用汉话接着道。他听出了墙后头的嗓音。嗓音带着一种准确的优雅。只是当时那嗓音说的是汉话。

鹿石柱另一侧静了下来。李天水知道那后头的人亦辨出了他的嗓音。许久，鹿石后又响起低声的汉话。"来自远方的年轻人，阿胡拉令我们又重聚在这鹿石下。可惜此时你帮不了我。"苍老而优雅的嗓音带着些微失望。确实是午前坐在毯子上那淡然有礼的白须老者的嗓音。

李天水咧了咧嘴。老者等的人不是自己。他缓缓道:"既然命运令我们又来到一根石柱子下,老人家又怎知我帮不了你?"

"阿胡拉或许有别的用意,因为你绝不可能有我需要的消息。"

李天水仿佛看见那老者在鹿石后微笑着缓缓摇头,他低声道:"老人家,你不妨说说。"

鹿石后的泥地上响起了轻微的"嚓嚓"声,步履声忽然顿住了,"你知道在龟兹,正在发生的事么?"

李天水垂头回想着。他想起了什么。柱子后脚步声开始远去,李天水忽然沉声道:"'安西都护杨胄,领镇中步卒三千,由王城伊罗庐城北柘厥关,西北移驻拨换城'。"

脚步声戛然而止。风声呜呜地卷过圆墙。李天水听见有人猛吸了一口气。随后,那老者依旧以缓慢而平稳,却明显变了声气的嗓音道:"你是从长安大明宫里过来的么?"

"我是从草原过来的,"李天水苦笑了笑,"但或许卷入了一些从长安带出来的事。这消息送你了,老人家。"

"你还知道些什么?"老者却紧接着问道。

"庭州刺史来济,分其蕃帐。庭州以南,归西州天山军,庭州以北,兴昔亡可汗与继往绝可汗所辖约十万帐落,尽归一个叫'苍鹰'的人统管,"李天水顿了顿。鹿石缝隙后像一口千年深井,无声无息地将他的话音吸入,却不闻半点儿动静。他接着道:"老人家,先前你曾提及庭州将乱。如今果然遇袭,刺史被杀。我不知道龟兹正在发生什么,但这些事情之间,恐怕有些关联。"

李天水听见了石柱后粗重的呼吸声,不是那老者发出的。

还有一个人在后面。呼吸声响了四五下后,老者更深沉的嗓音响了起来:"苍鹰……只有可能是他……长安犯下了大错……几乎不可挽回……"一声极深长的叹息,倏忽随风而逝。

"那个苍鹰,是谁?"李天水嗓音有些发闷,心跳得很快。

"前沙州刺史、伊州刺史,右卫将军苏海政,"那老者又叹了一口气,"当年平灭阿史那贺鲁后,大唐第一名将苏定方便被调去高句丽战场,带走了许多旧将。如今留在西域之人,军功最著、资格最老、权势最大的,便是这个苏海政了。"

李天水拧紧了眉头。他听说过这个名字,在沙州玉门关上醉酒后,刘猴儿常吹嘘他十多年前随刺史苏海政将军杀入龟兹王城的情形。那些旧事大话,莫说李天水,关上的将官士卒们亦早已听厌。此刻一个念头闪电般划过李天水脑际:苏海政主事过伊、沙二州,以右卫将军领伊州天山军,如今兼有降唐的两厢可汗的西突厥余部十万帐落,十余年前又曾参与平灭龟兹之战,听刘猴儿说灭贺鲁也有他。大唐西域名将众多,然十数年间或战死沙场,或远调东北,或功成身退。声名并不显赫的苏海政,如今隐隐然是天山和草原间权势蔽天的人物。若他是暗藏在西域的大唐叛党……又一阵寒风透入皮袄,李天水不禁打了个冷战。

鹿石后又静了片刻,仿佛那老者亦在沉思,随即苍老的嗓音又淡淡响起:"我听说过一些他的事。有人说他军功平平却精于交结贵人。他很善于拉拢西域降唐王族,他将亲旧插遍了大唐新征服的军镇,他是进献西域奇珍异宝最殷勤的刺史。而在外朝,还有更有力的人在支持他。于是,过去二十年间,他成了天山南北扎根最深的唐人。"

李天水凝神听着。他知道这老者正在与他交换消息,他们正在做着买卖。或许是事关西域的买卖。他不能听漏一个字,他也不能说错一个字。千年的鹿石在火光下闪闪发亮。

"'苍鹰'是他在一个秘密组织中的名号,据我所知,是一个叫作'青雀'的组织。由唐廷的叛臣结党而成。'青雀'的目标,据我所知,是长安宫中的掌权者,"李天水一字一字说得很慢,说得尽可能地如那老者一般准确。这些事与龟兹无关,但他知道那老者定然会感兴趣,"若是'苍鹰'想要在西域掀起一场叛乱……"

"若是'苍鹰'想要在西域掀起一场叛乱,他的最大目标定然是龟兹,是安西都护府,那是长安控扼天山南北的中心,是汉家精兵大集之处,也是天山以南沙漠边缘最美艳的鲜花、最富庶的绿洲,"那老者的嗓音低沉得有些沙哑,"若是'苍鹰'这种人要在西域掀起一场叛乱,至少须筹谋十年,进能成事,退亦能保身。那些最有经验的老猎人并不是最强壮的猎人,而是那些最会设计陷阱的人,他会静静地等待猎物自己掉下去。"那老者笑了一下。听上去就像个老猎人。

李天水愣愣地听着,忽然想起一事,缓缓道:"他自然不希望长安的掌权者与拜火教世界,或者与波斯势力有所勾连。"

那老者又笑了笑,道:"关于这件事,我不会比你知道得更多。"

沉默片刻,李天水又道:"我是不是已经告诉了你,关于龟兹的消息。"

"正是。"那老者淡淡道。

"这笔买卖,我们已两清了?"

"鹿石之下我必须诚实，你所说的事价值更高，我可以再告诉你两件事，"那老者压低了声，"我们方才在这石圈中看到了一些身影，向石圈最中心闪了过去。应该是大石冢的方向。第二桩，不要去龟兹。西域已成一个圈套扣着一个圈套的大陷阱，而陷阱发动的最末端，便在那个地方。"嗓音随着脚步声逐渐远去。

"或许我们还会再见。"李天水呆了片刻，最后道。

脚步声很快从墙后右侧消失了。李天水回头望了望，觉得那火盆中的光点已变得黯淡而遥远。

旋转石圈中的杀机

"嚓嚓嚓"的急促脚步声在碎石地上响起了回声。对面黑黢黢的圆墙陡然逼近了，两侧的隔墙却隔得很远，像狭窄的弯曲巷道。

转入第四重石圈后，李天水加紧了步子。他希望能尽快找到第五根鹿石的位置。那条闪向石圈中心的人影，是行凶者么？他想着梦中波斯公主的话，"从北斗七星排成的迷宫，走入那高高的王陵"，"它将引领你走向那命运的最深处"。北斗七星，七根鹿石，会将他引向何处？是这支谜一般"商队"的谜底，还是深渊？

他又想起了玉机。今夜她将与那苍鹰会面。玉机当时没有说出地点，但王玄策留给她的字条上写了四个字。"苍鹰，柳谷"。而王玄策此刻已经死了。他浑身打了个冷战。黑暗中眼前闪过了罗布淖尔湖泊边，那个伶俐书童脸上映着波光的干净笑脸。

他隐隐觉得不对劲。不妙，很不妙。他需要尽快找到下一根鹿石。

回过神后，他转身看见第四重石圈上的火盆已经离得有些远了。昏暗的火光隐隐映出前头三四步外的隔墙。方才看那隔墙仍是暧昧不明，此刻却已近在眼前。他蹿了过去。

窄隔墙冰冷粗粝的碎石棱硌得他生疼。没有光滑的石面，没有一丝缝隙。李天水又摸了一遍，确实修砌得严严实实。他记得那七颗星的排布，自勺尾数起的第五颗星离得较远。找到第五根鹿石必须穿过右侧这道隔墙。但这道墙是堵死的。

窄道间风声凄厉。火光越来越暗。李天水的心怦怦直跳，猛地转过头，盯向呜呜声不断的脑后。晃动在风中的火焰令两重圆墙黑影幢幢。李天水沉了口气。他方才一直感觉有双眼睛盯着他的脊背。或许是绷得太紧，往昔只有闻到野兽或者危险的气味时他才会这般警觉。但在这重重石圈中，他的肌肉控制不住地紧张起来，仿佛其中暗藏着一些可怕的力量。

他深吸了几口天山深谷的气息，慢慢令自己放松下来。想起那老者与另一个人的脚步声正是从右侧渐渐消失的。若这墙是堵死的，他们是越墙而过么？李天水看了看墙头，又摇了摇头。这时月光恰自云层间透下，墙头下露出一截圆木棍，像那些挂着皮面具的细棍子。他想起自己没有戴面具，想起了那些守陵的独目人亡灵，脊背一阵发冷。他盯着那根木棍。这棍子若扎得够深，或许能抓着它攀上墙头。他沉吟片刻，将杜巨源的油布木箱卸下，挂上了木棍子。"咔"一声，撑着箱绳的棍子一头弯了下来。他有些失望。这时他听到了一阵细微的"嘎嘎嘎"的石块摩擦声。他屏住了呼吸，将目光移向那声音起处。挂着木箱子的圆棍子墙面周围，慢慢勾勒出了一道拱形的缝隙。李天水凝神屏息盯着。随着那"嘎嘎嘎"的响动，那道缝隙渐渐深入墙体，在墙体中渐渐变宽，向后退。仿佛墙头下两三尺，一面拱墙正在极缓慢地向后移动。

但他马上发现自己错了。拱墙、箱子、木棍子仍在原地，是面前这道隔墙在渐渐向自己移动过来？

李天水猛地倒蹿出一步，吸下一口冷气，胸腔"咚咚咚"地不住地震动。呆了片刻，他急转身，圆墙上微弱的火焰在急风中狂舞，始终不肯熄灭，却在无可奈何中被一点点推向远处，仿佛随时将被那一团漆黑寒冷所吞没。李天水终于看真切了，他身侧的两重圆墙正带着身前身后的两道隔墙，在黑夜中缓缓转动！

他正身处在一个自行转动的石圈迷宫中，像是缓慢的旋涡、永恒的星体或轮回中的命运。

待他缓过神时，隔墙已近在眼前，静止不动的拱形残墙分离出了墙体，距后墙已有一步远。

一时风急月黑，月光又为云层所掩。隔墙渐渐逼近时，他恍惚陷入另一重世界，恍惚看到了缓慢而无限轮转的光阴。他的发辫被刮得散乱，他像通过神殿的拱门一般通过那道隔墙的拱洞，看着拱形的残墙。只有这拱墙看上去是静止的。他拧着眉头，抬手轻轻取下了木箱子，将那压弯的木棍子重又扳直。

拱壁果然向着那道裂开的拱洞缓缓合了过去，比那隔墙的移速更快一些。

李天水屏息看着即将再次拼合为一体的石墙。他已经知道那老者是如何走出这道隔墙的，但他是如何得知这秘密的呢？他想起了当年修葺这驿馆时，那几个开凿隔墙拱洞的驿卒。

驿卒领着他们穿过拱洞时，取下面具道："当年凿墙的三个驿卒，在七日内皆离奇死去，赶路的老胡说他们是被独目人的亡灵所害。只有戴上独目人的面具，方可自由穿过拱洞。"

李天水此刻忽然觉得，那三个驿卒真正的死因，或许是因为在无意间发现了这石圈中的秘密。隔墙中原本就暗藏了拱洞。

李天水浑身一颤。一股阴森之气穿透背脊，他猛地抬头，看见了平生未见的可怕景象。

隔墙顶上，陡然立着一个极其高大的巨人身影。在那身影下，那隔墙看上去仿佛是可随意跨过的矮墙。惨白的月光打在那身影裹着的灰褐色粗麻布上，像沙碛中挖出的古尸裹着的麻衣。头颅亦是惨白的，不见一根毛发，甚至连口鼻亦模糊不清，只有额头正中横着一只巨大的如死尸般凸出的眼睛，直直向李天水盯了过来，李天水只觉周身血液顿时凝固了。

他看见那独目巨人的双手已高举过头颅，头顶上有阴寒的光芒一闪。看不清那物件。李天水两条腿仿佛自淤泥中猛然拔起，身在半空他瞥见一个巨大的黑影僵直地罩了下来。肩头方砸在泥地，耳侧便是"当"的一声震响。他的左掌已挟着股劲风地挥了出去，直击向那趴伏着的头颅脑后。

这是经过无数个在岸边叉鱼、在山坡扑兔、在林间猝遇黑熊后，方能形成的本能。一掌击出后，李天水便知道自己不会再有第二次出手的机会。

"咔嚓"一声，掌缘切中了那巨人的后脑。李天水一愣。

便在他愣神的一瞬，"嗖"的一声，身后蹿出一道箭影，"咔"，一支短柄弩箭深深扎入那可怕头颅下被裹缠着布条粗大脖颈。巨人浑身一震，仿佛骨骼间响起一连串"咯咯咯"的怪响。李天水急忙缩回了手，看着那巨大的怪人抓着一柄劈入泥地的巨斧，直挺挺地自地上拔起，陡然间升入了半空，似是被一股无形的力量吸了上去一般。巨人脖颈上带着箭杆子，双手仍高举着那柄月下闪着青光的巨斧，在那隔墙上头悬空停了停，"呼"的一声仿佛被夜风卷走了一般飘向石圈高墙深处消失不见。

直至那箍着绿玉指环的左手搭上了他的肩头，他的心仍跳得很快。他自然早已听出身后有些发虚的脚步声，也猜出了是谁射出了弩箭。

丝绸之路密码1：天山石圈秘境　327

杜巨源

"你还活着,好得很,"李天水没有回头,他嗓音低哑,"你这弩机使得不错,若偏斜几寸我便也解脱了。"

杜巨源却没有笑,他一声未吭,抓紧了李天水肩头的手掌微微颤动。李天水听见他的嗓音抖得更厉害,"独目人……那便是独目人的亡灵?"

"不是。"李天水缓缓站起了身,握住了搭在肩头的那只手。掌心冰冷。他觉得自己汗湿的掌心中有一股热气传给了杜巨源。

"不是?"杜巨源的目光自第五重圆墙墙头收回,呆呆地看着李天水。他没有松开李天水的手。

"是傀儡人,"李天水的目光慢慢亮了起来,"木头傀儡人。"

"傀儡人?"杜巨源的圆眼睛瞪大了。

李天水抽出手掌,掌缘正对着杜巨源。借着一线微弱的辉光,杜巨源看见那掌缘红肿了起来。他眉头拧成了一股。李天水又道:"我见过这种傀儡人,在那地下巴扎内。后来烧成了一截黑木炭。"

"地下巴扎?"杜巨源定定地看了他半晌,目光一闪,脱口道:"那个康木木,你提到的那悬空帐肆中……"

李天水点了点头,道:"而那个康木木的主人……"

"那戴着傀儡面具的萨宝,你说他姓康?故而他是唯一主持空中帐肆赌局的人……"杜巨源的嗓音变大了,"我听说过有一种叫作'腹语'的西域奇术……"

"而那姓康的萨宝，便是为'苍鹰'做事的。他始终在石圈墙头的暗处盯着我，"李天水的嗓音已经沉静了下来，"一击不中便走。或许是见我有了帮手，或许是他并非定要取我性命，只想将我吓退。"

杜巨源看着李天水。此刻他在月光下全无一丝慵懒颓然之态，仿佛变成了另一个人。他当然能听懂李天水的意思，此刻"苍鹰"便藏在这重重石圈深处。他忽然道："王玄策的尸体，你自然看见了。"

李天水注视着他，问道："你看见了那凶手么？"

杜巨源摇摇头，道："但米娜看见了一个影子，在第四重石圈下。"

"米娜？"李天水忽然蹙起眉头，"故而你便追踪至此？"

"或者是那人将我带至此处。那人对这石圈的秘径极熟稔，闪过鹿石后，又打开了这道隔墙的秘门。我方要追上去，那道墙居然又自行合上了。过了许久，我方才看出这七重石圈圆墙一直在转……"杜巨源忽然说不下去了。

李天水吸下一口冷气，"你能担保？"

"拿我们戒指担保，"杜巨源伸出了套着戒指的手指，"圆墙转动极慢，而隔墙不动。入夜后方开始转动。日间圆墙亦不动。"

李天水又深吸下一口气。气息清透冷冽，带着一种古老蛮荒的气息。他定了定心，替杜巨源说了下去："你从那道拱门后通过后，却失了那人的踪影。"

杜巨源听罢不语，默然许久，忽然长叹了一声："我最后仍找着了那人。"

"在何处?"李天水目光一闪。

杜巨源转过了身,向另一头的隔墙墙角望去。三步后,李天水已看见了靠着墙角的高大身影。他走得很慢,但很快看清了靠在隔墙边大张着口、艰难喘息的人,看清了浸满那人胸膛上的血。他见过这个人。

"他叫郭孝悌,是这个柳谷驿站的驿将,也与我一样,为长安宫里人办事,"杜巨源看了一眼李天水,道,"我看见他的时候,他话已说不清晰,但我大致能猜出意思。午后他攀上了墙顶,看见南面升起了狼烟,但只一刻工夫便被灭了。他有些惶恐,他知道在山南可见之处,只有一个地方有可能升起狼烟。"

"车师古道进山的山口,我们来时经过的那个驿站,"李天水的声音很沉,他看着那个捂着胸膛大睁着眼的人,"驿馆中该藏着些山药,他或许还有救。"

"三棱铁矛扎得太深,他若未披这身皮甲,撑不到此刻。"杜巨源摇了摇头,"官驿中只有遇上强敌方燃狼烟,更不会随意扑灭。他便觉事急,但遣去山北探听消息的副将未回来,驿中已无人手可派,他只有去找一个在驿馆中收了一屋子山货的老胡,他知道那老胡常在鹿石下与人交换消息。"

"或许那老胡也是为长安宫里办事的人。"李天水盯着那垂死之人道。

杜巨源瞥瞥他,点头道:"那老胡唤作安菩,我说的另半件圣物,便在他手里,"他顿了顿,又道,"但他未找着那老胡,无奈只得来这里试试。因为他看见这重石圈墙上,有光亮透出。"

李天水看着身侧的圆墙，墙头上果然有几点火星在闪，像即将暗灭的生命。那火星正在慢慢转向自己，慢得几乎无法察觉。火盆下一根斑驳的立柱明明暗暗，该是块鹿石。

"他只等来了一支长矛。"李天水叹息着道。垂死的人一手捂着胸口的血洞，一手撑墙，不愿躺下去。

"独目人……"郭孝悌忽然开了口，嗓音中带着"嘶嘶嘶"声，不断有血沫子自嘴角溢出，"独目人……独目人……"

杜巨源皱了眉头，低哑了声道："你说那刺中你的，是个独目人？"

郭孝悌忽然又瞪大了眼，看向深蓝色夜空中的某处，眸子不停地转着，道："刘十三，我待他像兄弟……"

李杜二人对视了一眼，眉头俱深深拧结在了一处。

"我待谁都像兄弟，我未见着兄弟太久了……伏牛山上的登高处，我见着了，见着了……"他的嗓音忽然清晰起来，"嘶嘶"声也几乎不闻，"二哥、二哥！龟兹城门外，你一马当先，二哥，你看我们以百骑追亡逐北，二哥你看见了么……伊州军的马不及我们快，伊州军中最快的便是刘十三，二哥……"他面上焕发了光彩，但话音却被一阵猛咳打断。急喘了许久，他又道，"伏牛山下的河水真清啊……真清啊……真清……"

他的头颅垂了下去，两条腿兀自撑着高大的尸身。

二人看着那尸身，许久，杜巨源吐出了一口气，道："他说他要立着死，他二哥便是立着死的。"

"他二哥？"李天水的嗓音有些发哑。

"郭孝恪，你该听过这个名字。"

李天水瞪大了眼转向杜巨源。他自然听说过。郭孝恪是突厥人最惧怕的几员唐将之一，主事西州时山北诸部不敢轻越天山，后来战死于龟兹城外。他忽然又想起了那老者提及的"龟兹之事"。

数百里外的龟兹，天山深处的七重石圈，方被刺死的郭孝悌与十余年前死在龟兹的郭孝恪，那老者提及的"陷阱"，升起而又被扑灭的狼烟，今夜定然会在这驿馆某处出现的"苍鹰"。李天水忽然觉得所有的事物交织在一处都在缓缓轮转，如层垒起石墙的每块碎石一般带着隐秘的联系，被一股无形的力量，推着不断轮转。

圆墙后透过来一阵细碎轻微的"窸窸窣窣"声。有人正贴着石壁，缓缓朝这一侧的墙角移动过来。就响起在火盆下。李天水迅速拉了拉杜巨源的袖角，二人无声无息地蹑向闪着火星子的石盆下。石盆下果然立着一整块石碑，黑暗中已看不清石面上的图形，只可见石顶尖如刀刃，朝向二人的正是面斜面，那斜面与墙体间有一道又斜又窄的缝隙，仿佛被重剑斜斜劈出的。二人屏息盯着这道缝隙。杜巨源的手掌慢慢摸向了腰后。

有什么从缝隙间缓缓伸出。是五根手指。干瘦细长的指节，指甲又长又薄又尖。李天水吸了口气，迈出一小步，肩头却轻轻一拍。

他转过头看见杜巨源双目灼然有光，盯着那指尖，又在李天水肩头木箱上拍了拍。李天水看着他的眼神，缓缓卸下了木箱递了过去。杜巨源放下箱子，解开系绳，揭下油布。箱角没有铜锁，乃是数十条长短大小不一的木嵌板榫接拼成。杜巨源手指在最上边那面寻摸片刻，发力向下一按。"咔"的一声轻响，六根木条被按下数寸，箱面上凹下一个"卍"。右旋的"卍"

字。李天水的目光一闪,看着杜巨源两指自那凹下处探入,抓住那六根榫头相连的木条转了两圈。又是"啪嗒"一声轻响,箱盖弹了起来。他手掌顺势探入,摸出一物,似张长弓,却穿着七根弓弦。杜巨源的五指轮转,在弦上轻轻一拂,黑暗中响起一串清音,像疾风中的铃音。缝隙后的手掌蓦地伸了出来,杜巨源便将这琴递了过去。

李天水听见墙后深长的叹息声。随后那手掌又伸了过来,长指甲间是一叠方方正正的白绸布,月光下水一般泛着银光。杜巨源颤着双手接了过来,极小心地从箱角的缺口处置入,复又一抹一按,将那木箱拼合如初。李天水看见他的手指仍在微微颤动。随后那"窸窸窣窣"的声音又响了起来,却听杜巨源道:"你欲去何处?"

"这一圈石墙后有一个独目魔鬼在游荡,他已清理了一个闯入者。那魔鬼已经发现了我,我不能在鹿石边待太久,因为那魔鬼就在附近,"石墙后是一个刻意压着嗓音、听上去甚是可怖的嗓音,"穿过这层石墙时,你可须小心。那后面不是阿胡拉的领地。"

"看在阿胡拉的分上,我有几句话待说。"杜巨源急道。

"快说吧。"那嗓音听去更低更远。

"你看见那魔鬼刺死了驿将?"杜巨源迅速道。

"是。"

"在驿馆外的鹿石边,你可看见刺杀王玄策的人?"杜巨源哑着嗓子问道。

李天水心头亦是一跳,但石墙后逐渐远去的嗓音令人失望:"你问错人了,我自午后便在这旋转的石圈迷宫中迷了路。

我已很久未走出这两重石圈,已忘了我身后是第几重石圈了。幸好那姓郭的知道一些秘密……然而魔鬼已经发现了我……"那嗓音消失了。

二人对视了片刻,李天水先开了口,"巴扎里的那个琴师?"

杜巨源苦笑一声,道,"他早该来寻我。"

李天水看了他一会儿,缓缓道:"是那半件圣物。"

"我告诉过你。"杜巨源平静道。

"所以此刻,那两件圣物,便俱在这个箱子里。"李天水淡淡接道。

杜巨源面色没有丝毫变化,在月光下平静如水,"你如何得知?"

"王玄策不该死在这里。我想来想去,只有一种可能,他本就不是潜藏在商队中的'那个人'。"李天水嗓音有些发闷,"他留下的这个箱子,便是他从长安带来装载圣物的箱子。他本是故意将这箱子留给你的。因为你们已有约定,你以特使身份,代他完成西行使命。但须为他做一件事。此刻你可以告诉我了么?"

"他说他已经想法子引出了那只'苍鹰',若能擒获'苍鹰',或能牵出'青雀党'在朝中的首脑,俱是大功。他要我通过长安设在西域的暗网,帮他把'苍鹰'秘密押送至长安,"杜巨源叹着气道,"王玄策二十年前便立有奇功,又曾以奇货受内廷恩遇。但太宗病重时,他所献的天竺番僧为太宗调制丹药无效,太宗晏驾后,他历任县官,始终不得近中枢,故而视此次西行为生平最后一次机会。"

李天水皱着眉静听，良久，方道："而当他看见这最后一次机会已将把握不住，只有将他最后的杀招使出来了。"

杜巨源看着李天水，两眼越瞪越大，道："你是指，玉机？"

李天水抬着头，看向浩渺夜空中闪烁的群星，仿佛那些星点正与他对视。

杜巨源眉头越拧越紧，沉声道："若是这般情势，那玉机今夜便绝无可能将圣物带给'苍鹰'。"

"或许玉机今夜去见'苍鹰'，只有一个目的。"李天水仍望着夜空。

杜巨源目光一跳，道："你是说，他要玉机在今夜制住'苍鹰'？"

"你不必如此惊讶。你在交河城驿馆的石屋子里，已辨出王玄策留与你的是藏着圣物的真箱子，自然亦已想到王玄策与'青雀'无关，以及种种可能的情形，"他对着那星空笑了笑，"只是未告知我而已。"

杜巨源僵着脸一动不动凝视他半晌，苦笑了一声，道："当时我方寸已乱。我亦想过，王玄策没有拿到另半件圣物，不应该走，除非他在客栈内已知晓地下巴扎之事。我还曾一度疑心安菩……当我发现王玄策绝对未将那箱中圣物取出时，便觉得这个秘密，知道的人越少越好。"

"你只是病了，"李天水用拳头敲了敲胸膛，"疑心病实在太重。当时听了你的话，我也犯了这病。"

"此刻王玄策已被刺死，但你能肯定他便不是出卖商队的那个人？"杜巨源凝视着他道。

丝绸之路密码1：天山石圈秘境　335

"非常肯定。"李天水话音像马蹄般干脆。他注视着杜巨源的眸光在黑暗中晶亮，一指额角，随后他敲打着胸膛，"我与你们走了这几天路，所有人的印象都在我这里。他一死，我便知道我错了。若早些醒悟，我或许本可以救他！"

杜巨源看着李天水，仿佛从未见过这个人。李天水的眸子中闪现着他不懂的东西。他心中某种原本很坚固的东西在松动。那种东西蕴藏的力量，支撑住他在惊涛骇浪与更为险恶的朝堂暗流中生存了下来。他一向觉得自己一定会是那个最后活下来的人，因为他与生俱来便有一种常人没有的东西。那些关陇旧臣、元勋子弟，早已失去了那种东西。只有他，是真正留着高门贵血之人。只有他，在被踏入污泥后依然能破土而出。但此刻，他忽然意识到了一件事。他紧绷着脸，目光比山风更寒冷，手指重重搓摩着那指环，嗓音有些嘶哑："若是那样，你在怀疑谁？"

李天水静静地看着他，没有开口。其实他已不必开口。

此刻，玉机正带着一口货箱去见"苍鹰"。智弘命在旦夕。杜巨源与李天水虽然侥幸拿到了两件圣物，却正处于这杀机四伏、不断轮转的石圈中。

而那个他们引入这石圈迷宫的，与最先看见王玄策尸体的，是同一个人。

那些总能应验的预言，既预示着危险也引来危险的水精莹光，坎儿孜井下诡异的吟唱与起舞，王玄策在绝望中说过的一句话，现在听来像是无意中的谶语。

还有案板下的那句"恶魔长着鲜花般的模样"。

杜巨源的目中闪过了一丝痛苦，却是一闪即逝。月光又黯淡下来，风越刮越猛，将二人的衣袍刮得"呼啦"作响。李天水看不清他的神情，却能感觉到他转着指环的手在微微发抖。

一声惊怖的号叫自石墙后的深处响起，瞬息又被风声淹没。二人的目光同时惊跳了一下。是方才与杜巨源说话之人的嗓音，安菩！

杜巨源一个跨步便要闪向那鹿石斜面的间隙，却被李天水一把拉住袍袖。黑暗中他听见李天水的嗓音穿透了风声："一个人进去足矣。你背紧了这箱子，原路回去，越快越好。想法子避开所有人，想法子去看一眼那和尚。若是有机会，把他也带走，若是没机会……在那辆马车里等我。你该还记得那马车拴在何处。"

杜巨源眼中忽然有热光闪了闪，他迟疑了片刻，道："那你……"

"我会来找你，天亮后你若未见我，驾了马车走。别用鞭子，都是好马，"李天水语音像马蹄子般爽利，他顿了顿，又道，"别以为这是好差事。给我领路的驿卒说，拴马车的木桩子上，昨夜缠的是蓝布条，意思是有空房。午后依然有空房。你看见没有……"

"换成了红布条子！"杜巨源瞪大了眼，"你的意思……"

"有人换了布条子。我想是'里面'的人发出的信号，或许是告诉那个外头来的人，'里面'已经准备好了。"李天水嗓音越来越低沉。

"你的意思……"杜巨源哑着嗓子道。

"我的意思是，你若能活着蹿出这几道墙，活着钻回那车厢里，便已很不容易，"李天水迅速道，"我的意思是，你带着这个箱子等我,亦是桩极紧要的事情。"

过了片刻,杜巨源缓缓道:"你从未疑心过我?"

"见你第一眼起,我便知道你很想走过去,"李天水咧嘴笑了笑,"便如同见你第一眼起,我便知道我们不会是朋友。"

杜巨源苦笑了一声,片刻后,他厚实的手掌在暗夜中伸了过来,沉沉地在李天水的肩头上拍了拍,道:"如果你真有什么阿胡拉护佑,想法子找到玉机带回来;如果那里头的人或鬼,超出了你的想象,别逞强,至少把你自己带回来。我不想再空等一回。"

李天水的嘴角咧了咧,左手抓了抓他的手掌,只道:"快走!"

杜巨源将绳索束紧肩头,迈开大步行过李天水身侧,不一会儿便消失在了黑暗中。

李天水在风中凝立了一会儿,直至再听不见杜巨源的脚步声,随后向那斜向墙内的鹿石闪了过去。二人说话间石墙已经转出了四五步远。进入缝隙前李天水的右手摸上了石面,靠近顶端处摸到了一些清晰流畅的线条,掌心感觉到了一股温热之气。他收回右掌贴上了胸口,嘴里默念着什么。随后左手攒拳,一闪没入狭窄缝隙后。

故人相逢

穿过第五重圆墙后,李天水背贴墙面,抬头看见星空下有飞鸟自石圈深处向外掠去。他凝视星空,自勺柄数起,北斗第六颗星远远挂在第五颗星的东北,正闪闪发亮。他靠在那第五颗星所在位置的鹿石旁,感觉到背后的圆墙正无声无息地缓缓擦过背囊。

石圈圆墙的转速比先前更快了许多。

他的心"通通通"跳着,肩头已经碰上了直隔墙的墙面。他记得墙角原在四五步外。

他迅速半转过身,将背脊贴在隔墙上,左臂紧靠着圆墙墙面,被隔墙推着缓缓前移。依凭着墙角,他双目来回扫着两侧移动中的圆墙墙体,像夜晚林中眼中泛光的雄鹿。他已经感觉到了野兽的气味,以及一对暗中窥伺的目光。他知道自己现在正是头已被掠食者发现的猎物。

"吁——吁——"第五重石圈后的风声如呼哨般自耳侧响起。仿佛这重重石圈,是被越来越大的风力向前推着轮转。他的脊背贴着隔墙,向另一头滑了过去。他必须尽快找到那第六块鹿石,它定然嵌在第六重圆墙某处,在这隔墙后,在距离甚远的东北方向某个暗处。他必须尽快通过正置身其间、杀气越来越浓重的圆环形死地。

随后他听见了一种"沙沙"的摩擦声,像鞋底擦过泥地,极轻微,几乎为风声所掩。李天水停了步,凝神静听了片刻。

"沙沙，沙沙"，那脚步声走两步，顿一顿。又是两步，近在李天水身后，隔着那道墙，跟着那转动的墙体慢慢前行，像是一只野兽，在慢慢逼近猎物，"沙沙，沙沙"。

李天水背抵着隔墙，急促地喘息。轻不可闻的"沙沙"声于他而言极刺耳。背后那人在等着他滑过来，那人已盯上了自己，或许不知具体位置，但隔着墙早已听出了自己的动静。

他喘息了片刻，缓缓解开了背上囊袋，从四十七块馕饼间抽出了一根四尺铁棍。达奚云的铁棍，沉得压手，一缕淡淡的月光映出了杯口粗细的棍头。李天水眼角向身侧瞥了瞥，这段隔墙正中凿出了三个垛堞般的方孔，竖直排成一列。最下的方孔在李天水脖颈上，最上则至墙头下尺余，可容一拳穿过。那缕月光便是自最上面的那方孔洞透了过来。

李天水看了一会儿，忽然猫下腰，将囊袋吊在铁棍一头，极小心地跨至方孔下，等了等。那"沙沙"声响在墙后同一处，亦戛然停顿。他猛地一抬腕，囊袋飞了起来，直直飞过了墙面上的三个方孔。几乎同时，他放开了始终攒着的左拳。黄光大亮。只一闪，又没入拳中。但已经足够了。

便在黄光将灭未灭，囊袋落回最低的孔洞前的一刹那，一支长矛毒蛇般自那孔洞中穿了出来，刺透了装满了馕饼的囊袋子。

矛尖一刹那顿止。墙后的人硬生生顿住了手腕子，正要收回。李天水不会给他第二次机会。

矛尖一顿，李天水人已弹了起来，半空中那一道棍影闪电般穿透中间那眼方孔。"砰"的一声脆响。他手指一震，知道自己击中了头骨。墙后传来一声沉闷的倒地声。

李天水打开手掌,墙面再次大亮,掌心中火球般的圆珠子,光芒远及隔墙两端,并透过了方孔。李天水将杜巨源留给他的宝珠子衔入口中,将铁棍插回囊袋,伸手将卡在方孔中长矛抽出,提在手中,岩羊般跃起五六尺,一掌一脚各搭上一个方孔。他深吸一口气,手脚再同时发力,两腿一分,已骑上墙头。如提枪揽辔踏镫上马一般。

但他的双股一触上墙头,便知道自己坐不住了。

珠光自口中散出,打在了仿佛比冰面更平滑的琉璃墙头上。铺满了墙头的琉璃映出了密密麻麻的星辰,未及辨出那最亮的一颗,他的身躯已歪斜了下去。他的心也沉了下去。

在他双腿彻底脱离墙头前,一道白光如雪光般闪过琉璃中的星辰。飞在半空中时,他耳边响起"啪嚓"一声震响。是重器砸碎了他刹那前坐着的琉璃墙头。飞溅出的琉璃碎片划破了他的腿肚子。"砰"的一声,他重重落地,脊背下的布囊中,被压碎的馕饼子发出一串"咔咔"声。背脊针刺般的酸痛,他一时挺不起身,看着墙头上那道雪光又一闪。闪回第六重圆墙后,圆墙后黑暗中仿佛有一个极高大的影子在晃。

又是它。若他稍慢片刻滑下,此刻已被劈作两半。他湿透的背脊贴在冰冷的泥地上。但他远未脱险。

他抬起右臂,始终未脱手的长矛矛尖深深扎入泥地,发力一撑,勉强直起了腰。再一发力,正要屈膝抬腿,忽觉脚踝一紧。他猛地扭过头,看见未及抬起的右脚脚踝上,被一只枯瘦的手掌牢牢箍定。

黄光掠了过去,映出了一张惨白的独目人的脸。李天水浑身一颤。皮制的面具上那颗怪异的眼珠子被砸碎了,竟是颗绿珠子。额头连着鼻梁处可怕地凹下了，血迹浸透了面具。碎珠子中散出了诡异的幽绿色光芒，正死死盯向李天水。李天水看见那人一身戎装与郭孝悌一模一样，另一只手已经从马靴中摸出一把寒光闪闪的匕首，正比向李天水的小腹。

刀光方闪入目中，李天水的左腿已向后踢了出去，如野马尥蹶子。同时右臂发力，整个身躯撑着那矛杆子拔起，蜷起挂在矛杆上。

"啪嚓"一声，独目人头颅猛地一仰，李天水知道他下颌碎了，但手掌仍死死箍着李天水的足踝。上半身竟被李天水带着，正要离地拔起。

雪亮的寒光带着一股阴冷的劲风又自李天水身侧划过。"嚓！"血光迸溅，那个独目人的首级自他腰下蹿出，滚出了老远。李天水死死咬着那颗亮如烈火的大珠子，看见一柄刀刃三尺、刀柄四尺的巨形长刀斜斜劈入了殷红色的泥地中。刀柄末端的铁链一直延伸向对面圆墙后黄光不及的黑暗中。头颅和手臂的阴影高过了第六重圆墙的墙头。随即那手臂晃了晃，铁链子猛然一收。"仓啷"一声，劈入泥地的长刀刃猝然拔起，光练再一闪，没入第六重墙后不见了。

李天水慢慢地自矛杆子上滑了下来，袷袢外袍也湿了。他低头看了看碎裂的袍角，察看了腿脚。腿脚还在。他想起那句话，"当陌刀者，人马俱碎。"

他听说陌刀重逾二十斤，即令是最壮健的步卒，挥动陌刀亦须发动全身腰力。方才劈来的陌刀刀柄末端拴着丈余长的铁链，墙后头的人像收钓竿一般便将那陌刀收了回去。墙高丈余，那人的头颅却高出了墙头。而且他已看出那人绝不可能是个木制的傀儡巨人。无论多机巧的傀儡皆无法通过铁链子发力，精准地甩出这柄巨刀。

李天水只觉脊背上的汗水正慢慢变得冰冷，寒气正慢慢透入脏腑。

他在带着血腥气的寒风中僵了片刻，看着那片骇人的墙头。墙线隐约在缓缓移动。他忽然有些晕眩反胃，狠狠吸了口气，忍着那越来越浓重的腥气，向那黑暗中的那颗头颅缓缓走去。

口中的黄光泻上泥地，映出了一道断续的血线。前行近二十步，便至血线的终点。那颗头颅静静地靠在了对面的圆墙下，被旋转中的墙体带动，正在诡异地扭转。李天水双手捧起血污的头颅，缓缓揭下了皮制独目面具，目光一跳。

珠光覆上一张狰狞可怖的，已变了形的惨白面庞。但那耷拉着八字眉，豆子般的小眼睛，以及死前凝起的阴狠眼神，令他想起了一个他认识的人。

刘猴儿，玉门关上那个心眼子最多、最爱吹嘘，也最怯弱的关卒。

"刘十三，我待他像兄弟……"耳边响起了郭孝悌临死前的声音。

李天水紧紧捧着掌中的头颅，呆了呆，猛地甩了甩发辫。他绝不是那猴儿，他看上去比刘猴儿更枯瘦，也更苍老。他记得那尸身上的胸甲闪着亮光。

莫非是明光甲？

一片阴影罩上了那可怕的头颅。他的脊背一颤，猛地仰头。圆墙之上，陌刀极长的锋刃已举起。刀柄下一颗幽绿的眼珠子恶灵一般盯着自己的双眼，闪出的光芒比落下的刀光更阴冷。

四尺长的刀刃当头斜斜劈下，面朝石墙的李天水几乎已避无可避。

便在带着腥味的刀风入耳之时，李天水的眼前忽然闪过一个金色的鹿形。

金黄色的神鹿奋蹄踊跃，仿佛欲跃上天际，像极了他黄金带扣上的神兽。

他本能地扑了过去。金鹿随着石墙一转而过，他仿佛被一股力量吸入了墙中。

李天水听见身后"当"的一声震响，沉重而锋利的刀刃劈上坚硬的石面。他的身躯在墙体内震颤，整面石墙皆在震颤。但他并不惊惧。

眼前的金鹿仿佛活物一般昂首一跃，雄健的身躯与蔓草般的鹿角飞升起来，如流星般一闪上天。

一闪过后，他又被抛回到了黑暗中，跌在了圆墙另一侧独目巨人的皂色长袍子边。

劈过墙头的陌刀未及抽回，但袍脚下，一条长腿猝然抬起，踏向李天水的头颅。借着珠光，李天水恍惚看见一根粗壮的枝条当头砸下，他心念一动，手中的长矛已刺了出去。

电光火石间，"啪嚓"一声，那条"长腿"竟被矛尖生生刺断，但下冲之势未减。独目巨人瞬时失了平衡，向李天水身上斜斜倒了下去，李天水的矛尖又刺了出去。

"嚓"，一声刺中血肉的轻响，紧接着"咣当""砰"两声巨响。重又举起的陌刀脱手飞出，在墙面上砸开一道大坑。碎石飞溅在地上躺着的那"巨人"身躯上。原本高举着陌刀的右肩，已被矛尖刺透。

珠光映亮了那巨人的身躯，"长脚"上的身躯竟显得颇为枯瘦。他右肩被穿透，摔得绝不轻，却只闷哼了一声。左臂硬转了过来，鹰爪般的五指抓了矛柄便拔。李天水手臂略一发力，"呲"，透过筋骨的矛尖深深扎入了泥地，将那人钉在了地上。那人的手臂颤了颤，未吭一声。

李天水撑起了身，看了眼地上那条被刺断的粗柳条。他曾听安吉老爹闲谈时说过瓜、沙、甘、凉诸军中曾秘密训练过一种"高脚健儿"的攻城锐卒，双股绑定柳条行走如飞，逾越矮墙如平地。他还记得关上有人醉时嘲谑，有个关卒便是自"高脚健儿"营中逃出。他还记得那个关卒的名字。

"怎的不杀了我？"钉在地上的人忽然开了口，嗓音嘶哑微弱，被皮面具蒙得发闷。李天水仍听出了他的嗓音。他看见那面具前额上莹绿的眼眸子，光芒亦黯淡了许多。

"我告诉过你，我不喜杀人，"李天水取下口中的明珠，盯着他，冷冷道："即令你两次偷袭，也还算是条硬汉子。"

"哈哈哈，突厥废柴！"钉在地上的人嘶哑着嗓音狂笑，可怕的笑声在石墙间回荡。他猛地一挥左拳，"啪"的一声脆响，钉透右肩的矛柄竟被肉拳生生砸断，歪在一边。李天水一动不动，看着他以那红血的左掌，死死按在地上，颤抖着将身躯撑起。看着他将矛柄自筋骨血肉中一点点拔出。看着钻心的"嘶嘶"摩擦声中，自肩头不住涌出的鲜血染红了他半身，一滴滴汗珠自面具后滴下。看着他脊背靠上了那一小截钉在地上的断柄，胸口急剧起伏。

丝绸之路密码1：天山石圈秘境　345

"刘猴儿，"李天水目光透亮，嗓音喑哑，"你本该是个良将，为何从贼？"

那颗幽绿色的眼珠子盯了他一眼，"哼哼"冷笑一声，嘶哑着嗓子道："突厥废柴，你懂个×！"便不再开口，他慢慢扯开了绑在两腿上的绳索，解下长短两条柳枝。他撑住那根被刺断的短枝，支起了颤抖不止的身躯。他猛地仰头，皮面具向后一出，露出了熟悉的尖嘴猴腮，他嗓音发闷："我兄弟的首级还我！"

首级抛向他头面。面具下的嘴一张，叼了那首级浸透了血的发髻。那人慢慢转过身，任那肩头鲜血涌出浸透袍襟，左手只撑着那根短枝，顺着那石墙转动的方向，滴着血，向另一头的黑暗中一跛一跛行去，遗下了那柄横在地上，斩下了他兄弟首级的陌刀。

石人杀阵

　　直至他背影慢慢隐入暗处，李天水方回过神来，忽觉天旋地转。地面上的黄光中闪出一道黑影，他闪身蹿向石壁，躲过身后那人，迅疾反手抽出铁棍子。那人直挺挺地向前移去，石雕的面庞在珠光中一晃而过，竟是个突厥石人。

　　紧贴石墙的背脊又渗入一阵冷气，身躯亦在不由自主地向左转动。他低头看了看，心快跳出了腔子。

　　脚下的泥地不知何时开始与石墙同向旋转。石墙仿佛已有些倾斜，"沙沙"地擦过他的袷袢。又一个石人自另一侧自右侧的黑暗中滑了过来，"啪"的一声砸在他右侧几步远的墙面上又弹开。

　　暗处不断滑来石人，"沙沙沙"地自他面前掠过。脚下的泥地如沙州城外的流沙般无声地向地底旋转。李天水已有些站不稳了。这时他突然想到自己正被卷入地下。头脑"嗡"的一声，一时呼吸变得困难。

　　他只感觉到自己飞扑了出去，像一头将要滑下崖壁的岩羊那般本能地扑出，直至双臂箍紧了一个石人硕大浑圆的头颅，他方感觉到自己锤鼓般的心跳声。

　　七个一人半高的突厥石人，在这石圈迷宫的最深处，如地下巴扎中酣醉的人群在疯狂旋舞。"嘣嘣嘣"的震响不绝于耳，石像或砸上两侧逼仄的圆墙，或两两对撞，每一声皆令李天水头皮一麻。他的脊背已有两次擦过石人。

最深处的两圈石墙甚短,片刻工夫便转过两圈。李天水死死抱着的高大石俑正越滑越快。他浑身上下只能感觉到胸腔内的"怦怦"重击。

逼仄短小的环形区域,诡异地"咯咯咯"自转的石墙,旋涡般渐渐向下旋转的泥地,仿佛要冻住血流的寒风,身下发狂般滑舞的石人。眼前仿佛天地颠倒,星斗离散。

李天水却看到了一条唯一可能的生路。

珠光在第七重墙面上迅速掠过了一圈半,在那墙上映出了一个鹿形。巨大的鹿形,一闪而过。

李天水两眼发亮了。这时身下石人向前猛地一倾,他手掌一滑,将将滑下前,他猛地挺腰夹腿,双腿铁钳般夹定那石人略为凹陷的脖颈,就势坐上石人两肩。石人滑行之势如一匹脱缰烈马,且不住抖动。若被甩下去,狭小石圈道内几乎无处闪避,必是被身后的石人撞为肉酱。李天水屏住呼吸,脊背如张满的弓弦般绷紧,将明珠重又衔入口中,伏在那越滑越急的石人上。

只待那鹿形再次闪现,他便要再赌一赌自己的命。

一阵急速弦音忽在身后响起,碎玉落珠般尖厉急切,像绝望的呼救声,转瞬间又湮灭在呼啸的风中。李天水转头,另一尊石像已自身后蹿出,眨眼间便越过李天水,竟比他身下的石人更快了许多!

两尊石人错开一瞬,珠光映出一个血淋淋的矮小身躯。李天水心头一震。那人被死死绑在那石人背后,以一圈圈铁锁链缠紧,正疾速带向珠光与月光不可及的黑暗。他最后瞥见那人的一只手死命地向背后够去,仿佛抓向悬崖边缘一般抓向几根隐隐可见的琴弦。

那一瞬间，他仿佛看见了安吉老爹和许多个被命运带向黑暗的人。

鹿形再次闪去身后，他又错失了一次机会。或许已是最后一次。

石人又向下倾斜了一些。他看见泥沙碎石正急速卷着石人而下，两侧的高墙仿佛升高了。背脊后是仿佛从天山雪顶灌下来的凛冽寒风。两三个石人擦过地面的"嚓嚓"声越来越近。

他又听见一阵急弦，弦音已经微弱了许多。

李天水双腿紧箍石像脖颈，俯身舒臂，间不容发之际自地上掣起一物。近二十斤的陌刀压得他手腕子疼。他仿佛又回到了那赛马的草场。两腿再一勾，生生将身躯勾了上去，另一只手掌顺势在那石人宽阔的头上一按，他腾空一跃，像站上马背一般站上了那石人两侧微微露出的双肩上。

他扭头后顾，看见身后四尊石人错落滑来，一瞬间在月光下竟与北斗勺头四星的位置相合。他愣了愣，转头向前看，前方最接近的那尊石人只在十步开外，已倾斜着将没入地下。一侧石壁上某处正泛着月光。

月光亦映出了那尊石人上绑着的血人。

李天水又扑了出去，像是将自己投掷了出去。

绑着血人的石人的滑行已慢了许多。李天水像一只雄鹰般飞临，恰在那石人头上坠落，握着刀柄直直劈下。三尺长的陌刀刀刃划过一道明亮的弧线，"仓啷啷"连声响，六七条铁链子应声而断。李天水的身躯亦落了下来，一只手抓住了那个正要从石人上滑下去的人的肩膀，脚底猛地一蹬，身躯又弹了出去，抓着那人弹向那旋转壁面上的闪亮处。那血人手指仍死死抓着几根琴弦。

"轰"的一声响，那石墙像是猛地被扯断一般，自那闪亮之处陡然裂开，直裂至地下。一根闪着金鹿之形的石柱子直直陷入了墙下地面裂出的缝隙中。

李天水便随着那鹿石坠入地缝，仿佛正坠入一道漆黑的巨口。

他抬头看见自己的手掌紧紧抓着一只血淋淋的手，看见繁星密布的深蓝色夜空下，越裂越大的石缝边，一个石人紧闭双目的幽玄神情。随后他便什么也看不见了。

脊背上的震痛深入脏腑。陌刀早已脱手。一只手仍死死抓着那血手。他感觉窒息般憋闷，却并不恐惧。

阿塔说死后人会上天，为何我却下了地底？

烧灼一般的周身硌痛毫无征兆地忽然消散，腰背后是一整片极平滑的石面。仿佛一片晨雾后的潮湿草坡。他越滑越快。

比恐惧和痛苦更强烈的绝望令他透不过气来。

正在他感觉灵魂将脱壳而出时，同样毫无征兆地，脚底忽然一亮。背脊后的石面消失了，半空中，他两眼一眩，急坠下去。肩头"砰"的一声重重砸上地面。顾不得剧痛，他本能地滚了出去。地面柔软如茵草，身躯停下时他意识到自己落在了一层厚厚的毛毯上。暗红如血色的毛毯在光亮下有些刺目。随后他看见了毯子上现出一条人影，盖住了他的身躯。

他抱着肩头猛地拧腰又滚出两圈。人影跟着他，不紧不慢，像一只戏耍着地鼠的凶残野猫。李天水滚至一道石墙边，抬眼看见蒙去大半张脸的头盔后两只狼一般的眼睛，映着刀锋的寒光，那佩刀刀尖略弯，仿佛嗜血的鹰喙。

那人披着一身细密如叶片的扎甲，头盔下穿出一缕缕结扎着骨片的长辫子，突厥人的长辫和扎甲。粗壮的身躯封死了李天水所有的逃脱机会。他慢慢举起了刀。

压在他身躯下的一只手腕子弯了过来，探向腰后。逼过来的突厥武士周身铁片护得不见一丝缝隙，除了盔面上的两个圆点。李天水盯着那仿佛带着狞恶笑意的两只眼睛，手指已勾住了刀柄，迅速将全身精力凝于指尖。

头顶处隐隐传来"仓啷啷"的异响，片刻间响彻地底。他忽然意识到了什么，目光越过壮大的身形。突厥甲士顿住了刀柄，不由自主转过了头。

一道白光霹雳般划过半空，"咣当"一声巨震，击中李天水顶尺余的石壁，又弹了出去。血柱子喷上了他的袷袢，李天水看着那甲士的头颅斜斜飞出，划过一道弧线落在地面不住地滚动。无头人在身前晃了晃，直直扑倒。李天水伸手撑住，将身躯掩藏在那无头披甲尸身后，目光向那四周扫去。

他是自一个半圆窗洞坠入了这间穹顶圆壁拱门的地室内。窗洞便凿开在拱门上。那道白光亦自那洞中飞出。李天水的目光定在那柄斜斜插入毛毯，刀柄犹在颤动的陌刀。这沉重而锋利的三尺刀刃，转过铺满碎石的冰冷泥地，滑过黑暗的地下，划过明亮的半空，最终掠过了那突厥甲士盔面下四五寸长的脖颈。

李天水的身躯不由自主地一阵阵抖动，抖个不停。

头颅落在了拱门一侧，血仍在汩汩地从腔中涌出，断颈处毯色深了一大片,且在慢慢扩大。

　　这个狼一般的突厥人瞬间便被命运抹去了。死亡像突然降临的暴风雪,无论强弱,瞬间抹去一切。

地窟逃生

地室未燃火，但穹顶上垂下了七条如珊瑚般呈枝条状的玉光髓。淡红的光芒自穹顶映上四壁，那里挂满了各类黄金饰品。整个地室宛如笼罩在一层金色的薄雾中。李天水看见新月形的项圈、小巧的镶着菱形红宝石的金扳指、大小不一的各类金环、坠着双羚羊或双马形的金耳坠、顶端雕着有翼神兽与四周挂满金叶子的金冠、长四五尺线条笔直优雅的金箭、刻着狰狞兽面的三角金盾，以及宽阔的浮雕着龙形神兽的金剑鞘。更多的是他不知用处的金饰品。他的目光在一张由黄金雕磨成的独目人假面上停留了片刻。黑玛瑙嵌入的独目发着幽昧的光。随后他盯着一圈金带子上。

三四寸宽的金带子自拱门两侧，贴着石壁，环绕了地室一圈。金带子由一截截弯取的方形金牌拼接而成，每一截金牌上皆浮雕兽形。他从被一整块拱形巨石堵住的拱门一侧看了过去。从那些极粗朴却极生动的线条中，辨出了野猪、豹子、羚羊、狮子、猛虎、鹰……以捶揲法打制而突出于金牌上的野兽，仿佛带着股比真实兽类更为悍然的生气。他心中一动，随后发现了这些兽类的共同点。这时他听见了一声痛苦得不似人声的呻吟。

那个血人便躺在拱门边，一动不动。李天水行至门边蹲伏下去，是个瘦小的带着山羊胡须的老胡，左脸已肿得不成人形，想来是直直砸在地上。更可怕的是他的两条腿，两膝关节已被刺成了血洞，有白骨露出。李天水心头一颤，避开的目光正撞上那老胡抬起的目光。那惨白面上目光空洞，看见他的形貌，忽然露出了异样的光芒，口里喃喃，仿佛是"天子、天子"之音。

李天水以为他说的是"突厥"，摇头低声道："我不是突厥，但我知道你是谁。你叫安菩，原本是长安宫中的乐师。又混入西州祆教秘密火坛，为长安搜罗消息。近年来西域与中原联系断绝，你熬了下来，只为等那个从长安过来的人。"

那老者看了李天水半晌，慢慢摇了摇头。他的目光涣散如垂老的山羊，低了头断续哀叹道："啊，梅赫尔，我对你没有撒谎，你却为何折断我双足，令我如此痛苦……我亲手将那圣物交给了信得过的人，我并未背弃誓约……我确实想回长安。阿胡拉明鉴，谁若在长安那般地方待过一天，便一辈子都不会忘记。"

李天水盯着他的眼睛，许久，忽然轻叹了口气，道："这些年来，你身在西州，心念长安，却只能为祆教做事。你信祆教，亦该守誓。中夜独眠时，怕常会有此身非己身，此心非己心之感。"

安菩慢慢将枯涩的双眸转向了他，缓缓道："你是那杜郎的朋友？"

李天水咧了咧嘴，道："算是吧。"

"你若有命逃出去，还能见到那杜郎，替我转个口信。"安菩顿住了，不住地喘息，他说得很慢，嗓音越来越虚弱。李天水见他两腿自膝下满是血，似乎还受了内伤，皱了眉道："你且闭口。我会想法子带你出去。"

安菩喘了一阵，仍费力道："我有个儿子，叫安金藏，仍在长安，亦是太常寺乐工。他……你对那姓杜的提一提这个名字，让他回长安后，替我护一护金藏，长安宫里凶险……"忽然爆出一阵剧咳。李天水轻抚上了他的背。血喷上了李天水的袍襟。他忽然想到了阿塔。那老者又道："杜郎是高门，我听说，你们汉人，高门重信诺，千万让他答应你，"他猛地抓紧了李天水的手，"告诉他，不会是白白许诺，我卖给他一个消息……'苍鹰'只是个……只是个棋子……'青雀'……'青雀'的大人物……已经……去了龟兹……他们在找……天子……天子……"又一口血喷出。他说不下去了。

李天水心头一阵急跳。这些日子他已经听了太多秘密，安菩喑哑不清的虚弱嗓音不知为何令他心跳不止。他吸了一口气，又轻扶起安菩的背，抚了抚，像是在抚慰。他低声道："我背你出去。"

安菩却猛地用力挣脱了他的手掌，费力摇头道："你若怜悯我，便给我一刀，我从未对阿胡拉说谎，不该熬受这般的痛苦……"他的嗓音越来越弱，目光暗淡了下去。他又昏厥了过去。

李天水托着这重伤老者的背，将他的背脊缓缓移靠在拱门边一口扁平的小木箱边。他怕安菩平躺下去便再也醒不过来了。当他看清楚那口小扁箱时，不由得一怔。

他见过这口箱子。在玉机的背上。

他抬起书箧。书箧下堆了一堆衣物。他凑近了那堆衣物。

漆黑宽大的长斗篷，火红色的狐皮披肩，深青色的翻领窄短胡袍，长靴，窄裤，几件饰物。堆在最上面的却是几件女子的亵衣。

他有些透不出气了。他仿佛看到了两点乌黑灵秀的眼眸子，正在伶俐地转动，眼神如嫩草般青涩，青涩得令人有些心疼。

她是在这里换了女装么？还是……他一伸手，将已松开绳索的书箧的木盖子拉开了。书箧分左右两格，左格中是一方古雅的乌木匣子。盖子开着。几个细雕小圆盒李天水觉得眼熟，似乎昨夜在那地下巴扎见过。另一格中却满满塞着一条石榴般艳红的长裙子，还有一件深蓝色的短襦衣。衣裙下整整齐齐摆着一叠书册。

李天水重又合上了书箧，惶急的目光开始在地室内转动。毛毯上空无一物。除了拱门与窗洞，坠满了黄金的石壁上亦不见一道缝隙。

但他必须尽快出去，必须尽快找到她。

他走过去，发力猛推那块堵住门的巨石。纹丝不动。他仔细观察了细如发丝的拱形缝隙，又摇了摇头。

这道拱门只能从内侧移开。他神情凝重，目光又回到了那条贴着圆墙一周的金带子。长方的金牌以细小的金丝绦穿过，首尾相连嵌入斑驳圆墙上两道凸出的裂缝间。首尾……他目光凝聚起来。

每一块牌子上雕出的兽形，皆是后蹄翻转向脊背。一股强烈而怪异的活气被工匠雕出，仿佛浮雕于金带上的，是一些正在半空中旋转的神兽。金带子有些眼熟。他的目光顿住了。

绕着墙的金带子出现了一个缺口。在那张独目人黄金假面的正下方，闪着金光的羚羊与怒狮浮雕间，飞起的羊蹄与探出的狮爪间，空出一块凹陷下去的石槽。

围满了圆墙的金带子却缺了一截浮雕兽形的金牌。一个念头蹿了上来。他的手指搭上了腰间，心又重跳起来。"啪嗒"，翻过手掌他看着那块被解下的鹿形圆牌，鹰嘴神鹿的后蹄翻转向蜷曲的鹿角。

他微颤着手指缓缓地将那块圆牌子嵌入那空缺的石槽。径长丝毫不爽。他的呼吸急促起来，羚羊翻转的后蹄与狮子露出的利齿上，各有一个小小金搭扣，他的手指微微颤动着，"咔嗒咔嗒"两声，鹿雕圆牌扣上左右两块方牌，嵌上了弯曲壁面上的石槽。

几乎同时，响起"嘎嘎"两声。圆牌子竟自行微微一转。鹰喙向下转，鹿蹄向后翻。随即便不动了。他感觉整条金带子瞬时有了极细微的变化。

一道灵光闪过脑际，他两眼闪得比黄金更亮。他将手掌捏住了那雕着神鹿的金牌，鹰喙向下鹿蹄向后缓缓扭转，"嘎嘎嘎"，黄金圆牌以及左右两块方牌随着手指转动起来。仿佛连环锁链一般，每一块以金线串连的方形金牌皆以后蹄翻转的方向转动起来了。一开始什么动静也没有，直至那鹰嘴与后蹄完全调转。李天水听见石壁深处微微一震，他闪电般将手指缩回，倒退数步。

"嘎嘎嘎、嘎嘎嘎"，他看着绕着墙面嵌着金带子的那道石槽在缓缓裂开，好像一张兽嘴在缓缓张开。片刻后，他发现自己完全弄错了。

拱门两侧延伸出去的整面圆墙才是这间地室真正的门，门锁便是这条金带，解锁的钥匙便是那块圆牌，而那道被堵死的拱门更像这石室一道真正的墙壁。

脚下的毯面抖动起来。"哗啦啦"的一阵响,黄金饰品或武器忽然纷纷自墙上坠落毛毯。那圈金带子也早已掉了下来。穹顶已有些倾斜。玉光髓斜斜垂着,不住地抖动,仿佛随时将坠落。

他想起那方才坠入黑暗前陡然裂开的颤抖地面,不由得浑身亦是一颤。

他迅速将布囊束紧在腰间,将斗篷胡袍塞入书箧,系绳背上肩。他看见仍靠在石壁上未醒转的安菩,一蹲身将他背起。他抬眼看了看圆墙,那道缝隙只有不到一尺宽,已不动了。墙面上的黄金几乎尽数震下,堆了一圈,仿佛在等着人穿戴。脚下的毯面快站不稳了。只有那张独目人的黄金面具兀自留在那墙面上。李天水盯着那颗仿佛也在盯着他的玛瑙独目看了片刻,伸出长臂,将那张面具取了下来,收入怀中。

他双手箍紧了安菩,退后数步,如豹子一般扑了出去,扑向这条在命运深处裂开的缝隙。

石冢内的密会

他落在了层层石阶上。

石阶只比足底略宽,却极长,绵延向两侧,直至没入身后缝隙微光不及的黑暗中。李天水抬头看了看,石阶并不太陡。三尺以上一团漆黑。他直觉这层层石阶将通向极高之处。

他伏阶静听片刻,四周一片阒静,摇撼的地窟已被隔绝在缝隙后。

这时他听见头顶上有响动,极轻微,仿佛自极高处传下来。他从腰囊中取出明珠,再次置入口中,将安菩背稳,拾级而上。

明珠的黄光只照亮了眼前四五级台阶。"啪、啪、啪",踏上石阶的足音在身后回响。他感觉身后很空旷,仿佛是个空谷。他知道没有退路了。

黑暗中他不觉得可怕。起先他觉得孤寂,越向上他越觉得肃穆。他想起了草原上的萨满在登上石堆祭台时的凝重步子。背上的安菩没有一丝动静,连血滴声也听不见了。只有足音在黑暗中回响。他觉得脚底的石阶将直通向天。仿佛此刻世上只余他一人,正独自向着天际走去。回响声越来越近,他扭头向左右看上去,模模糊糊地看见了石阶在身侧的边界。

他觉得自己正背着一个血人走在一座神殿中,而神殿的陛阶正在逐渐收窄。

随后,他又听见了头上那轻微的响动。此时更清晰了。又登上四五十级后，他辨出那是风声。"呜呜"的响声，带着轻柔缥缈的调子，仿佛是波斯公主或米娜的吟唱。

头顶上微微亮了些，漆黑渐渐转为了青灰色。他仰起头，珠光打了上去。他看见了一片沙黄色的石壁。快到头了。他的心跳忽然快了起来。

三十余阶后，出现了一整块黑乎乎的墙。墙很窄，因为最后数级石阶两侧的墙面已近逼在身侧。像走上了一条死路。

李天水并不惊惶。头顶两尺上的缝隙透出了昏暗的光。他看出那是月光。风声亦呼啸在缝隙外。他将手伸入缝隙，石壁被微微掀开了。他已不甚惊讶。这时他又听见了一种声音，他心头猛地一跳。

是一个人说话的声音，就在面前的黑墙后。说话声好像隔了很远听不清。能听出风铃般清脆伶俐的语调。他按捺住心跳，掌心再次向上够去，触碰到石面时手指抠入缝隙，微微发力。"啪达"，一块石片被拨开了。透过方形的缺口他看见了一颗星星。泻入的月光令脚下的石阶更显圣洁。他又抠落三块石片，月光将他整个人映亮了。他举高双臂，手掌上的书箧、行囊恰好穿过一人宽的孔洞。随后他搭上了那头顶孔洞的边缘，双臂猛地发力，带着已有些发僵的安菩，猱猿一般蹿出孔洞，蹿上顶壁。

然后他便知道自己身在何处。

寥廓天际，星辰已稀落了许多。夜色苍茫，群山莽莽，不知从哪个山口吹过来的风令他陡然激动了起来。他大口呼吸着天山的气息，看着脚底下巨大的石冢堆在谷底，忽然眼眶湿润了。那么多年，他丢掉了魂。他感觉自己心跳的节奏正响应着那一阵阵的风。

又响起了人声,在身后下方。他转过身,看见大石冢的顶端上方笼罩着一层白雾。说话声就响在白雾下。他屏住呼吸,爬了过去。

温汤密会

　　山风刀刃般割过身体,李天水却感觉到一股温热之气漫过头顶。氤氲的白雾是潮热的水汽。李天水背着安菩,低伏了腰,迎着那越来越热的气息攀爬了上去。踏上石冢最高处时,他看见顶端是个凹洞,敞开向天。热腾腾的白汽便是从下凹处升腾而上。他趴伏在洞边,伸长脖颈,看见冢顶下的雾气中藏着一个圆壁石室。圆室不大,顶部便是冒着白雾的冢顶凹洞,底部大半为水面。李天水看出那是一泓热汤池。热腾腾的雾气便是自汤上升起。他想起有人说过天山深处藏有温汤。他无论如何想不到这温汤竟藏在石冢顶端之下。

　　山风吹散了一片雾气,他隐隐看见凹洞中池壁上雕着一面独目人脸。热汤自那凿开的口中"汨汨"流入池中。热汤定然是从地下引上的。

　　又一阵山风掠过,迷蒙的水汽中有光亮晃动。水雾稍稍散开时,他看见了池中一段赤裸的腰背,白瓷般光洁细嫩。寒风呼呼灌入,他的胸口"砰砰"作响。雾气淡了,他可以看见那裸背上艳丽的青蓝色,一簇簇像是翎羽。风中隐约有人声响起。是个男人带着鼻音的尖嗓音,如食腐的鹫鸟落下时的叫声,却听得甚是清晰。"既然拿到了东西,为何空着手上来?"

　　"那突厥武士令我脱去衣物。他说没有一张生面孔,可以穿着衣服见苏公。"玉机的嗓音颇为平静。

　　"嘿嘿嘿嘿,"苏海政笑声中带着桀桀之音,"委屈你了。故而你留在了那间墓室里?"

"便是那间挂满黄金的……墓室内。"

"一口箱子?"

"缠着绳索的书箧,一口扁平的小箱子。"

李天水听见了"啪啪啪"三声拍掌声。水面上隐隐露出一副筋肉精壮的身躯。

身后的石冢内部响起一阵脚步声,骏马一般从容。过了一会儿,他听出是从他方才登上的石阶那里响起的。

数百级的黑暗石阶上,莫非还藏着一个人?他想起那时他嘴里含着足以映亮身躯的明珠,心一阵狂跳。

他汗湿的掌心摸向身后,听着那脚步声缓缓行上最后一级台阶,停在那窄墙上。"笃笃笃"。

"哥舒!去那间挂满黄金的墓室,取一口扁平的木箱子。"苏海政带着怪异的鼻音,大呼道。

"笃笃笃",石壁上的叩击迅速重复了一遍,李天水听见那人转身慢慢行下阶梯,方呼出一口气,随即心又揪了起来。

那间黄金墓室里只有一具已经身首异处的尸体。那口扁平的书箧,此刻正背在他肩胛上。

他的手又摸上了那插在行囊上的铁棍子。草原上的经验告诉他,在黑暗中更需要耐心和等待。他已经闻到了危险的气味。

"嚓"的一声,未及他反应过来,一个身影极干脆利落地自他掀开的口子蹿上石冢,迈着豹子一般的步子缓缓向顶端开口处行来。李天水的脊背猛地一紧。他已发现这个对手远比他想的更强大。

此刻他觉得自己更像是一头猎物。

十步远处,李天水看见那人的左肩上扎着一小截断箭。他方才是单手撑了上来。箭头扎入肉里,但从肩到腰背绷得枪杆一般直。他吸了一口冷气,觉得把握又小了几分。

五步远处,那人停了步,两只眼睛死死地盯着他,忽然向他伸出右手,掌心摊开向上。

李天水先一愣,随后看见了一双琉璃般透明的眼眸,眸光焦灼而坚毅。他猛然省悟,将欲扑出的绷紧了的身躯渐渐放松下来。他缓缓起身,行上前时已解开了肩头的绳索,将书箧递了出去。

那人将书箧抓紧,拉了拉,丝毫未拉动。他抬了眼,见李天水直直射来的目光不肯移开。两人对视了片刻,那人看了看凹洞下,对李天水点点头。他抬起了另一只手,用颤抖的手掌在李天水手背上拍了拍。骨肉扯动箭簇时发出轻微的"咔咔"声。李天水慢慢将手松开了。

那人目光移向李天水身后,安菩仰卧在青砖上的月光中,双目紧闭,面色惨白,两条触目惊心的腿在不断抽搐,手指却死死勾住了那箜篌。他将目光收回,手指在腰间摸索一阵,腕子一抖,一个琉璃瓶子便飞了过来。李天水扬手接住,见他已转身走了回去,很快消失在了那缝隙中。

"呜呜"的风声湮灭了他的足音,隐隐又带出了温汤中的人声。李天水俯身蹿回冢顶开口边缘,闻了闻那药瓶子,旋开木塞将黑色的粉末撒在了安菩两个膝盖的血洞上。他伸手捂住了安菩的呻吟声,打开书箧,从胡袍上撕下几片布条,轻轻绑上安菩的双膝。这时他听见那带着鼻音的尖嗓音道:"两件东西么？"

"两件东西。"

"俱是藏在书箧里？"

"俱是藏在书箧里。"玉机迅速重复，语气沉着稳定。苏海政又笑了笑。

"为何那东西会藏在书箧里？"苏海政带着怪异的鼻音道。

"若是王玄策与杜巨源一人各背着一口箱子，谁会盯上一旁的小书童身上的一口书箧呢？"

"有意思，你有意思，"苏海政的笑意更浓了，隔了片刻，又道，"听说你是高阳公主的女儿？"

李天水张大嘴。他听说过高阳公主。老军汉们醉了酒，最爱提前朝宫闱秘闻。他时不时地听闻那公主貌美骄悍，最为得宠，却恃宠骄纵，闹出过私通和尚的皇家丑事。前些年又卷入谋反案，已被今上赐死。

玉机是……怎么会？！

静了片刻，又听见玉机的声音。"是。"嗓音干脆利落，听不出丝毫异样。

"孔雀呵孔雀，原来你是只凤凰。"阴恻恻的嗓音刻意拖长，李天水看见苏海政缓缓向玉机欺近。蒙蒙水汽中现出高凸的颧骨，凹下的双颊，一双闪着阴鸷亮光的眼睛直盯着玉机。李天水的拳头攥紧了铁棍，那带着怪异鼻音的嗓音又道："我正缺一只凤凰。你跟着我去龟兹便可以做一只凤凰。"

玉机向后退了两步，她背上华艳的尾羽收紧了，嗓音却听不出紧张："属下愚钝，请苍鹰明示。"

"明示……哈哈哈哈哈，"苏海政忽然爆出一阵怪笑，笑得李天水心头发毛,"萨宝,你来明示她。"

水池边有亮光一闪。在苏海政身后十余步的池壁边,忽然现出一个人影。那人身着白色长袍,右手扶肩,向着温汤微施一礼。缀满宝石的白绸面纱不露双眼,边角被风撩起。他的汉话与他主持地下巴扎时一样缓慢而淡然。"简短而言,'苍鹰'阁下几日后便将入主安西,成为龟兹真正的主人。他的女人自然只能是尊贵的凤凰。"是康傀儡康萨宝。

李天水听着心跳声,看着玉机背上的孔雀羽翼一收一放,片刻后,听见她说:"若此事是青雀计划中的秘密,苏公不该令属下知晓。"

苏海政又是一串桀桀怪笑,道:"这自然是整个计划中最核心的秘密。但此刻,我也已经将你纳入了计划中。况且,起事便在数日内。此时此地,即使有人飞鸽急报长安,亦已经来不及了。"

"龟兹安西军素称最精,而且……"玉机的声气听来开始有些急促,"而且,属下恐龟兹与西域诸胡人心不附。"

"安西军……嘿嘿嘿,"尖细的笑声又响了起来,"你不会看见安西军一兵一卒……至于诸胡人心,嘿嘿,康老儿,告诉她什么是西域诸胡人心。"

"人心就装在你的书箧里,"岸上的康萨宝道,"取得圣物之人,是创教先知琐罗亚斯德在一千两百年前的指定之人,将得到整个火祆教世界的尊崇。而你们唐人所称的西域,虽然如今盛行佛教,真正可怕的力量却是暗中联结成一张巨网的火祆教势力。"

晦暗的夜空尽头渐渐透出了亮光。李天水似乎有些懂了，为何王玄策诸人乔装出使，一路上仍不断遭遇神秘势力的暗袭。

"哈哈哈，"苏海政笑得更响了，"那婆娘要王玄策越葱岭去大夏找那卑路斯？愚不可及！届时我便让他自行来龟兹朝圣！哈哈哈……"

"笃笃笃"的叩墙声响了起来。苏海政似是未闻，又笑道："小娘，你恐怕不知，无论是西域诸国间的异宝财货，抑或狼帐、军府内议定军政机密，皆在由明暗大小数百个秘密火坛，由日夜不息的商队、墟市、帐肆、货栈、驿站、沙漠暗堡，乃至天空中无形的鸽道所形成的密不透风网络中流转不休。进来吧，哥舒！"他又用力击掌三声。

"吱呀呀"连声响，那道窄墙仿佛自行缓缓移开了。李天水看见一个高大的身影略弓了腰，右手捧着那书箧缓缓走向温池边。顶端圆洞下凹陷的石室忽然气氛沉凝下来。山风一时停歇。

那人将书箧捧至水边。玉机已等在出水口的独目人石雕后，伸手接过了书箧。雾气蒸腾间，李天水隐约看见两人在交接的一瞬对视了片刻。他紧紧攥着被冷汗湿透的双拳，定定地看着玉机在缓缓地解开书箧绳索。

"怎的肩头中箭了？"蒙着面纱的康萨宝忽然开口。苏海政的目光方才扫向自门外进入的武士。那武士一声不吭。却听玉机清脆道："他领我进石堆的那道暗门前，肩头上便已经挨了一箭。我亲眼见他将那箭杆子掰断。"

"康萨宝，今夜石圈中似乎钻入不少咬人的老鼠，我的两个死士至今未回。是消息泄出去了么？"苏海政扭头盯了过去，康萨宝不紧不慢回道:"苏公忘了,消息在那地下巴扎中便泄出去了。苏公原是欲做个陷阱,正好将王玄策那队知道了太多事的人,一并杀灭在七重石圈内。"

"既如此,那些老鼠被杀灭了么?"苏海政的声气愈发阴冷。

"只知道有两只大老鼠已经被诱入石圈了,我此刻也在等消息。"康萨宝缓缓应道。

"哼哼哼,"苏海政阴阴一笑,又转了过来,看向玉机。玉机已将绳索解开,正要打开那木盖子,苏海政忽道,"这是王玄策的书箧?"

"正是。"玉机停了手。

"我听说,王玄策喜欢写行记?"苏海政语带嘲弄。

"十五年前,他自天竺还朝,带回《中天竺国行记》,一度洛阳纸贵。"玉机淡然道。

"他的虚名,便是因那书而起,"苏海政冷笑道,顿了顿,又道,"他有没有与你说及。他此番远行,另有一桩秘密使命。"

"从未听他提及。"

"他会不会记在行记中?"

"或许。离京前,他已写了两三页。他说行记须有缘起。"

"那两三页纸,自然在书箧里?"

"我亲手将那几页纸置入匣中。"

"甚妙,"苏海政"咯咯咯"笑出声来,"将你那东西取出来吧。"

李天水看见玉机将木盖子掀开了,看见了那个乌木匣子与匣子上的两个细雕小圆盒。她将木盖子轻轻置入温汤中,那盖子在水上漂浮起来。李天水看见玉机轻轻摆腰，一步步靠近苏海政，一只手托着那书箧，一只在缓缓拧动木盒子。李天水只觉得周身血液一时凝结。

赤身的二人只剩两三步之遥。玉机已经拧开了那木盒子，苏海政正要探身向前。"扑棱棱"一阵响划过上空。李天水心头一跳，扭头看见一只鸽子自背脊后的无边暗夜飞来，掠向那大石冢顶端凹下的温汤石室。

岸上肃立的康萨宝扬起了手。那手掌亦裹着白绸布，四条金链子自指间穿过，连向手腕上的金手环。灰色的鸽子斜斜冲下，落在四条金链与金环连接处的一颗红宝石上。李天水看见那人另一只手抬起，自鸽足上取下了一支短箭，箭簇闪动着金光。

"金箭飞鸽！"苏海政夜枭般的双眼早转了过去，"你在等吐蕃人的消息？"

"是那黑教的大咒师，吐蕃人的密探。"康萨宝又扬扬手，鸽子"扑棱棱"地飞走了。

苏海政冷冷道："你昨夜告诉我的消息是，吐蕃人杀了'夜莺'，已经毁了与我们之间的盟约，不可信任。"

"'夜莺'事败后，已成火祆教公敌，在西域已难有容身之地。黑教的咒师其实将她保护起来，昨夜已送还。此刻的消息，是个私下交易，关于朝廷安插入'青雀'的一条暗线。"康萨宝以他一贯缓慢而无起伏的声调道。

"哼哼，"苏海政冷冷一笑，"既是私下交易，我不便过问了。"

康萨宝弓腰扶肩，至岸边将那支短箭缓缓递向温汤。苏海政冷笑着伸手。穿着箭上的,是片卷起的布帛。他将那片布帛摊平在掌上,目光扫了扫,面色忽然发白了。他倏然在温汤中连退数步。

但玉机更快。她挥出了手中的圆木盒,白色的水雾中洒开一片淡紫色的烟尘。苏海政蒙住口鼻在水中踉跄后退,将及独目脸面石雕时,玉机的一只手掌已抢先搭上了他的肩。这时,两条又长又白的玉腿忽然自水雾迷蒙的岸上伸出。金光闪动间,两腿一绞,便绞住了玉机的脖颈。原来岸上的妇人两股腰臀间绑了一圈圈环形或箭簇形的金箔片,仿佛黄金鳞片一般。玉机手中书箧"啪嗒"一声落水。大团紫雾自水面升起。岸边的苏海政接过那妇人抛来的匕首,回身扑向玉机。一声极刺耳嘶喊猛然在岸边炸响。苏海政浑身一颤,回头见一个雄狮般的身影飞扑了过来,惊得动弹不得。

但那身影又直直跌落在池边。

已被绞得透不出气的玉机嘶声叫着:"阿罗撼!"趁着那两条腿略松了劲,双掌反手抓定那池岸,挺腰收腹,两腿自水下猛然翻出,倒踢向身后。

身后那妇人鱼一般滑了出去。玉机顺势翻上岸,蹿向阿罗撼。他肩背上扎着一根漆黑的长针,正随着肩背抖动。她俯身抽出了他腰间的长剑,转身却看见一个黑黢黢的丑恶竹管子,和竹管后更黑更丑恶的脸。管口正对着她的脖颈。

玉机盯着那双仿佛蘸满毒液般的眼睛,又转向了黑矮侏儒身后。萧萧通身围着各色金饰,仿佛厚葬的死人身上挂满的辟邪物,却像看着一个死人一样看着玉机。热气蒸腾中玉机不住地打着冷战。

"扑通"一声，身后方上岸的苏海政又直挺挺跌入水中。萧萧与那漆黑侏儒呆了一呆。玉机已扭身跃入温汤。萧萧蹿至岸边时，看见玉机已在水下将苏海政沉重的身躯撑起。她纤弱的左臂箍定苏海政的粗脖子，右手握剑，剑尖抵着苏海政后心，整个身躯藏在苏海政背脊后。苏海政目光散乱，看上去已然失去了意识。

"迷药！"萧萧捂住口鼻尖声道，"地下巴扎内的迷药！"

"你令他们退出去。否则我立刻宰了他！"玉机的嗓音此刻如金石一般铿锵，两眼却看着距离她最远的康萨宝。

浑身裹着白绸的康萨宝始终一声未吭、一动不动，仿佛神道一般看着眼前一切。

此刻他叹了口气，缓缓道："想来你是要与我做一桩买卖。"

"我至多再说一遍。令他们退出去，否则，我将他刺个对穿！"玉机咬着牙狠狠道，但呼吸听上去已有些急促。

"这个人不仅是我的大主顾，在他身上，我至少下了十年工夫，若被你这般宰了，着实有些可惜，"那康萨宝仍不紧不慢道，"只不过……"

"只不过她现在手腕子已经有些发抖，"萧萧接过话头，她秋波明媚，笑靥如花，"温汤中迷药扩散得很快，她先前已吸了不少。我们只需要慢慢等着，这便叫作自作自受。"

她话音未落，玉机的眼前已是一片模糊。她心头泛起一股绝望。倒入温汤前的一刹，池底忽然晃了晃，她站不稳了，同时她听见岸上有人高喊："地裂了，是地震！"

她辨出是那康萨宝的嗓音，仿佛已很遥远。"扑通"一声，她的颜面沉入水中。汤水自鼻窍中涌入。她觉得窒息，双臂挣扎欲起却使不上力，愣愣地看着水面上摇晃的光影。恍惚中她看见了阿娘，阿娘仿佛正微笑着教她识字。阿娘在对她说着什么，或是唱着儿时的歌谣，她听不清了。耳窍中灌满了水还灌入了嘈杂而含混的人声，有人在低吼："独目人！独目人亡灵！"她渐渐要在这一声接一声的惊恐嗓音中失去意识，忽觉身旁"砰"的一声，一道金光透过水面，嵌了进来，嵌入了意识里。她模模糊糊中看见一张脸，一张金色的只有一只眼睛的脸。

随后她整个身躯便被托了起来，她感觉到是被一双有力的臂膀托了起来，仿佛是她从未有过的父亲的臂膀。双臂将她紧紧抱出了温汤，抱上了池岸。她感觉到了一下下坚实的心跳。"呼拉"一声，漆黑的幕布罩了下来，又软又暖，裹住了她赤裸的身躯。她仿佛清醒了些，正要掀开幕布的缝隙探头出去，手臂却依然是软的。她索性将头颅倒在了那人的怀里。她感觉到有石块在滚落，感觉到那抱着自己的人在岸边疾行，一路大声呼喝，感觉到地面在摇晃抖动。惊恐的人声渐渐远了。那人忽然停顿，蹲了下去，片刻后再起，但慢了许多。玉机感觉他的双臂在微微打颤。震动更剧烈了。滚落的石块不断在身侧"砰砰"砸响，那人开始上行，仿佛走得更慢了。玉机没有丝毫恐惧，她数着那强烈急促，却始终坚实的心跳，闭上眼轻轻地呼吸。远处传来马蹄马嘶，混杂着女人的高呼。心跳声更快了。沉重的步履又停了一会儿，随后快速向上攀爬。

数至一百零一下心跳时，她听见了一声响彻夜空的呼哨声。随后她彻底失去了意识。

黑石之路

　　李天水摘下了那独目人黄金面具。四野仍是黑茫茫一片。他看着东面稍亮一些天际下的灰色山影，松开了马缰。胯下的大马鬃毛飞扬，向那月光方向奋蹄疾驰，像是知道要去的地方。李天水怀里的玉机如熟睡的婴儿般裹在斗篷和衣袍中，身后的安菩牢牢绑定他腰间，身躯已有些发冷。身侧另一匹体型更小的突厥马的马镫上，牢牢绑着阿罗撼双脚。

　　身后七圈石圈与大石冢已大半陷入地下，一条条地缝向西面与北面深入漆黑深谷。好在震动已渐渐平息下来。

　　是那些守陵的灵魂震怒了么？此刻他真的有几分相信那独目人亡灵的传说。

　　马蹄声令身后这片谷底更寂静。只在黑暗中不时地传来一阵阵轰隆隆闷响。李天水知道那是山坡上的大石头滚了下来。他希望杜巨源的马车车厢不要停在山坡下头。

　　他知道这两匹马一定正奔回一个地方，那像是顶草原毡帐的车厢。

　　"至少把你自己带回来，我不想再白等一回。"他希望杜巨源还在等他。

　　他摸了摸胯下那马竖起的红棕色鬃毛，和两条凸起的肉脊。驮着三人，那马在寒风中呼出白气，背脊上已覆盖了一层薄汗，却仍未见丝毫减速。

　　不愧是草原上的良种突厥马。

他听到了马嘶声，两匹马同时嘶鸣起来。随后马蹄声渐渐慢下来。他知道距离杜巨源等着的地方已越来越近。

片刻后，他看见自己身处一座巨大山台的裂谷中。东边已有些发白，蒙蒙中可见大大小小的碎石头沿着裂谷的缓坡密布至山脚。两匹马开始在一堆乱石堆中打转，他听见马嘶声一声比一声焦躁，心头掠过一种不祥的预感。

随后他听见一座石堆中有声音传出。有人在石堆中叫唤，叫声极痛苦，李天水心头一紧。他目光还未寻见，马蹄已踏了过去。

叫唤声更响了些，李天水终于在微露的曦光中看见了一个沾满泥土与血污的手臂，自石缝间穿出。他盯着那手臂，看见了扭在石缝另一侧的头盔。是个军士的兜鍪。

不是杜巨源。

亦不见车厢的影子。李天水将披着斗篷的玉机横放在马鬃与两条肉脊上，背着安菩下了马，几步走近那石堆中的人。又是一张他见过的脸，车师古道口驿站前的魁伟驿将。

兜鍪歪斜在血糊糊的额头，那军士略略抬了头，黯淡无神的目光看着李天水。李天水看见他的目光闪了闪，嘴唇嚅动起来。随即他听见了他的嗓音，嗓音又闷又虚，仿佛是从胸腔内挤出来。

"李郎……是李郎……"他喘息着，"杜……杜郎……"

"你慢些说。"李天水皱紧了眉头，缓缓抬起了压在将他腰背上的一块岩石。他倒吸了一口气，神情黯淡下来。

"……我把东西交你……就解脱了……"那人的气息已撑不住多说几个字。

李天水觉得自己的胸腔也堵住了。看着他血肉模糊的腰背可怕地掰折着。他折下了腰，看着那人的手指慢慢指向后侧。李天水的目光避开了他的腿股，看见他腿边露出了的木箱子一角。

压在数块巨石下，除沾了血迹外，那裹了油布的木箱看上去竟是完好无损。

"他……他让我，把这箱子，给你……"

"他人呢？"李天水俯下身，一挥手紧紧握住了那人的手掌，"你慢些说。"

"他去追……女人……"

"女人？"李天水凝紧了眉头。

"女人，胡女……红头发像魔鬼……那女人……他追了过去……他放了马，说那马会把你带来……地震了……他让我把这箱子千万给你……"

那人声气渐渐弱了下去。李天水将他的手掌捏得更紧，目光灼然像燃了火，哑着嗓音道："之后你便一直守在了此地？那车厢子呢？"

"守在此地……守在此地……守在此地，"驿将双唇微微开口，喃喃地重复道，"守在交河城北……守在车师古道……"

李天水看着他，过了一会儿，低声缓缓道："马车呢？"

"未……未见着，石头……石头滚下来……压了我……未见着、未见着……守在……守在石头……石头下面……压断了……压断了……未见着……"那人的嗓音越来越微弱，手掌越来越冷。

李天水本有很多话要问，但此刻一个字也说不出，他定定地看着这军士看向天际的目光越来越暗淡，片刻后，那人的嘴又开始嗫嚅着，李天水凑近他口边，听他一字一字仿佛以气息吐出：

"我衣襟下，夹着……夹着……几封……家信……你若……若能至龟兹……安西镇……替我、替我……送交军镇……的驿站……他们……他们定能……送回去……"

"你叫什么！"李天水用力抓着他的手，急呼着。

那人青紫色的嘴唇却再也不动了，两眼仍像是望着东边的天际。马嘶声又低低响起，带着悲意在昏黑的裂谷中回响。

李天水好半日方松开他的手掌。寒风打在他湿透的马裤上。他将身下的木箱子一寸寸拉了出来。

油布面上涂满了污泥与鲜血。三四处棱角的布面被砸开了，露出的榆木嵌条被砸出了一道道痕印，却不见半条裂隙。箱面依然平滑坚实，浑然一体。

他深吸了一口气，慢慢坐了下去，盘膝坐在那俯趴着的尸身旁，右手抚胸对着那尸身欠身施礼。他将那尸体极小心地翻转过来，掏摸了一阵，摸出了一叠纸。黄麻纸，微光中依然能看见密密麻麻的字迹。他迅速将信纸塞入了袷袢的袍襟。

他慢慢起身，在山脚下寻了十数块轻而扁平的碎石，盖住了无名军士的尸身。垂头默立片刻，他抬起了头。

破晓前极深的蓝色下，这面缓坡上铺满了散乱的石块。他隐约看见了一条通向那山台顶的路。只有这么一条路，但足以通行并行两匹马拉的马车。

杜巨源去追米娜了，将箱子留给了自己。

此刻他要往何处去？

他记得自己问过这个问题。那个吟游诗人的回答清晰地在耳边响起。

"还有一条路，可通龟兹，但只有天山深处最勇悍的猎人，才会走那条道。"

那条路在哪里？

他的目光又掠上了那条自坡脚通向台顶的山道。光亮虽暗，他仍能看出这是条由车马驮畜经年累月踏出的泥石路。

他在那乱石堆起的冢边又站了一会儿，将靠在一块巨岩边的安菩裹上马背障泥毯，驮了他上了马。两匹马摇摇尾，"笃笃笃"地走上山道。

上了台顶后，对面出现一座大山的暗影。看上去离得很近，但李天水知道离那山脚至少还有一两个时辰的马程。日出还早，山台上看不出车轮子的辙印。他想起了那颗明珠，抬起袖口摸了摸，忽觉后颈冰凉，天上有什么东西飘了下来。李天水摊开了手，是白白的雪粒子。震后的天山深谷飘起了雪。

"放下我吧。我太冷了。"是腰背后安菩微弱的嗓音。他愣了片刻，哑着嗓子迅速道："你且忍一忍，我打开那木箱子，里面或许有衣物。"

"勿开箱。那里面是我们的圣物，皆托付与你了，"安菩的嗓音喑哑却清醒，"我失血太多，活不成了。"

"我的袷袢里塞了羊毛，只下摆有些湿，你披上再忍一忍。"李天水咬咬牙，解开袷袢的布带子，露出了金光闪闪的黄金腰带。

安菩枯瘦的手掌忽然自他背后穿出，猛然抓住了他的手。

丝绸之路密码1：天山石圈秘境　　377

尖利的长指甲刺得他生疼。他断断续续道："你的破袍子暖和不了我，也别露出那带子……放下我吧。"李天水半转过身，看见裹在安菩身上的障泥布一阵阵发颤。布下露出了另一只手，长指甲拈着一个小囊的束口。他眼眸翻上盯着李天水，半边脸白得像抹了层灰。"我的腰囊里，有药材，塔格依利斯，天山……天山的雪莲，你服下去。那东西祛百毒，也能续命。"

李天水看着他枯涩的眼睛仿佛有了些神采，但布下的两条腿抖得更厉害。他看了他片刻，缓缓接过了那小囊，解开束口时一股药香溢出。囊中是一包包麻布小包。他慢慢送至安菩眼前。安菩缓慢地俯下身，凑近了，颤着手指，以长指甲拨弄着。一会儿工夫，囊内药包上洒满了雪粒子。

安菩以指尖挑出了一包草药，解开麻布时李天水看见了三株干透了的白莲花。在掌中亦显得小，已晾得干透。几粒雪珠落在了雪莲的花心。

"三株只够一人，快些，你面色有异，恐中毒不浅……"安菩急促喘息着，猛地握住了李天水一只手腕，将白莲塞入他手中。他暗如枯井的双目忽然亮起了光，激动起来，"你定要撑下去……快服了这药……前头便是一座冰大坂，一座连着一座，翻过三座冰大坂，你会看见蓝色冰河，冰河的尽头，立着黑石头，沿着冰河与黑石头，是一条秘道的入口。"

他凝视着安菩，将他冰冷的手掌握得更紧，仿佛欲将一些热力传入他的体内。

安菩开始说起胡语，听去仿佛在唱，声音越来越低，越说越慢，最后终于消逝在风雪中。

马背上的安菩仍裹着障布直挺挺坐着，垂下了头。李天水下了马，将横卧马背的玉机亦抱了下来。他贴着马面喃喃低语。高大雄健的红褐马驮着安菩的尸身，直直向山台前头的高处走去，慢慢消失在暗处。他背着玉机，转身走向了另一匹体型矮小的灰褐马背上的阿罗撼。

阿罗撼背上已覆了一层细雪，漆黑毒针显得更扎眼。"那东西祛百毒，也能续命。"

他为阿塔煎过草药，想起许多草药服用前该仔细研磨或切片，但此刻只能试试一些野法子了。

他将盛着雪莲的掌心合拢，俯低腰驮着玉机，腾出另一只手用力揉搓。雪莲花在掌心中慢慢地被搓碎，他感觉到掌心有些微微发热。药力似乎被催出了，但瓣叶依然是干透的。李天水不知道阿罗撼能否咽得下去。

驮着阿罗撼的那匹马转过了身，勒着缰绳的马首凑了过来，忽然伸出鲜红的舌头舔着李天水的手背。李天水将手移开，那马首又凑上前舔着。李天水奇怪地看着那马，马的眼里有光闪动。李天水停了手，慢慢地将掌心摊开，那马伸出舌头一卷，将李天水掌中揉碎了的雪莲卷入口中。

李天水愣愣地看着那马，那马不断地、缓慢地、有力地嚼着那草药，闪着柔光的眼眸直视李天水。他忽然明白了。

他将马背上的阿罗撼健壮的身躯慢慢扶下来，伸手扯去了蒙着他大半张脸的黑布巾。晨光更亮了，李天水看着阿罗撼的脸，浑身一僵。

暗光中的那张脸，是火焰山一般的赭红色，亦如那荒凉的山壁斑驳坑洼，布满褶皱，嘴角却是歪的，近嘴角鼓起一连串的节瘤般的肉球。

琉璃般明澈高贵的双眼外，竟是一张如此触目惊心的面庞，一张如同被啃噬过的面庞。

半响，他慢慢抬起阿罗撼的头，伸手掰开了他的嘴角。那马首凑得更近了，马嘴嚼动，泛着沫子。白气喷上了阿罗撼的脸。马张了嘴，李天水将阿罗撼的嘴角掰得更开。

马舌头一伸一卷，嚼成湿渣子的雪莲一点点送入阿罗撼的口中。李天水迅速将他的下颌抬起，看着那脖颈一动一动。

马转过身。李天水将面巾重又裹上阿罗撼的面庞，抱回马背，将他的手足又绑上马镫、马鞘。小马又开始橐橐前行，向从暗处回来的大马行去。马背上安菩的尸体已经不见了。他不声不响地跟了过去。

第七章 天山秘道

冰大坂

东边的天越来越亮,马鞍形的冰大坂已清晰地逼在眼前。

李天水一手持缰,另一手翻向身后扶住玉机软软的身躯。低头看着青灰色的缓坡在蹄子下渐渐向后退去。山风带着尖锐的哨音掠过耳边,他觉得头有些晕。两侧山沟里盖了一层白沙般的雪,微微反着光。那匹驮着阿罗撼的小马已经走到前头,正低着头,弓着背,在缓坡上一步步走着。

一抬头,他便看见这片漫漫缓坡的尽头,正是鞍形的冰大坂。亦是他在拂晓前的黑暗中看见的那座巨大山影的顶部。

山风仿佛比昨夜更强劲,夹着飞雪劈头盖脸扑过来。雪下得更密了,雪粒子打在脸上生疼。李天水低下了头,双腿牢牢夹着马腹,不使自己摔下马。他有些气喘,又饿又累。此刻或许该停一会儿,但他知道新雪过夜后会迅速结冰。他想去那冰大坂上歇息。他想起了草原上的许多次暴风雪,全凭自己一口气顶了过去。他一只手探入马鞍下的障泥,取出了布囊,用嘴咬开系着囊口的绳索时,看见囊中的烤馕皆已碎成数瓣。安吉老爷的馕饼又软又韧,若是别家怕是早已碎成渣了。

他寻摸出了一个馕的两瓣,一口一口地吞咽下去。这是他吃下去的第四个安吉老爷的烤馕。是他离开沙州的第四天了。四天里,很多人都已经不在了。

阿塔走了多少天了,阿塔你还在不在?

馕饼仿佛仍带着香气,他慢慢嚼着,眯眼看着风雪中云气缭绕的冰大坂，忽然开口以突厥语高唱：

> 吉祥的彩云啊，是阿塔的祝福
> 缥缈的呼唤，缭绕在心间
> 我爱的，阿塔
> 在那天边眺望着我
> 我爱的，阿塔
> 在那天边眺望着我

不知唱了几遍，泪水终于夺眶而出，滴在破旧的袷袢上，滴在了一粒粒沾在衣袍上的雪粒子间。他忽觉身上微微发颤，摸摸前额，竟有些发烫。但抬眼望时，又觉精神一振。

眼前现出一道白色的山口。不知不觉间，两匹马已至雪线之上。

又行约一个多时辰，茫茫飞雪中他看不见东边的日头。山道陡峭起来，马鼻子"吭哧吭哧"地呼出白气。李天水下了马，将鞍下厚厚的障泥布扯了下来，盖在了玉机的斗篷外。玉机的长睫毛盖满了雪。他一手扶住马背上的玉机，另一只手牵马登上了一道山脊。正要回头再牵过那小马，忽然一把拽住了马嚼子。

他看见来路像一根线，嵌在深谷崇山之中。他看见山体在此分成几脉，磅礴地向四方滚去。他看见前方现出了一道明亮得炫目的冰岭。

是一道在云气中泛着蓝光的冰大坂，像王冠一般傲然现于他眼前。

好半日他方回过神来，压低身躯牵着马拔起腿，一步步上攀。

山口风力更猛。李天水的头疼加剧了。他感觉到自己的四肢越来越冷，不自主地微微颤动。踏入或拔出积雪中的步子越来越沉重，两匹马的呼吸声也是越来越沉重，但他始终不停步。

他已经看见了身侧十几步的积雪上，印着两道浅浅的若隐若现的车辙印，已快被雪盖没。

有一辆马车也走了这条道。他确信就是那辆曾载着自己、杜巨源、米娜与智弘的马车，也是杜巨源为了追米娜而遗弃又被人驾走的那辆马车。

杜巨源回去时发现了什么事？智弘和尚此刻是死是活？

他已无力再想下去。他此刻只能将全身的精力集中在一件事上。

沿着这条越来越陡的山路，沿着这两道马车的车辙印迹，走下去，走上那山口。

大坂虽在眼前，他知道仍是远得很。他要先登上那个白白的山口，趁着那雪还未结成冰。

雪下得绵密，风势下急速飞转。他一步一喘地爬着，另一只手仍紧紧按着马鞍上盖着障泥的玉玑。幸好那匹大马在陡坡上仍走得很稳。他始终未回头，只低头听着身后小马在雪地上踏出"嚓嚓嚓"稳定的蹄声。

雪地上有几根绿草钻了出来。这风雪中的大坂上，人命比草芥脆弱得多。他不由得摸了摸腰上的金带子，心中开始反复默念一句胡商远行前商主萨宝常会念的一句祝祷。

他早已看不见那车辙印了。但他记得那两条印迹的走向。那印迹通向西北处的一座高耸的石崖。他记得那时那石崖青白相间，并未全然被雪覆没。但他不清楚那石崖有多远。

他只是相信自己一定能走到。看得见的，便一定走得到，向来如此。即便他现在步子已经越来越慢，已经有些不稳。

一股寒意自身体深处在缓缓升起。他知道比寒风暴雪更可怕的敌人要来了，又要犯病了。

每当他的身体和精力濒临极限，乌质勒大人的那碗药酒便开始起作用了，有时化作热毒，有时化作寒毒，从无例外。有时发作会持续一整夜。生不如死的一整夜。

他只希望这次的发作不要太久，太难熬。他还要带着两个人翻过三座冰大坂。

"前头便是一座冰大坂，一座连着一座，翻过三座冰大坂，你会看见深堑中的蓝色冰河。"

他已经看见了一座冰大坂。

他一手抓着马缰，一手死死按着马背上的玉机，低头扎入风雪，拖着脚步一步步向上攀。雪迷了眼，他觉得自己在看不见路和尽头的寒冷中挣命。

这时有光透了进来。他闻到了不一样的气息，感觉到了血液在体内加速流。

那道光越来越亮，从云层中，从密集纷飞的雪片子中，透了过来。

像有什么在召唤。

李天水踩上了生硬的石棱，石棱硌得他的脚生疼。他知道山路到了尽头。他的呼吸越发畅快起来，体内仿佛有什么东西正在被唤醒。

但双腿已软得站不住了，他索性盘膝坐了下来。驮着人与箱囊的两匹马静静地伏下在他身侧。

他的肩头开始止不住地一阵阵轻颤，他尽力挺直了腰杆子。他坐在飞舞的大雪中，静静地看着那光将周遭变得越来越明亮越来越清晰。

他索性闭了眼，只尽情呼吸。粒粒飞雪随着纯清的气息吸入鼻中，他觉得香甜。

意识已有些模糊了，慢慢正往下沉，倏然眼底大亮。他猛一哆嗦，睁开了眼。

雪骤然停了，云雾无影无踪。他两眼花了花，看清了。一整道马鞍形的冰大坂裸裎在他眼前，靠近东面更高的一端尖峰戳向天，冷傲地反着白中带青的光。

他的心"咚咚"跳着，背脊感觉到了日光的热力。体内的阴寒竟然缓和了许多。他一点点掰直两条麻木僵硬的腿，费了半天工夫，稍稍活泛了下身的血流，撑着手立在高高的崖头。

他又要上路了。

崖下有两道不易察觉的车辙痕迹，似乎还有人的足印，断断续续地自东边绕向冰大坂的顶端。

看来只有绕过去。即便是绕过眼前这一座冰大坂，还有很长的路要走。

绕下高崖时，他回头看了眼。雪线已在脚下远处，几乎看不清。他放慢了脚步，向东走在积雪上，两匹马已超于他身前，仿佛也看出了山口下留着的印迹，此刻要领着他走。他不时地看看马上载着的人，玉机与阿罗撼仍是一动不动，盖着障泥毡布，障泥上的雪已被他拍去了；他又看看那口箱子，油布上的雪已结了一层冰。脚下的雪也在开始结冰。他走得更慢了。背脊时而被烤得很热，在日头被挡住时寒风令他发抖。至少是个晴日，他心想，暗暗苦笑了一声，咬着牙前行。

冰大坂的侧面仍在无情地闪着冷光，但他并不觉得冷酷。那是它本该有的样子。挂在坡上的冰川状似舌头，又像许多手指，伸向下方的谷地。他看见巨大的冰河在谷地中游走，溪流里满是冰块，清澈得像水晶，漫过蓝绿色的冰层。时隐时现的车辙印与脚印与冰河的流向一致。他呼出了一口气，又一阵阴寒自体内深处升起，这回发作得更剧烈。

他颤着手解开了身前大马鞍头上的布囊子，取出了达奚云的那根铁棒子。沉得压手，好在手腕子气力还在。他便拄着铁棒子，深一脚浅一脚地，辨认着前方雪地上依稀可辨的印迹，向高处挪着步子。近百步后，他有些喘不过气，只得停下来歇息。身前的两匹马"吭哧吭哧"喘得更急，始终不肯停步。他咧咧嘴，打消了骑马的念头。回望冰岭，仍在冷冷地对他闪着光，近在眼前又隔得很远。日头已升得老高，他却不觉得热，他知道此时自己的嘴唇该是发紫了。

一个黑影飞过头顶上的天际，凝神看上去，却是只黑鹰。那鹰打了个旋子，仿佛也看了他一会儿，向西滑翔而去，倏忽消失在冰大坂后。

他对着那鹰影逝去的方向愣了很久，心想那鹰若是在天上见他该像一个黑点。那鹰子每日越过这大坂一年该也见不着几个人，方才见着他与马在雪地上缓缓移动，该是高兴了吧。像毡帐里来了远客。

他忽觉精神一振，头痛亦缓和了些。他迎着冷风，任冻结了的发辫"噼啪"打在双颊。他挂着铁棒子，重又赶在了两匹马身前。

风越来越冷，但他已有些麻木。他只觉得干渴，但没法子停下。停一步就要倒下。他弯腰低头，向前、向前、向前……

一缕阳光透过云缝落在他右脸，脸颊上割开的长疤被烘热了。左侧凛然的冷光却仿佛暗淡下来。他抬了头，发现自己已踏在了大坂最高处。他心头一跳，转身看见耀眼的冰岭已在身后。

冰冻的风刀子般穿过身体。他知道自己支持不了多久，此刻走一步是一步。如果平生旅途中止在这大坂山口上，他觉得很好。五日前他仍是个人人厌嫌的突厥废柴，此刻他至少已翻过了一座冰大坂。他没有完成很多人托付他的事情，但腾格里看着，那只鹰看着，他没有停下。前头还有两座冰大坂，他觉得自己翻不过去了。还有很多远路，他走不过去了。现在走一步便是多活了一步。他已看见前头两三百步远处，下坡少雪的一面扎着一个窝棚子。有窝棚子便该有人，有人就有希望，两匹马上的人活下来的希望。

但就连两三百步也走不到了。

一百步后，他跪了下来，爬了几步，心想便到此为止吧。他看着地上洁白的新雪，心想自己喝过不少雪水，却从未真正尝过雪的滋味。双唇已焦渴干裂，身边无酒，最后一口便给了雪吧。

他掬起一捧雪便饮了下去，自口至喉先是畅快无比，随即肚子里一片冰凉。一抬头却看见那两匹正回头定定地看着他，眼里闪着光。

他板下脸,粗声粗气地对它们吆喝着。两匹马一动不动。他喊不出声了,苦笑了一声,两眼一黑,栽倒在雪地中。他许久都没有失去意识,他能感觉到有冰冷的水滴慢慢滑过脸颊。他不觉得痛苦,而是渐渐失去知觉的宁静,心想那些怕死的人真是好笑。

随后他感觉一片宁静的喜悦,自心底升起。他感觉自己置身的天际好似穹庐,他看见东边的太阳如洁白的圆盘,自中心向外勾勒出根根金线。他看见四只白色飞鸟,优雅地环绕白日。而西侧是一弯新月,亦有四只白鸟绕着那新月飞舞。

他感觉自己在上升,周遭飞舞的形象越来越多。他看见通体洁白圆润的弥勒菩萨,袈裟衣饰以宝蓝色晕染勾勒。漂浮在天穹外侧的,乃是日天、月天、风神,及双头金翅鸟等诸神之像,他一一辨识出来。更外侧的乃是一圈衣裙飘飘的飞天。

所有神像俱是洁白光润,神情幽玄,仿佛凝视着他。他只不断上升,越是向上,天蓝得越深,仿佛日光下不断变化的湖水。

头顶上方有人声传了下来。熟悉的人声,是阿塔在上头等我了么?他大睁开眼,尽力向上望去,一张模糊不清的面庞出现在了极深的蓝色天幕中央。

他嘴里有些发苦,口里像进了一口尘土。那么高的天上怎会有尘土?但上头的那张脸却越来越清晰,似曾相识……

天山雪莲

虚空中有光焰在晃，忽明忽暗，但在他的神智深处发亮。破碎断续的形象渐渐远去淡去，他微微看到了火光，真实的火光。

马粪的烟味儿令他睁开了眼睛，有些熏人，但他觉得熟悉亲切。他看到了干马粪球上的火苗一蹿一蹿，火苗前两三步远他看到了一个雪球，被树枝插在了雪地上。他凝不起神来，只见模糊但晶莹的水滴自雪球上缓缓滴下，一滴一滴……数十滴后他终于看清了那雪球下的容器。是一只牛革小马靴。他愣了愣，目光缓缓移向马靴前，看到了靴子的主人。

玉机玉一般的侧颜映着火光摇曳的影子，微微发亮。她的眸子更亮，凝视雪球融下的水珠子，一滴滴坠入马靴子。良久，她目光一闪，转过了脸，撞上了李天水的目光。

对眼一刻，李天水只觉心头被猛地一撞。随后他看见玉机笑了。

像冰雪初融，像春花初绽，像晨曦的第一缕光透过了黑暗。

发生了那么多事，她依然笑得如此纯净。

如此温柔。

"你醒了？"她的眸子又闪了闪，直直地看着他，"感觉好些了么？饿了么？渴了么？"

记忆潮水般涌入。他想起了雪地上的印迹，想起在雪地上独行,想起透入脏腑的阴冷,不停的颤抖,脚步越来越软……他记得他越过了大坂,将一道冰岭甩在了身后,他最后的印象是一个简陋窝棚子……但他现在已不觉得冷。体内的阴寒亦似已退去了,身上盖着厚厚的障泥布,玉机看着他的模样亦令他觉得暖。

他抬眼环顾。火光映出的是一个小木棚子的顶部。一根粗壮的树干架在两排深埋地下斜斜相交的树枝上,每一根结实而挺直,交叉处以牛筋绳捆绑。树枝间铺满羊毡牛皮,缝隙中填满了大片枯叶子和草杆子,一阵阵地鼓荡。虽粗简,却能挡风。李天水知道这便是他看到的窝棚子了。

两排树枝的一头靠着一面平整的巨岩,宽大的黑斗篷张开挂在岩面两侧的枝头上,另一头挂了一整张羊皮作门。门缝透风,但李天水躺着的毛毯子避开了风口。他看着蹲在火边有些瑟缩的玉机,吐出了两个字:"谢谢。"他的嗓子仍有些哑。

玉机没有回应。她的黑眸子一刻未离他颜面,片刻后摇了摇头,叹了一口气。李天水看见她高耸的发髻已散落下来,乌云般蓬松披散在肩头,显得双颊更白更秀净。她身上已穿起了那身窄袖窄裤的男式胡袍劲装,却赤着两只脚,埋在盘起双股内,露着嫩白的翘脚趾,整个凸凹挺直的身躯在火光下一明一暗,李天水竟看得愣了神。玉机脸颊上拂过一层红,扭转了脸,道:"看什么?渴了喝水呗,翻个身。"

他依言翻过身,方才发觉自己竟是浑身赤裸。心头一跳,呆呆地看着靠着皮墙立着的一只皮靴子发愣。

"嫌我的脚脏么?"身后清脆的嗓音仿佛带着娇嗔。

他又愣了片刻,用手臂撑起了身。障泥布在他肩头滑落,上身裸露在了清冷的空气中。体力仿佛已恢复了大半,他觉得不可思议。转眼看见玉机一眨不眨地看着自己黝黑坚实的胸膛,不由得避开了她目光,探出手臂取过小马靴,对着靴口饮下一口。微温的雪水带着一丝清甜,他觉得整个身躯活泛起来。身后清淡的幽香更近了,他一愣,转过身,看见玉机已凑了过来,近在两步外,盯着他胸前的刺青。刻着无数条划痕的狼头刺青。

"我的衣裤呢?"他低头低声道。

"湿透了,在火边烤着。"她没有动,仍定定看着那狼头,像是看着稀奇的宝货。她的手指摸上了一道斜斜的刀疤,疤痕又长又深。"自己割的?"她问。

他看着她点点头,道:"若热毒发了,只能放血。"

"疼么?"

"第一次割,疼,手也不稳,"他咧嘴笑了,"后头就利索了。惯了,就不觉得很疼。"

"第一次割,是在这里吧?"她的目光掠上了他的面颊,带着刀疤的半边脸颊。那疤自眼角深入发鬓后。

他不作声了。

"突厥的规矩,劙面泣血。我听说你阿塔被西迁的突厥部落带走了。"她仍注视那道割得很深的疤。

"不全是因为这规矩,"李天水看着她道,"面上若不割,这里太难受了。我是为了自己好过些。"他用拇指敲了敲胸口心头的位置。

"是的,有些疤刻在心上,更难受。"玉机的目光忽然幽深起来,缓缓道。

李天水忽然想起了她的身世。他迟疑了一会儿,决定还是问出来:"你真是高阳公主的女儿?"

玉机清透的眸子迎向他,仿佛有光在闪,只点了点头。

"你为何,做王玄策的……"李天水皱了眉头,沉吟道,"还为他做这些事?"

"他给了我第二条命。否则我会更下贱,你能明白么?一个公主的女儿,猪狗不如,"她眸子里的水光更亮了,"所以我得报答他。他待我如女儿,甚至……我得报答他,我可以为他做任何事。"

"加入'青雀',刺探他们的消息,甚至赌上自己的命,换他邀功的筹码?"

"我说过,任何事。"她压低了声道。

李天水不再作声。他想了很久,仍决定告诉她:"你知不知道,他死了。"

她的眸光定住了,直愣愣地看着他,整个人像是结了冰。李天水觉得她并没有盯着自己看,她甚至没有在看,而是魂灵一瞬间出了窍,飞向了一个只属于她自己的幽深暗处。

"给我水。"良久,她伸出了手,嗓音确实有些干哑。李天水将她的马靴递了过去,她仰起脖子饮下一大口。李天水看见她抬头的一瞬间,眸中有什么晶莹地一亮,随即没入眼底。

她将马靴递给李天水时已经在笑,道:"我已经可以做到不为他哭了。"

李天水接过马靴时却握紧了她的手,缓缓道:"将眼泪流到心里不是个好习惯。"

他感觉玉机的手指在发颤。忽然,她扑了过来,扑向他的胸膛、肩头、面庞,他被扑倒在毛毯上。她抱得很紧,整个身躯在颤抖。他感觉有泪珠子自他的面庞滑下,经过肩头又流下胸膛，却听不见哭声。他抚着她乌云一般的长发。她抬起头，发红的眼圈直冲向他，道："我问你，昨夜为何救下我？"

"无论如何你是一个人，不该像牲畜那样被宰掉。"李天水抚着她的发，淡淡笑道。

"只是因为我是一个人？"玉机微嘟起了嘴，好像不甚满意。

"自然，你是个好姑娘，"见玉机仍直愣愣盯着自己，他叹道，"你明知道我喜欢你，第一眼便喜欢你。那时你着男装时便喜欢上了你。"

玉机扑哧笑出了声，将头重又撞入他怀里，柔声道："我问你，为何我们会在这里？"

李天水沉默片刻，叹了一声，道："因为这是我选的路。"

"你选的路，你给我选的路，我们的路……"他听见玉机在他怀中喃喃。胸腔子里有块地方仿佛在融化。

"既然喜欢我，"她的嗓音越来越轻，"在那楼顶，为何让那吐蕃女人碰了你……"

李天水插在他秀发中的手指不动了，心头"咚咚"惊跳了两下。那驿楼天顶，那月光洁白的夜晚，那在风中轻曼摇曳的藤床……怎的竟被玉机看在了眼里？

平台上绝不可能再有第三人，她是如何看见的？！

李天水心头一乱，不知如何作答，却听玉机又在喃喃："你不必多说，我懂，我懂，我都懂……"

她的嗓音渐渐轻不可闻，背脊开始微微起伏。她悄然睡熟了。

李天水抱了她许久，方将她轻轻放在毯子上，笼上障泥布。

赤身立起，低头一看，方见玉机将那条黄金腰带系在了他赤裸的腰上。他苦笑一声，抬眼环顾棚内，油布木箱、书箧、两人的行囊俱堆在角落。他身上起了一层鸡皮疙瘩，便靠近了火。干马粪上火焰仍燃得旺。火边的雪球只余拳头大小，雪水越滴越慢。他破旧的衣袍马裤正架在交叉的树枝另一头上烤。他摸了摸，干透了，便将衣裤一一穿起。他仍有些气闷头疼，四肢亦在发软。这次寒毒发作得凶猛，何以恢复得如此迅速？他坐在火边烤着火出神，转眼看见寒风掀起了毡门一角。门外是一团漆黑，已经入夜了。他忽然想起了什么，起身推开毡门走了出去。

　　棚子搭建的位置恰好避开了风口，但寒气立时穿透了他。愈是寒冷，愈觉有一股热流在体内涌动。行上稍高处时，他看见半圆弧的冰岭山壁上方升起了一轮满月。月光明亮，像是在冰岭上方一面放光的银镜。他看见终年封冻的雪原，冰河发源的山麓，自山顶蜿蜒而下深入漆黑深邃峡谷前的淡蓝色冰流，皆沐浴在一片银辉中。辉光中他看见了一大一小两匹马高高的身影。他凝了凝神，看清那两匹马在高坡上的一块高耸的岩石边，正以蹄子刨着雪，低头啃着什么。他记起那是他曾登上过的高崖，崖顶是一整块裸露的巨岩。他记得那巨岩下雪地上未见植草，它们该是饿急了。他转身奔向窝棚，自那枝干搭起的"墙"上抓了两把枯叶枯草秆，朝着高崖连声呼哨，跳跃着挥舞着手。尖锐的哨声在冷寂的高坡上回荡。他看见那两匹马抬起了头，对着他这边看了一会儿，向着他腾跃下来。他面上发出了兴奋的光，待看得见飞扬的马鬃，便尽力将手里的草秆枝叶尽力向前掷去。两匹马却未稍作停顿，仍直直冲过来，扎入了他怀里。他笑着抱着两匹马的马首，轻轻抚着那两道耸起的深褐色马鬃。毛上已凝了一层霜。他轻轻牵起马缰,将两匹马引入窝棚子的毡门边。近门处风小了许多,火焰的热度传了过来。那匹大马蹲伏了下来,马面仍不住地蹭着李天水的袷袢下摆。小马却不肯伏下,仰面直直看向他,鼻中呼出白色雾气。李天水目光闪动,凑近了,那马的鼻息更重了,发着"呼哧呼哧"的声响,四条蹄子原地踏了踏。李天水喉中则发着"呼噜噜""呼噜噜"的声响,像是应和。最后终于点点头,缓缓道:"他走了。"

那匹马安静了下来,仍喘着粗气,但慢慢地跪伏了下来。

周遭又静了下来。他深吸着冰冷清纯的空气。转回窝棚子后,看见挡着风的那面岩墙是一整块高高的无雪的裸岩。在平缓的下坡上显得突兀。爬上岩顶后他觉得月光更亮,那道冰岭被映得更清晰了些。他觉得自己已站在无垠夜空的边缘,夜空仿佛正带着几颗闪亮的星辰在慢慢转动,如此接近,似伸手可及。他看见了黑暗中有云雾一点点飘过了冰岭,仿佛那些逝去的灵魂正在曼舞。

你们一定也正在慢慢飘向幸福与宁静,就好像此刻的我一样,他心想。

第一道淡黄色的曦光自东面亮起,两匹马的鞍鞯上已缚紧了二人的箱囊。

"牵马下坡,"李天水将马缰送至玉机手中时道,"下坡路,又结了冰,骑上去我怕马失蹄。但若你累得走不动,可以上这匹大马。它马蹄子更有力,背上驮得也更轻些。"

玉机接过了缰绳。她只匆匆在脑后挽了个散乱的囚髻,银钗一横束起。柔光打在她颜面上,一瞬间李天水竟觉得绝美。

她微微一笑,道:"不必挂心我,仔细脚下路。我昨夜睡得很不错。"

昨夜二人便挤着睡在了那片宽大的障泥布下。李天水仿佛又闻到了那障泥布上马味混着她身上的味道,一种从未闻过的美妙气味。他低头牵过小马,极目望向下坡路,平缓漫长的坡面绵延向深不可见的谷地。坡面上大片大片铺着雪,已望不见一丝车辙印痕,但缰绳前的小马却顾自向下橐橐行去,仿佛能看见一些人眼看不见的痕迹。李天水被马拉着,略一愣神,便明白了过来。

这两匹马,拉着那辆奢华的马车,一定曾经走过这条道。

那辆马车的主人一定不是个寻常商客。

二人便被马带着下坡。百余步后,风开始呼呼地拍打二人背脊。玉机紧紧拽着马缰稳定身躯。李天水转过头,看着她大呼道:"身子前倾,步子迈大,足踵落地,使劲向下踹着走!踹入雪里。"

玉机一踹一踹向下坡行去。片刻后便是健步如飞。李天水看见她牵着马疾速下行时,四肢躯干舒展平衡,仿佛山里长大的少女。

两匹马沿着一道山棱绕过了风口,山坡变得陡峭起来。李天水转过身,呼道:"转身,倒着下行,将雪向上踢!"

二人拉着马缰倒行下坡。坡顶上的窝棚子、窝棚子倚靠的巨岩,渐渐化作一个黑点,又渐渐看不见了。积雪越来越少,脚下的泥石路却又陡又滑。李天水看着玉机的背脊越来越紧,忽开口道:"你昨夜怎么生的火?"

"甚是容易，"玉机的语调听去轻松，却在风里有些飘忽，她大声道，"王公留给了我蹀躞带。"

"什么带？"李天水未听清。

"蹀躞带，带上挂着火石与砺石。鞊鞢七事，你该知道的，"玉机将嗓音提得更高，"草原传入的物什，如今已是大唐高阶武官佩饰……他带着三四条那种玉带子。下巴扎前，他给了我一条。"

李天水自然知道鞊鞢七事。佩刀、刀子、砺石、契苾真、哕厥、针筒、火石，数百年来草原武士于野外格斗狩猎生火传信的必需物件。七物悬吊于一条皮革腰带的带扣上，突厥人谓之"蹀躞"。他记得王玄策系在腰间的玉蹀躞带，不由亦有些黯然，又蹙眉道："但我未见你的书箧与衣囊中藏了条带子。"

"哈哈哈哈，"玉机一阵长笑，转过脸瞟了眼坡下四五步远的李天水，道，"书箧、衣囊，本是姑娘家的秘密，你去翻它作甚？"

李天水脸上一烧，不言语了。

十余步后，上坡的玉机忍不住回头道："怎的没声响了？"

"怕你说话踏不稳步子。"李天水故意拉下脸道。

玉机又笑起来，像是风动檐铃般传了下来，道："你怎么不问，那阿罗撼怎的不见了？"

"我知道，"李天水缓缓道，"他自己走了。"

"哦？他给你留了信？"玉机回头看了看他。

"他的马留了信。"

玉机原本以为他在戏谑，但他神情看上去颇为凝肃。片刻后，她忽然扑哧一笑，紧接着竟越笑越大声，竟笑得颤抖起

丝绸之路密码1：天山石圈秘境　399

来。"我在想着你与马说话的样子……哈哈哈，马……马说话好不好听？"她竟笑得仿佛止不住了。

　　李天水牵马倒走在山脊上，静静地看着她。许久，笑声方渐渐停歇下来。李天水最后听见她轻叹一声道："一个人的时候，若能和马说说话，想来也是很不错。"

　　李天水沉默片刻，开口道："他一声不吭地便走了？"

　　玉机背对着他，淡淡道："他留了几句话。"

　　"哦？"

　　"他说干马粪能燃火。路上有很多干马粪。"

　　"还有么？"

　　"他说你能挨过去，过一夜你就会醒。"

　　"还有么？"

　　"他说你能翻跃第一座大坂，就能翻越所有的大坂。"

　　"哦？"李天水咧了咧嘴，"所以他可以走了？"

　　"他便是这个意思。"

　　"还有么？"

　　"他说他立过誓，必要杀了那个拉开他面罩见过他真容的人。但你又救了他，所以你们算是两清了。但若再见时必是要拔刀子了。"

　　李天水笑出了声。

　　"他说你足以护我，而他已经死过一回了。他用命救过我，所以亦没有违背对波斯公主的承诺。"玉机说罢，低头叹了一声。

　　"他只是太骄傲了。他这样的人，绝不肯让人见到他病弱受伤时的状貌。故而他绝不肯再与我一同走下去。"李天水抬头看着斜斜切过山头的日光,转眼见玉机低头默然,又道:"他要走,你绝拦不住。而且你不必担心,他也绝对挨得过去,他是骏马雄鹰一般的人物。"李天水目中映着日光,又蹙眉道:"你怎知我救了他?"

"他自己说的。他说他当时身躯虽已失了知觉,头脑却仍醒着,"玉机平静道,"他还告诉我,你身上的病症,那雪莲或许也能治。"她回眸看了他一眼。

李天水怔了怔,随即醒悟过来,哑声道:"你去采了雪莲?"

玉机抓着缰绳,缓缓倒行,没有言语。

"那山坡上何处有雪莲?"李天水听见自己的语调有些异样。

"在那高高的石崖上,你一定看见过那石崖,却没有留意到覆盖着雪的一面崖壁上,岩缝中露出了几朵小花,阿罗撼留意到了,"玉机缓缓道,"他告诉我,一定要生上火,把身子烤暖些,方能去摘那雪莲。因为需要将身子贴上那雪壁……"

李天水看着玉机娇弱的背影说不出话了。他想起昨夜她在火边瑟瑟发抖,又想起那两匹马在那崖下奋力刨着雪的情形。它们不知道自己已醒了过来。

直射下的日光仿佛令周遭冰冷的空气暖了许多。他第一次觉得这世界对他并不算坏。

说话间,山脊渐渐又蔓延为平缓的坡面。积雪几乎看不见了。他转过身,发现已将置身谷底。

隐藏的字迹

　　自雪峰淌下的冰河，经过山坡间深窄的缝隙，曲折而下。过雪线后，渐渐融化成水，越流越宽，至谷底时已漫成一片。日光下河水是浅绿的翡翠色。一块融冰缓缓漂过水面，剔透的冰面映出了李天水凝注的面庞。

　　他正俯下身，将两只手掌探入水中，轻柔而缓缓地在水下移动。冰水没至手腕。清澈水面下，他掌心朝上，五指弯曲如杯状，寻摸着什么。他双手在水下已浸了许久。身侧的玉机看着他的手腕子渐渐发青，嘴唇张了张，又见他目光沉静，凝聚于水面，忍住了未作声。

　　日光映亮了水面。水花溅起时，李天水已直起了身子。一条又肥又白的大鱼抛了出来。鱼砸在岸边的石块上。李天水咧了咧嘴，道："再拿上几条，你便可以吃上我拿手的烤鱼了。"

　　日头偏西时，河边的火堆生了起来。原本塞满在窝棚子"皮墙"上的枯草、枯枝此时在火中"噼里啪啦"地响。李天水静静地注视着枝条上的鱼，平稳地翻着面，仿佛世上一时只剩下了火上的这两条鱼。

　　玉机抱着腿蹲坐障泥布上静静看着他。

　　"好了！"半盏茶工夫后，李天水忽然收回了枝条。凑在鼻尖闻了闻，满意地点点头。他将那两条烤得金黄的肥鱼递向玉机，道："八成熟过一些，最香最鲜美，你吃两条够了么？"

　　玉机瞥了他一眼接过了烤鱼串，故意道："不够，整条河里的鱼都不够。"

"好得很,"李天水悠悠一笑,道,"可惜我们没有太多工夫了,天黑前,我们要越过那里。"他伸出手指,指向了西面高高的冰峰。

刺目的日光下,三座白雪皑皑的尖峰并排倚靠,在高高的雪原上又突兀拔起,像是大战之后背靠背倚立歇息的武神,顶着天冷傲地俯视世间。

玉机深吸了一口气,她瞪大了眼看着李天水。

"你看那白白的大坂,"他指向了三座高峰东南一座覆盖着冰雪的高大山口,"翻过那座大坂,应该可以转去那三座雪峰下的北坡。"

日光闪耀,冰雪大坂反射出刺目的光,令玉机一阵晕眩。她揉着额角的太阳穴,皱眉道:"除去那三座冰峰,那雪坡是整片雪原的最高处。"

"也是离我们最近之处,"李天水眯眼望着,道,"而且,南边飞来的鸟儿,都自这处大坂顶上飞了过去。后坡应该有条活路,"他回头看着玉机,咧嘴笑笑,"但那大坂上头的雪,定然已积得很深,雪下怕还冻着冰……此刻你若是欲回头,那匹小马……"

"你何时变得这般啰嗦?"玉机忽然板起了脸,道,"我只想问你一件事。"

"什么事?"

"你还要歇多久?"

李天水注视着她,一跃而起,道:"你将手里的鱼吃下去,再歇息一会儿,便可以走了。我去牵马回来,它们该饮够了。"

他牵马回来的时候，看见玉机正斜倚着书箧，嘴里细细嚼着烤串上仅剩的一条鱼尾巴，双眼正盯着一张泛黄的绢纸。日光映出那纸上密密麻麻，似是画了幅图。李天水放了马，俯身凝神看过去，是四五列犬牙交错、大小各异的三角墨线，连绵不绝横贯那黄纸。最上列与最下列的相近位置上，各有七八个浓重的黑点。大小三角间隐隐画了曲线。

"天山？"李天水看了一会儿，脱口道。

"王公有些事始终未告诉我，"玉机点点头，又摇摇头，苦笑一声，道，"他只说过，明春回程时，将带我越天山走北路，那是草原最美的时节。"

"确实。"李天水抬头望向那雪峰。

"但他从未说过为何要去草原。那是绕了远路。而他也从未穿越过天山山谷，"玉机看着那绢纸，呆呆地道，"便连这张纸，我是无意中打开了书箧的机关后方才得见。"

李天水没开口。他看着玉机反手抓过已掀开顶板的书箧，两手抓着左右两侧木板，发力一拉。"咔嗒"，书箧被拉长了。书箧底板是两层活板。而中间隔板亦由两块薄板贴合，已被拉开了四五寸。

两块薄板内侧各嵌着一根一尺不到、环扣相衔的玉带子。李天水看出是条断开的玉蹀躞带。

"这是他自天竺回朝时，前朝太宗皇帝赐给他的，"玉机盯着那两面薄板低声道，"这张纸便夹在那两面木板里。"

李天水盯着那纸面。烤鱼的柴火仍未熄灭，在寒风下乱晃，火光晃在那纸上，竟隐隐透出墨迹。

他拾起一根燃着火的粗枝，靠近绢纸。火光下，山脉形的图案忽然淡去，一行汉字浮现出来。玉机瞪大了眼，随即双掌合拢，挡住了斜射上纸面的日光。

两行汉字清晰可辨。

"'在那昴星团正下方，是那神山之巅、众神降临的祭台，自祭台中央，螺旋形的黑色光芒，向七个方向，日夜不断散发在白色的道路上，'"玉机一字字缓缓道，"'如若迷失山间，便向那昴星团的方向行去，不出一日一夜，便将遇上那黑光，沿着黑光，行至白色道路尽头，便能看见神示的出口'……昴星团、黑色光芒、白色道路、神示的出口……"玉机抬头困惑地看李天水，"确是王公的字迹。但这是什么意思？"

"像以星辰定位之法……"李天水看着那纸，摇摇头，"却又像拜火教的吟诵、草原萨满的祭词。"

"我又想起一事，"玉机的黑眸子映着火光，出神道，"他喝酒曾说过，此番西行，他要做成一桩大事。他要去找一个人。那人在草原。但他记下的西行事由，在行记中不见了。"她凝起了眉头，"我记得在西州驿馆他曾将几张纸卷入窄袖中。"

李天水看着她，淡淡道："若那几张纸确实与你说的那桩事有关。十有八九，已落入了那个杀人者手中了。"

玉机闻言，黑眼眸一瞪，随即神情黯然，低声道："人去事灭，此刻已无关紧要。走吧。"

歇息半晌后，二人重又上路，很快走过了一段较为平缓的碎石坡。一抬眼，又是一大片一大片白，自大坂顶上铺下，又至雪线了。

雪线下的碎石夹了冰，湿滑难行。寒风凛冽起来。李天水回身打了个手势。玉机勒马停步，又牵过掉头转回来的那匹大马，看着上头探路的李天水登上了雪坡。

他立上了一块裸露的岩石，看见背阴处的雪地上有一条连成串的浅浅马蹄印，杂着几不可辨的足迹。

顺着足迹他举目上望，大坂顶上映出的白光闪得他两眼一花。上头定然冻着一层冰。下坡后看见玉机背上了书箧。

"它在喘气，"玉机摸了摸身边小马脖颈上竖起的一排棕色鬃毛，马鼻子喷出的白气几乎连成了串，她微笑着又道，"我与它说好了，我背一段，它背一段。是不？"她又轻轻摇了摇那马耳朵。

李天水目中柔光闪动，却不作声，回身自大马马鞍与障泥垫间抽出一卷盘起的麻绳。玉机看出是他们渡过罗布淖尔的小船上的船绳。她看着李天水神情凝肃地将那股麻绳一头环在腰间，套了两个圈打个活结，转身将另一头甩向自己，道："绑紧了。"

玉机一声不吭地将麻绳另一头依样于腰上系紧，李天水拉了拉，回头道："雪很深，马裤塞入马靴，走慢走稳，切勿摔了。"玉机点点头。

二人便这般以腰间绳索相连，一手牵着马，前倾的身形一耸一耸，费力地向高处登去。雪地上留下了一串深深的脚窝子。

约半个时辰后，积雪浅了些。脚下甚滑，难以着力。李天水心知雪下盖着一层冰，走得更慢更谨慎，另一条臂膀探向身后紧紧抓住了连向玉机的麻绳。玉机在他身后五步，呼吸仍很平稳。

高处寒风更急，山坡越来越陡峭。李天水顶风牵马拉着玉机,走"之"字形斜切上坡。攀上一段看上去并不太高的坡面,二人二马仿佛走了极长的远路。但李天水感觉到腰绳上传来玉机上攀之力依然坚实稳定。

他渐渐明白王玄策为何忍心将这样一个豆蔻般的少女送入狼口,他想起他在沙州听说过京洛豪贵暗蓄奴婢以豢养刺客的故事。

橘色的日头透出云层,雪坡到了尽头。再向上是一条几乎垂直于雪坡上的山脊道,两面裸露的山崖嶙峋耸起五六丈高。李天水回头向下看,雪地、冰河、岩石都泛着金光,眼前的玉机与两匹马亦沐浴在光下。原本背阴的路线已然向阳。"之"字形斜折向上的蹄印足迹边,另一串先前人马留下的印迹,自山脊下绕向远处层叠的茫茫雪原不见。

"前头的人又绕向下坡了。""嚓嚓"的脚步声中,玉机牵马靠了过来,两匹马身上正冒着白气。他未作声,将手指在七八处岩缝中抠了抠。闪着光的冰碴子自缝隙中坠下。李天水眯着眼,向那山脊上头看了半晌,转眼看向玉机,咧开嘴,勉强笑了笑,道:"从崖面上攀上去,是翻过这大坂最近的路。"

玉机亦正仰着脖子看着那两面绝壁,此刻睁大了眼直直看着李天水,道:"为何?"

"这些冰碴子,和那上头透出的光,"李天水摸着冰寒透骨的崖壁,缓缓道,"这里该离冰川很近了。"

玉机探出手指,摸了摸裸露的岩面,忽然缩回,又将整个手掌贴了上去,紧蹙了眉,定定地盯着他道:"你能攀上去么?"

李天水垂下了头,良久,抬眼沉声道:"或许可以试试。"

"缝里全是冰。"玉机仍盯着他道。

"抠住一根手指，我便能挂上去。"李天水轻扬起的发辫闪着金光。

"我呢？"玉机瞪着眼道。

"我若上得去，你便定然能上去，"李天水指了指她腰间，笑笑道，"崖面不太高，绳索却够长。此刻风已不太大，你也并不太重。"

"但若滑下来，怕也不太好了。"玉机看向眼前的崖壁道。

李天水叹了口气，正要开口，却听玉机又接道："但你若执意上去，我可以在下头等，"她看向积雪上那串远去的足印，"我更不喜欢再绕很远的路下雪坡。"

"况且至多两个时辰，日头便要沉下去了。"李天水咧开嘴笑了。

"况且你或许也需要有个人收尸。"玉机淡淡道。

"埋在雪里便好，"李天水笑出了声，"随后你原路返回。"

玉机却拉下了脸，道："我只想告诉你一件事。"

"哦？"

"我再不想听你说'原路返回'这四个字了。"玉机沉下声，神情极郑重。

绝壁上的岩画

　　李天水将最后一条腰囊自鞍鞯间扯下裹上腰时,那匹小马仍不住地舔舐他的背。玉机背着书箧系上布囊水壶,双掌不住地抚摸着那大马竖起在两耳间的深棕色鬃毛。日头的热力在渐渐消散,玉机抱着双臂将身躯捂得很紧,嗓音有些发抖,"它们还能再绕回来么?若是迷路了呢?"

　　李天水将绳索一圈圈迅速绕在腰上,随后解开玉机腰上的绳索,道:"人有人的路,马有马的道。该聚该散,该生该死,是缘是命,勉强不得的。"

　　玉机看着他,嘟起嘴,裹紧了披在雪地上的黑色长斗篷,道:"你看这大坂上头哪有一条人路,哪有一个人影。"

　　李天水转脸看向他,像看着一个孩子般笑了笑,道:"那或许就是我一个人选的路。"拉过所有的绳结后,他转头道:"我该上了,你退后些。若坠下怕砸了你。"

　　玉机盯着他一动未动。

　　李天水又笑了,随即大呼:"阿达许!阿达许!"向那匹大马挥挥手臂,指了指那崖壁。那马慢慢地行至陡峭的崖壁下,转身将侧腹贴上崖面。李天水缓缓走过去,轻抚着那自马首至背脊上的鬃毛。抬腿,踩上马镫子,随即立上马鞍。

　　头顶上方两尺处有一道拇指粗细的窄缝。他向更上方看了看。伸直手臂,手指抠了进去。"簌簌"落下一串冰碴子。但裂缝撑得住力。他深吸了一口气,大呼一声"奥许",将脚荡出了马背。

雪坡上玉机紧紧抓着黑色长斗篷的领口。一人二马一动不动地抬着头凝视竖直的崖面，看着李天水岩羊般贴着壁面蹿上越来越陡的悬崖。

愈向上岩缝愈冷。李天水感觉手指像是伸入了冰窖。蹿上二十余步后，有些麻木的左手中指抠上一层冰。他以为是岩缝，瞬时滑脱，身躯一偏，双足亦自微微凸出数寸的岩层上脱落。

他悬在了半空，仅用右手两指，死死抠住一条又窄又冷又滑的细缝。他听见了下方乍然响起的惊呼声。

一大片云雾漫了过来，眼前数寸的崖壁变得模糊不清。湿气令壁面更滑。他尽力够左臂，只是将无数冰霜抠下了悬崖。右手的指尖亦开始发麻，开始轻轻颤抖。

他放下了左手，等着云雾飘移过去。心头"咚咚"地一下比一下跳得更重。

抠着岩缝的指尖向外滑出两三寸。他咬着牙，将手指一拱一伸，生生重又嵌入数寸。裂缝像是将手指冻结了。右臂抖得更剧烈。他眼角看见了什么。

一线光透过了云雾，右手边那一大片岩壁变亮了。现出了一幅清晰的岩画。

他看出那岩画是以箭镞、刀尖或极锋锐的石器，刻出了一个极规整的圆形，径长三四寸，其外螺旋形发散出七根曲线。其形仿佛日曜，又仿佛轮转中的万物。他觉得这岩画有些眼熟，线条虽已斑驳漫漶，却仍能看出刻时之极流畅遒劲。

他呆呆地看着这幅岩画，心想那人刻下这岩石时或许已在数千年前。

有人于千年前已能攀上这面冰封的绝壁,刻下这神迹一般的岩画。

他看了许久,猛地发力,将第三根手指拱入缝隙边缘,再一发力,整个身躯便被这三个手指又抬起了五六寸。

雪坡上的玉机看着李天水忽然自崖壁上脱落,摇晃着身躯吊在崖壁上;看着云雾慢慢遮盖了他身躯,直至全然不见;看着越来越多的碎石冰碴子自上头"哗啦啦"不住滚落。她始终抬头望着,脖颈好像被什么箍紧了,直至日光再次映亮了石壁。

崖壁上已不见了李天水的身影。

玉机仰头大张着嘴,双手死死抓着大斗篷系紧的领口,仿佛在祝祷。两匹马仍是一动不动地向上仰望。

不知过了多久,粗长的麻绳忽然自崖上垂下,直垂至玉机头上两三尺。

她漆黑的双眸瞬间被点亮了。身后的小马跟着她走向壁面。她的右手搂上那小马的颈。斗篷散开时,整个身躯像一片丝绸般滑上马背。双足套入马镫后,她慢慢立直身躯,绳索便垂在她两腿边。她撩下斗篷塞入囊中,将绳索恰好在腰间围了一圈系紧。她俯腰,抚上马耳间的竖毛,轻轻唤了两声"奥许、奥许"。她抬手紧紧握住顶上粗绳,深长呼吸数回,双足猛地蹬出马镫。一阵马嘶声中,玉机已腾空跃起,足底踏上壁面前,她感觉自己正被一股强劲的力量向上拉扯。

祭天血囊

登上大坂,她觉得冷。冰冻的空气透过她的身躯。她颤抖着解开绳索裹紧斗篷,一只手已经被李天水紧紧抓住了。她抬眼看向他,见他的双目正闪着异样的光彩。

"勿松手,慢慢走,随我来!"

他拉着她斜斜向前头另一侧悬崖走去,脚下"咔咔"作响。踏下第一步时,她已发现自己走上了冰面,险些滑倒。但她像信任自己的眼睛一般信任那只握住她的手。十几步后她已越走越稳。看见他正走在一条蜿蜒的冰河上。冰河表面并非光滑一片,层层棱棱,起伏不定,像是流动着的水瞬时封冻,或者被许多人马踩过,布满了细小的裂缝。他们便循着这片冰面,慢慢转到了达坂顶上的另一边。

这时李天水停下了步子,一动不动地看着前头下方的峡谷。玉机有些吃惊地看着他,觉得他的灵魂仿佛一时脱离了躯壳。

大地峥嵘万状地倾斜着,向着南方俯冲而去。极远处,一股剧烈抖动的气浪正从西州低地淡白色的中央地带升起。那一簇簇火焰般的山峦上仿佛正有烈焰腾起白烟。赤褐色的深涧里,嵌着一条蓝莹莹的冰川,绵延数百里,将挡下了夕阳余晖却被涂了一层嫣红四五座冰峰拦腰截断。

李天水从未见过如此瑰丽雄壮的景观。

那条冰川蓝得醉人。千万年积成的冰层平平叠砌着,几缕余晖自冰峰边缘流泻而下,一层微白,一层浅绿,一层蔚蓝,一层紫红。奇迹般的色彩,令苍莽群山添上一层柔美。

再向前看,深数十丈的蓝冰川自二人脚下绕过,向北绵延而上。约三四里外与冰大坂北坡上流下的冰河相合,汇成了一大片翠绿晶莹的冰湖。冰湖向下坡又泻下七八条的冰河。李天水牵着玉机的手,在"咔咔"作响的冰面上,在仿佛冰冻住呼吸的空气包裹中,在一大片亮得刺目的冰峰边,低头踽踽而行。他尽力避过冰缝。

山峦转角,淡蓝色的冰川漫了过来。冰湖在眼前铺成了一片。冰河像一条条封冻的冰路蜿蜒交织沿坡而下。更远处的山麓上露出了树。最高层时是雪白的雾凇,其下渐渐现出了色彩。像一层层染了红黄色,越来越密。而身侧一排神灵般的冰峰,近在咫尺,仿佛伸手可及。此时云层遮蔽了大半晖光,只一缕光破云而下,将那傲视万物的冰雪棱线,涂了一层柔和的金色。那柔光染了云层,流向冰川。雪线上下裸露的嶙峋的粗糙的岩石,一时仿佛皆鲜活生动起来,仿佛被天神的指尖触及一般。

他忽然想到了许多在草原、雪山与沙漠中辗转挣命的,与自己一样蝼蚁般的人。他们什么时候能被映亮呢?

他不自主地摸了摸腰间的金带子。背脊有些沉重。这时方觉自己呆立了太久,身后的玉机正在发抖。他迈开僵硬的步子,沿着冰湖边缘,向下坡行去。

椭圆形的冰湖泛着浅蓝的光,李天水每一步皆踏得极小心,像绕过佛窟中的中心佛龛一般有些虔敬地绕过了冰湖。沿着那十数道冰冻住的寒流踏下去,李天水觉得脚下越来越松软。他转身看向将身躯及大半张脸裹入斗篷的玉机,沉声道:

"尽量避开冰河，走冰间石路。"

她面颊肌肤已有些发青，这时双眸却越来越亮，她奔行了几步，越过李天水向远处的下坡望去，低呼道："快看那下头！"

他沿着那条条冰流向下望去，看见那无数条大小冰河汇入的尽头，那雪白群峰环抱着的半腰处，那层叠密集的红色、黄色、绿色及白色的高大杉树林下头，静静躺着一片半月形的大湖。一半是幽蓝的湖水，一半是琉璃般的冰面，余晖落在近岸处的冰面上，像是冰上燃起了火。

他深吸了口气。他又看见岸边斑斓的杉树林下，一片月牙形的空地上，散列着数十上百顶灰白尖顶毡帐。毡帐错落有致，将一顶最大的褐色圆帐护在最中央。帐顶上插着一面狼头大纛正迎风飘舞。他的心忽然抽紧了，他认出了那顶圆帐，认出了那面狼头大纛。

看见这顶圆帐，他立时闻到了一股浓烈的草原气息，带着少年时的恐惧与欢欣、屈辱与骄傲，带着那苦寒生涯的一团烈焰，一线春光，一夜美梦……以及随后沉入的无尽噩梦。他看着帐子里走出了两个人，甚至连心跳亦已停顿。

最后一抹斜阳映上了狼主。她丰满劲健的身躯、冰雪雕出般的侧脸、乌黑的垂腰卷发、贴身紧裹着的水獭皮衣裤、自两耳垂至胸前的长貂尾、浑身上下闪亮着的金饰银饰，皆蒙了一层血红色的光晕。她一跃一跃像匹烈马，直直向圆帐正前方数十步外的一座大石堆行去。石堆足有六七人高，平顶，顶上可立四五人。此刻已立着一人。那人戴着兽面，发辫上插满了长长的翎羽。两臂间五色布带随风飘舞。他一手持鼓，一手掌心摊开向天,仿佛托着什么,围着一根高五六丈的木杆交叉小腿缓缓转圈。杆顶上一个黑色皮囊正在风中摆荡。李天水看不清那人的脸面,但知道他正在反复念诵着同一句话。

狼主在石堆下停步,转身等着后面的人。那人走得甚慢,身躯并不太高大,却像一座山在缓缓移动。他出帐时四下无人,每行出一步,两侧便忽然多出了四五个裹着黑巾的突厥武士。行至石堆下,他身后已跟了近百名武士。无声无息地跟着,仿佛一群幽灵般自周围密布的尖帐中拥出。

那人徐徐侧身,朝着莹莹冰湖对岸的三座皑皑雪峰,单膝跪拜下去。李天水看见他的黄金面具正反着光,镶嵌着两颗蓝宝石的黄金面具。身后百余蒙面皮衣武士,一齐向那高远云雾中的雪顶跪了下去。夕阳的红光恰好落上石堆之时,狼主一步步踏着砌出的石阶踏上。山谷中风声呼啸。

李天水只觉自己掌心的汗已快凝成了霜,忽然一阵疼,原来是被玉机捏紧了。他回过神,看见玉机睁大了眼,肌肤白得有些发青,"突骑施狼主。突厥人在……"

"祭天,"李天水的声音听来更沉闷,"领头那人,便是突骑施首领,莫贺达干乌质勒。"

玉机呆呆望着狼主乌弓月踏上石堆顶,亦向那雪峰的方向伏跪下来。高杆边响起了萨满的鼓声。她缓缓道:"突厥汗国灭后,突骑施最强,乌质勒又收服五咄陆余部,在草原上已自称可汗,不是当年的莫贺达干了,"她忽然抬了头,看向李天水,"我记起了,杜郎说你当年是在山北的星星草原,为突厥人放牧。那日乌弓月似与你相识。"

李天水心头怦怦作响,却不欲再言。寒风中他静静地看着

丝绸之路密码1:天山石圈秘境 415

乌弓月直起了高大的身躯，长发在风中狂舞，双臂高举过顶，开始放声高歌，鼓点声更大了。

歌声和着鼓点。乌弓月仰面放声向天唱响，百尺之下，随风传来，听来竟高亢得直入云霄。

二人凝眉听着，一时俱出了神。玉机忽然摇了摇李天水手掌，道："天水哥，你可听清，她唱的是什么意思？"

李天水一愣。生平第一次有人唤他作"天水哥"。他侧过身，见玉机的双目在凝了霜的长睫毛下，波光般灵动。他抑制住心绪，道："是突厥话。大概是'因天赋以力，吾父可汗之军如狼，敌人有如羊'，'又天之意，吾人于有国取其国，有可汗者俘其可汗'。"他顿了顿，又道："是突骑施首领出征前，向天神祷愿之歌。"

"出征？"玉机皱紧了眉头，"糟，他们怕是意在龟兹安西军！"

李天水急转过头，看着她。

玉机凝眉道："苏海政已觉吐蕃人野心太大，难以辖制，近日来暗中通过中间人，转与突骑施交通结盟，诱以重利……"她话音一顿。乌弓月的歌声方歇，那萨满转至她身前，捧上一件狭长弯曲之物。乌弓月接过。玉机目光一跳，脱口道："弓箭！她要射什么？"

"高杆子顶上系着的血囊，献与天神的祭品。"李天水紧盯着下头，沉声道，"若首领一箭射落，便是大吉。"

二人看着乌弓月腰肢渐渐后弯，将那长弓由月牙形张开至半圆，整个人亦仿佛一把蓄满力的劲弓。那箭头指着杆顶，只待她手指一松。

"咻——"刺耳的锐响倏然刺破山谷的阒寂。一道箭影闪电般刺破半空,"啪"一声轻响,暗红的血花忽然绽开在高高的杆头,洒向石堆上的乌弓月与萨满。

戴着金面具的乌质勒已猛然转身立起。但一个人已自一群跪伏着的武士中一跃而起,疾掠向身后湖岸边的一排帐子,野兔般迅捷。那人背上挟弓挂箭。

怒喝声中,那群蒙面突厥武士狼群般扑了过去。

一声呼哨乍然响起。清亮回旋的音色李天水甚是耳熟。回声未绝,一匹浑身乌黑的骏马不知自何处蹿出,狂奔向那石堆高台。马背上空盘旋着一片黑影,其势更快。那马眨眼间飞掠至石堆下,四蹄戛然一顿。堆顶纵身跃下一人,稳稳落于马背后,一挺腰,那马又飞一般蹿了出去。貂尾与乌发飘飞起来,赫然正是乌弓月!黑影落在突厥少女肩头,竟然是只鹰!

乌弓月飞驰向正赶往密林的射箭者。

李天水的心"咚咚"直跳,看着那人忽然发力一勒马缰。那马长嘶声中原地急转大半圈。马上的人甩了甩长辫,向另一侧更远的山林疾驰。乌弓月已张开了弓,见他掉头,又呼哨一声。那逃亡者两侧前方,原本将驰入的密林中,猛然冲击二三十骑。烟尘扬起处,那骑手前头已将围成一个半圈,像狼群围拢猎物一般。李天水的心跳越来越快,他看见自帐间蹿出"围猎"的"狼骑"越来越多。

那骑手将身躯在马背上越压越低,略略侧身。那马仿佛竟也微侧过身,却是越驰越快。长辫在马首后舞动。骑手直直向李天水下方的密林驰来,他隐隐看见那人额头上缠着带子。只见将要合围的缝隙间,一骑斜刺突出,竟如雄鹰掠过山口一般潇洒迅疾。

　　身后的突厥武士开始放箭了。那骑手身躯紧贴在疾驰的马腹侧。箭影"嗖嗖"地掠过头上身侧，仿佛送着那一骑在尘土中没入了密林。身后数十骑仍紧追不舍，另一侧的乌弓月领着数十骑，自缓坡奔行由反方向包抄过去。

　　李天水忽然转身迅速道："抓紧我的手！"猛地一拉玉机的手臂，沿着那冰河间隙狂奔下去。二人踏着碎冰与岩石，飞掠向下坡。冰川漫了过来，覆盖在越来越陡的坡道上。再下便是一片雪坡与密林。身后的玉机仍死抓着他的手，却已有些费力。李天水停了步子，看着"吭哧吭哧"出气的玉机，手臂一卷，将她搂入怀中。斗篷下的身躯很软，心跳得很快。李天水箍住她的腰背，缓缓道："抱紧我！"又奔行几步后腾身跃下。背后的箱囊"吱吱"擦过冰面，他们在冰面上疾滑而下。

　　他抬头看天，红色的云霞正迅速离他而去。他看见了两三棵云杉，随后是越来越密集的杉树林。红日已消逝在尖峰后。

　　好在冰坡并不长。片刻后他坠入一层厚厚的积雪中。撑起身时，另一只手仍紧紧抱着玉机，她只是抓着他双臂生疼，他咧了咧嘴，问道："可好？"

　　玉机抬起了她青紫色的双唇，呼出一了口气，眉头一蹙，道："好……什么声音？"

　　是马蹄声。杂沓的大队马蹄声并不太快，就响在前头不远的一片密集杉林中。李天水凝神静听一会儿，指了指密林边缘的一棵挂着冰霜的高大云杉，低声道："躲在这棵树下，勿出声，等我回来！"

　　玉机清透的目光看着他，用力点点头，放开了手掌。

哥舒道元

马蹄渐近。李天水向着蹄声的方向踏雪冲下坡。密林间无法纵蹄，杂沓的蹄声并不太快。是大队追骑撵着前头一骑，仿佛正将猎物赶向围猎圈中。他很熟悉突骑施的围猎之法。

密林越深越昏暗，前头一骑的马蹄甚轻。李天水知道那骑手已乘隙将蹄上铁掌取下。身侧错落的七八株杉树间，有黑影闪动。他一惊，凝神看着那些树，两个戴着高毡帽的身影正在枝桠下张弓搭箭对准下坡。

他无声无息地蹿了过去，片刻后，将手指插入口中打了个呼哨。骑手的蹄声戛然而止。枝条下的两匹马仰脖长嘶起来。马上两个突厥骑士方转过头，一圈黑影自树后飞出，不偏不倚圈住骑士的脖颈。是个绳圈。那圈套后的长绳再一抖，骑士已滚落马下，直滚下坡。那马转身欲追，背上已多了个人。那马长嘶一声人立而起，马上李天水两腿一夹马腹，空中甩起绳圈。"啪啪"两声炸响，那马乖乖地落下前蹄。前头另一个突厥骑士拔刀狂呼着向他冲来，李天水微侧身手腕子再一抖，那绳圈又飞了出去，长了眼睛一般套上了后头那马的马首。长嘶声中那马前冲之势竟被生生止住，那骑士却止不住，自鞍上飞过马首亦滚下坡去。李天水再抖腕收回绳圈，抬眼见那逃亡的骑手已在十步外的两棵树间，直直坐在一匹高马上。褐色皮面罩上一双俊美深湛的蓝眼眸牢牢盯住李天水，高高的额头上紧紧缠着一条金黄色发辫带子。二人同时认出了对方。那人忽然开口道:"发辫脏得很,让你的女人洗洗。"

李天水双目中闪出了笑意,道:"我女人在后头,我去找她。分头走。"

那人点头,却打马向他走来。两步外时那人忽然呼道:"嘿!阿达许!"侧身伸出裹着皮套子的拳头,李天水亦侧身出拳。"啪!"

两拳一击便分,两匹马瞬间向两个方向弹出去。

坡下的蹄声大作。有一队向李天水的方向撵了上来。他咧了咧嘴,两腿轻踢马腹,双手忽左忽右扯着马缰,看着那马灵活地在树间蹿跃。一阵刺耳的尖啸声划过密林,他知道是响箭鸣镝,是围猎的信号。他忽然有些担忧。好在第二声响箭过后,他已看见身后林间雪地上忽然闪出一大片飘起的黑披风。他掉转马冲过去,俯身单臂将玉机夹上了飞驰的马背。他俯低了身躯,一扭缰绳又转过马头,听得手臂中的玉机喊道:"后头有追骑!"

"前头也有!腿夹紧了马!"李天水握紧了缰绳,重重一拍马颈。那马又嘶了一声,箭一般蹿了出去。一棵棵云杉飞速向后退去。他正惊异这马驮着两人竟然有如此脚力,马背忽然一耸一耸弹动起来,玉机坐不稳了,惊叫道:"它欲作甚?"

李天水淡淡道:"它恋着旧主人,欲将我们甩下去呢!"这时那马调转过头,向下坡俯冲。坡下交杂的人影已向这边冲了上来。又有两声箭啸自坡上破空而来,那队人又转头向更上头冲了过去。

李天水索性放了缰绳,俯身以双臂圈住马颈,贴紧马首,对着马耳低语了几句,又抚了抚那马鬃。那马低嘶了一声,原地转了两圈,踢了踢足,折向雪坡上的密林深处。

"你对那马说了什么?"玉机在背后急道。

李天水没作声。他一手控缰,一手紧紧握着索套,凝神听着前头越来越暗的深林中传来的马蹄声。

大队蹄声远去了。那马平稳地在雪白的杉树间穿梭,雪地上发出"嚓嚓嚓"的声响。

"你是告诉它很快可以回草原了么?"抱着他腰背的玉机,忍不住又道。

"我告诉它,像它这样的马,不应该被人每日鞭笞。它的主人不懂爱惜它。它应该属于自由的草原。"李天水的身躯随着那马轻轻起伏。

昏暗中穿行了约一刻工夫。前头又响起了马蹄声。玉机紧张地抓住了李天水的手臂。李天水勒住马,轻抚着她手臂道:"是朋友来了。"

前头那人爽朗一笑。"狼群迷了路,回来的自然是朋友。"那汉话像是卷着舌一路滚下来,带着爽利的音调。

李天水也笑了。"原来狼群没有将你引上陷阱,你却将他们带进了迷宫。"

那人策马行近,四五株树外现出一个高挺的身影,赫然便是先前那个射囊的骑手。"我自小在这片女神的湖泊边骑射,湖泊的另一头的草甸子,原本是我们的夏牧场。"语调中似有些许怅然。

"女神的湖泊?"玉机讶异地开口道,"那片冰大湖,莫非便是传说中的西王母瑶池?"

两匹马又近了些,那骑手的俊目向她瞟了过来,下巴傲然

丝绸之路密码1:天山石圈秘境 421

地略略抬了抬，道："你看那女神的湖泊上头，是居住着众神的博格达峰。"他的目光仿佛已越过这片白白的林子，向那片大湖另一边的高远处眺去。

"阿达许，告诉我你的名字。"片刻后，李天水正视着他，沉声道。

"哥舒部的哥舒道元。"那人转过了脸。

李天水皱了皱眉，"我听过这个名字。"

哥舒道元的嘴角掠起了微笑。"你若在西域从军，该听人说过安西军中有个姓哥舒的射生手。"

李天水霍然目光一跳。"安西副大都护哥舒道元？"

"唉，"他却长叹了一声，"安西，快护不住了。"

李天水垂着头，过了片刻，朗声道："祭天血囊被射落，至少突骑施暂时不会西犯龟兹了。"

"但我却晚了一步，让那个叛贼遁去了龟兹，遗患无穷！"哥舒道元切齿道，"此贼不除，三万安西精锐与数十万西域子民危矣。"他仿佛忽然想起一事，又道："我不得久留。"

哥舒道元拍马走近伸出一掌，"啪！"李天水的右掌握紧，摇了摇。哥舒道元便欲转马，李天水却不松手。他盯着哥舒，慢慢道："哥舒，我也去龟兹。"

"好得很，"哥舒一甩头，瞥了过来，随后笑起来，"如果你敢来，有一条近路。"他平平伸手，指着下坡一株斜斜立在雪地上的云杉。"这片林子里，有一些杉树的枝干黑得很。沿着这些树向前走，走出林子，你便会看见一个毡帐子，如果你运气够好，会有一个老婆子，给你指出前头的路，"他放下手臂，湛蓝的目光在暗中一闪，"但我们不能同行，我的同伴在另一条路上等我。"

李天水脑中立即浮现出了一张瘦长优雅的胡族老人面庞。又听得哥舒道："你还没告诉你的名姓？"

"李天水。"

"李天水，"哥舒缓缓重复了一遍，"王玄策是如何找上你的？"

"是我找上他的。"李天水低声道。

哥舒又笑了。"好得很。快去找那顶草木棚子，夜晚你们可以在外头坐一会儿，在那里可以看到博格达峰与星星连在一起。"李天水已看不清他的笑容，却能感到一股暖意。

"奥许！"

"奥许！"

二人同时放手，李天水听着他的蹄声一路向下，越来越远。

"天很暗了，"过一会儿，玉机拍了拍他的腰，"近旁的树已看不清了。"

"我能看清，"李天水回过神来，沉声道，"走！"

每隔五六株，便闪出一根黑树干。李天水轻轻左右扯缰，两眼晶亮地扫向四周。掠过七八株后，那匹马仿佛已辨出规律，径直向着那些黑路标奔行。

周围"簌簌簌簌"地响。玉机抓紧了李天水的腰囊，李天水头也不回道："不怕，是惊动了林中小兽。"

过了一会儿，只有霜雪从枝头落地的"簌簌"声。林子已暗下来，所有树干看上去都是黑黢黢的。李天水松松抓着缰绳，任由那马沿着一条隐藏林间的、仿佛只有它自己知道的路，"嚓嚓嚓"向前蹿去。

一大片的杉树黑影被甩在身后，前头仍是一模一样的一片树影子，只是越来越暗。他觉得黑夜与杉林仿佛组成了一座寒冷的迷宫。好在这时月光透了下来，乳白色的亮光令他看见十余步前的一棵杉树。树干正是黑色的。

他勒缰，马在那树干前停步。他闻到了树皮上散发的异香，心想这或许便是这匹马识路的缘由。黑炭般树皮纹理细腻。他用手摸了上去，平滑纹理间树干伤痕上有白色汁液溢出。是由锐器新刻出的，黑暗中难辨其形。他顺手一扯，扯下几根树枝。他抖落了枝条上的霜雪，将这树枝连着这块树皮插在马鞍与鞴面间。马又迅即蹿了出去。

眼前的树影正渐渐稀落，塔状的云杉渐渐被一丛丛更尖锐挺直如锥子般的雪松取代。七八根黑色的树干近距离闪过。李天水再未勒马。

一段漫长的上坡路后胯下的马放慢了脚步，显出疲态。只余五六棵零星的松树散在雪坡上。风却是渐渐小了。李天水知道穿出这片森林，便已绕过了群山环抱的蓝色大湖。他们已转过了三四个长长的雪坡，穿行至大湖另一头一座高高的山脊背面。

幽蓝的夜空半月低悬。马蹄下的雪坡渐变为冰石间杂的陡峭山道。那马喘着粗气，走得越来越慢。李天水抬头看向那山顶，勒紧了缰绳，随即跳下了马。他将玉机扶下后，开始解开系着马背的箱囊绳索。

玉机蹙眉看着他，道："你是要露宿在这山脊上？"

李天水却不停手,背上木箱后,他转向玉机,咧了咧嘴道:"夜里露宿此地,你即便将整张狐皮罩上,恐怕也要冻成冰。"

玉机不由得捂紧了斗篷领口的狐皮披肩。方才她在马背颠簸中披上了这条披肩。她看着李天水的眼睛,忽然黑眸子一闪,低呼道:"你已寻着落脚之处了?"

李天水又背上了装着馕饼的囊袋,将酒囊与腰囊系在腰间。摸着那马两耳间一行竖直的鬃毛,缓缓道:"即便寻不着,也该让它走了。"

那马弯下长脖颈,前蹄子不住地将脚下的冰碴子蹭下山,喉间发出"唔噜噜"的声响。待玉机取下最后一件行囊,马首蹭了蹭李天水的手背,摇摇晃晃地慢慢向山下踱去。直至李天水在身后拍手大呼数下,它方抖了抖身躯,加快了步子,片刻间消失在山脊下的黑暗中。

"它累了么?"玉机睁大了眼,向山下那马消失的方向望去。

"它知道去草原还有很长的路,只能是它独自行走,片刻不得松懈,"李天水向下看了一会儿,转而抬头看上去,拉了拉玉机的臂弯,"我们亦是一样。"

二人背负了行囊,在又陡又滑的山脊上徒行。愈是近顶,愈是风大。好在二人攀过那陡直的冰崖,便已找到了岩缝间发力的法子与节奏。风卷起了玉机的狐皮披肩,她的心有些发慌,但仍紧跟着李天水杂在风中的脚步声。脚下冰碴碎石不断滚落。百余步后,她看见山顶已在眼前。是个平顶,顶上又堆起一座圆锥形的石堆,足有两三丈高,像是有人嫌这山顶太平，生生堆出了一个尖顶。石堆缝隙间飘出的许多长长的绸带子。她听说过也见过这种石堆，是突厥人的祭祀堆。而这般大的山顶石堆祭台附近，定然有人居住。

登顶后，她看见李天水站在石堆被月光照亮的一侧，看向黑暗的山脊下。她走了过去，在漆黑中辨出一条冰流的影子，蜿蜒绕过缓坡隐没在山下。冰流上方，向下走二三十步处，一个圆毡房的黑影孤零零地斜扎在缓坡上。周遭只有一个以十余根松木搭出的马棚子，立在毡房左前侧。

"走出林子，你便会看见一个毡帐子，如果你运气够，会有一个老婆子，给你指出前头的路。"她想起了哥舒临走前的话。

李天水此刻回过头，反手递来一束又黑又长的树枝，缓缓道："背风生上火，等我回来，"咧了咧嘴，又道，"勿让火星子溅上斗篷。"转过身，向下头的圆毡房行去。

黑树皮上的刻痕

　　李天水看见帐幕中的亮光时，将脚步放慢了些。

　　看着那微微开启的帐门，不知为何，他有些紧张。

　　风打在马棚顶上盖着的枝叶，沙沙作响。马棚子上可容四五匹马，此刻只系着一匹栗红色的矮马。

　　有马、有灯，他知道此刻毡房里定然有人。是哥舒说的那个老婆婆么？

　　他走得更慢了，经过马棚时，见那马低头不知啃着什么。待他行近时，忽然警觉地抬头，双目炯然有光。黑暗中李天水已看出这马筋骨绝佳。

　　马腹下躺着一个木箱子，仿佛方自那马背上解下。马腿后的箱子他看不甚清，但觉得眼熟，不由得多看了几眼。半开的箱盖内，仿佛有光在闪。李天水微微一愣，继续向下行去，他没有朝别人箱子里看的习惯。

　　临近毡帐时，他看见那毡房顶上竟盖了一整块雪。雪白的穹顶看上去有些异样。但他听说过在酷寒之地，牧民们常以雪砖隔绝寒气。他伸手便要去叩门。

　　"呀——"一声，那毡房的门忽然自行打开了。李天水不由得退了一步。

　　门内果然站着一个老妇人。李天水从未见过如此高大的老妇人。她正提着一盏灯光摇晃的银灯，细长而布满皱纹的眼睛盯紧了李天水。灯光下，她宽阔黝黑的面庞像布满了褶皱的干涧荒地,身上裹着一袭露着许多破洞的粗布棉袍,像快要被臃肿的身躯撑破。

老妇人只盯着李天水未开口。她的身躯绷得很紧。李天水轻松地笑了笑,扶肩欠了欠身,以突厥语道:"老人家,我与商队走散了,我沿着这条冰路赶去龟兹。"

那老妇人仍牢牢地盯着她,未开口。李天水看出她听懂了他的话,便又接着道:"老人家,我在这深山中已走了两天两夜,终于遇见了人家。我身上带着清水和馕饼,还有些可以做丝袍子的绢帛。能否在这顶毡帐下过一夜?"他指了指背上的油布箱子和囊袋。

那老妇人一动不动地直直站了片刻,点点头,略侧了身,抬手指了指门内。

李天水看着她咧嘴笑笑,随后又躬身施礼,道:"我还有个朋友,可否待我寻她一齐过来?"

那老妇人点点头。

他看着那老妇人的脸上的皱纹,那些细纹显得僵硬。他忽然想起一事,又道:"今日早些时候,可有人马行经此处?"

那老妇人面无表情地看了他片刻,冷淡地摇了摇头。李天水又拱拱手,转身离去。

转过马棚时,那匹马仍始终低着头,已不再朝他看上去。箱缝中,光点更清晰了,仿佛是碧绿色的。李天水没有停步,踩着光滑的冰岩向那石堆旁的那团火光行去。

火光在风中如同野兽般蹿跃。玉机手里拿着半个馕饼在火边烤着,抬眼看见李天水正用一根粗枝拨弄着篝火。他折回后便反复抚摸着连着枝条的那片树皮,此时却盯着火,看着火星子蹿跃向夜空,眨眼消失不见。

黑色的树皮上排布着曲折的纹理,但明亮的火光下,仍可看出自然纹理间的一个人为刻痕。

一个左旋的"卍"字。一个刻得很别扭的左旋"卍"字。

究竟何处别扭,他一时看不出,他只觉得这个刻在黑树皮上的"卍"字,比他先前见过刻在坎儿井下石壁上的秘符,更为古怪。

"你说得对,这碎馕饼略烤过后,变得又香又软又有嚼劲。"玉机眨着眼道。

李天水瞥了一眼身侧。半个碎成了七八块的馕饼,方才已被他重又粘合成半圆。玉机见他在囊上洒了些清水,随后揉揉按按,那半个馕便又合在了一起。他将那半个馕饼放回了囊中,口中轻声道:"已是第六日了。"

距离自己与波斯公主约定的日子,还剩下四十四日。他还有很长的路要走,也许会长过他的命。

他甚至不知道终点在哪里。

玉机嚼着那馕饼,靠了上来,轻声道:"你不饿么?"

"饿,"李天水笑了笑,又低头看了一会儿那树皮,道,"但没心思吃。"

"我生上了火,正是让你歇息一会儿。"玉机定定地看着他,眼眸中亦有些炽热。

李天水咧开了嘴,懒懒地靠上了身后的油布箱子,一时竟真的抛下了许多念头。仰起头时,见月光映出了正对面雪峰西边的石壁,是一大片的冰蓝色。冰川便静卧于其下,没入深邃漆黑的峡谷中。遥远天际看上去亦是一片黑,渐近渐蓝,至雪峰顶上已是如那蓝宝石一般的青靛色。七八颗星缀于其上,聚拢在一团,状如他甩出的索套绳圈。那便是王玄策写下的"昴星团"么?他决定什么也不想。听着那风声呼啸,天山深处壮阔而孤绝,仿佛天地间一时只剩下他与玉机两人。

面前的雪峰其实相隔极远,但他觉得亲近。更远处的那团星辰闪动的光点,他亦觉似曾相识。

"有时我觉得我是从那上面过来的。"他以那树枝指向雪峰上的星团,缓缓道。星团在极缓慢地旋转,带着螺旋形线条。他想起了冰壁上的岩画。

"我们与那上头本有连结,以瑜伽的法则。"玉机亦抬眼望天,喃喃道。

"瑜伽?"李天水未听清,"什么瑜伽?"

玉机却摇摇头,只靠上了他的肩头,将脸埋入了火红色的狐裘下。"不说话,"她轻声道,"此刻甚好,这般宁静。"

二人又静静地坐了一会儿。李天水直起了身,道:"走吧,那老人家已等了太久了。"

老人家没有等他们。毡帐帏幔暗不透光,马棚子也空了。马与那箱子俱已不见。

帐门闭合,却未上锁。借着微弱的月光,李天水看出昏暗的毡房中空无一人。他闻到了一股熟悉的毡房气味,混杂着乳香与腥膻。圆毡房甚宽大,可容下十余人。地上毡毛毯子上却只摆了一张矮几,和一条铺了毛毯子的简易矮榻。玉机擦亮火石点燃了矮几上的银灯,见李天水面色越来越凝重,问道:

"那老人家走了么?"

"走了,"李天水沉声道,他盯着那条矮榻,已看出方才那高大的老妇人绝非这帐子的主人,继续道,"那老人家在山腰间的毡帐过夜,或许等不及我们,已骑马下山了。"他只希望玉机今夜能安心入睡,又道:"你上榻吧,我吃了馕饼,裹紧袷祥,在这毯子上便能过上一宿。"

玉机将矮榻靠上门对面的毡墙,转向他,道:"答应我,靠我近些,好令我感觉暖一些。"

李天水便背靠着毡墙嚼起馕饼。听见窸窸窣窣的更衣与擦拭身体的声音时,他抬头望向了毡帐的穹顶。草原的夏夜里他有时能透过薄薄的帐顶看见星辰,此刻却是盖了一片洁白,像祆教萨宝主持祭礼时身穿的洁白长袍。阿塔的朋友康伯便是一个萨宝,便常穿着一袭白袍子来家喝茶。阿塔……

他咽下最后一口馕饼,饮下一大口水,裹紧了袷祥躺倒在箱囊边。他闻到了一股若有若无的淡香,心想今夜怕是一时难以入眠。便在他努力不去想阿塔,不去想玉机时,那一点儿绿光忽然在他脑中闪烁起来,仿佛比方才他在箱中瞥见时更亮。他的背脊忽然渗出了一层薄汗。

深夜中他的头脑常常会突然变得异常清晰。他想起了在何处见过那箱子,见过那点儿绿光了。

那枚从未离开手指的翡翠绿的扳指,那个将他带上这条路的人背上的箱子。

杜巨源。

方才是杜巨源在向他求救么?是那老妇人将他塞入了那大箱子中么?

若是如此,他方才已经错失了救下杜巨源的唯一机会。他的脸色泛白了,全然未留意玉机正定定地看着他。

许久,他又靠上了那毡墙。

杜巨源高大魁伟。他那口货箱虽大,要塞进去只有自己将身躯蜷至极限。无论用何种法子,他觉得那老妇人绝不能将活着的杜巨源塞进去。

除非那是一具还未僵硬的尸身。

他浑身一颤。他忽然想起他对着那帐门高声呼喊,杜巨源若是活着,定然能听见,即便被绳索捆住,肯定也有法子发出些动静。

他甩了甩发辫,只希望自己看错了,想错了。

他从来没有把杜巨源当作朋友。沙州驿站初见时,他便看出这个眉眼常带笑的商人,其实骨子里并不信任任何人。一路上,他始终在小心谨慎地掩饰着自己。

他并不想知道杜巨源想掩饰些什么。但此刻他的心有些生疼。

他又想到了那个不能说话的老妇人。此刻想来,那高大的身形、苍老而生硬的面颊,还有那双细长的眼睛,亦是怪异。她身上的装束亦不像一个突厥老人。她只是点头或摇头,李天水并不能确定她是否真的听懂了他的突厥话。

她是谋夺了杜巨源箱中的财货后,害了他的性命么?那她为何还要将尸身塞入那箱子里?

抑或她是那苏海政藏在天山深处的暗探。杜巨源路过此地时便掉入了陷阱,此刻或许已晕厥过去,正被带往叛军的驻地。

他知道苏海政正渴求那口货箱子，包着油布的货箱子。

她为何不等他们回来，一并下手呢？她肯定看到了他背上的另一口包裹着油布的货箱子。

莫非她正下山寻人，欲趁深夜突袭？

正在他背脊渐渐绷紧，心越跳越快时。一条手臂忽然伸了过来，搭上了他的肩。

"你冷么？我……我有些怕……"玉机的嗓音有些低哑。她不知何时下了榻，此刻忽然贴了过来，胡衣胡裤紧贴着她身体玲珑的曲线。"呼"的一声，一大片黑影飘起，宽大的斗篷盖上了二人的身躯。玉机将头埋入了他的胸膛，随即又抬起眼，黑眸子有些迷离，仿佛醉醺醺的，又低声道："你又在想你阿塔了么？"

李天水本想轻轻将她推开，不知怎的却抚上了她的手臂。

"我也想我的阿娘了，"玉机将他的手臂抓得更紧，"我仍记得，我幼时，夜间常害怕，阿娘会唱歌给我听。"

李天水听了，心中忽然一酸，便道："你欲听我唱歌么？"

玉机迷蒙的双眼有些亮了，低声道："唱，唱。"

李天水以手掌轻轻拍在玉机手臂上，和着那节奏以突厥语唱道：

> 童年对于我早已朦胧遥远，
> 记忆中只留下你温柔的波光
> 随着日月沉浮我走遍了天下
> 天下没有能超过你的地方。

玉机静静地听出，眼眶里闪出了光，问道："歌里是什么意思？"

李天水又用汉话唱了一遍。玉机又将头埋入了他胸前，埋得很深。他感觉有一团湿气慢慢透入。玉机的脊背在一下下起伏，他只轻抚着她的手臂。良久，长睫毛抬了起来，如被朝露浸湿的嫩草般闪着光，她轻唤了一声："天水哥。"

"嗯。"

"你是不是有话想问我？"她的嗓音听去已平静了下来。

李天水的手慢慢停了下来，他心里叹了口气，随即又抬手抚上了她肩膀上的狐皮披肩，道："这里藏了大唐执政者的敕书。刘猴儿说的那桩长安宫里的奇案，与你亦有些关联吧？"

玉机身躯一紧。她抬了头看着李天水。他轻轻捂住了她的嘴，道："你一定做了一些你本不愿意也不想让别人知道的事。你不必告诉我。"

玉机幽幽地看着他。她的眼波映着烛火，嗓音显得悠远。"到了那时候，我会告诉你。我什么都告诉你。"她忽然回过头，猛地吹了口气，烛火倏然暗灭，但李天水在一片漆黑依然能看见那两点炽热的眸光。她哑着嗓子低声道："天水哥，你要了我吧。"

李天水的心"咚咚"地跳了起来。草原儿女没有汉地的礼法约束，春夏时他在帐肆外听惯了那种销魂的声音，此刻他却道："不……"

他感觉那两点眸光在慢慢黯淡，随即她的手松开了，她低声道："你是嫌我……"她的嘴又被紧紧捂住了。

"你是一个公主，"她听见李天水沉声道，"而我是一个突厥奴,一个逃卒……"他的嘴亦被捂住了。

山风将帐幕鼓起,李天水感觉自己与玉机的胸膛皆在不住起伏。良久,当玉机的手掌渐渐自他嘴边滑落,他缓缓道:"今夜我心里有些事。"

沉默片刻,她忽然道:"是那乌弓月么?"

李天水心头一震。他低头,看见清如雪水的眸光直直地盯着自己。

"不是,"他听见自己的嗓音平静,但心头有些痛,"是些别的事。"

"嗯,"玉机又抓住了他的手臂,"若是这样,你想你的事,我在你臂弯中睡去,可好?"

李天水抱紧了她,轻轻又哼起了方才的调子。

片刻后,怀中传来均匀的呼吸声,他渐渐静下了心。开始想一些他本不愿意多想,甚至有些厌恶的事情。

他的两根手指已探入袖口,慢慢拈出了一片树皮。乌黑的树皮几乎隐没于眼前的漆黑中。他沿着那树皮的纹理缓缓地抚摸。他的手指一向极敏感,这次亦没有令他失望。

在一道道自然流畅的树皮纹理间,他很快摸到了那个生硬的"卍"字刻痕。指尖沿着那两根弯折的线条反复滑了十余回,忽然顿住了。

他找到了刻在树干上"卍"字的异样之处。

罗布淖尔水道的木板上、坎儿井下的泥壁上,"卍"字刻痕的两条折线与俱是自左至右一气刻出,故而最左端最深,至右端收处尾处刻痕极浅。

而这片树皮上的刻痕,却是右深左浅,显然是自右至左刻出的。他想起看见那刻痕那一刻,便觉古怪邪气。

  风摇动了毡房,发出了如树上落雪的"簌簌簌"声。李天水的抬头看着铺满了雪的穹顶,一时思绪纷乱起来。有一刻,他脑中有光一闪,似乎忆起了某句话,某个动作,某个人模糊的脸。是一张熟悉的脸,但"商队"中的那七张脸——在脑中掠过时他只是不住地摇头。他抓不住的那张脸藏在一顶深不见底的黑帽子后,帽子后的黑暗已经残酷地吞噬了云郎、安吉老爹、王玄策……他痛苦地闭上了眼,将要连成一条线索的思绪断了。困倦席卷上来,压住了他的眼皮。

"神路"

在那些睡不熟的夜晚，雪粒子打在毡帐上的声响便能令李天水惊醒。但第二日清晨他听见一声咳嗽猛然睁开眼时，看见毡帐里现出了一个矮小的身影，竟毫无察觉。他猛地坐直了身躯，伸手探向铁棒子。他听见"呵呵呵"的笑声。笑声已很苍老，不带半分恶意。他将目光凝聚起来，看见了一张老妇人的脸。

那是一张被岁月搓磨了太久的脸。她的眼窝深陷，目光仿佛自岁月极深处透出。他看着这双眼睛，好像看着冬季高远的淡淡日光。他忽然意识到了什么，直起身道："是这毡房的主人么？"脱口而出的是一句突厥话。

瘦小的老妇人点点头，两眼眯起，双颊的皱褶堆叠起来，像在微笑。她开口说的却是汉话，仿佛一眼便知二人乃是汉人。"你们，衣服，穿上，说话。"是一种只有一些草原老人会说的口音。

怀里的玉机动了动。李天水看见她洁白的双颊上仿佛有些泛红。他苦笑了一声，掀开了斗篷。毡帐内并不觉得冷，毡墙和雪顶果然将大部分的寒气挡在了外头。

见李天水与玉机身着衣袍，那矮小的老妇人笑出了声。李天水咧嘴笑笑，轻轻放下了玉机，踮跪起身子，左手扶肩，施礼道："愿腾格里护佑你，我们……"

老婆婆笑着摆摆手，向前走了几步，伸出手。李天水一动不动，任由那老人在额上轻轻一拍，粗糙的掌面贴上额头时他感觉到温柔，甚至还有暖意。"啪"的一声轻响，老人又拍了拍玉机盖着乱发的额头。玉机睁大了双眼，有些不知所措但又未躲避。

老人垂了头，许多根灰白色的发辫垂下双肩，口中念念有词。玉机茫然听了一会儿，转脸看见他一脸虔敬。过了一会儿，李天水轻声道："她在为我们祈福，她说我们越过了博格达峰，是腾格里的孩子。"

玉机仍有些睡意惺忪的眸子放出了柔光。她一翻手，从袖中递出一小块馕饼，以汉话道："吃，吃吧。"

那老妇人两眼落在那片馕上时，神情忽然变了，有两点极亮的光芒自那深邃的眼底透出，即刻柔和下来。她伸出手，在饼面上轻抚起来，口中喃喃着一个词。

李天水忽然呆住了，随即面色黯淡下来。玉机一声不吭地注视着他。

见那老人将那块馕在掌中反复翻动，李天水尽量稳住嗓音，指了指馕袋道："老人家，这一袋子馕饼，你愿留下多少，便可留下多少。"

"不，不，腾格里护佑，你们令我想起了我巴郎子，就是孩子。"那老人微笑着将小半块馕饼递回，道，"上路吧，你们，该上路了吧？"

李天水低着头，双手捧过那块馕饼，欠了欠身，缓缓道："老人家，我们要从这里走到西边山脚下的龟兹绿洲。我们听说有一条黑石头的路。"他尽量不去看那老人的双眼。

那老婆婆的目光却紧紧盯着李天水，变得越发深远。"你们要走那黑石头的路?"

"不得不走,老人家,"李天水点了点头,又道,"我们听说,这片连绵的雪山里,没人比你更熟悉那条黑石头的路。"

那老人骄傲地扬起了头,目光仿佛越过毡帐外的雪顶,看见了苍天。"博格达,神的路,"她收回了目光,又注视李天水良久,以那种质朴而骄傲的语调道,"黑色的石头,立在冰河的中央。"

"黑色的石头立在冰河的中央,"李天水凝眉重复了一遍,"莫非,是要踏入冰河中央?"

"小心,"老妇人缓缓点头,"那是条、神路。"

"神路……"李天水喃喃重复了一遍,缓缓点了点头。踏入冰封的河道是大忌,但他对那老人的话没有一丝质疑。他沉默片刻,忽然又道:"昨日,老人家离开这毡房时,可有看见人马经过?"

"昨日,"老人仿佛在思索,好一会儿,目光变得复杂起来,"一个、黑罩袍、问路,"她顿了顿,又说了一个词,"血腥气。"

李天水心跳陡然加快了,道:"穿着黑罩袍,身上带血腥气,可还有什么?"

"索尔,索尔。"老人只反复念叨着一个词。满是皱纹的眉目间仿佛亦笼上了阴云。

"索尔……"李天水拧紧了眉头。他知道"索尔"的意思。是突厥人说的"左手",是那人左手受伤还是左手粘了血?但那老妇人只重复念叨着"索尔",再未说别的。

李天水垂头皱眉片刻,随后扶肩弯腰,以突厥话道:"我们

丝绸之路密码1: 天山石圈秘境 439

该上路了。"仍有些发愣的玉机亦立起施礼。

那老人右手搭上左胸,目光在眼窝中一闪一闪。"还有话,要说么?"她紧紧注视着李天水。

李天水心头一跳,目光不由避了开去,低声道:"老人家,感谢你的恩惠,我们该走了。愿腾格里降福于你。"他迅速地拱了拱拳。

那老人抬头目送看着二人迅速背上行囊,走出房门,孩童般纯澈的双眼有光一闪。

冰面险道

  天阴沉沉的，云压得很低。四周一片灰暗，早该出来的日头没有露面。冰寒的风刺得他脸生疼。

  李天水略颤了颤，将袷袢上油布箱子的绳子拉紧了，又拉了拉连着玉机腰上长绳的绳结，抬头看了看天，回头道："一会儿怕是有雪。"

  六七步外，玉机那件宽大的黑色波斯斗篷已从肩头裹到脚。她仍在狐皮披肩下搓着手，道："我觉得走不快。"她看了看拖曳在地上的斗篷下摆。

  "我会慢些走，"李天水缓缓道，"你留意脚下。若跟不上，大声呼我。"

  他回过头，将目光转向山坡下。自积着雪的山顶另一侧流下的两条冰河，合成一条宽大的冰流，依山势曲折而下。便是昨夜他在黑暗中隐约看见的冰流。李天水反手将那根铁棒子自囊中抽出。

  二人自那两条冰河间不太宽的石道慢慢地转下坡去。李天水看出道上有马蹄踏过的痕迹，踏过冰面自积雪的缓坡下山。有几道足印一路直直指向宽阔的冰面。李天水看着足迹，眼角忽然瞥见五色彩带在飘舞，就在那坡顶的石堆上。再行几步那石堆便将消失于缓坡后，他想着昨夜的篝火。这时在背后的风声中，传来了一个苍老的嗓音："巴郎——"

  李天水心头一颤，回头看见那老妇人拄着一根木杖子，从坡上慢慢地踏下来。苍白的发辫在风中扬起,竟像那飘起的布带子一般带着种神圣感。他们迎上去。李天水扶住那老人时,看见她细瘦的肘弯里夹着一个叠得方方正正的毡毛毯子。

"风大,雪大,冰滑,"老人道,"毛毯子、裹着、走路、睡觉……"

李天水的眼眶倏然湿了。他握紧了那老人干瘪冰冷的手,看着玉机躬身施礼接过毛毯,一个字也说不出口。直至那老人开始挥手,他方哑着嗓音道:"奥许!"

"奥许!"老人微笑着,挥着手。

他猛地拉了拉玉机的腰上的绳索,转身向冰面行去。他好像又听见了老妇人看见玉机手里的碎镶时,喃喃说着的话。

"巴郎子,巴郎子的饼呵……安吉呵,巴郎子,你什么时候再来呵……"

冷淡的日光无力地透出云层时,近处的冰面泛出淡蓝色的光泽。李天水与玉机猫着腰,看着自己尽力张大的身躯在冰面上投下模糊的影子,在"咔咔咔"令人不安的声响中,慢慢行近那片冰面。接近冰面时,李天水看见冰蓝色深深浅浅,仿佛是自冰面下不同深浅处透出,隐约带着阴暗的纹理。他顿住了脚步,忽然抬腕,再一挫,点在身前的冰面上。

"啪嚓",一大片薄薄的冰层应声而裂。玉机惊得屏住了呼吸。冰面上现出了一张可怖的裂口。李天水俯腰,绕过那裂口前行。玉机则像只猫一般,足底方一触冰便迅速弹开,仿佛毫无重量地浮在冰上毫厘间的空隙上。她看见三四处蛛网般的可疑裂缝,还有两条若隐若现并不起眼的细线,又长又直地向前方延伸。她看见李天水对那些裂缝视而不见却冲着那两条断断续续的细线看了很久。

下至冰流拐弯处，日光又被挡在了阴云后。云层更厚了。李天水再未抬起铁棒，二人亦未踩出一丝裂痕。玉机不知为何心悬得更高了。她从腰间感觉李天水的身躯绷得更紧。随后空中飘起了雪。

起初飞絮般的雪并不大。但很快，随着风势渐猛，雪片子越来越密，借助风力急速飞转，打着旋扑面而来。李天水将腰压得更低，更放慢了步子，下坡时不得不拄着铁棒子稳住身躯。冰面上已覆上一层薄雪，李天水像一个弓着背的老人在独木桥上行走，每一步皆极谨慎，不时地以铁棒子轻敲身前盖了雪的冰面。有两三次他停下脚步绕出半圈，又回到了直直向前的老路上。

玉机知道他始终走在那两条细线之间。

飞雪沿着山侧翻滚，一侧的山棱渐渐看不清了。玉机早已辨不出方向，只觉得双脚在不断地上坡、下坡。雪越积越厚。玉机足尖先着地，微俯下腰，双臂向身后斜出，张开如翼，像一只大鸟般轻轻点在一条越来越滑越来越陡的下坡路上。他们在这条积了雪的下坡路上走了一个多时辰，仿佛长得没有尽头。

翻滚的雪片遮蔽了天空，伸手看不清五指，玉机从未见过这般大雪。她几乎无法呼吸，亦看不见身前的李天水，一路只是直直向下。好在系在腰上的绳索始终稳稳地牵引着她，那股力量不太强不太弱，令她觉得安心。她想起了幼年时阿娘牵着她小手走路，和记忆中更遥远的阿耶的怀抱。

向前的拉力忽然一松。玉机向前滑了数步，手臂已被一只有力的手掌握紧。李天水的嗓音在耳边响起："我们要下去了。"

"下去？"她茫然地看向李天水的眼睛。

"下去，滑下去。前头是一面陡坡。斜坡上冰壁极滑，只盖了一层薄雪，"雪幕中隐隐现出李天水凝肃的脸，他的发辫上盖了一层白，"包裹在这毯子内滑下去。"他大声道，另一只手腕抖了抖，一片红褐色圆毯飘了起来。毯上的积雪簌簌抖落。玉机看见了毯面上那艳丽联珠纹围绕着的一朵瓣叶繁复的花。毯子上仍带着极淡的异域香气。玉机的双眼有些发直了，她已忆起了这毯子。

是米娜的圆毯子。

"毯子埋在了陡坡边的积雪中。我们必须追下去，"李天水沉着声接道，"冰面上刻出的那两道线，是米娜手中的兵刃留下的。我猜她是裹着毯子，俯卧在冰面上，一路刻着冰，划水般滑了过来。大概亦是怕踩破了薄冰下的暗缝。"他顿了顿，嗓音更冷峻："那两道刻痕不同寻常，只有三棱尖端方能刺出。那刻痕与树皮上的'卍'字很像。若我没有记错，刺死安吉老爹与达奚的金刚橛，亦是三棱形。"

玉机杏目大睁，一眨不眨地盯着李天水，良久，缓缓道："你是说，那个人是米娜？"

李天水慢慢点了点头。

"刺死王公的也是她？"玉机的嗓音仿佛冒出了冷气。

李天水犹豫了一下，他并没有十分把握。"至少，那夜见到王玄策的尸身时，周围只有她，"他顿了顿，又道，"而且她说了假话。"

玉机僵在冰面上,良久,她缓缓道:"若下头是冰缝,或是深渊呢?"

李天水不说话了。他看着玉机,方要开口,玉机冰冷的手已经紧紧握住了他。她注视着雪幕后他的双眼。她也不必再说什么。

李天水又抖了抖那片毛毯子,玉机却摇了摇头,道:"我不裹她的毯子。"

李天水咧嘴笑了笑,道:"莫非要我抱着你滑下去?"

"我们还有毛毯,你忘了么?"玉机反手在腰后一掏,摸出一物。是那老婆婆叠得方方正正的毡毛毯子。

起初他只看见满眼的雪片子在飞速旋转。半空中一个个雪的漩涡迅疾向后退去。他一手抓紧毡毯,另一只手更紧地搂住玉机,他瞅瞅下头,无数雪粒子扑入了他双目。他忍住刺痛强睁开眼,仍只见白茫茫一片。毡毯在"嘶嘶"声中越滑越快。

就在李天水快要呼出声时,下滑之势渐渐缓和下来。风雪亦不似先前这般绵密。李天水看见毯子下的冰坡平坦空旷,连零星的岩石树干亦不见。

这时他看见了那块黑石。

一人多高的尖棱黑石,深深地插在冰壁的斜坡上。满坡积雪令这根怪异的石头显得更黑。

"冰河的尽头立着黑石头,沿着冰河与黑石头,是一条秘道的入口。"

他一挺腰,扳直了上身。他举起铁棒,向那道黑石前的积雪插了下去。

冰面已不太陡，降速已慢了许多，他已不用再向下滑了。他已找到了这条黑石之路。

铁棒子插入积雪的那一瞬李天水已准备就势撑起身躯，随后他的心便是一沉。

雪下没有冰。原本该是冰面的地方其实是一道裂隙。积雪在冰层上搭起一片危险的雪桥。当他发觉时，身躯已冲垮了薄薄的雪桥。坠落时他听到了玉机的嘶喊。被黑暗吞没前他抬头看见飘舞起来的毡毯。他看见了毯中央织出的图案。七根螺旋外旋的曲线，中央是个规整的圆。那个瞬间他觉得自己咧嘴笑了笑。

这时腰间一紧，整个身躯猛然弹起，又落下，随后悬停在漆黑冰缝间。他的指尖沿着颤抖的绳索触及金线编成的腰带，抬头看见头顶上不断坠落的雪粒子上，一个纤弱的身形拱起了腰背，仿佛一座桥，撑在了两步远的冰隙间。那腰背晃动起来。他听见上方玉机的呼喊，又尖又急的嘶叫在风雪中听不真切，似是在喊"腹部、吸气、呼气、放松、攀上……"

他瞬间做了一个决定。

他团起双腿，自皮靴内一抹，便摸出一把匕首。银制的狼头柄匕首，在黑暗的冰隙内闪着微光。他又咧嘴笑了笑，反手将匕首慢慢伸向腰上开始大幅摇晃的绳索。上头的嘶喊声更尖厉，带着绝望。他的手腕没有半分迟疑。

"嚓"一声响，他平静地坠向深不见底的漆黑冰寒。

冰缝绝境

　　冰缝比预料的更深。一瞬间,仿佛全身血流猛然冲向脑门,将李天水的魂魄顶了出去。就在他神智行将模糊的一刹那,"咔"的一声,身躯一震,随后戛然停顿。

　　眼前一团漆黑,寒气慢慢渗入体内。"咚咚、咚咚",他数到了三十下心跳后,才能缓缓抬起手臂。他摸到了冰壁,手臂硬得好像不是自己的。他浑身抖了一阵。有一会儿,他以为自己冻僵了,想起了那些暴风雪夜。挪动身躯时他感觉身下有硬物,过了一会儿,想起是达奚云的铁棍子。意识在渐渐回来,像冰河在解冻,但他想不起坠入冰缝隙前一刻的情形,隐约能听见"腹部、呼气、吸气、放松……"的焦急尖嗓音,他闭上了眼睛。

　　睁开眼后,仍不见一丝光,但鼻尖不断感受到的寒气,让他清醒地知道自己还活着。他本能地伸手向后摸了摸,背囊还在,也卡在了冰缝间。他这才明白是因为背囊在,他才没跌得更深。他觉得自己像一具被抛入冰墓穴里的活死人,只是在等着。但是他能听见心跳声,一下重过一下。在这冰缝间的黑暗死寂中,自己的心跳从未如此清晰、如此鲜活地震动着,"咚咚、咚咚"。这时他体内升起一股强烈的冲动,想要继续活下去的冲动。

　　他将手指伸入衣袖,火珠子还在。黄光慢慢滑过布满裂缝的冰壁,看上去像透着寒气的琉璃镜面。冰壁下缘,在冰层消失之处，露出了灰暗的嶙峋石壁。他盯着那石壁看了一会儿，握着火珠子弯腰，向身下探去，看见了一个黑黢黢的洞口。他是卡在了山体内的幽深洞窟上方，他想这洞窟很可能通向山外。他忽然觉得自己或许真的可以活下去。

他含着火珠，靠着冰壁，一只脚慢慢向洞口滑下去。石壁轻微晃了晃，他心头一阵狂跳，身形一顿，等了一会儿，再次绷直一条腿向下够，直至足底踏上洞底，随后另一只脚也落下。他双手始终抓着棒子一头，铁棒卡得很紧。他感觉足底踏上的是一条裂隙，咬着珠子低下头，看见洞底上那道裂开的缝隙有三四寸宽，通向黑暗深处。他高举着手臂想要摇一摇棒子一端，但棒子纹丝不动。但随后冰壁一阵颤动，碎冰"啪嚓嚓"不住坠下，棒子弹出了冰壁。他跃入洞中，拄着铁棒子稳住身躯。那道裂隙好像跟着他，迅速蔓延至脚边。头顶有震动感，他心头猛地一紧，咬着珠子盯向四周，看不出五步远，更看不出出口在哪儿。他随即抬头，发现顶上是连成一片的穹顶，依然是黑糊糊的，但有色彩，甚是鲜丽。片刻后他看出那是壁画，菱形的山岳形底纹壁画铺满了穹顶。他觉得那底纹熟悉，立刻想起那是佛画。莫非这里竟藏了个废弃的佛窟？

念头方起，洞壁便猛烈摇晃起来。他高举起棒子，尽力插入裂开的穹顶壁画间。那山岳纹好像真的山岳那样在断裂。他紧抓住棒子，在珠光中看着周身大大小小的碎石、碎冰不住坠落。脚下的缝隙越来越宽，片刻后足底悬了空，整个身躯又吊在了半空。他绝望地看见吊着身躯的铁棒在摇晃，洞顶插着铁棒的佛画在摇晃，无数小佛像亦在摇晃着向前，向黑暗深处移动，好像一群心甘情愿的受难者。而他也随着这些佛像，被一点点拖入天山深处的黑暗地狱中。他觉得那里或许藏着某种古老的魔物,想起了那些粟特老人说的远行故事,想起黑暗山洞里常常藏着吸血蝙蝠、巨蟒以及浑身长满绿眼睛的黑色巨兽。他的身躯左右摇摆同时簌簌发抖,像一片残叶挂在秋风掠过的枝头上。山体移动的闷响从周身各处传来,"嗡嗡""嗡嗡",反令周遭的黑暗愈加静得可怕。从身旁滚落的石块听不见落地声。他不敢向下看,猛然想起了天山石圈中那些吞噬一切的裂缝。那震荡之力从车师道传至这天山大坂深处么?他晃晃头,手臂胀痛得像要断裂开,但他仍死死握住那根铁棒子,仿佛抓着冰冷命运的最后一根手指。

他觉得气闷,微微张口,黄光射出时他才想起口中含着的珠子。他向两侧望望,发现自己正身处两道拱壁间。他觉得是天山山体某一处空洞的山腹内。黄光不及处仍是黑洞洞,但能看见拱壁上的壁画。拱壁甚是平滑,像是人力凿出。他能感觉到拱壁仍在快速向前移动,但感觉不到自己的手臂。他入定般看着那些不断裂开、不断自墙体脱落的佛像。在微黄的光芒中,李天水辨出了几个残存佛画里的故事,是些佛本生故事,他在沙州见过类似的故事。颤抖中圆润的珠子再次滑入口中,黑暗又一次在眼前合起。一时间,他有些恍惚,辨不清身躯是仍在急速向前,还是已悬停在半空。落石声已全然听不见了。

有金光在眼前闪烁,越闪越亮。起初模糊,随后金光令他目眩神摇。他紧闭了眼,再睁开时看见笼罩周身的已是一片金黄色的火光。他先是觉得虚假,但随后熟悉感流入意识中。他又眯了眯眼,看见火光映出了头顶的藻井、拱门和正中的塔状中心柱,更觉熟悉。当他看见灯火边的一张老僧的脸时,终于回想起来。

金黄的火光中,坐着的老僧双眼紧闭。他想起眼前的老僧双目已眇,前日方远道自中原来,昨夜他喝醉了便听那老僧讲佛经故事。他记得那老僧讲本生故事远好过他曾听过的所有俗讲僧人。莫非昨夜他听入了迷后不知不觉醉卧在这石窟中?他觉得自己做了一个很长很奇怪的梦,却再也忆不起半点儿片断。

"你醒了?"李天水无声地支起身子时,老僧仿佛看见了,朝着他微微一笑,自嘴角延伸至眉目间的一道道皱纹愈显深邃,"自昨夜讲经起,你已睡了六个时辰了。"

他抓了抓发辫,低头凝眉良久,苦笑了一声,道:"昨夜长老讲了什么经,我似乎一点儿也记不起了。"

老僧微指斜上方,道:"便是这幅本生故事图。"

他目光抬了上去,看见窟顶藻井下绘了一排长幅壁画。那里画着的一头鹿令他心中一动。那鹿犄角优雅,斑纹美丽,他觉得似曾见过。待目光自左向右缓缓掠过时,他已彻底清醒过来。他两眼发亮地转向老僧,道:"记起了,是鹿王本生故事。"

老僧笑着颔首道:"可还记得你醉倒前,我问你的话?"

李天水又凝了眉,沉默半晌,道:"可是问这鹿王救人之事?"

老僧道:"我是问你,鹿王既是头神鹿,岂不知道救下的,是个见利忘恩之人么?"

他点点头,道:"自然是知道的。"

老僧问道:"鹿王为何仍要救他一命?"

他想了想，道："因为那终是一条人命。"

老僧点点头，又指了指另一侧壁面佛龛下的一幅壁画，道："你可还记得这壁画上的故事？"他转过头，看见那壁画中央是个侧身而坐的王者，王者左腿膝盖前立着一个正操刀割他腿肉的刽子手，右手握着一只弱小的鸽子，右上角一只老鹰正朝下盯着鸽子。他看了半晌，缓缓道："那是尸毗王割肉贸鸽故事。"

老僧道："尸毗王不知割肉之苦，不知肉去血尽便活不成么？"

他又点头道："自然知道。"

老僧又问道："他为何仍要割肉贸鸽？"

"因为那鸽子，"他顿了顿，又道，"还有那只鹰。因为那是两条命。"

老僧的手指指了上去，在那面石壁高处，绘着三排本生故事画。他已看出那三排画的是一个故事。老僧尚未发问，他已开了口："那是萨埵太子舍身饲虎本生故事。"

老僧照例微笑点头，又问道："年幼的萨埵太子不知饿虎噬咬之苦么？"

他咧了咧嘴，道："知道。"

老僧便道："那为何他仍要以身饲虎？"

他的目光注视着画中那正被饿虎噬咬的人，答道："因为那饿虎及其七条幼虎的八条性命。"

老僧的双目微微睁开了，隐隐发亮，仿佛映着那烛光。他沉了声道："然则，鹿王、尸毗王、萨埵太子的命，便不是命了么？"

他转回头去,见了那老僧的脸,有些惊异,沉思片刻,嗓音庄肃起来:"自然亦是命。"

老僧紧跟着道:"既如此,他们为何一心求死,不顾惜自家的性命?"

他额头渗出了汗,心头"咚咚"直跳。那答案已闪过脑际,仿佛就在口边,却一时说不出来,他的目光在三幅壁画间不住来回,仿佛看见了异样,待要细察又看不清。他只听见自己的声音脱口而出,"他们也是救自己。"头顶上什么地方变亮了。

那老僧眼里的光仿佛逼了上来,问道:"如何却是救自己?"

他喘息着,半晌,道:"当时当地当此情景,他们只能如此作为。"

"为何?"老僧却是一句紧过一句。

"当时当地当此情景,若他们不能舍出肉身,那他们自己便也死了。他们的灵死了。突厥认为凡人皆有灵。灵死之人,人在世上若行尸走肉,"他双目比烛光更亮,"当时当地当此情景,若他们不能舍出肉身,他们同样也已杀死了自己。甚至……"

"甚至什么?"老僧暴喝一声。

他一惊,目光闪动着再次掠向两侧石壁时,呼吸霎时顿住了。他看见那头鹿王优雅的脖颈上赫然现出了垂着一绺绺发辫的自己的脸,而鹿王身前跪着的那落水人肩膀上竟然亦是自己的脸。他急转过脸,扫上另一侧石壁后,那端坐着的尸毗王、尸毗王手中的鸽子、死死盯紧鸽子的老鹰、正被饿虎撕咬的萨埵太子、那可怖的黄条纹的饿虎、饿虎身边的七条幼虎，那所有庄严或狰狞的形象上一时皆现出了自己的面庞。他惊跳起来，身躯发颤却一动不能动，呆望了壁面良久，他喃喃低语道："你常念叨的那句，是不是'一即一切，一切即一，相即相入，重重无尽……'"头顶越来越亮。

"砰"，一块碎石砸上头顶。他抬头，眯了眯眼，再睁开。壁画不见了，光自穹顶裂隙透入。裂隙已经一尺来宽。他甩了甩头，又看看身侧。没有老僧，没有柴火。那道光线映出的是面前堆叠起的乱石，堵死了洞穴。一瞬间，他痛苦地回想起了坠入冰缝之后的事。如此说来洞穴被堵住了，他咧了咧嘴。身躯仍悬着，不摇摆也不抖了。仍然感觉不到双臂，他知道随时会坠下去。昏暗的光束照不透身周，脚下黑不见底。他抬头尽力向上瞅着，缝隙可容两个人钻过，像一道冰缝，仿佛比他先前坠入的那道冰缝更深。他不知道失去知觉的双臂能否再次发力。他试了试腰腹，猛地一卷，身躯蜷上去数尺，但不成，手臂在向下滑。是早晚之事，他看着冰面上自己模糊的身影，有些丧气地想。这时他又听到了胸腔里"咚咚、咚咚"的震动声，这时他脑中又响起玉机的嘶声大呼：

"腹部、吸气、呼气、放松……"

放松下来后，他才发现全身绷得像一块铁。他的心跳、呼吸和心神亦随之慢慢放松下来。过了一会儿，他感觉到了血液的流动，先是很慢，由小臂慢慢流向肩背，随后越流越快，急速地在周身流转。他能感觉到双臂了，紧得像铁铸的，好像那双手臂随时也会像山壁一样裂开。但他觉得仍可发力。他猛地屏息，咬紧牙，感觉脊背在僵硬但缓缓地升高。他背着箱囊挤过了缝隙，最后一只足底踏上了铁棍子。这时他才发现铁棍子是横插在山壁上，那铁棍"咔咔"松动了一下。他靠着冰壁，用另一只足底够了够对面冰壁，踩实了。他俯下身，抓住了棒子翘起的一头，微微用力。"咔"，铁棒拔了出来。这时他的两腿俱已斜斜撑住了对面冰壁。他喘了一阵，半张开口，黄光自口中斜照上去。冰缝隙就这么宽，两侧冰壁直直向上，大约两三丈深。其上便是冰山吧，他想。

这时他看见了两侧冰壁上横横斜斜地穿出的树枝，皆是尺余长，黑色。他数了数，共七根。离得最近那根在头顶四五尺高处。看去像石化的树枝。他忽然想起了安菩说的"黑石之路"，咧了咧嘴。手臂又能动弹后，他尽力向上伸直，仍够不到。他踩着冰壁，稳住下滑的足底，用腹部慢慢呼吸。他弯腰想要抽出靴子里的匕首时，看见对面的冰壁上映出了他的黄金腰带。他盯着冰壁面映出腰带最前方那块扣着搭扣的金牌，再低头看看。搭扣穿过了金牌上的圆孔，圆孔外是七根螺旋线外旋的曲线。

片刻后，他打开那块扣牌的搭扣，解下金腰带。他看了看离他最近的那根黑树枝，又看了眼圆孔的大小。他把那根金腰带抓在手里，摇晃着，感觉着分量和长度，随后猛地一抖手腕子。随即金光一晃，"哒"，圆孔恰好套入了黑枝。他用力拉了拉，黑枝纹丝未动。他深吸了口气，是雪山的气息。

他两只手拽紧了腰带，两臂和腰部同时发力。背脊猛地升了上去，背负着箱囊。碎冰渣子不断地向下掉，但撑着李天水身躯的黑枝依然纹丝未动。坐上细长的黑枝条时，他觉得脏腑深处一阵轻微颤抖。每次发病力竭时，脏腑便会这般抖动。他半张着嘴，鼻孔急剧呼出一团团白气。对面冰壁上自己的面色青得可怕，目光已有些涣散。他坐了一会儿，待呼吸慢慢平稳下来。他取下挂在枝头上的圆孔黄金牌扣时，想起悬崖上的那幅岩画。七条外旋的螺旋线几乎一模一样。他忽然相信自己真的能活下去。

爬出冰缝时，他已经站不直了。雪停了，但他的眼前是雾茫茫一片。目光无法凝聚起来，肩头像挂着重石，双脚也是。除了在一步步向前挪动，他什么也感觉不到。他隐隐看见冰缝上的雪原亮起了火光，火光前有人影在闪。他分不清这里是山坡还是深谷。他摇摇晃晃地向那火光走去，像条濒死的野狗。他觉得那是团篝火，火光在他眼里是圆形的，火舌在风中不住外旋。

他倒下时看见那人影正在向他走来。